John McGahern

Die Polizeiküche
oder Der Mensch verlöscht wie ein Licht

Ein Roman aus Irland

John McGahern

Die Polizeiküche

oder Der Mensch verlöscht wie ein Licht

Ein Roman aus Irland

Ins Deutsche übertragen von Elisabeth Schnack

Büchergilde Gutenberg

Frankfurt am Main

Wien Zürich

1978

Für James Swift

1

Mrs. Reegan besserte eine alte Wollsocke aus, während sich draußen der Februarabend niedersenkte; sie hatte den Kopf gebeugt und ließ beim Feuerschein die Nadel durch die Fäden gleiten, ohne zu merken, daß das Tageslicht vergangen war. Nahe bei ihr am Feuer waren ein zwölfjähriger Junge und zwei dunkelhaarige Mädchen. Sie waren ängstlich geworden, wie es Kindern manchmal ergeht, wenn sie beim Einnachten im Zimmer sind. Das strahlende Gold und Rot der frommen Bilder an den Wänden war erloschen, nur das Glas glitzerte noch beim jähen Aufflackern des Feuers. Als sich das Dunkel verdichtete, wurde es von der Herz-Jesu-Lampe, die auf dem Kaminsims vor der kleinen Krippe aus Korbgeflecht brannte, rötlich angehaucht. Einzig die Tasse und Untertasse, die für das Abendbrot ihres Vaters auf dem Tisch bereitstanden, waren glänzend weiß. Wind und Regen ratterten an den Fensterscheiben und schienen einen Teil der Stille der zunehmenden Dunkelheit und ihres Zaubers auszumachen – Zauber der langen Stopfnadel, die in der Hand der Frau aufblitzte. Nur mit sichtlicher Überwindung gelang es dem Jungen endlich, seine Angst vor der kommenden Nacht zu durchbrechen.
»Sollen wir jetzt die Lampe anzünden, Elizabeth?« fragte er. Mit seinem blassen Gesicht, den strahlend blauen Augen und einer Locke kastanienbrauner Haare auf der Stirn schien er für sein Alter zu schnell in die Höhe geschossen. Seine gepreßte Stimme erschreckte sie.
»Oh, Willie, du hast mir einen Schreck eingejagt!« rief sie. Sie hatte lange in Gedanken vertieft dagesessen. Ihre Augen waren müde vom Stopfen bei schlechtem Licht. Sie ließ Nadel und Socke in ihren Schoß sinken und fuhr mit der Hand matt über die Stirn, als wolle sie den Schmerz wegwischen, der dort zu hämmern begann.
»Ich habe nicht gemerkt, daß es Abend wurde«, sagte sie und

fragte dann: »Kannst du erkennen, wieviel Uhr es ist, Willie?«
Vom Kaminplatz aus konnte er die Zeiger nicht deutlich unterscheiden; er ging rasch zu der grünen Uhr auf der Anrichte und hob sie nah ans Gesicht. Es war zehn nach sechs.
Die beiden Mädchen wurden auch munter, und plötzlich war der Raum von geschäftigem Leben erfüllt. Von der Lampe wurde die Fassung abgeschraubt, der verkohlte Docht geputzt, aus der Spülküche der Kanister mit Petroleum und der weite Trichter geholt, Elizabeth polierte den geschwärzten Zylinder mit zerknülltem braunem Papier, und Willie kam mit einem zusammengerollten lodernden Zeitungspapier vom Kamin hergerannt, um die Flamme an den hochgeschraubten Docht zu halten.
»Vorsicht! Vorsicht! Platz gemacht!« rief er, und sein Gesicht strahlte hingerissen wegen seiner abendlichen Pflicht. Kaum hatte Elizabeth den Zylinder hinter die Stahlzacken der Fassung geklemmt, als die Mädchen auch schon an die Fenster stürzten.
»Mein Store war zuerst unten!« riefen sie.
»Nein, meiner!«
»War mein Store nicht zuerst unten, Elizabeth?« fingen sie beide zu betteln an.
Sie hatte den Docht heruntergeschraubt, bis er mit gleichmäßiger gelber Flamme brannte, und trug die Lampe auf ihren Platz – seitlich neben das Geschirr auf dem kleinen Tischtuch. Sie hatte niemals Schmerzen in der Brust gehabt, aber die Adern auf ihrer Schläfe hämmerten wie eine Pendeluhr. Sie wußte, daß die Aspirinschachtel hinter dem zugezogenen Vorhang des schwarzen Apothekerschränkchens leer war, und sie konnte nicht wieder zum Laden schicken, um eine neue Schachtel zu kaufen. Die lauten Stimmen der Mädchen stellten ihre Geduld auf die Probe.
›Was kommt's schon drauf an, wessen Store zuerst unten ist?‹

lag es ihr auf der Zunge – doch dann sprang sie aus dem kindlichen Betteln ihr Name, ihr Rufname Elizabeth, an. Sie bedeutete diesen Kindern gar nichts. Als sie in das Haus hier zog, hatte sie anfangs gehofft, daß sie wie zu einer zweiten Mutter zu ihr aufsehen würden, aber das taten sie nicht. Weil sie damals erst Ende Dreißig war, hatte sie geglaubt, sie könne noch selber ein Kind haben, aber auch daraus war nichts geworden. Wenigstens die drei Kinder haben keine Angst vor mir, dachte sie, und hassen mich nicht. Sie nahm sich also zusammen, sprach freundlich mit ihnen, und bald waren sie friedlich und lachten, während sie auf dem blanken Kunstledersofa um die zerrissene Decke kalberten, die dort lag.
Una war elf, zwei Jahre älter als Sheila, und mit ihrem schwarzen Haar und den großen dunklen Augen beinah eine Schönheit. Sheila war ihr nicht ähnlich; sie hatten nur beide das gleiche dunkle Haar. Sie war viel zarter, ihr Gesicht war schmal und empfindsam und sehr beweglich; wenn sie litt, konnte sie todunglücklich aussehen.
Sie spielten immer noch mit der Decke, als Elizabeth aus einem Schrank, der in der Ecke auf der Mehllade stand, Kleider herausholte und über die Rückenlehne eines einfachen Holzstuhls hängte, den sie ans Feuer stellte. Sie hörten mit ihrem Herumtollen auf und sahen ihr vom Sofa aus zu, gleichzeitig horchten sie auf und merkten, daß die Regenböen, die auf die Dachschiefer und gegen die verhangenen Fenster peitschten, nicht nachgelassen hatten.
»Kommt Daddy heute abend spät nach Hause?« fragte Sheila mit unersättlicher und offenkundig kindlicher Wißbegier.
»Was glaubst du denn, Sheila, weshalb ich die Sachen wärme? Hörst du nicht, wie's draußen stürmt?«
»Ihm ist es zuzutrauen, daß er heimkommt, wenn's schön wird!«
»Für mich hört sich's nicht so an, als würde es schön – bloß schlimmer und schlimmer.«

Sie lauschten auf den peitschenden Regen und das Tosen des Windes und duckten sich beglückt, weil sie drin waren und nicht im Freien. Es war herrlich, die warme Decke auf dem Sofa unter den Händen zu fühlen und den Lampenschimmer zu sehen, der so weich und gelb auf die Gegenstände in der Küche fiel, und das Knistern der Eschenzweige zu hören, die zwischen den Torfstücken aufflammten: und immer wieder wurde die Stille durch das Zischen des Safts unterbrochen, der an den abgesägten Flächen als weißer Schaum hervorkochte. Elizabeth ließ das roh zurechtgezimmerte Trockengestell herunter, eine Leiter mit nur einer einzigen Sprosse an jedem Ende, die zwischen dem breiten schwarzen Kamin und der Stubendecke hoch über dem Feuer hing.

»Hältst du mir wohl die Schnur fest?« bat sie den Jungen, und er hielt die Schnur, mit der man das Gestell hinauf- und wieder herunterziehen konnte, während sie ein Hemd ohne Kragen wegnahm und fühlte, ob es noch feucht war. Sie breitete es auf der Rückenlehne eines andern Stuhles aus, so daß die Ärmel über den Herdstein schleiften. Zug um Zug hievte er das Gestell wieder hinauf und befestigte die überschüssige Schlinge der Schnur an dem eisernen Haken in der Wand.

»Glaubst du, daß er sich heut abend verspäten wird?« fragte er.

»Er ist schon spät dran. Man weiß nie im voraus, was ihm dazwischenkommen kann. Oder vielleicht hat er einfach in einem Haus Unterschlupf gesucht. Ich verstehe nicht, weshalb er überhaupt an so einem Abend weggehen mußte! Es scheint mir so sinnlos. Willie, geh bloß nicht zur Polizei, wenn du mal groß bist!«

»Bestimmt nicht!« erklärte er mit so viel Nachdruck, daß sie lachen mußte.

»Was willst du denn werden?«

»Nichts, was mit der Polizei zu tun hat.«

Sie sahen einander an. Sie wußte, daß er ihr niemals traute, daß er ihr nie auch nur seinen geringsten Traum anvertrauen würde. Mit den jetzt grau gewordenen Haaren und der spröden Gesichtshaut kam sie ihm alt vor — und nicht wie seine Mutter, die gestorben war, seine Mutter mit dem üppigen kastanienbraunen Haar und dem schönen Gesicht und den Sommersprossen auf den Händen.

»Es wird Zeit, daß ihr mit euren Schularbeiten anfangt«, drängte Elizabeth. »Wenn Daddy sieht, daß ihr euch erst spät abends in aller Eile drüber hermacht, setzt es bloß was.«

Sie holten ihre Schulranzen und rückten den Kartentisch nah an den gedeckten Tisch mit der Lampe. Zuerst gab's das übliche Gezänk und Bleistiftanspitzen, ehe sie sich voller Neid auf die offensichtliche Freiheit ihrer Stiefmutter in die verhaßten Schularbeiten vertieften, wobei ihnen aber kein Geräusch in der Polizeiwache entging. Sie hörten, wie Casey, der diensttuende Polizist, die Tür der Wachstube und der Veranda aufmachte, und wie sein Eimer rasselte, als er hinaussprang, um noch mehr Torf zu holen, und sie hörten den Zugwind, der im ganzen Haus die Türen zuschmetterte, als Casey zurückkam, und das Klatschen seines Regenmantels, den er auf dem Flur ausschüttelte, genau wie ein Hund sich trocken schüttelt, und zuletzt, als er die Tür hinter sich geschlossen hatte, hörten sie die Feuerzange oder den Schürhaken, mit dem er im Feuer herumstocherte.

»Soll ich heute nacht wieder bei Mrs. Casey schlafen?« fragte Una und hob den Kopf.

»Ich weiß es nicht. Dein Nachthemd liegt bereit, falls du hingehen sollst«, antwortete sie.

Das Kind gab sich noch nicht zufrieden.

»Mr. Casey hat heut nachmittag gesagt, ich soll kommen.«

»Dann wirst du wahrscheinlich hingehen müssen. Aber genau wissen wir das erst, wenn Daddy nach Hause kommt.«

Elizabeth verstummte. Sie war todmüde, und noch mehr Fragen hätte sie einfach nicht ertragen können.

Caseys Frau hatte keine Kinder, und wenn ihr Mann mit dem Wachstubendienst an der Reihe war und er nachts in der Wachstube auf der eisernen Dienstbettstelle neben dem Telefon und der Wand vom Kittchen schlafen mußte, kam es oft vor, daß Una zu ihr ging und bei ihr übernachtete, da sie es nicht über sich brachte, nachts allein im Haus zu bleiben. Una bekam, wenn sie ging, Bonbons oder ein Geldstück, eine Scheibe Rosinenkuchen oder ein Glas Apfelsaft, und es war ihr einerlei, daß Sheila dann allein in ihrer kalten Kammer lag, auch dann, wenn die kleine Schwester zu weinen begann.
»Was ist, Sheila?« fragte Elizabeth, die es rasch bemerkt hatte.
»Ich fürcht' mich! Ich will nicht allein schlafen.«
»Sheila! Du bist doch kein Baby mehr! Und vielleicht muß Una überhaupt nicht hingehen. Und wenn sie's doch muß, dann können wir ja die Lampe brennen lassen, dann fürchtest du dich bestimmt nicht, Sheila, nicht wahr?«
Elizabeth redete ihr freundlich zu, und sie beruhigte sich. Sie befaßte sich wieder mit ihren Schularbeiten, und in einer Blechschüssel neben ihnen auf dem Tisch knetete Elizabeth Brotteig: die Arme waren bis zu den Ellbogen unbedeckt, und auf dem Handrücken und dem Gelenk lag weißer Mehlstaub.
Als erstes hörte sie die Fahrradreifen ihres Vaters, während er über den lockeren Kies ging. »Daddy ist da!« sagten sie zu Elizabeth. Er würde wohl sein hohes Polizeifahrrad im Schuppen hinter dem Haus einstellen und dann durch die Spülküche hereinkommen.
Sein schwarzer Radfahrerumhang und die Hosenschoner glänzten vor Nässe, als er eintrat: Wind und Regen hatten sein Gesicht rotgepeitscht. Der schmale Kinnriemen hielt die Mütze fest auf ihrem Platz, und das Abzeichen zwischen Schild und Deckel mit den ineinander verflochtenen gälischen Buchstaben S und G hob sich heute abend heller als sonst von dem dunklen Stoff ab. In der Hand trug er die große silbrige Karbidlampe, deren blauer Gasstrahl noch brannte; er überließ

es Willie, sie zu löschen, und entledigte sich rasch seiner Radfahrerkleidung. Der Regen war durch den Umhang und die Schoner gedrungen. Auf der Hose zeichneten sich dunkle, feuchte Stellen ab, ebenso auf der Uniformjacke mit ihrem Schmuck silberner Knöpfe und den drei Rangstreifen auf dem Ärmel.
»Naß bis auf die Knochen!« beklagte er sich. »Scheußlicher Abend, wenn man wie ein wilder Affe herumgondeln muß.«
Die Kinder waren mäuschenstill. Er bemitleidete sich selber so gründlich, daß er bei der leisesten Herausforderung eine Sintflut von Vorwürfen losgelassen hätte. Sie beobachteten ihn, wie er die Jacke und die Stiefel auszog. Die Socken hinterließen feuchte Fußspuren auf dem Zement.
»Es ist alles gewärmt«, sagte Elizabeth, als sie seine Sachen von der Stuhllehne nahm und ihm reichte. »Zieh dich lieber schnell um!«
Er tat es im dunklen Gang, der am Fuß der Treppe zur Wachstube führte, und stand bald wieder in trockenem Hemd und trockener Hose vor dem Feuer. Mit einem Handtuch rieb er sich das Gesicht und den Nacken und dann die Füße trocken. Er zog sich Socken und ein Paar Stiefel an, die er aber nicht erst zuschnürte.
»Scheußliche Nacht«, murrte er, zum Feuer gewandt. »Keinen Hund jagt man bei solchem Wetter raus!«
»In welcher Richtung warst du?« fragte Elizabeth.
»Um Derrada herum«, antwortete er.
Über seine berufliche Tätigkeit sprach er nicht gern in der Familie. Er antwortete Elizabeth nur deshalb, weil er diesmal sprechen wollte.
»Aber du kannst's nicht raten, wen ich getroffen habe«, fuhr er zögernd fort.
»Wen denn?«
»Quirke, den Schweinehund!«
»Den Oberwachtmeister?«

Ihr Ausruf enthielt gleichzeitig eine leise Rüge wegen des häßlichen Wortes.
»Was meinst du, was den hinausgetrieben hat?«
»Er hat was im Schilde geführt, da kannst du sicher sein.«
Er erzählte ihr von dem Zusammentreffen und sprach langsam, mit hämischer Wut und dauernder Nachäfferei.
»Er hielt dicht vor mir und ließ die Fensterscheibe runter und fragte: ›Sind Sie das, Reegan?‹
›Jawohl, Sir‹, sag' ich.
›Ist was passiert?‹
›Nein, Sir‹, sag' ich.
›Aber warum sind Sie denn bei solchem Wetter unterwegs?‹
›Ich bin auf Patrouille, Sir‹, sag' ich.
›Sie sind verrückt, Reegan, komplett verrückt! Bei solchem Wetter ist doch kein normaler Mensch mit dem Fahrrad unterwegs, falls er nicht besondere Gründe hat. Großer Gott, Reegan, begreifen Sie denn nicht, daß alle Regeln und Vorschriften sich unter gewissen Umständen dem menschlichen Ermessen beugen müssen? Wollen Sie sich den Tod holen, Mann, daß Sie in so einer Nacht herumfahren?‹
›Aye, aye, Sir‹, sag' ich, ›aber ich möcht' auch nicht rausgeschmissen werden, Sir!‹«
Den Kindern, die so taten, als wären sie emsig mit Schularbeiten beschäftigt, entging kein Wort. Es handelte sich um eine alte Fehde zwischen ihrem Vater und dem Polizeisergeanten Quirke. Sie bewunderten die gehässige Nachäfferei und gruselten sich doch davor. Sie hörten sein boshaftes Gelächter: »Da war er erschossen! Das hat ihm den Wind aus den Segeln genommen! Da blieb ihm die Spucke weg, kannst mir's glauben!«
Nun äffte er Quirke mit einer so hohen Piepsstimme und einer so affektierten Aussprache nach, daß es nicht mehr wie eine menschliche Stimme klang.
»›Sogar Vorschriften müssen sich unter gewissen Umständen dem menschlichen Ermessen beugen, Reegan! Sogar das Ge-

setz, Reegan, sogar das Gesetz muß sich unter gewissen Umständen dem menschlichen Ermessen beugen!‹«
»Damit erreichst du nichts als Ärger und Verdruß für dich selber«, unterbrach ihn Elizabeth. »Jetzt wird er dich nur um so mehr aufs Korn nehmen. Hättest du dir die paar Worte nicht verkneifen können? Was kommt's schon drauf an!«
»Meinst du damit, daß es zuletzt auf das gleiche hinausläuft?« fragte er hinterlistig. »Sind wir erst mal tot und begraben, dann sind wir alle hübsch still, und alles ist egal? Meinst du das?« Sie gab ihm keine Antwort. Es war ihr so gleichgültig geworden. Sie wußte, daß er doch nach seinem Kopf handeln und auf niemanden hören würde. Widerspruch würde ihn in seinem Vorhaben nur noch bestärken.
›Du denkst nie an jemand anders als dich selbst‹, fuhr es ihr ärgerlich durch den Kopf, aber sie sprach es nicht aus. Im stillen fürchtete sie, daß sie ihn noch liebte, er dagegen schien sich kaum noch etwas aus ihr zu machen — als hätte er eine Haushälterin geheiratet. Sie sah ihm zu, wie er sich den Pullover, den sie ihm gestrickt hatte, über den Kopf zog und in seine alte Uniformjacke schlüpfte, doch den Kragen am Hals schloß er nicht, und die Silberschnalle am Gürtel baumelte lose an der schwarzen Schlaufe. Es war jetzt über vier Jahre her, seit sie ihm das erstemal begegnet war: als sie ihren Genesungsurlaub zu Hause verbrachte, weil sie von der Pflege im Londoner Krankenhaus während der Luftangriffe erschöpft war. Sie war auf der Polizeiwache erschienen, um ihre Papiere in Ordnung bringen zu lassen. Er war zufällig allein in der Wachstube gewesen, als sie kam. Es war zwölf Uhr, die Angelusglocke hatte geläutet, als sie das Fahrrad gegen die Außenwand lehnte.
»Muß ja furchtbar gewesen sein in London mit den Luftangriffen?« hatte er gefragt — die übliche Frage an jemand, der dabeigewesen war, und sie lächelte und antwortete genauso banal.

»Nach einem Weilchen gewöhnt man sich dran. Hat man mal den ersten Schreck hinter sich, dann macht man weiter, fast, als wäre nichts geschehen.«
»'s ist wahrscheinlich ebenso wie bei dem Mann, der gehenkt wird: es bleibt einem keine Wahl«, lachte er. »Mich wundert's bloß, daß keiner von den zahlungskräftigen Amerikanern uns so ein Mädchen wie Sie weggeschnappt hat!«
Die Schmeichelei trieb ihr das Blut in die Wangen. In seiner blauen Uniform kam er ihr sehr hübsch vor. Er begleitete sie bis an die Tür. Sie sah, daß er ihr vom Fenster der Wachstube nachschaute, während sie den kurzen Weg entlangradelte und dann links ins Dorf einbog.
Die Freude an so einem Tag konnte jede Krankheit vertreiben: es war echtes Hochsommerwetter gewesen. Sie war so von Sehnsucht und Glück erfüllt, daß sie, als sie die Einkäufe für zu Hause erledigt hatte, vom Laden zur Kirche hinüberging. Wie immer steckten Medaillen und Rosenkränze auf den Spießen am Tor und warteten auf den, der sie verloren hatte; die immergrünen Büsche im Friedhof rührten sich nicht in ihrem Schlaf, und zwischen den Gräbern summten die Bienen vom Löwenzahn zum weißen Klee, und auf dem Lorbeerweg sahen die Steinplatten so glattgewetzt aus, daß ihr zumute war, als ginge sie wieder barfuß darüber hin, wie sie es während der Sommerferien an den Schulbeichtabenden getan hatte.
Innen war das grelle Mittagslicht gedämpft, und die Kirche war so kühl, wie sich auch der Stein vom Weihwasserbecken angefühlt hatte. Sie brachte es jedoch nicht über sich, ein gewöhnliches Gebet zu sprechen, weil jede Gewohnheit und Anpassung in einem leidenschaftlichen Ansturm von Erinnerungen untergegangen waren.
Ein Heuwagen rumpelte auf der Straße vorbei, als sie ins Freie trat; der Mann, der oben auf der Fuhre tief im Heu vergraben saß, hatte sich den Hut ins Gesicht gezogen. Sein Ober-

körper schaukelte bei jedem Stoß und Schwanken des Wagens hin und her, als wäre er im Sonnenschein eingeschlafen. Die Zügel hingen schlaff herunter. Eine Wolke von Fliegen umschwärmte den Kopf der Stute, und ihr schwarzes Fell war längs des Geschirrs mit Schweiß bedeckt, doch sie rumpelten weiter, als hätten sie für ihre Fahrt eine ganze Ewigkeit zur Verfügung.

Vielleicht schämte er sich, am hellichten Tage so schlaftrunken an den Läden vorbeizufahren – jedenfalls schrak er am Kirchhofstor auf und erblickte Elizabeth.

»Großartig, das Wetter, was?« rief er zu ihr hinunter, und es kam ihr wie ein Lobgesang vor: noch nie hatte sie sich so gesehnt, immer und ewig am Leben zu bleiben.

Sie half damals ihrer Mutter und ihrem Bruder auf dem kleinen Bauernhof, und ihrer Heirat mit Reegan hatten sich beide von Anfang an widersetzt.

»Bedenk doch, er hat drei Kinder, und seine Frau ist noch kaum kalt im Grab. Das ist keine leichte Aufgabe für die Hausfrau! Und was werden die Nachbarn dazu sagen? Er ist, scheint's, kein Engel, sogar, wenn an dem Gerede bloß ein Viertel was Wahres dran ist«, hatte ihr Bruder an einem Herbstabend in der Küche gemurrt, während ihre Mutter die Kohlen im Kamin geschürt und ihn mit ihrem halben Schweigen unterstützt hatte.

»Hör du nur auf das, was er sagt! So eine Heirat, da kann man nicht heute reinspringen und morgen wieder raus! Denn in der Ehe ist es mal so: wie du dich bettest, so mußt du schlafen, ob's ein hartes oder ein weiches Bett ist. Und bedenk auch, was er dir sagt: 's ist nicht leicht für die Hausfrau in so einem Haushalt. Aber ich sage nichts mehr: Gott im Himmel wird dich führen!«

Elizabeth wußte, daß es ihnen passen würde, wenn sie bliebe, um die verkrüppelte Mutter zu pflegen – ihre Mutter, die bei ihrem Tod vor drei Monaten allen so uralt erschienen war,

daß nicht einmal ihre Kinder bei der Beerdigung geweint hatten: sie galt ihnen ebensowenig wie eine Blume, die den Winter über in einer Vase hinter der Gardine verwelkt und an einem Tag im Frühling entdeckt und weggeworfen wird. Und es hätte auch ihrem Bruder gepaßt, der nicht ans Heiraten gedacht hätte, wenn sie geblieben wäre, um ihm den Haushalt zu führen. Aber sie blieb nicht. Sie heiratete Reegan. Sie war entschlossen, sich ein eigenes Leben zu sichern; sie wollte sich nicht mehr zufriedengeben mit dem eintönigen Gleichmaß der Tage, die weder glücklich noch unglücklich waren und nur in ermüdendem Dienen hingebracht wurden; und je mehr die Pflicht rief und sie zu einem solchen Leben zwingen wollte, desto unerträglicher und lästiger wurde es.
Sie wollte nicht auf diesem kleinen Gehöft in den Bergen bleiben, wo Schweinekoben und Kuhstall und ein zerfurchter Karrenweg, der sich zwischen Steinwällen zur Landstraße hinunterschlängelte, sie vom Leben aussperrten. Sie wollte Reegan heiraten oder nach London zurückkehren, falls sie je den Abend vergessen könnte, an dem sie mit Schwester Murphy aus dem Operationssaal gekommen war.
»Ich habe heute in der Kirche vor dem Altar der Jungfrau Maria drei Kerzen angezündet«, hatte die schmächtige Krankenschwester zu ihr gesagt.
»Bittest du sie um etwas Besonderes, Brigid? Oder hast du einen Kummer?« hatte Elizabeth aus Höflichkeit gefragt.
»Ich sag's dir, wenn du es niemandem verrätst, ja?«
»Gut, warum sollte ich auch? Aber vielleicht wär's besser, du sagst es mir überhaupt nicht?«
»Wenn du es niemandem sagst ...?«
»Nein, bestimmt nicht!«
»Ich bitte sie, daß sie mir einen Mann schickt – irgendeinen netten, anständigen Menschen.«
Elizabeth blickte sie erstaunt an, doch die schmächtige Frau in den Fünfzigern hatte es nie im Leben so ernst gemeint. In

vertrauensseliger Freundschaft hatte sie es plötzlich herausgeplappert. Eine Sekunde lang schien es fast unanständig, doch wenn Elizabeth es recht bedachte, war der Wunsch an sich nicht lächerlich, genausowenig wie bei einem jungen Mädchen, und nur die grausame Mitleidlosigkeit des Lebens hatte es mit der Zeit so erscheinen lassen. Kaum fünfzehn Jahre trennten die beiden Frauen voneinander. Elizabeth war blaß geworden bei der Vorstellung, daß sie selbst in qualvoll lächerlichem Verlangen alt und töricht werden könnte. Gegen eine Heirat hatte sie nur wenig Einwände, und sie glaubte Reegan zu lieben. Die Kinder waren nicht feindselig zu ihr eingestellt, obschon sie etwas zurückhaltend blieben. Und eine Zeitlang war sie glücklich – im Anfang sogar überaus glücklich gewesen.

Als Reegan sich umgezogen hatte und am Feuer saß, fühlte er sich sauber und wie neugeboren und – nach dem meilenlangen Pedaltreten im Regen – angenehm schläfrig. Er war glänzender Laune, als er seinen Stuhl zum Essen an den Tisch rückte, aber erst mußte er sich noch gegen Elizabeths Vorwurf verteidigen: ›Konntest du den Oberwachtmeister nicht einmal recht behalten lassen? Wird er dich jetzt nicht noch viel mehr aufs Korn nehmen?‹

»Wenn wir tot sind, ist alles egal«, erklärte er. »Aber verdammt noch mal, so weit sind wir noch lange nicht! Vorläufig heißt's immer noch: Jeder für sich, und Gott für uns alle, und den letzten beißen die Hunde! Stimmt doch, Willie, was?«

Elizabeth sagte nichts.

Sie hob seine nassen Socken auf und breitete sie zum Trocknen aus.

Sie hörte zu, wie er mit den drei Kindern sprach.

»Was habt ihr heute in der Schule gelernt?«

Sie waren verlegen. Es kam ihnen nichts in den Sinn, nichts Neues oder Ungewöhnliches von all dem öden Geschwätz, das

ihnen den ganzen Tag stundenlang eingehämmert wurde, eine Tatsache, genauso langweilig wie die nächste.
»Englisch ... und Irisch ...«, begann Willie zaudernd.
»... und Rechnen«, fuhr Reegan lächelnd fort. »Das sagt mir gar nichts. Habt ihr nichts Neues gelernt? Etwas Neues, das ihr gestern noch nicht gewußt habt?«
Dem verlegenen Gesicht des Jungen sah er es an, daß er nichts von ihm erfahren würde, deshalb wandte er sich mit fast plumper Freundlichkeit an die Mädchen: »Vielleicht können mir meine Mädchen was erzählen, da der große Herr hier anscheinend nur in die Schule geht, um sich zu amüsieren?«
Aber auch ihnen fiel nichts ein. Sie hatten nichts erlebt. Was sie gehört hatten, war eine Reihe von Tatsachen. Daß neun mal neun gleich einundachtzig ist. Daß die Stadt London, die sie nicht kannten, an der Themse liegt, die sie nicht kannten.
»Da könnt ihr ja ebensogut zu Hause bleiben und Elizabeth bei der Hausarbeit helfen«, neckte er sie, noch ziemlich sanft und mit lustigem Spott in den Augen. »Wißt ihr überhaupt, weshalb ihr in die Schule geht?«
»Um was zu lernen«, traute sich Willie mit frischem Mut hervor.
»Aber was?«
»Unsre Schulaufgaben!«
Reegan lachte. Er wurde sich wieder seiner Überlegenheit bewußt – nicht so sehr über die Kinder, das hielt er für selbstverständlich, sondern über jeden, der etwas mit ihm zu tun hatte.
»Du wirst auch niemals klug, Willie! Hat dir denn kein Mensch gesagt, daß du in die Schule gehst, um selber denken zu lernen und dich nicht die Bohne drum zu kümmern, was andre Leute denken?«
»Das würde ihnen mächtig nützen«, warf Elizabeth trocken ein.
Reegan stutzte, dann fand er es lustig. »Hat uns allen mäch-

tig genützt!« lachte er. »Wir hätten ebensogut bloß Tatsachen und Zahlen lernen und im übrigen genauso ahnungslos bleiben können, wie wir auf die Welt kamen – vorausgesetzt, daß wir immer in die Knie gehen und den Ring küssen lernten. Wenn wir das lernten, dann waren wir fein heraus, verdammt noch mal. Das hätte uns allen wunderbar vorangeholfen, was, Elizabeth?«

»Ja, das stimmt«, gab sie zu und freute sich, daß er glücklich war.

Als er seine Mahlzeit beendet hatte, bekreuzigte er sich. Seine Lippen bewegten sich in stummem Dankgebet, während er die Worte vor sich hin sagte. Dann setzte er sich wieder ans Feuer, und allmählich begriff er, wie vertraut er die ganze Zeit mit ihnen getan hatte, seit er heute abend, vom Zusammenstoß mit Quirke noch sehr erregt, ins Haus gekommen war, und ein heftiges Verlangen packte ihn, wieder für sich und allein zu sein. Die peinliche Beschämung und das Minderwertigkeitsgefühl, die auf zu große Vertrautheit folgen, begannen ihn jetzt bis zur Verzweiflung zu plagen. Er wollte nicht mehr sprechen, auch nicht die Zeitung lesen. Vor zehn Uhr würde er noch in die Wachstube gehen und seinen Rapport ins Wachbuch eintragen, doch das hatte Zeit. Jetzt wollte er weiter nichts, als sich vor dem Feuer zu rekeln und sich beim bizarren Aufflammen der Zweige selbst zu vergessen: wie sie sprühten oder züngelten oder in einem Funkenregen auseinanderbarsten, abwechselnd von einem hellen Rot zu Weiß und zu flackerndem Kupferbraun wurden und Formen annahmen, die so seltsam wie brennende Städte aussahen. Nur die Stahlfedern der Kinder kratzten durch die Stille, falls sich nicht gerade Elizabeth bewegte. Sie wußte, in welcher Stimmung er war, und machte sich mit kleinen Arbeiten zu schaffen, rührte den Haferbrei für den nächsten Morgen an, beobachtete den Kuchen im Ofen, wie er sich bräunte, und zögerte den Augenblick hinaus, wo sie ihre Stopferei oder das Bibliotheksbuch nehmen und sich zu ihm setzen mußte, weil dann die einschläfernde Langeweile der Stunden vor dem Zubettgehen begann.

Am Ende des Korridors ging eine Tür auf, und Caseys mit Eisen beschlagene Stiefel klirrten über den Zementboden. Sie dachten, er würde wieder in den Regen hinauseilen, um sich noch einen Eimer Torf zu holen, aber die allen Polizisten eigenen gleichmäßigen und gewichtigen Schritte näherten sich der Küche. Er klopfte an die Tür und wartete Reegans verstörtes »Herein!« ab, ehe er eintrat. Er maß gute sechs Fuß und war ebenso groß wie Reegan, doch völlig kahl, und sein Gesicht zeigte die wächserne Blässe von Kerzen. Nur die Augen waren lebhaft, wenn auch oberflächlich und ohne innere Ruhe. Unter dem Arm trug er das schwere Wachbuch.

»Gott segne alle hier!« grüßte er.

»Und Sie auch, Ned!« wurde ihm geantwortet.

Reegan freute sich über die Störung. Vor ein paar Minuten erst hatte er nichts sehnlicher gewünscht, als in Ruhe gelassen zu werden, doch jetzt war er froh, daß die Unterbrechung ihn aus Grübeleien riß, die ihn in eine verzweifelte Einsamkeit stießen. Er zog seinen Stuhl auf die Seite und war eifrig bemüht, Casey Platz zu machen.

»Bemühen Sie sich doch nicht!« beschwichtigte ihn Casey. »Ich finde schon ein Plätzchen, nur keine Sorge! Ich hab' gedacht, wenn ich Ihnen das Buch ranschleppe, erspar' ich Ihnen die Mühe, in die Wachstube rüberzugehen!«

»Großartig!« lobte Reegan. »Ich wär' schon längst erschienen, aber ich konnte mich noch nicht vom Feuer losreißen.«

»Kann ich Ihnen nachfühlen! Bei so einem Wetter würde sich der Gottseibeiuns persönlich nicht in die kalte Bude wagen. Ich hab' ein paar alte Jacken vor die Schwelle gestopft, aber der Wind bläst noch immer rein und kriecht einem wie lauter nasse Ratten die Beine rauf. Wahrhaftig«, rief er, »ich wäre beinah tiefsinnig geworden da drüben, und so ganz allein:

den lieben langen Abend immer ins Feuer starren und glauben, man müsse jede Minute ans Telefon springen.«
Dann meinte er plötzlich, er habe sich zu lange beklagt. Er brach ab und versuchte mit dem Ungeschick des übermäßig Schüchternen, dem Gespräch eine andere Wendung zu geben.
»Wie war's denn bei Ihnen? Ist Ihnen bei Ihrer Fahrerei was Seltsames oder Auffallendes begegnet?«
»Ja«, versuchte Reegan zu scherzen, »mir ist allerdings was begegnet – aber ob man's seltsam und auffallend nennen kann, ist 'ne andre Frage.«
Er bemühte sich um eine Beschwingtheit, die er nicht empfand, und das hinterließ ein stärkeres Gefühl zorniger Enttäuschung, als heftige Worte es vermocht hätten.
»Was ist Ihnen denn begegnet, Sir?«
»Haben Sie schon mal von Seiner Kaiserlichen Majestät John James Quirke gehört? Ja?«
»O je«, rief Casey und war ehrlich bestürzt. »Sie werden doch wohl nicht dem Ober-Ober begegnet sein? Was hat denn der bei solchem Wetter auf der Landstraße zu suchen?«
Reegan begann von dem Zusammenstoß zu erzählen, und seit dem ersten Bericht wurde alles immer verrückter und komischer und gehässiger. Als er schloß, schrie er: »Das hat ihm den Rest gegeben! Das hat ihm den Wind aus den Segeln genommen!«, und während er schrie, versuchte er, Caseys Gesichtsausdruck zu studieren und seine Gedanken zu erraten.
»O je, Sir, da wird er uns von jetzt an aber schön aufs Korn nehmen! Da wird er bloß dauernd auf 'ne günstige Gelegenheit lauern. Da können Sie Gift drauf nehmen! So sicher wie zweimal zwei vier ist!«
»Ist mir doch egal! Warum soll ich mir um den Schweinehund Gedanken machen?« stieß Reegan zwischen den Zähnen hervor.
Elizabeth ging leise an ihnen vorbei. Sie schob die sinkende Glut zusammen und schichtete mehr Holz auf.

Die pralle Hitze, die ihr ins Gesicht schlug, machte sie schlaftrunken. Sie spürte wieder, wie krank sie war – und noch immer hechelte Reegans Stimme durch die Stille der großen Polizeiküche und überschlug sich vor Hohn und Leidenschaft.
Sie hob den Kessel ab und füllte ihn mit Brunnenwasser aus dem Eimer in der Spülküche; dort war es feucht und kalt, und der Tisch war mit Kohlblättern und anderem Gemüseabfall bedeckt, den sie in ihrer Müdigkeit nicht weggeräumt hatte. Hier trommelte der Regen noch lauter auf das niedrige Dach; manchmal klang es so, als wolle er niemals aufhören: so konnte er nur in diesen Nächten im Westen des Landes niederprasseln. Sie legte den alten Regenmantel der Kinder wieder vor die Schwelle, als sie zurückkam, und hängte den Kessel niedriger, mitten in die Flammen hinein.
Bald würde er über dem lodernden Feuer zu murmeln beginnen und dann ein gleichmäßiges Summen anstimmen, fast wie ein Lied. Sie sah, wie sanft und golden das Lampenlicht auf den Stores lag, welche die Nacht aussperrten.
Am liebsten hätte sie Reegan angeschrien, er solle endlich Ruhe geben.
War ihr das Leben nicht schon schwierig genug, auch ohne daß weiteres Unheil heraufbeschworen wurde? Hinter Quirke stand alle Autorität, und Reegan konnte sich nur sein eigenes Grab schaufeln. Was sollte aus ihnen werden, wenn er von seinem Posten gejagt wurde? Was dann?
Ihr Frauenleben verlangte nicht nach Veränderung. Die Tage waren mit Arbeit angefüllt. Ihr fehlte nichts weiter, als – geliebt zu werden. Morgens um acht schrillte der Wecker in der Wachstube, und um Mitternacht wurde hier die Asche über der Glut zusammengekehrt. Zwischen diesen beiden Ereignissen lagen, wie zwischen zwei Hochfluten, die zurückweichende Ebbe nächtlicher Erneuerung und die täglichen Hausarbeiten, bei denen sie ihre Kraft wieder verausgabte; stets eine unbeendete und zwei ewig wartende Arbeiten, doch so

unbedeutend und gering, daß man sie nur bei Zeitlupentempo voneinander hätte trennen und benennen können, und weil niemand sie sah, wurden sie auch nie gerühmt.
Sie räusperte sich, als sie sich über das Feuer beugte, und suchte hinter der Manschette ihres Ärmels das Taschentuch. Es war nicht da. Sie spuckte leise aus, ohne zu überlegen. Der Schleim verzischte auf der heißen Asche. Sie schauderte, als ein winziges Wölkchen der bleichen Holzasche hochschoß. Wie sie es immer verabscheut hatte, daß Reegan auf den Fußboden spuckte und dann versuchte, die Spucke mit seinem Stiefel in den Zement zu reiben – und jetzt machte sie es selbst nicht besser! Wie um sie noch mehr zu quälen, fuhr ihr ein Bild von früher durch den Kopf: ein Bild von ihr selbst in London, vor dem Kriege, an einem Frühlingssonntag, wenn das Licht unvergleichlich sanft und silbern ist. Sie war durch das große schwarze Krankenhaustor getreten, hatte den roten Schottenschal über die Schulter nach rückwärts geworfen und wandte sich nach rechts, die prachtvolle Breite der Whitechapel Road hinauf, weg von der Menge, die in die Lane, es war morgens gewesen, hineinstrudelte.
Und jetzt – war sie in einer Polizeiküche und spuckte wie eine gewöhnliche Schlampe ins Feuer. So unglücklich wie ein verprügeltes Tier nahm sie ihr Strickzeug auf und setzte sich zu Casey und den drei Kindern, die ihre Schularbeiten beendet hatten und in den Kreis am Feuer getreten waren.
Reegan saß am Tisch und trug seinen Rapport ins Wachbuch ein. Während er schrieb, schwiegen sie, bis Casey die Kinder fragte: »Habt ihr die Schularbeiten geschafft?«
»Ja, wir sind fertig«, antworteten sie leise.
»Und ihr habt alles gekonnt?«
»Aye.«
»Ja, ja, so ist's recht! Der Lehrer soll nur staunen!«
»Ich glaube nicht, daß sie besonders tüchtig sind«, sagte Elizabeth.

»Immerhin – ohne Lernen kommt man heutzutage zu nichts. Man muß Prüfungen ablegen. Dann kommt man voran. Damit – und mit Schummeln. Hab' keins von beiden gut gekonnt. Man sieht's mir an!«
Sie lachten über Caseys reumütiges Gesicht. Er fachte manchmal eine herrlich entspannte Stimmung an: dann war es ihnen, als hätten die schwarzen Uhrzeiger Flügel. Sie liebten es sehr, mit ihm vor dem Feuer zu sitzen und ihm zuzuhören.
Reegan schrieb flüssig und nach altgewohntem Schema. Erst als er das Wetter beschreiben sollte, machte er eine Pause. Er war unsicher wegen der Windrichtung. Er erinnerte sich, wie er beim Bergabfahren von Ardcare um Luft ringen mußte, weil sich der Wind in sein Gesicht und seine Brust verkrallte, doch eine Meile weiter, auf der gleichen geraden Strecke, fiel er ihn plötzlich von hinten an und stieß das Fahrrad wie ein Boot vor sich her, das alle Segel gesetzt hat. Nur die mächtigen Buchen hinter den Mauern der Domäne stellten sich ihm in die Bahn.
»Von woher weht der Wind, Ned? Von Südwesten?«
»Ja, so ungefähr«, antwortete Casey bedächtig. »Als ich Torf holen ging, blies er von Morans Bay herüber. 's ist anscheinend die einzige Richtung, die er kennt«, schloß er mit trockenem Lachen. Reegan war zufrieden, drehte sich um und beendete seinen Bericht. Doch Casey mußte noch länger seinen Scherz mit der Windrichtung treiben.
»Woher kommt der Südwestwind, Willie Reegan?« fragte er mit dem Tonfall eines aufgeblasenen Lehrers.
»Vom Atlantischen Ozean«, ging Willie sogleich auf den Spaß ein. Die Kinder strahlten, und sogar Elizabeths Miene hellte sich auf, weil Casey für seinen Auftritt ein wahres Clownsgesicht aufgesetzt hatte.
»Sehr gut, Master Reegan! Und kannst du mir jetzt noch sagen, was er während seiner langen Reise über die Meere aufsaugt?«

»Er saugt Feuchtigkeit auf«, kicherte Willie.
»Sehr gut, mein Sohn! Wie ich sehe, bist du ein Junge, der noch etwas anderes als Schurkenstreiche und Schandtaten in der Schule lernen will. Und dann – wie ich es tagaus und tagein wiederholt habe, bis mir die Haare auf dem Kopf grau wurden –, dann stößt er gegen die Berge, schwingt sich zu einer großen Höhe empor und pinkelt auf die armen, unseligen Menschenkinder herunter, die sich in unserm frommen katholischen und apostolischen Irland ihr täglich Brot verdienen.«
Sie versuchten, ein allzu lautes Gelächter zu unterdrücken, während Reegan weiterschrieb und sich stirnrunzelnd konzentrierte.
»Sie sind ein furchtbarer Mensch, Ned!« neckte ihn Elizabeth.
»Es ist die heilige Wahrheit!« protestierte er. »Sie wissen doch, was Cromwell gesagt hat: Entweder bei lebendigem Leib in der Hölle gebraten – oder in Connaught ertränkt werden!«
Da er von Natur schüchtern war, schien der Erfolg seiner kleinen Komödie ihn von seinem beschwerlichen Ich zu befreien. Alle waren entspannt und ungezwungen, als Reegan das Wachbuch zuklappte und seinen Stuhl zwischen sie schob; doch trotzdem scheute sich Casey, Reegan zu fragen, ob Una die Nacht bei seiner Frau schlafen dürfe. Reegan konnte launisch und wunderlich sein. Ebensogut konnte er die so oft vorgetragene Bitte übelnehmen. Ein abschlägiger Bescheid hätte Casey eine ganze Nacht hindurch um seine Seelenruhe gebracht. Seine nervöse Besorgnis verriet sich, als er mühselig und umständlich fragte: »Meine Frau hat drüber nachgegrübelt, ob Una wohl mit mir kommen dürfte, wenn ich für ein rasches Abendbrot nach Hause gehe, und ob sie dann die Nacht über oben bleiben kann?«
Er hatte heute nichts zu befürchten.
»Natürlich kann sie mitgehen. Aber das ist Frauensache. Eli-

zabeth soll's entscheiden«, antwortete Reegan rücksichtsvoll. Elizabeth hatte eigentlich nichts zu entscheiden, doch seine Rücksichtnahme machte ihr Freude, und dankbar lächelnd versuchte sie Reegans Blick zu erhaschen, als sie einwilligte: »Sie kann natürlich mitgehen. Ihr Nachthemd liegt schon im Schrank bereit.«

Una konnte ihre Freude nicht verbergen, sosehr sie sich auch Mühe gab, und Sheila konnte ihr Grauen vor dem Alleinsein im kalten Zimmer nicht verbergen. Beide versuchten, ihre Gefühle zu unterdrücken. Sie wußten, daß sie bloß Marionetten waren und daß die Welt ihres Vaters und Caseys und Elizabeths ihnen so unbegreiflich bleiben würde, wie es die unduldsame Welt Gottes für die Erwachsenen war. Die beiden kleinen schwarzhaarigen Mädchen konnten nichts weiter tun als dazusitzen, zu warten und über ihr Kommen und Gehen bestimmen zu lassen.

»Es tut mir leid, daß ich Sie dauernd so belästigen muß«, quetschte Casey noch hervor.

Elizabeth machte kurzen Prozeß.

»Reden Sie nicht so dumm! Una kann's ja kaum abwarten, daß Sie gehen. Stimmt's nicht, Una?«

Das dunkelhaarige Mädchen lachte und wurde rot. Das war alles.

»Was sollten wir bloß ohne Una anfangen! Wir wären aufgeschmissen! Meine Frau würde verrückt werden, wenn sie die ganze Nacht allein in dem Haus bleiben müßte!«

»Das kann ich gut verstehen«, sagte Elizabeth und brachte die Sache zu einem Ende.

Caseys Verlegenheit verflog. Er war so glücklich, wie er nur sein konnte. Er blickte auf die Uhr, es war schon neun. Er hatte nichts mehr zu tun, bevor er sich schlafen legte, nichts als eine Reihe von Wiederholungen, die ihm zur zweiten Natur geworden waren: wenn er essen ging, nahm er Una mit, und eine halbe Stunde drauf, ehe er in die Wachstube zurückkehrte, küßte er seine Frau zum Abschied. Sie stand dann mit der Hand am Türpfosten, bis sie die weiße Pforte, die zur Seitengasse führte, hinter ihm zuklirren hörte: das war ihre Gewohnheit. Danach war alles ein Kinderspiel: er holte die Matratze und die Wolldecken von oben herunter und machte unter dem Telefon ein Lager zurecht, schloß die Tür, legte den Schlüssel auf den Sims, nahm seinen Rosenkranz hervor, um außer seinen paar Abendgebeten noch eine Reihe Gesätzlein zu sprechen, stellte die Weckeruhr für den nächsten Morgen, kehrte die Glut zusammen und schraubte die Petroleumlampe herunter, ehe er sich hinlegte. Diese Wiederholungen beherrschte er, sie konnten ihn nicht beunruhigen.

»Wie wär's mit einem Spielchen? Es ist eine Ewigkeit her, seit wir zusammen Karten gespielt haben«, schlug er jetzt vor.

Hinter einer Figur der heiligen Theresia fand sich auf der Anrichte ein Spiel Karten, und in die Mitte vor dem Kamin wurde der zusammenlegbare Kartentisch aufgestellt. Die Karten wurden ausgeteilt, und sie spielten. Elizabeth notierte die Punktzahlen auf der Innenseite eines aufgerissenen Päckchens mit Golden Flakes. Das Spiel war nicht spannend, es wurde nicht um Gewinne gespielt, und nur die Kinder waren munter, weil die Nacht geprellt und der Mitternachtsstunde entgegengehetzt wurde.

Die schwere Verandatür wurde von außen aufgestoßen; kleine Steine, die sich am unteren Rand verklemmt hatten, knirschten über den Zement, und der Türklopfer klapperte durch den Korridor.

Vor der Tür zur Wachstube zauderten die Schritte, dann kamen sie den Gang entlang. Unwillkürlich hielten sie die Hände still, als könnten sie so besser lauschen.

»Das ist bestimmt Jims Schritt«, sagte Casey, noch bevor Brennan klopfte und eintrat.

Für einen Polizisten war er klein: er hatte nur knapp das vorgeschriebene Maß. Sein Gesicht war mager, und die Knochen

stachen hervor. In seinem schweren Wollmantel sah er leidend aus.
»Was für 'ne schlimme Nacht wir haben«, sagte er.
»Ja, 's ist 'ne schlimme Nacht.«
Die Stimmen antworteten einander wie ein Echo, mehr oder weniger gleichzeitig, und sie antworteten wie eine heisere Litanei.
»Hab' gesehen, daß die Lampe in der Wachstube heruntergeschraubt ist. Da hab' ich mir gedacht, daß ihr alle hier sein würdet.«
Er legte seine Taschenlampe aufs Fensterbrett, Mantel und Mütze auf die Nähmaschine, die davorstand. Es war nicht mehr nötig, weiter Karten zu spielen. Sie wurden eingesammelt, der grüne Tisch wurde weggestellt.
»Du hast's ja heute mächtig eilig gehabt, Jim?« wurde er gefragt, denn es war noch nicht zehn, und es war meistens nach zehn, wenn die Polizisten kamen, um Rapport zu machen und sich für die Nacht abzumelden.
»Ich war den ganzen Abend bei den Kindern und hab' ihnen eine Vogelfalle gebastelt«, erklärte er. »Gerade vor einer Minute haben wir's geschafft. Deshalb dacht' ich mir, ich könne gleich herkommen, dann hätt' ich's hinter mir.«
Sie konnten sich vorstellen, wie er in der Küche seiner Wohnung hinter dem Fluß auf den Knien kauerte und wie der größte Teil seiner acht Kinder sich um ihn drängte, während er aus Weidenruten und hellen Holunderzweigen die Falle bastelte. Wenn es anfing zu schneien, konnte man sie ins Freie stellen. Und während der schlimmsten Kälte würden sie halb erfrorene Amseln und Drosseln haben.
»Wir haben eine große, starke Falle gemacht!« prahlte er. »In ganz Irland gibt's keine bessere!«
Die andern lächelten, denn Brennans Stolz auf alles, was er besaß, war bei den Polizisten zu einem stehenden Witz geworden.

›Keine Frau in ganz Irland kann so gut handeln‹, pflegte er zu sagen, wenn seine Frau am Samstag von ihren Einkäufen aus der Stadt zurückkehrte, und wenn er selbst im Frühling mit einem Bündel Early-York-Kohl nach Hause kam, dessen Pflänzchen noch von einem Strohzopf zusammengehalten wurden, dann brüstete er sich schon: ›Hunderte von den besten Kohlköpfen in ganz Irland! Da gibt's nichts dran zu wakkeln und zu zweifeln!‹

»Und wie steht's mit Mrs. Brennans Erkältung?« fragte Elizabeth ruhig.

»Sie muß immer noch husten. Hat den reinsten Steinbruch in der Brust. Aber nichts kann die Frau bewegen, im Bett zu bleiben«, klagte er stolz.

»Es wäre gescheiter, wenn sie im Bett bliebe. Nimmt sie was dagegen ein?«

»Nachts reibt sie sich ein bißchen Vicks drauf. Das ist alles, was ich je gesehen habe. Sie sagt immer, eine Erkältung will sich Zeit lassen.«

»Nichts geht über Bettruhe«, riet Casey. »'s ist das einzige Mittel, um das Fieber unten zu halten. Sie soll nur nicht glauben, daß sie unentbehrlich ist – die Allerbesten von uns sind entbehrlich. Drum soll sie's lieber langsam angehn lassen!«

Eine Litanei von Binsenwahrheiten, die dem Gespräch das letzte bißchen Leben entzog, das es je gehabt hatte, und ihm ein Ende machte. Mit ihrem fraulichen Instinkt wußte Elizabeth sofort, daß etwas geschehen mußte. Sie holte Tassen und Untertassen vom Küchenspind, Brot aus der weiß emaillierten Brotbüchse und Tee aus der Papiertüte auf dem Kaminsims. Alle saßen mit den Tassen am Feuer, und ein Teller mit bestrichenem Sodabrot wurde herumgereicht.

Während sie noch aßen, kam Mullins dazu. Er war nicht älter als die andern, aber rot und aufgedunsen; sein Atem stank nach Porterbier, obwohl er eher niedergeschlagen als betrunken schien.

»'ne böse Nacht!« rief er. »Anscheinend bin ich der Letzte der Mohikaner?«
»Aber die Letzten sollen die Ersten sein, mußt du wissen!« Casey konnte sich die Bemerkung nicht verkneifen. Wegen seines schwächlichen Lachens kam es wie Hohngelächter heraus. Mullins nahm es ihm übel und blieb steif an der Türe stehen.
»Aye«, gab er undeutlich zur Antwort, »und die Ersten werden die Letzten sein!«
»Stehen Sie doch nicht so da, John! Ihre Tasse Tee wartet schon auf Sie!« nötigte ihn Elizabeth.
Sie zog einen Stuhl heran, und Reegan, der sich immer weniger an der Unterhaltung beteiligt hatte, sondern einfach gelangweilt und stumpfsinnig in seinem Sessel lag, lachte los: »In dem Haus hier geht's nicht danach, wer als erster oder als letzter kommt, sondern ob man rechtzeitig zum Tee erscheint. Darauf kommt's an. Und Sie hätten nicht pünktlicher sein können, John!« schloß er, als der unbeholfene alte Polizist sich setzte.
Dadurch wurde dem Spott der Stachel genommen. Mullins lachte wie beschwipst, so daß die Tasse umkippte und auf die Untertasse fiel.
»Verflixt!« schalt er. »Hab's tatsächlich in der letzter Minute geschafft, wie mir scheint.«
Reegan begann Brennan und Mullins von seinem Zusammenstoß mit Quirke zu erzählen, und Casey war gezwungen, sich alles noch einmal anzuhören. Der Haß hallte jetzt wie ein sich ständig wiederholendes Thema durch den Abend.
Sie hörten nervös zu, wie sich sein Ärger und seine Ohnmacht allmählich erschöpften. Als er geendet hatte, platzte Mullins in seinem trunkenen Zorn laut heraus: »Heute können sie uns nicht mehr schikanieren! Die Zeiten sind vorbei! Sie können's versuchen, aber das ist auch alles! Gott noch mal!«
»Du würdest dich noch schön wundern, was die alles können«,

erwiderte Casey mit ungewöhnlichem Nachdruck. »Die Zeiten ändern sich nicht so rasch. Aussehen mag's vielleicht anders, aber das ist auch alles. Denn wenn du dich ihnen nur einmal widersetzt, dann fliegst du, egal, ob sie dich rauswerfen dürfen oder nicht. Die finden schon Mittel und Wege. Was glaubst du denn, für wen der Chef sich einsetzt? Für John Mullins oder für Mr. Quirke? Macht setzt sich immer für Macht ein!«

»Aber das ist mir doch egal! Das ist mir doch wurstegal!« schrie Reegan, und eine neue Auseinandersetzung begann. Beispiele wurden genannt, nichts wurde bewiesen, und keiner änderte seine Meinung; es wurde einfach zu einem rohen Zusammenprall von Individuum gegen Individuum, und jegliches Bemühen um Toleranz oder Wahrheit und tiefere Bedeutung mußte sich einfach ihrer blinden Leidenschaft unterordnen, über die andern zu dominieren. Die einzige Trophäe, die jeder davontrug, war ein nagender Groll über die einsame und vergängliche Welt, in der jeder von ihnen steckte. Doch selbst der Groll verflog so schnell wie eine plötzlich aufgetauchte Mode, als Brennan die feindseligen Gefühle durch eine Frage an den Jungen zu einem unumstößlichen Halt brachte: »Und wie denkt unser kleiner Willie darüber? Will er ins Polizeikorps eintreten, wenn er erwachsen ist?«

»Nicht, wenn er auch nur 'ne Spur Verstand in seinem Schädel hat«, mischte sich Reegan ein. Seine Worte klangen hitzig und streitsüchtig, während die andern bereits abgekühlt waren und es satt hatten.

»Glaubt ihr denn, daß er das richtige Maß haben wird?« fragte Casey und überhörte Reegans Herausforderung geflissentlich.

»Der Willie wächst so schnell, daß wir ihm bald 'n Ziegelstein auf den Kopf legen müssen«, sagte Mullins freundlich, und dann lachte er: »Aber ich fürchte, er wird nie dick genug sein!«

»Sechsunddreißig Zoll über der Brust, Willie, und eine haushohe Schicht Dummheit, wie der Mann aus Connemara; dann fünf Fuß neun Zoll auf Socken, vor der Wand gemessen, und du bist geeignet fürs Polizeikorps, Willie! Genau wie's die Vorschriften verlangen.«
Es war ein beliebter Scherz, der sich nie abnutzte, sondern ihnen jedesmal die sechs Monate ins Gedächtnis rief, die sie mit neunzehn oder zwanzig Jahren in den ersten Tagen des irischen Freistaates in der Polizeischule verbrachten.
Die Engländer hatten sich zurückgezogen. Die Hauptstadt befand sich nach all den Veränderungen in einem Fieber hochgradiger Erregung. Neue soziale Schichten bildeten sich heraus; Schmiede und Schreiberlinge übernahmen im Handumdrehen die höchsten Posten. Eine funkelnagelneue Trikolore mußte geschwenkt werden, eine eigene Sprache sollte erlernt und eine neue Nationalhymne von Glauben und Vaterland auf der Trommel der großen Massen eingepaukt werden.
Die Hauptsache war der hinter diesen blumenreichen Fassaden unsichtbar und wild verlaufende Kampf um die numerierten Sitze der Macht. Und was für Träume hegten sie, die Polizeirekruten, wenn sie abends durch den Phoenixpark gingen oder in lichterhellen Straßenbahnen zu den Varietés fuhren? Sie wußten, daß Glückspilze mit einer blitzschnellen Beförderung rechnen konnten. Sie sahen die jungen Mädchen, die ihnen vom Bürgersteig aus zuschauten, wenn sie am Sonntagmorgen zur Messe marschierten.
Und jetzt, dreißig Jahre später, saßen sie da und erinnerten sich an damals und warteten darauf, im Regen in ihre Wohnung zurückzukehren.
»Einige von den alten Sergeanten waren die reinsten Teufel«, sinnierte Casey mit komischen Grimassen, als behage ihm sogar das Bittere. »Erinnert ihr euch noch an By-Garrup?«
»Hu, gerechter Gott!« fluchte Mullins. »*Den* Schweinehund kann man doch nie vergessen!«

»›By-Garrup!‹ hat er immer geschnauzt, der alte Saukerl. ›Seht euch mal die Kiepe Torf auf Mullins' krummem Buckel an! Du bist hier nicht im Moor, Mullins! Augen geradeaus! Rechts schwenkt! Brust raus, by Garrup! Ihr tragt doch nicht eure alte sterbende Großmutter die Treppe rauf. By-Garrup! An Ort! Hoch das Bein!‹«
Mullins heulte vor Lachen: »Oh, der alte Saukerl!«, und alle stimmten ein, denn nichts machte ihnen soviel Spaß wie diese Zerrbilder. Der Abend, der erst so verantwortungsschwer auf ihnen gelastet hatte, schien ihnen jetzt viel zu kurz und halb vergeudet.
»Und wißt ihr noch: Spats vom Rechtsunterricht?« fuhr Casey fort. »Die Afferei von dem Burschen! ›Ein juristisches Meisterwerk, meine Herren Geschworenen, ist die richtige Verteilung der richtigen Menge Tinte auf der richtigen Anzahl weißer Seiten. Das, meine Herren, ist ganz schlicht und ergreifend die Konstitution eines Meisterwerks!‹«
»Aber hieß es nicht von ihm, er sei einer von den klügsten Köpfen Irlands?« unterbrach ihn Brennan plötzlich. »War er nicht ein Barrister und ein Anwalt?«
Casey ärgerte sich maßlos über die Unterbrechung. Er war, ehe er ins Polizeikorps eintrat, Tramfahrer gewesen.
»Ein Barrister! Was ist denn schon ein Barrister? Ein Gauner erster Güte!« höhnte er. »Von denen laufen Hunderte in Dublin rum und können sich kaum die Sohlen an den Stiefeln leisten. Haben kaum genug für die Tramfahrkarte!«
»Aber verdienen nicht manche von ihnen mehr als fünftausend Pfund im Jahr?«
»Ja, manche, James. Viele sind berufen, aber wenige sind auserwählt, was du und ich in diesem Stadium unsres Daseins allmählich wissen sollten.«
Casey zitierte es mit einer so salbungsvollen Grabesstimme, daß jeder begriff, was er von Brennans Einwand hielt.
Brennan hatte währenddessen geschwiegen. Er verstand sich

nicht aufs Nachäffen andrer Menschen. Singen konnte er auch nicht. Er hatte es oft versucht, wenn er allein über die Landstraßen patrouillierte, doch sowie er die dünnen Töne seiner eigenen Stimme vernommen hatte, war er stets verlegen geworden und hatte lieber geschwiegen. Er beneidete Casey und Mullins um ihre Redegewandtheit und Begabung, sich in Gesellschaft hervorzutun; er wußte nicht, daß Menschen, die sich aufs Zuhören verstehen, am allerseltensten sind. Immer stumm dabeizusitzen, langweilte ihn unsäglich; er war fest entschlossen, sich an der Unterhaltung zu beteiligen.

»Ist es nicht merkwürdig«, sagte er, »daß von all den Männern, die in die Polizeischule gingen, kein einziger genau sechs Fuß gemessen hat?«

»Ja, das ist richtig!« bestätigte Mullins. »Kein Sterblicher hat je genau sechs Fuß gemessen. Es kommt daher, weil Jesus Christus genau sechs Fuß gemessen hat, und seither konnte kein Mensch die gleiche Länge haben. Das soll der Grund sein, nimmt man an.«

Er hatte Brennan, der jetzt verärgert und enttäuscht auf dem Stuhl herumrutschte, die Worte aus dem Mund genommen.

»Ich habe es auch oft gehört«, warf Elizabeth ein — eher, um Reegans Benehmen zu vertuschen, der vor Langeweile und Unruhe verstummt war, als aus dem Wunsch heraus, selber etwas zu sagen.

»Es ist genau wie mit der Heiligen Jungfrau und der Erbsünde«, platzte Brennan wieder los und zitierte etwas aus dem Katechismus: *»›Die allerseligste Jungfrau Maria war auf Grund eines besonderen Gnadenprivilegs frei von Erbsünde, und dieses Privileg wird ihre Unbefleckte Empfängnis genannt.‹«*

»Sechs Fuß ist die ideale Größe für einen Mann«, behauptete Mullins wieder. »Alles, was drüber rausgeht, ist zuviel. Und alles, was drunter geht, ist zu klein. 's ist die ideale Größe für einen Mann.«

»Kelly, der Knabe aus Killann, maß sieben Fuß und noch ein paar Zoll«, sagte Casey. *»›Sieben Fuß war er groß und noch ein paar Zoll, und schritt wie ein König einher‹«,* zitierte er das alte Marschlied.
Sie empfanden es sofort als Lästerung, weil das weltliche Lied mit Jesus Christus in Zusammenhang gebracht wurde, obwohl Casey sich nichts Böses dabei gedacht hatte. Er hatte es nur erwähnt, weil es ihm gerade einfiel und weil er entschlossen war, noch etwas zu sagen. In der darauffolgenden verlegenen Pause erinnerten sie sich an die Uhrzeit. Es war fünf vor elf.
»Da setzt's was ab!« rief Casey und sprang auf. »Meine Frau erwartet mich schon seit einer Stunde!« In der Wachstube legte er Mütze und Jacke an. Elizabeth ermahnte Una zur Eile, damit sie an der Haustür bereitstehen konnte. Sie trug Gummistiefel; das Päckchen mit ihrem Nachthemd hielt sie unter dem blauen Regenmantel an sich gedrückt.
»Für jeden ordentlichen Menschen ist's Zeit, nach Hause zu gehen«, sagte entweder Brennan oder Mullins, und sie gingen in die Wachstube, trugen sich ein und folgten den andern fast auf den Fersen.
Reegan erhob sich aus seinem Sessel am Feuer und schob die im Halbkreis stehenden Stühle beiseite. Sein Haar sah wirr aus, weil er es vor Müdigkeit zerwühlt hatte; der Kragen seiner Uniformjacke stand noch immer offen, und die Füße steckten in den nicht zugeschnürten Stiefeln.
»Ein Segen, daß sie nicht jeden Abend kommen!« murrte er. Der Ärger machte sein Gesicht häßlich.
»Oh, war es denn so schlimm?« wandte Elizabeth ein. »Die Abende werden uns oft zu lang!«
»Aber hast du schon mal solchen Unsinn gehört? In einem Atemzug Jesus Christus und den Knaben Kelly zu nennen! Bei allen Märtyrern, hast du schon mal solchen Unsinn gehört?«

Seine Stimme überschlug sich. Elizabeth mußte sich fassen, ehe sie ihm ruhig antworten konnte: »Es ist ja nur eine Überlieferung, daß Jesus sechs Fuß groß war. Ist das so wichtig? Hast du's nie gehört?«
»Natürlich hab' ich's schon gehört«, schrie er, jetzt außer sich. »Ich bin ja nicht taub, leider. Wenn man lange genug zuhört, was hier rumgeschwatzt wird, könnte man bald den Teufel persönlich sprechen hören.«
Dann beruhigte er sich etwas und sagte weniger hitzig und eher grübelnd: »Du wirst mir doch nicht wie die andern werden, Kind?«
Sie kam näher. Sie empfand sich nicht mehr als eine alternde Frau. Sie dachte überhaupt nicht mehr an sich selbst, weder an das bißchen Schönheit, das ihr geblieben war, noch an ihre Krankheit, denn jetzt wurde sie gebraucht.
»Nein«, sagte sie. »Aber ist es nicht einerlei, was sie sagen? Der Abend muß doch irgendwie herumgebracht werden?«
Gewiß, der Abend mußte herumgebracht werden, aber nicht so, fand er. Er wandte sich zum Radio um, das zwischen der Anrichte und dem Apothekenschränkchen mit dem Vorhang auf einem kleinen Brett stand; ein paar Rechnungen und Briefe lagen unordentlich daneben.
»Solchen Unsinn muß man sich anhören«, brummte er. »Und dann noch vor den Kindern . . . Und das gleiche verdammte Geplapper Abend für Abend, das ganze Jahr hindurch!«
Er stellte das Radio an.
Das Sweepstake-Programm ging gerade zu Ende.
Leise Musik begleitete die honigsüße Stimme, die einem weismachen wollte: ›Wo du bist, ist ganz egal, wünschen kannst du überall!‹
Es sollte traurig stimmen. Man war allein. Die Nacht war dunkel und still. Um weitermachen zu können, brauchte man einen Wunsch, eine Sehnsucht. Das Leben, das man führte, von neun bis fünf im Büro, oder die Plackerei auf einer Farm,

das tägliche Einerlei – wie konnte man es ertragen ohne einen Hoffnungsschimmer?
»Darum entschließen Sie sich, ehe Sie schlafengehen, zum Kauf eines Sweepstake-Loses, und der erste Preis von fünfzigtausend Pfund aus einer Gesamtsumme von hunderttausend Pfund an Preisen der diesjährigen Grand National Lottery fällt vielleicht an Sie!«
Die Musik besang die junge Nacht. Man war in Venedig, summte die Stimme. Mondschein lag auf den schlafenden Kanälen, und die Sehnsucht wuchs. Ein junger Mann und ein Mädchen lassen sich in ihrem Boot treiben. Aus der mitternächtlichen Taverne rauscht seidige Musik. Im Boot finden sich beider Hände. Sternenschimmer liegt über ihrem Haar; er hat das Gesicht zu ihr aufgehoben. Er singt leise, und seine Stimme schwebt über dem ruhigen Wasser. Es ist in Venedig, es ist ihre Liebesnacht ...
Gegen ihren Willen fühlten sie sich von dieser überwältigenden Sentimentalität und krankhaften Sehnsucht mit fortgerissen. Reegan schaltete ab, als die Sprechstimme einem Bariton Platz machte, der das Liebeslied des jungen Mannes zur Musik überleiten sollte. Im Haus war es totenstill.
»Die Nachrichten sind längst vorbei«, sagte Reegan. »Seid ihr alle zum Beten bereit? Wir hätten schon längst beten sollen.«
Er holte einen kleinen Stoffbeutel aus seiner Uhrtasche und ließ die Rosenkranzperlen in seine Hand gleiten. Dann legte er eine Zeitung auf den Zementboden, kniete nieder und stützte sich mit den Ellbogen auf den Tisch; der Spiegel in der Rückwand der Anrichte zeigte ihm sein Spiegelbild.
Elizabeths Rosenkranz und die Perlen der Kinder wurden in einer weißen Ziervase auf dem Küchenspind aufbewahrt. Willie kletterte auf einen Stuhl und holte sie vom obersten Bord herunter. Elizabeths Rosenkranzperlen waren von einem Franziskanerbraun, und die der Kinder waren aus Perl-

mutter mit Silberkreuzen, wie man sie ihnen zur ersten Kommunion geschenkt hatte.
Sie bekreuzigten sich gemeinsam, und er begann: *»›Du, o Herr, wirst meinen Mund auftun.‹«*
»›Und meine Zunge soll dich preisen‹«, antworteten sie. Sie summten das Glaubensbekenntnis. Dann wurden das *Vaterunser* und das *Gegrüßet seist du, Maria* und das *Ehre sei dem Vater* mit ihrer unerbittlichen Eintönigkeit immer wieder von neuem heruntergeleiert, ohne Nachdruck oder Glut, weder Liebesruf noch Antwort, sondern nur Stimmen, die aus tödlicher Gewohnheit weitermurmelten, und die Gedanken waren nicht bei dem, was sie sagten, sondern inhaltlos oder abschweifend oder ihr eigenes Leben ausspinnend.
Elizabeths Finger glitten unachtsam über die braunen Kugeln. Keinem war es aufgefallen, daß sie bei ihrem Gesätzlein elfmal *Gegrüßet seist du, Maria* gebetet hatte. Ein- oder zweimal hatte sie versucht, sich zur Aufmerksamkeit zu zwingen, und es war ihr nicht gelungen.
Sie fühlte sich matt und elend, der Kopf zersprang ihr fast, und mehr als einmal legte sie ihre Hände auf die Brüste, um die Zysten zu spüren. Sie kniete, und der Kopf hing tief zwischen den Ellbogen, die auf dem Stuhl ruhten. Die Worte, die sie wiederholte, wurden zu Staub in ihrem Mund, und die Müdigkeit legte sich schmerzhaft und aufdringlich auf all ihr Denken.
Sie wußte, daß sie einen Arzt aufsuchen sollte, aber das hatte sie schon seit Monaten gewußt, und sie hatte nichts unternommen. Sie hatte die Zysten entdeckt, als sie sich auf Malones Insel, einem Badeplatz am See, keine zehn Minuten quer durch die Wiesen, abgetrocknet hatte, und sie erinnerte sich noch an den Schreck und das Nicht-begreifen-Wollen, als sie die rechte Brust noch einmal mit dem Handtuch berührte, und wie das Geräusch singenden Stahls von der Sägemühle im Wald an jenem Nachmittag jedes andere Geräusch zerriß.

Was der Arzt tun würde, war ihr klar. Er würde sie ins Krankenhaus schicken, damit ein Stück Gewebe zur Untersuchung entfernt wurde.
Und wenn man das Ergebnis wußte, würde man ihr die Wahrheit sagen — oder auch nicht: es hing von ihnen und auch von ihr ab. Wenn sie Krebs hatte, würde sie zur Behandlung eingeliefert werden. Sie war Krankenschwester gewesen. Sie machte sich nichts vor über das, was geschehen würde.
Seit sie verheiratet war, hatte sie Reegans Haus nur ein einziges Mal verlassen. Sie schauderte bei dem Gedanken, wie unglücklich sie sich in jenen drei Tagen gefühlt hatte: es war der erste Reif auf ihrem Glück gewesen.
Eine Kusine hatte sie zu ihrer Hochzeit nach Dublin eingeladen. Sie hatte keine Lust hinzufahren, doch daß man an sie gedacht hatte, erfüllte sie mit so freudigem Erstaunen, daß sie beim Mittagessen den Brief erwähnte.
»Du solltest die Gelegenheit wahrnehmen, wenn sie sich bietet! So etwas kommt vielleicht nie wieder. Es wäre eine Abwechslung für dich. Du wärst ein paar Tage lang mal jemand anders«, hatte er ihr zugeredet.
»Aber denk doch an die Unkosten. Die Bahnfahrt. Das Hotel. Ein Hochzeitsgeschenk für Nuala. Und wie soll ich bloß an den Schaufenstern mit all den schönen Sachen vorbeikommen, ohne unser ganzes Geld auszugeben«, hatte sie gelacht.
»Sorge dich nicht drum, Kind. Wenn Geld nötig ist, läßt sich's auch finden«, sagte Reegan.
»Warum gehst du nicht, Elizabeth, wenn es doch eine so gute Gelegenheit ist?« hatte Willie verwundert gefragt.
»Und wer kümmert sich ums Haus, wenn ich weg bin, Willie?«
»Das ist kein Grund«, sagte Reegan. »Du brauchst nicht zu befürchten, daß die alte Polizeiwache auf und davon fliegt, während du weg bist — obwohl's noch nett wäre!«
»Und wenn nun jemand mit dir durchbrennt, während ich weg bin?« fragte sie kokett.

»Keine Bange«, lachte er. »Alles Ding zu seiner Zeit, und für dich ist's jetzt der richtige Zeitpunkt, Kind!«
Sie fühlte sich geschmeichelt und war befriedigt. Sie würde nicht gehen. Hier brauchte man sie. Was würde sie bei der Hochzeit sein? Eine Verwandte, die einen Witwer vom Lande geheiratet hatte, ein Exempel für alle, die sie noch als junges Mädchen gekannt hatten; beim Essen würde man ihr den untersten Platz an der Tafel geben.
»Ich finde, du solltest gehen, Elizabeth«, redete Willie ihr hartnäckig zu. »Ich würde bestimmt gehen, wenn ich an deiner Stelle wäre.«
»Aber wer soll denn kochen und waschen und backen und nähen, Willie?«
»Wir schaffen es, Elizabeth. Wir können abwechselnd von der Schule wegbleiben. Wir können Brot kaufen ...«
»Du denkst, ihr könnt es, Willie.« Nervös bemühte sie sich, es lachend abzutun.
»Irgendwie schaffen wir's!« schwärmte er weiter. Ohne zu bedenken, daß er noch ein Kind war, das im Haus nichts zu melden hatte, gestikulierte er begeistert mit den Händen und sprach zu rasch weiter, als daß man ihn noch hätte unterbrechen können: »Ich finde, du bist dumm, wenn du dir Dublin entgehen läßt. Wer kann denn schon nach Dublin fahren? Die paar Tage können wir's schaffen, Elizabeth. Wir haben's schließlich auch all die Jahre geschafft, ehe du zu uns gekommen bist.«
Es war wie ein Blitz aus heiterm Himmel. Sie hatten es geschafft, ehe sie zu ihnen gekommen war. Und sie würden es auch schaffen, wenn sie nicht mehr da war. Sie war erschlagen. Sie mußte irgend etwas in der Hand gehalten haben, denn sie erinnerte sich noch, daß sie es nicht fallen lassen wollte. Dann brach sie zusammen.
Sie hätte nie geglaubt, daß sie die Treppe zu ihrem Zimmer hinaufkommen würde: alle Dinge im Haus bedrängten sie.

Zum Glück stand die Tür zur Wachstube nicht offen.
Sie hörte Reegan in der Küche schimpfen.
»Siehst du jetzt, was du angerichtet hast? Siehst du jetzt, was du angerichtet hast? Meine Güte, kannst du denn deinen Mund keine Minute zumachen?«
Dann der erschrockene Protest des Jungen: »Ich hab's nicht so gemeint, Daddy! Ich hab' doch gar nichts Böses gemeint!«
Und wieder Reegans Schreie: »Wirst du's niemals begreifen? Wirst du nie vernünftig? Wirst du niemals einsehen, daß Frauen anders empfinden als Männer?«
Sie hörte, wie ihr seine Schritte auf den hohl klingenden Stufen folgten.
Sie saß auf dem Bettrand, als er ins Zimmer kam. Sie konnte den Kopf nicht heben. Er würde ebenso unwirklich wie alle Menschen aussehen, die sich verteidigen.
»Der Junge hat's nicht so gemeint. Er hat nur gefunden, daß wir dir endlich zu einer Ausspannung verhelfen könnten. Du mußt's doch selber ganz genau wissen, daß wir ohne dich nicht auskommen können.«
Er legte ihr die Hände auf die Schultern. Sie wollte keine Szene machen und trocknete sich das Gesicht mit dem Ärmel.
»Ich konnte mir nicht helfen«, sagte sie und blickte mit nervösem Lächeln zu ihm auf. »Es macht nichts. Es kam nur so unerwartet.«
»Möchtest du nicht doch zur Hochzeit fahren? Der Junge wollte dir ja nur eine Freude machen . . .«
»Vielleicht sollte ich gehen.«
Sie bemühte sich, heiter auszusehen. Es war einfach leichter gewesen, zu gehen als zu bleiben.
Sie spürte, wie der Schmerz endlich nachließ. In der Küche summte der Rosenkranz seinem Ende entgegen. Die Gesätzlein waren fertig.
Reegan sprach eintönig weiter: *»›Mystische Rose/Turm Davids,/elfenbeinerner Turm/goldenes Haus.‹«*

Sein Gesicht war eine ausdruckslose Maske. Wie im Trancezustand starrte er auf sein Spiegelbild über der Anrichte. Seine Finger glitten immer noch unwillkürlich über die Kügelchen, und die Stimme war völlig tonlos, als er die Lobpreisungen Marias wiederholte.
Mit der *Weihe der christlichen Familie* begannen die letzten Gebete, die Zusätze. Ein Gebet für die Heiligsprechung des seligen Oliver Plunkett, dessen versengter Kopf – so hatten sie es auf einem Flugblatt gelesen – jetzt in einer Kirche in Drogheda zur Besichtigung aufgestellt war.
Gebete für alle, für die sie pflichtgemäß beten mußten, wegen eines Versprechens oder aus Barmherzigkeit.
Das Gebet für einen glücklichen Tod.
Und das letzte Gebet, das lange, furchtbare Eingeständnis: *›O Jesus, ich muß sterben, ich weiß nicht wo noch wann noch wie, doch wenn ich in Todsünde sterbe, fahre ich zur Hölle in alle Ewigkeit.‹*
Die Zeitungen wurden aufgehoben, die Rosenkränze und Stühle wurden versorgt. Sie hörten, wie Casey von seinem Nachtessen zurückkam.
»Rasch! Rasch!« sagte Reegan zu dem kleinen Mädchen. »Rasch ins Bett! Wenn ihr nicht macht, schlaft ihr morgen in der Schule ein!«
Ein paar rote Backsteine lehnten zum Wärmen in der Nähe des Feuers. Mit der Zange steckte Willie sie in alte Wollsokken. Er zündete die Kerzen in ihren Blechleuchtern an, dann waren sie für den Gutenachtkuß bereit.
Sheila lief zu Elizabeth. Reegan saß vor dem Feuer, und der Junge trat auf ihn zu, zwischen seine geöffneten Knie. Reegans Hände legten sich auf seine Schultern.
»Gute Nacht, Willie! Gott behüte dich!«
»Gute Nacht, Daddy!«
Er hob den heißen Backstein auf und sagte an der Tür: »Gute Nacht, Elizabeth!«

»Gute Nacht, Willie!«
Endlich waren sie im Korridor. Ihre flackernden Kerzen erhellten das Dunkel. Casey kam die Treppe herunter, auf den Armen einen Stoß dunkelgrauer Polizeidecken, deren Ränder oben und unten mit der amtlichen grünen Litze eingefaßt waren. Weil er so beladen war, mußte er sich mit jedem Schritt vorsichtig weitertasten. Am Fuß der Treppe warteten sie auf ihn, die Kerzen in der Hand.
»Ihr geht also ins Bett«, sagte er. »Wärmsteine zum Warmbleiben, und alles sonst noch.«
»Gute Nacht, Mr. Casey«, erwiderten sie, und weiter nichts. Er drehte sich lachend zu ihnen um. Sein kahler weißer Schädel ragte im Licht ihrer Kerzen über den Stoß grauer Decken. »Gute Nacht! Schlaft gut! Angenehmes Flohbeißen!« leierte er. Sie lächelten höflich und brav, aber der Abend war nun vorbei, und seine Munterkeit traf sie wie ein eisiger Strahl. Mit grausamen Blicken sahen sie ihm nach, wie er sich seitwärts drehte und wand, um seine Ladung Wolldecken durch die Tür der Wachstube zu quetschen. Dann gingen sie die Treppe hinauf, von deren Stufen die Farbe in der Mitte völlig abgetreten war; sogar das Holz war aufgefasert und klang von den Schritten vieler Jahre etwas hohl. Ohne ein Wort zu sprechen, stiegen sie hinauf. Als sie beinah oben waren, konnten sie ihr Schattenbild sehen: mit Kerzen und Backsteinen stiegen sie in die Nacht hinein, die schwarz durch das Fenster blickte. Es lag am oberen Treppenabsatz und blickte auf den riesigen Ahorn zwischen dem Haus und dem Fluß. Mond und Sterne ließ das Fenster nicht sehen, nur zwei Kinder mit Kerzen in der Hand, die von der schwarzen Tiefe gespenstisch widergespiegelt wurden. Regentropfen rannen über die Scheibe draußen, wo ein wuchtiger Wind durch die Nacht tobte und wirbelte.
Willie begleitete Sheila in ihre Kammer. In solchen Nächten waren sie sich immer etwas fremd.

»Wirst du dich jetzt fürchten, Sheila?« fragte er.
»Ich lass' die Kerze brennen«, erwiderte sie.
»Und soll ich die Tür offenlassen?«
An ihrem leisen ›Aye‹ erkannte er, daß sie vor Angst wie gelähmt war.
»Und sonst brauchst du nichts mehr?«
Seine Stimme klang wichtigtuerisch; die Situation machte, daß er sich wie ein Erwachsener fühlte und so handelte.
»Nein«, sagte Sheila. »Nichts.«
»Also dann schlaf gut, Sheila!«
»Schlaf gut, Willie!«

Unten in der Küche siebte Elizabeth Reegans Gerstenwasser in einen Becher mit blauem Rand oberhalb des Henkels. Er saß vor dem verlöschenden Feuer, trank vom Becher und blies manchmal darüber hin, weil es noch heiß war. Er liebte es, die letzten Minuten hinauszuzögern. Der Gedanke an Quirke beunruhigte ihn jetzt ebensowenig wie der Gedanke an sein Leben und Sterben. Alle Dinge rückten in die Ferne und wurden unwichtig — Probleme, die ihn vielleicht eines Tages betreffen mochten, die jedoch jetzt keine Macht über ihn hatten, und diese Minuten waren eine Friedensinsel.
»Ist die Katze draußen?« fragte er.
»Sie ist den ganzen Abend nicht ins Haus gekommen«, antwortete Elizabeth.
»Sind die Hühner eingesperrt?«
»Ja.«
»Möchtest du, daß ich dir noch etwas hereinhole?«
»Nein, ich brauche nichts.«
Er stand auf, stellte den Becher auf den Tisch und ging durch die Küche, um die Tür zur Spülküche zu verriegeln. Als er zurückkam, deckte sie schon den Tisch fürs Frühstück am nächsten Morgen.
»Bleib nicht mehr zu lange auf!« sagte er auf dem Weg zur

Treppe. In letzter Zeit schlief sie schlecht, weil sie sich wegen ihrer Brüste Sorgen machte, und deshalb saß sie oft stundenlang in der Stille und las, während er längst zu Bett gegangen war: Bücher, die Willie ihr in der Leihbücherei der Schule besorgt hatte, und ein paar andere Bücher, die sie aus London mitgebracht und immer oben in ihrem Koffer unter Verschluß gehalten hatte — Bücher, die mit ihrem Leben verwurzelt waren, als wären sie hineingepflanzt worden, und die sie manchmal nur blindlings zu berühren brauchte, um alles neu zu erleben.

»Nein, ich komme höchstens eine Minute nach dir rauf. Muß nur noch das Feuer zusammenrechen.«

An der Flurtür fiel ihm der nervöse, verkrampfte Ausdruck in ihrem Gesicht auf.

»Du siehst müde aus. Du wirst dich noch umbringen, wenn du so schwer arbeitest.«

Und dann fragte er, als hätte er eine Erleuchtung: »Fühlst du dich bestimmt wohl, Kind?«

»Sei nicht komisch!« versuchte sie ihn lachend abzulenken. »Wie kann ich wohl zu schwer arbeiten, wenn in dem Haus hier sowenig zu tun ist! Sowie ich das Feuer zusammengerecht habe, lege ich mich zu Bett.«

»Also mach nicht mehr zu lange! Wer abends liest, wird schließlich tiefsinnig!« mahnte er und ging.

Sie legte ein paar nasse Torfsoden aufs Feuer und deckte dann alles mit Asche zu. Sie hörte, wie Casey lärmend sein Bett in die Wachstube hinuntertrug, und bald polterten Reegans Stiefel oben über den Fußboden, und sie blies die Lampe aus und folgte ihm in ihr gemeinsames Zimmer.

2

Der Wecker schreckte sie aus einem Zustand auf, der nicht tief genug war, um Schlaf genannt zu werden. Draußen war es noch Nacht, und das Zimmer lag in völliger Finsternis, denn der Store des einzigen Fensters war heruntergezogen.

Die Luft war eisig. Die feuchten Februartage waren vergangen; jetzt begann die Fastenzeit, und die Tage näherten sich einem frühen Osterfest.

Aus reiner Gewohnheit langte sie instinktiv über den Berg Bettzeug, unter dem Reegan lag, und machte dem Tanz der Uhr auf dem Nachttisch ein Ende. Obwohl sie wußte, daß es nur um so schwerer würde, wenn man zuletzt doch heraus mußte, sank sie zurück – so müde, als hätte sie überhaupt nicht geschlafen. Reegan war nicht erwacht; sein Ellbogen streifte sie, als er sich auf die andere Seite drehte: der Wecker hatte seinen Schlaf nur an der Oberfläche gestreift.

›Wer müde zu Bett geht und müde erwacht ...‹, schoß es ihr wie ein zuckender Nerv durch den Sinn und ließ sich nicht vertreiben, bis sie die sich ständig wiederholenden Worte als eine Anzeige in vielen Zeitungen und Zeitschriften ermittelt hatte: *›Wer müde zu Bett geht und müde erwacht, trinkt Bourna-Vita zur guten Nacht.‹* Als sie es herausgefunden hatte, schnitt sie eine Grimasse und schmiegte sich tiefer in die Bettwärme. Sicher war es wieder eine Frostnacht gewesen, sie spürte es an der Luft über ihrem Gesicht. Sie wußte nicht, wie sie es fertigbringen sollte, nach einer Frostnacht aufzustehen – doch auch früher schon war es mit jedem neuen Morgen zu einem immer schwereren Kampf geworden.

Noch ein paar Minuten würde sie liegenbleiben, sagte sie sich. Reegan war nicht erwacht, und in den andern Zimmern verriet kein Geräusch, daß die Kinder wach waren. Doch ach, je länger sie die gestohlene Wonne dieser paar Minuten genoß, desto mühsamer mußte sich ihr Fleisch schließlich aus dem

Bettzeug reißen. Und dabei hatte sie es einst geliebt, an einem Märzmorgen früh aufzustehen, in der Stille sachte den Store hochzulassen und zu entdecken, daß die Nacht noch nicht ganz vorüber war und die Welt in weißem Rauhreif dalag. Dann hatte sie die Tür aufgeriegelt und das Eis auf dem Wasserfaß mit dem Rand des Waschbeckens aufgestoßen, und wenn ihre Hände das eiskalte Wasser an ihr Gesicht führten, hatte sie geächzt und war wach gewesen.

Doch in den letzten Wochen war jeder Morgen ein einziges langes Zurückschrecken vor der Kälte und dem Tag, und was früher ein Abenteuer gewesen war, hatte sich in eine Plage verwandelt, die sie kaum noch auf sich nehmen konnte. Sie wünschte sich nichts Besseres, als im Bett zu bleiben und gar nichts auf sich nehmen zu müssen. Doch die kleine Gnadenfrist, die sie sich gestattete, summte sich stets zusammen, bis sie in der letzten Minute aufstand und jeder Morgen eine Hetzerei wurde.

Plötzlich fiel es ihr ein: heute war nicht ein Morgen wie jeder andre, sondern der Tag mit den Sitzungen im Bezirksgericht. Sie hatte den Wecker früh gestellt, auf zwanzig nach sieben. Das Zimmer war noch pechschwarz, und nichts rührte sich.

Wie hatte sie nur so daliegen können, ohne daß es ihr in den Sinn gekommen war? Sie hatte doch am Abend vorher seine Sachen in der Küche zurechtgelegt, und während des unruhigen Schlafs hatte sie zwischendurch auch daran gedacht. Da hatte sie so lange herumgetrödelt, und es war Gerichtstag! Ihre Furcht vor der Kälte und ihre Müdigkeit waren im Nu verflogen.

Schnell war sie aus dem Bett und angekleidet und im Dunkeln zur Tür geschlichen, ohne zu wissen, wie ihr das Aufstehen gelungen war. Sie ließ den Store nicht hoch und schloß die Schlafzimmertür nicht richtig, um ja kein Geräusch zu machen. Als sie hinausging, konnte sie Reegans Atem hören. Sie wollte ihn erst wecken, wenn sie fertig war.

Als sie hinunterging, war alles totenstill und dunkel, ihre Pantoffeln hallten hohl auf den Treppenstufen, und ihre Hand glitt wegweisend das Treppengeländer hinab; als sie unten gegen den dicken, runden Pfosten stieß, suchte ihr Fuß den harten Zement. Sie konnte die Tür zur Wachstube fühlen. Sie hörte nichts hinter der geschlossenen Tür, doch der Geruch von Mullins' Woodbines-Zigaretten drang durch die Ritzen. Ihre Finger tasteten über die Wand, während sie vorsichtig den Korridor entlangging, um nicht gegen die zusammenlegbare Bank zu stoßen, die dort irgendwo stand. Als sie den Store hochließ, fiel ein schwacher Lichtschimmer herein. Das kahle weiße Feld, das sich zum Fluß hin absenkte, und der Hügel dahinter hoben sich scharf vom Dunkel ab. Sie zündete die kleine gläserne Petroleumlampe an und schürte die Glut in der Asche.

Sie arbeitete rasch und gut und ohne viel nachzudenken. Sie wusch sich nicht, kämmte ihr Haar nicht und ging auch nicht hinaus, bevor sie Wasser für Reegans Rasierzeug aus dem Faß geschöpft hatte. Das Wasser war so kalt, daß sie zusammenzuckte, als sie das Eis zerbrach, und sie sah, wie die schwarze Katze durch die Tür ins Haus schoß. Als Elizabeth ihr folgte, fürchtete sie, die Katze hätte etwas stibitzt, doch sie wartete nur darauf, mit ihrem eiskalten Fell über Elizabeths Beine zu streichen, dabei zu schnurren und schließlich so laut zu miauen, bis sie in der Spülküche eine Untertasse Milch bekam.

Die Kinder waren erwacht: ihre Füße tappelten oben über die Dielen. Das Wasser im Teekessel kochte, das Rasierwasser war bereit, die Speckstreifen lagen ausgebreitet in der Pfanne und mußten nur noch gebraten werden, der Tisch war gedeckt. Die Morgenarbeit war beinah getan. Das Gefühl, vielerlei Arbeit warte auf sie, wich allmählich. Jetzt lag nicht genug vor ihr, um das Tempo beizubehalten; sie wollte sich nicht waschen und sich nicht die Haare bürsten, und den Anblick ihres Gesichts im Spiegel konnte sie nicht ertragen. Als die Kinder, sprühend vor Leben, in die Küche kamen, wurde sie dadurch noch mehr an ihre Krankheit erinnert.

»Hat's gefroren, Elizabeth?« riefen sie. »Dann können wir auf Malones Teich schlitteln, wenn sich's hält!«

Sie konnte ihnen nur müde zustimmen. Ihre Begeisterung und Wißbegier schien kein Ende zu nehmen. Sie fragte sich, ob sie Reegan vielleicht geweckt hätten.

»Daddy muß wohl heut zum Gericht?«

»Ja.«

»Muß er jetzt aufstehn, Elizabeth?«

»Kann ich raufgehen und ihn wecken?«

»Ich, Elizabeth! Ich möchte rauf!«

»Dann laß Sheila raufgehen«, sagte sie zu Una.

»Darf ich jetzt die Lampe auslöschen, Elizabeth? Sie nützt nichts mehr, 's ist zu hell jetzt!«

»Ich werde ihm seine Stiefel putzen, Elizabeth!«

Elizabeth, Elizabeth, Elizabeth, Elizabeth! Es schien nicht abzureißen. Sheila raste die Treppe hinauf. Das verdunkelte Zimmer jagte ihr einen Schreck ein. Sie blieb an der Tür stehen und rief: »Daddy, 's ist Zeit zum Aufstehen!« Aber sie erhielt keine Antwort und mußte auf Zehenspitzen ans Fenster schleichen und den Store hochlassen, damit das Licht hereinströmte.

»Daddy, 's ist Zeit zum Aufstehen!«

Sie rüttelte ihn schüchtern an der Schulter.

Dann mußte sie ihn kräftiger rütteln und lauter rufen.

»Heut ist Gerichtstag, Daddy!«

Er knurrte, und plötzlich schlug er die Augen auf. Sie spürte seinen erschrockenen Blick, als seine Augen sie sahen und nicht gleich erkannten, und dann das langsame Erinnern und die Rückkehr in die Welt, in der er lebte. Endlich wußte er, wer sie war.

»'s ist Zeit aufzustehen, Daddy!«

»Ach, du bist's, Sheila?«

Er rieb sich mit dem Handrücken über die Augen.
»Was für'n Tag ist denn heute?«
Er brauchte einen Augenblick, um zu begreifen, was sie gesagt hatte. Dann suchten seine Blicke rasch die Uhr auf dem Tisch: es war fünf nach acht. »Himmel noch mal, das hab' ich vergessen!« schalt er und sprang aus dem Bett. »Wieder mal ein Tag in der verdammten Stadt!«
Er kam fast gleichzeitig mit ihr in die Küche, auf Strümpfen und mit der Hose und dem kragenlosen Hemd. Vor der Tür der Wachstube blieb er stehen und lauschte, aber kein Geräusch verriet ihm, ob Mullins sich bewegte.
»Du mußt aber früh aufgestanden sein!« lobte er Elizabeth, als er die Wärme des lodernden Feuers genoß.
»Ich wollte dich nicht wecken«, erwiderte sie.
»Hat das Wasser gekocht?«
»Ja, es ist bereit – wenn du's jetzt haben willst?«
Er holte den einfachen Holzkasten mit seinem Rasierzeug herunter, der ganz oben auf dem Apothekenschränkchen stand, und öffnete ihn auf der Nähmaschine, um sein Rasiermesser herauszunehmen; dann strich er das Messer auf dem feinen Lederriemen ab, der auf der Seite des Schränkchens befestigt war. Nachdem er das Messer auf die Schärfe hin geprüft hatte, legte er es vorsichtig auf eine Zeitung auf dem Fensterbrett und stöberte im Kasten nach Rasierpinsel und Rasierseife.
Elizabeth goß ihm in der Spülküche das heiße Wasser ins Becken und sah zu, wie der Dampf aufstieg und den Spiegel im Fenster überzog; sie nahm ein sauberes Handtuch vom Wäscheständer herunter und reichte es dem einen der wartenden Mädchen.
»Wenn er fertig ist«, sagte sie, denn das Ritual frühmorgens an einem Gerichtstag änderte sich nie. Das Kind wartete, bis das Kratzen des Rasiermessers aufhörte und er sich mit Wasser benetzte; sie stand neben ihm, als er sich umdrehte, die Augen blind vom Seifenschaum, mit tastenden Händen.

Sie waren still, als er sich in der Küche zum Frühstück hinsetzte. Doch in der Wachstube war die Unruhe bemerkt worden. Mullins war aufgestanden und stampfte mit der Matratze und einer Ladung Bettzeug die Treppe hinauf; das eiserne Bett zerrte er gegen die Wand, hinter der sich die Zelle befand. Als er das Feuer in Gang brachte, klirrten Schüreisen und Feuerzange über den Boden. Sie hörten, wie er die Haustür aufschloß und wie seine Füße über den hartgefrorenen Boden bis zum Ende des Gartens gingen, während er in der Hand den Eimer und den Nachttopf trug.

Kurz darauf erschien er in Mantel und Mütze in der Küche. Sein rotes Gesicht war fast blau vor Kälte; er hatte sich nicht gewaschen.

»Das riecht aber großartig, das Gebratene, an so einem kalten Frostmorgen, Elizabeth! Bin vor Hunger schon halb verrückt. So eine Kälte, da kann einem Messingaffen der Arsch abfrieren. Grausam, sich aus dem Bett zu wälzen!« sagte er.

»Es ist schon der sechste Frosttag«, sagte sie. Ihr blieb bei allem Kommen und Gehen stets der Kontakt zwischen den einzelnen vorbehalten.

»Sechs Tage, ja, sicher! Obwohl das besser ist als die greuliche Nässe! Aber noch schlimmer wär's, wenn wir nichts zu jammern hätten«, kicherte er und freute sich auf der Türschwelle über seinen Humor.

»Ja, das stimmt wohl«, lächelte sie.

»Heute gehen wir alle weg«, sagte er. »Casey muß die Burg ganz allein verteidigen.«

Er wandte sich an Reegan und meldete, daß er jetzt frühstükken und sich für die Gerichtssitzung aufpolieren wolle; kurz nach neun sei er zurück, um die Bücher in Ordnung zu bringen und mit ihm in die Stadt zu fahren.

»Die Tür steht offen, man kann also das Telefon hören, wenn es mal wunderbarerweise läuten sollte. Der Tag in der Stadt wird 'ne nette Abwechslung sein«, schloß er.

Nachdem Mullins gegangen war, setzte Reegan seine Mahlzeit schweigend fort. Manchmal blickte er am Ahorn und am Drahtzaun vorbei auf die weiße Wiese, die sich zum Fluß hinabsenkte. Der Fluß zog als stiller Streifen schwarzen Wassers durch das weiße Land und an der Dornenhecke und weiter hinten am Hügel entlang. Manchmal betrachtete er im Spiegel der Anrichte sein Gesicht, während er aß und völlig schweigsam war. Es paßte ihm nicht, daß Elizabeth fragte: »Sind heut viele Fälle dran?«
»Nicht viele«, sagte er.
Er wollte ihr keine Auskunft geben. Sein Denken war eine unbeschwerte Leere gewesen, als er sein Gesicht und das Bild draußen mit der weißen Wiese und dem Fluß und dem weißen Hügel betrachtet hatte, ohne sie mit etwas in Beziehung zu bringen und ohne zu denken. Jetzt hatte sie sich einen Zugang in die völlige Leere erzwungen und ihn mit den Gedanken an sie und an den heutigen Tag beunruhigt.
Mit seinem ›Nicht viele‹ wollte er sie wegdrängen, aber es gelang ihm nicht.
»Ich wollte nur wissen, ob du früh zum Mittagessen zurückkommst oder nicht!« Er mußte sich ihren gekränkten Tonfall anhören. Er mußte sich klarmachen, daß sie verletzt war.
»Nur einen großen Fall – den Absturz im vorigen Monat im Steinbruch«, teilte er ihr mit. »Es hängt davon ab, wann er drankommt. Wir können nach einer Stunde fertig sein, oder wir können bis abends dableiben. Wenn wir nicht vor zwei Uhr zurück sind, kannst du dir sagen, daß es ziemlich spät wird.«
Sie nickte. Tränen traten ihr in die Augen, aber sie hielt sie zurück. Sie spürte, wie ihre Kräfte nachließen, und setzte sich seitlich auf einen Küchenstuhl, den Arm auf der Rückenlehne. Es war ein früher Morgen, voller Trubel mit den Vorbereitungen für den Gerichtstag, und sie war so erschöpft, als wäre sie tagelang auf den Beinen gewesen. Sie spürte, wie schwach

sie wurde. Sie mußte sich krampfhaft an der Stuhllehne festhalten und all ihre Willenskraft aufbieten, um nicht ohnmächtig zu werden. Sie durfte nicht zusammenbrechen. Der Anfall ging vorüber; aber lange konnte sie nicht mehr so weitermachen, höchstens noch einige Tage; vor lauter Verzweiflung nahm sie ihren Mut in beide Hände.
»Würdest du bitte beim Doktor vorbeigehen und ihn fragen, wann ich morgen in die Sprechstunde kommen könnte?« fragte sie gelassen. »Ich glaube, ich sollte mich mal wieder bei ihm zeigen.«
Ihre Frage rief ein dramatisches Schweigen hervor, das ihr peinlich war; sogar die Kinder wurden still und blickten sie forschend an. Sie saß schlaff und totenbleich da.
»Du siehst nicht gut aus«, sagte er gedankenlos grausam. »Seit Weihnachten bist du nicht mehr die alte!«
»Ich glaube nicht, daß es etwas Bestimmtes ist«, protestierte sie. »Ich möchte nur ganz sicher sein.«
Sie war verstört.
»Ich werde ihm sagen, er soll herkommen«, schlug er vor.
»Nein, nein! Das kostet zuviel!«
»Kostet!« höhnte er ärgerlich. »Wir sind keine Bettler.«
»Nein, bitte nicht! Es hat keinen Sinn, daß er herkommt. Ich kann sehr gut mit dem Fahrrad zu ihm gehen. Und ich freue mich auf einen Tag in der Stadt.«
Sie versuchte, es als Lappalie hinzustellen. Mit aller Willenskraft trennte sie sich vom Stuhl und stand. Sie hob den Kessel mit dem kochenden Wasser vom Feuer und hängte eine Pfanne darüber.
»Es ist wirklich nichts«, lächelte sie flüchtig und strengte alle Muskeln ihres Gesichts an. »Nur um sicher zu sein.«
Sie stand still und tat so, als sehe sie nach dem Feuer. Sie hörte, wie ihr Herz hämmerte. Sie bedauerte es, daß sie den Mund aufgemacht hatte.
Dann sah sie, wie Reegan aufstand und sich seine besten Stie-

fel anzog, die von Una blankgewichsten. Er steckte das Rasiermesser in die Scheide, versorgte das Rasierzeug und holte die Knopfbürste, die Messingstange und die Büchse mit dem Silvo. Nun begann ein gewissenhaftes Bürsten seiner Uniformjacke und des Mantels und der Mütze: die Knöpfe wurden hintereinander auf die Messingstange aufgereiht und mit Silvo bedeckt. Sogar die Abzeichen auf Kragen und Mütze und die Pfeifenkette, die quer über die Jacke zur Brusttasche verlief, wurden poliert, bis sie nur so funkelten. Und zuletzt wurde noch die schwarze Lederhülle des Knüppels gewichst. Der Knüppel – ein kurzer, tückischer, mit Blei gefüllter Stab aus polierter Hickoryesche, der sich zu der Lederschlaufe hin verjüngte, welche ihn, wenn er benutzt wurde, am Handgelenk festhielt – wurde in die Lederhülle gesteckt und am Gürtel der Uniformjacke befestigt. Er stellte sich vor den Spiegel über der Anrichte, straffte sich, rasiert und schmuck, und stopfte das frische Taschentuch, das sie ihm reichte, in den Ärmel.

Er drehte sich um, damit sie ihn mustern konnte. Auf der Uniform war kein Fäserchen zu sehen.

»Heute wird er nicht viel herumnörgeln können«, sagte er.

Niemand hätte es gekonnt – er strahlte vor Sauberkeit.

»Soll ich dein Fahrrad in die Wachstube schieben?« fragte Willie.

»Ja, tu das – und sieh nach, ob die Reifen aufgepumpt sind!«

In der Wachstube wurde das Fenster in die Höhe gestoßen und der Schlüssel vom Fensterbrett genommen. Brennan tat es, denn in der nächsten Minute erschien Casey im Torweg. Es war Punkt neun. Reegan mußte zu ihnen hinübergehen, um sich einzutragen und die Namen aufzurufen. Er würde nicht in die Küche zurückkehren, höchstens, falls er etwas vergessen hatte, und mit den andern zusammen aus der Wachstube gehen.

»Wär's dir wirklich nicht lieber, wenn der Doktor herkäme?«

fragte er Elizabeth, als er sich mit einem Kuß von ihr verabschiedete.
»Nein. Ich fahre morgen zu ihm.«
»Wirklich nicht?« wiederholte er. Er machte sich Sorgen. Seit sie verheiratet waren, hatte sie nicht einen einzigen Tag krank im Bett gelegen. Ihr hageres Aussehen und der Wunsch, den Doktor aufzusuchen, riefen beunruhigende Erinnerungen an seine erste Frau wach, die im Kindbett gestorben war. Elizabeth konnte unmöglich sterben, sagte er sich. Es war einfach nicht möglich, daß einem zwei Ehefrauen wegstarben; es wäre lächerlich.
»Wirklich nicht?« fragte er eindringlich.
»Ganz bestimmt nicht«, antwortete sie.
Er küßte sie und ging; sie mußte die Kinder für die Schule bereitmachen, und Casey und Brennan warteten in der Wachstube. Er verlas die Namen und trug Mullins als anwesend ein, obwohl er fehlte: er würde erst zwanzig nach neun kommen. Als er alles eingetragen hatte, was zu seinen täglichen Pflichten gehörte, brachen sie auf. Sie schoben ihre Räder durch das schwarze Tor auf die Allee hinaus und schwangen sich drauf. Fünf kahle Ahornbäume besäumten sie vom Tor zur Landstraße, und beim letzten Baum bogen sie rechts ab auf die Brücke hin in Richtung Stadt; Reegan und Mullins radelten vorneweg, Brennan hinter ihnen, weil es verboten war, daß mehr als zwei in einer Reihe fuhren. Casey sah ihnen vom Fenster aus nach, wie sie die Brücke überquerten: eine blaue Dreierprozession am frühen Morgen.
Das Dorf erwachte: der grüne Postwagen kam, dann der Zeitungsjunge vom Dubliner Zug, mit Papierwalzen, die er hoch auf seinem Dreirad aufstapelte. Ein Traktor mit Pflügen auf dem Anhänger sauste in voller Fahrt vorbei, dann einige Ackerwagen. Im Steinbruch wurde gesprengt: sie hörten vier dumpfe Explosionen und den Aufschlag der herausgesprengten, herunterfallenden Felsbrocken. Vom Wald hinter dem

See drang unaufhörlich das kreischende Auf und Ab der Sägen. Der erste Flußkahn fuhr mit seiner Ladung talab zum Shannon.
Willie mußte in die Wachstube gehen und Casey fragen, ob er ihm vor der Schule etwas besorgen könne; er wurde beauftragt, ein Päckchen *Golden Flake* und den *Express* und den *Independent* zu holen.
Casey hatte sich ein tüchtiges Feuer gemacht, und die Sonne schien auf die roten und schwarzen Tintenflecke zwischen den Ordnern auf dem Tisch. Der Raum war kahl und sauber, nichts war darin als der Tisch und die gelben Stühle, das eiserne Bettgestell an der Wand vor der Zelle und ringsum alte Bekanntmachungen an den Wänden, Stöße von Ordnern auf dem grünen Regal über dem Bett, und dicht beim grünen Kaminsims das Telefon und die Niederschlagstabelle. Als der Junge zurückkam, hielt er ihn mit Fragen über den Fußball auf, bis Sheila anklopfte und rief, es sei Zeit für die Schule. Dann zog er seinen Mantel an und ging zum Regenmesser in den Garten, um die paar Tropfen Flüssigkeit zu messen, die sich seit dem gestrigen Morgen in der Flasche angesammelt hatten, und trug das Ergebnis, sowie er zurückkam, auf der Tabelle neben dem Telefon ein. Trotz der Sonne war es kalt, und er schauerte zusammen und rieb sich die Hände, nachdem er den Mantel an den Ständer gehängt hatte. Er zog einen Stuhl ans lodernde Feuer, legte das Kissen darauf, das er an den Tagen, wenn er Dienst hatte, stets mitbrachte, und ließ sich mit einem Seufzer des Behagens darauf nieder, um die Zeitung von vorn bis hinten zu lesen.
Als die Kinder weggegangen waren und Elizabeth sich gewaschen und die Küche gefegt und geputzt hatte, setzte sie sich mit einem Buch in den großen Sessel vor dem Feuer, um einen Augenblick völliger Ruhe zu genießen. Eine solche Stille herrschte im Haus, daß sie meinte, sie könne sie mit den Händen greifen. Nichts rührte sich in der Wachstube, wo Casey in

seine Zeitungen vertieft war. Vereinzelte Geräusche vom Verkehr auf der Landstraße und das ständige Kreischen der Sägen im Wald tauchten auf und verloren sich wieder in der Stille ringsumher. Der weiße Reif auf den Feldern schmolz rasch und glitzerte noch im Vergehen funkelnd auf dem kurzen Gras; und die Narzissen, die sie gestern in der weißen Vase aufs Fensterbrett gestellt hatte, waren in der Sonne ein goldgelbes Wunder, Kopf an Kopf auf den kalten grünen Stielen, die in der Vasenöffnung verschwanden. In der Stille tickte die Uhr auf der Anrichte neben der Statue der heiligen Theresia wie ein lebendiges Geschöpf. Das war nun die einzige Tageszeit, in der sie sich über den atemlosen Ablauf ihres Lebens klarwerden und ein Bild von sich selbst machen konnte. Sie war Elizabeth Reegan, eine Frau in den Vierzigern; saß in einem Sessel, in der Hand ein Buch von der Bezirksbücherei, das sie noch nicht geöffnet hatte, und betrachtete einige Dinge wie die Nähmaschine und die Vase mit den Narzissen und einen noch frostweißen Kreis unter dem Ahorn zwischen Haus und Fluß – saß und atmete in der Küche der Polizeiwache, in deren Wachstube sich Casey aufhielt, hatte ein klein wenig Zeit für sich selber, ehe sie wieder eine Mahlzeit zubereiten mußte, belastet mit einem Leben, das die letzten Spuren seines Sinns und Zwecks verlor: mit harten Zysten in ihrer Brust, die wohl, wie sie befürchten mußte, Krebs waren. Trotz aller Bemühungen, ruhig zu bleiben, erhob sie sich in panischer Angst. Sie blickte auf den Kamin und das Trokkengestell und die Anrichte und die Türen und Fenster. Sie war allein in dieser großen Polizeiküche. Sie konnte schreien, aber dann würde nur Casey herbeieilen, um zu sehen, was los sei, und sie könnte ihm nichts weiter sagen, als daß nichts geschehen sei, wirklich gar nichts, sie habe es bloß mit der Angst bekommen, mit der Angst vor – nichts. Reegan war im Gerichtsgebäude, die Kinder in der Schule, sie war in der Polizeiküche – ob all das wohl etwas zu bedeuten hatte?

Sie hatte geglaubt, sie könne hier immerfort glücklich sein: mit kleinen Liebesdiensten, wo man sie brauchte und wo sie die andern brauchte. Sie hatte damals London satt gehabt, hatte dort nichts mehr für sich ersehnt, hatte nicht gewußt wohin, wenn sie im Krankenhaus, in den Sälen und im Operationsraum, fertig war; immer weniger Menschen waren da, mit denen sie sich unterhalten mochte, und ihre Arbeit war eintönig, geisttötend und langweilig — aber hatte sie denn Reegan deshalb geheiratet, weil sie das Leben damals einfach satt hatte und gezwungen war, sich ein Trugbild vom Glück mit ihm zu schaffen, damit sie weitermachen konnte? Sie hatte kein eigenes Kind. Und es war ihr nicht gelungen, ein Vertrauensverhältnis zu Reegan herzustellen. Er war immer unzufriedener geworden. Auch er hatte es satt, hatte die Behörden und die Polizei satt, hatte es satt, sich den Befehlen zu fügen, und drohte das Leben hier in der Polizeiküche zu sprengen — aber war das jetzt sehr wichtig? War es wichtig, wohin sie gingen, und ob dieses oder jenes in den Vordergrund rückte? Es schien immer weniger wichtig zu sein. Vor einer Stunde wäre sie beinahe zusammengebrochen, und wenn sie tatsächlich zusammenbrach — war das dann noch wichtig? Sie hätte sich nicht hinsetzen sollen, tadelte sie sich; sie hätte weiterarbeiten sollen, die Gedanken einzig auf die kleinen Pflichten gerichtet, die sie bewältigen konnte. Diese halbe Stunde Frieden war einfach eine Falle gewesen; sie hätte mehr Frieden gefunden, wenn sie bis zur Erschöpfung körperlich tätig gewesen wäre. Sie durfte nie hoffen, einen geordneten Überblick über ihr Leben zu erlangen. Die Dinge veränderten sich, entzogen sich ihrer Kontrolle, mahlten mit jedem verstreichenden Augenblick erbarmungslos weiter.

Als sie so ohne alle Hoffnung dastand, sah sie Mrs. Casey durch den alten steinernen Torbogen kommen, der mit Efeu und Cotoneaster bedeckt war — mit unglaublich blanken Blättern, die noch immer auf den rankenden Zweigen saßen; die letzten scharlachroten Beeren hatte der Dezemberschnee zerstört. Die sich langsam nähernde Frau war Ende der Zwanziger, groß gewachsen und blaß; ihr flachsblondes Haar war straff in einem Knoten zurückgenommen; sie trug eine Brille mit schmalem Goldrand. Sie wandte sich zur Wachstube, und Elizabeth hörte die Tür auf- und zugehen und ihre Stimme, als sie mit Casey sprach. Bestimmt würde sie den größten Teil des Vormittags bei ihr bleiben. Sie war sicher zwanzig Jahre jünger als Casey, und es mochte nicht leicht für sie sein in dem kleinen Dorf. Die Frauen von Mullins und Brennan ließen sich keine Gelegenheit entgehen, sie ihre Kinderlosigkeit fühlen zu lassen, indem sie ihr ihre eigenen großen Familien wie eine Aufforderung vorführten. Bei Elizabeth hatten sie dergleichen nie gewagt: sie war zu selbständig; ihr Alter und die Jahre in London verliehen ihr in ihren Augen ein Ansehen, und mit Reegans drei Kindern hatte sie dem Anschein nach weder soviel Muße noch Geld, um ihren Neid erregen zu können.

Die Tür der Wachstube ging auf, und Mrs. Casey kam durch den Korridor, rauchend, wie immer.

»Heute sind sie bei Gericht, Elizabeth«, sagte sie als Begrüßung.

»Ja, und Ned ist allein«, bestätigte Elizabeth.

»Er liest seine Zeitungen. Hat davon gesprochen, daß er nach dem Mittagessen rüberkommen will, um sich am Radio ein Match anzuhören.«

Sie setzte sich und warf den Zigarettenstummel, der von ihrem blauroten Lippenstift verfleckt war, ins Kaminfeuer. »Ich find's komisch, Elizabeth, daß Sie nicht rauchen! Dabei sind doch fast alle Ärzte und Schwestern starke Raucher«, sagte sie und zündete sich eine neue Zigarette an.

»Früher hab' ich geraucht«, antwortete Elizabeth und lächelte, sich erinnernd. »Aber nie sehr viel. Deshalb fiel's mir leicht, es aufzugeben.«

»Wir rauchen vierzig Stück pro Tag, er und ich. Es ist eine ewige Ausgeberei, das ist das Dumme dran! In der Fastenzeit haben wir mal versucht, damit aufzuhören, aber wir haben nur drei Tage geschafft. Es hat uns beinah umgebracht. Wie es heißt, sollen Ärzte und Schwestern soviel rauchen, weil es antiseptisch oder so was ist. Es vertreibt die Bazillen«, beendete sie die Abschweifung, um zu ihrem ersten Thema zurückzukehren – es war wie eine Manie.

»Ich weiß nicht, warum – vielleicht stimmt es«, erwiderte Elizabeth. Sie langweilte sich bereits. Das Gespräch war ein Echo von tausend ähnlichen. Anfangs, als sie Reegan geheiratet hatte, war ihr die kleine Welt als interessant und schön erschienen, doch jetzt war es nicht mehr so: die Anfangsbegeisterung war vorbei, ihre Leidenschaft erloschen, und diese Welt, der sie, um akzeptiert zu werden, ihre ganze Liebenswürdigkeit zuwandte, zerbröckelte ihr in der Hand und ward zu Asche. Sie war gefesselt, ein störrisches Tier, das zu guter Letzt auf diesem einen Feld festgehalten wurde. Aus London hatte sie fliehen können, aus dem hier würde sie nicht fliehen, hier würde sie endlich sich stellen müssen. Sie hätte schreien können, weil die Verzweiflung, die sie für sich allein durchgestanden hatte, infolge der Unterhaltung zurückkehrte.

»Fühlen Sie sich nicht wohl, Elizabeth?«

Die verkrampfte Anspannung in ihren Gesichtzügen war bemerkt worden.

›Allerdings nicht‹, hätte sie schreien mögen, aber sie beherrschte sich. »Ich war in letzter Zeit immer so müde. Es ist wahrscheinlich nichts weiter, nur eine Erschöpfung, aber morgen fahre ich zum Arzt.«

»Ja, es ist besser, wenn man genau Bescheid weiß, heutzutage darf man's nicht drauf ankommen lassen«, wiederholte sie die Ansicht ihres Mannes und fragte: »Zu welchem Arzt gehen Sie?«

»Zum Polizeiarzt – zu Doktor Ryan.«

»Ich bin mehr für Doktor Malone, aber Ned findet, es gibt keinen besseren Arzt als Doktor Ryan.«
»Es ist ja nicht so wichtig. Wahrscheinlich gibt er mir nur ein Eisenpräparat«, sagte Elizabeth, um das Gespräch zu beenden.
»Ich werde jedenfalls für Sie beten!«
»Das ist lieb!« Sie lächelte dankbar.
Eine Welle starken Mitleids oder Erbarmens für die andere stieg in ihr auf, und doch blickte sie wie auf ein untergeordnetes Wesen auf sie herab. Aber was besaß sie denn, sich überlegen zu fühlen, fragte sie sich. Saßen sie nicht beide in der gleichen Klemme? Als sie gefragt wurde: »Waren Sie letzten Sonntag bei der Frühmesse?«, spürte sie, daß sie nicht mehr viel ertragen könne.
Sie nickte. Sie ging jeden Sonntag in die Frühmesse, denn wenn die zweite Messe begann, mußte sie das Essen vorbereiten.
»Haben Sie die drei Murphys an der Kommunionbank gesehen?« fuhr Mrs. Casey fort. »Anscheinend haben sie im Amt frühzeitig Ferien gemacht. Sie sind alle drei sehr gescheit, nicht wahr? Haben die Prüfungen bestanden, bloß Mary nicht, glaube ich. Irene ist jetzt die Schönste. Sie war ganz in Lila, und das sei jetzt in Paris die neueste Mode, steht in der *Woman.*«
Elizabeth waren die drei nicht besonders aufgefallen. Früher hatte sie die jungen Mädchen gern beobachtet, wenn sie von der Stadt zur Kommunion marschierten, besonders zu Ostern, wenn viele kamen; ihr Neid und ihre Neugier wurden dadurch geweckt, so daß sie, wenn sie von der Messe heimkehrte, mit Reegan darüber reden wollte; es erinnerte sie an die Zeit, als sie selbst eine von ihnen gewesen war — aber er hatte keine Lust gehabt, ihr zuzuhören, und noch ehe sie fertig gefrühstückt hatten, war ihre Erregung verflogen.
Wie oft war sie letzthin mit aller Aufmerksamkeit bei der

Messe gewesen? Das Murmeln der Gebete, das Aufstehen und Stehenbleiben und Niederknien und Hinsetzen, der Geruch nach Weihrauch und feuchten Kleidern und brennenden Kerzen prägte ihrem Blut einen schläfrigen Rhythmus auf und sandte sie in das ungesunde Gefängnis ihrer Träume.
»Finden Sie auch, daß Irene jetzt die Schönste ist?« wurde sie von Mrs. Casey bedrängt.
Verzweifelt gab ihr Elizabeth recht und stand auf. Sie hängte den Kessel übers Feuer und beteiligte sich gedankenlos am Gespräch, während sie darauf wartete, daß das Teewasser zum Kochen kam. Sie goß den Tee auf und stellte drei Tassen und etwas Brot auf den Tisch.
»Wir wollen Ned auffordern«, schlug sie vor.
»Viele Gäste machen Ihnen zuviel Mühe!«
»Einer mehr! Was macht das schon aus? Es wäre besser, zwanzig zu haben, wenn es einem die Mühe ersparte, sich deshalb Sorgen zu machen.«
Mrs. Casey rief Ned von der Küchentür aus, und als er aus der Wachstube trat, rief sie kokett: »Man ist hinter Ihnen her, Mister!«
Er sah die drei Tassen auf dem Tisch und den Teller mit Butterbroten.
»Sie sind großartig, Elizabeth«, lobte er sie, »aber Sie hätten sich doch nicht soviel Mühe machen sollen!«
»Sie sind heute die Hauptperson«, gab sie ihm lächelnd seine Höflichkeit zurück und dachte im stillen, weshalb man in Irland immer so umständlich sei. In London würde man eine solche Einladung entweder sofort annehmen oder ablehnen – so hatte sie es jedenfalls erlebt.
»Ja, ich bin heute die Hauptperson im Haus, daran gibt's nichts zu rütteln und zu zweifeln«, spann er den Faden weiter aus. »Der einzige Wächter in der Burg! Dabei hat das Telefon bis jetzt überhaupt nicht geläutet, ganz zu schweigen davon, daß eine Menschenseele gekommen wäre!«

»Da könnt' man ja Zustände kriegen«, meinte seine Frau fröstelnd.
»'s ist nicht genug Geld da!« erklärte er. »Von den Männern arbeitet kaum die Hälfte im Wald. Ebenso steht's mit den Steinbrüchen: die asphaltierten Straßen machen die Steine entbehrlich, und Arbeit im Torfmoor gibt's auch nur im Sommer.«
»Wie war es denn in Skerries?« erkundigte sich Elizabeth nach seinem vorigen Posten, dem Ort, wo er Teresa kennengelernt hatte.
»Oh, die Ostküste ist gut«, sagte er. »Da war viel los, so nah bei der Großstadt! Handelsgärtnereien, wo man keinen Stein in die Luft werfen konnte, ohne Glasschaden zu verursachen, und dann die Fischerboote, und im Sommer die Touristen. Manchmal gab's zuviel zu tun – aber doch nicht so viel, daß es mich vor meinem Unglück bewahrt hätte«, sagte er lachend mit einem Blick auf seine Frau.
»Früher hast du's anders genannt!« brauste sie auf. »Erinnerst dich wohl nicht mehr an den ersten Abend, als du mich nach Hause bringen wolltest?«
Er machte ein reuiges Gesicht, das war alles.
»Wir hatten im Pavillon getanzt«, erzählte sie Elizabeth voller Eifer. »Und er mußte mich ja unbedingt rauslotsen, noch ehe es zu Ende war. ›Hier ist es zu heiß, und so voll, daß man kaum tanzen kann, Teresa!‹« machte sie ihn nach.
»Er hat mich also an den Hafen geführt, und vor der Giebelwand von Joe Mays Haus sind wir stehengeblieben. Man konnte die Musik vom Pavillon hören, und von Red Island kam auch die Musik übers Wasser her, dort hat an dem Abend Mick Delahunty gespielt. Und über den Masten der Fischerflotte stand ein riesiger Mond. Aber ich hab' gewußt, wie brennend gern Ned mich abknutschen wollte.«
Elizabeth lachte leise. Sie sah Caseys verlegenes Gesicht und den kahlen Schädel, der so blaß und wächsern wie Altarker-

zen war. Sie hätte viel drum gegeben, hätte sie ihn sehen können, wie er aufs Abknutschen versessen war.
»Und genau in dem Augenblick, als er mich küssen wollte, hab' ich den Kopf hintenübergelegt«, fuhr sie aufgeregt mit der unterbrochenen Geschichte fort, »und hab' ihn gefragt: ›Siehst du den Mond, Ned?‹ Wenn Sie sein Gesicht gesehen hätten, als er den Mond suchte, hätten Sie sich krank gelacht, Elizabeth. Und wissen Sie, was er sagte, als er ihn gefunden hatte?« schrie sie los und krümmte sich vor Lachen auf ihrem Stuhl.
»Was denn?« mußte Elizabeth sie anspornen.
»Er hat gesagt, der Mond wäre schön«, schrie sie schließlich und mußte sich die Seiten halten.
»Ist das vielleicht nett, so etwas über jemanden zu erzählen?« flehte er unglücklich, und Elizabeth fürchtete, es könne eine verlegene Pause eintreten, doch da entgegnete seine Frau schon: »Hättest du das nicht gesagt, dann hätt' ich dich vielleicht gar nicht geheiratet!«
»Vielleicht wärst du gar nicht aufgefordert worden«, gab er es ihr zurück, und dann lachten sie beide friedlich und waren wieder entspannt.
Sie sprachen noch drei oder vier Minuten, und dann stand Casey auf. »Elizabeth will sicher das Mittagessen für die Kinder zurechtmachen. Wir halten sie bloß von der Arbeit ab!«
»Kann ich Ihnen helfen, vielleicht abwaschen oder so etwas, Elizabeth?« bot sich Teresa an.
Elizabeth dankte. Sie gingen. Die Tür der Wachstube schloß sich hinter ihnen. Sie hörte sie zusammen lachen.
›Er hat gesagt, der Mond sei schön‹, überlegte sie einen Augenblick, und dann verscheuchte sie die Worte rasch, um mit ihrer Arbeit zu beginnen. Es blieb ihr nur noch eine knappe Stunde, um das Mittagessen der Kinder vorzubereiten. Sie hatten eine Mittagspause von einer halben Stunde, und zehn Minuten gingen davon für den Hin- und Rückweg ab. Das

Essen mußte auf dem Tisch stehen, wenn sie angerannt kamen.
Sie setzte die Kartoffeln auf und lief rasch in den Garten, um Krauskohl zu holen; das Land lag hinter dem Drahtzaun beim Abort. Weiter zur Allee und zur Landstraße hin standen die schwarzen Johannisbeerbüsche, und ringsumher die gelockerte schwarze Erde von den letztjährigen Kartoffelfurchen, dann von der Aschengrube bis unten zur Brücke ein Streifen Wildnis am Fluß entlang, der von hohen Eschen besäumt wurde; in den Zwischenräumen wucherten Heckenrosen und Wasserweiden. Jenseits der Allee befanden sich, hinter den Ahornbäumen versteckt, die paar Dorfläden. Die Kirche ragte darüber hinaus und war zwischen Lücken in den immergrünen Büschen auf dem Friedhof mit Stein- und Glas- und Schieferflächen zu sehen. Die Frau, die das Läuten der Angelusglocke besorgte, kam auf dem Rad über die Brücke geradelt. Elizabeth wußte, daß es beinah zwölf war, und sie hatte genug Kohlblätter abgebrochen. Sie winkte der vorbeifahrenden Frau, wurde aber nicht bemerkt. Die Frau des Sakristans fuhr so steif und ausbalanciert, wie es Menschen tun, die erst in späterem Alter fahren gelernt haben: ohne die Sicherheit, die sich aus der Übung ergibt. Mit verkrampfter Aufmerksamkeit starrte sie auf das Fahrrad und auf die Straße, als könnte schon allein die Entschlossenheit alles vollbringen. Elizabeth lächelte vor sich hin. Der Geist war willig und wunderbar, das war sicher das Leitmotiv des kleinen Fahrkunststücks, aber für das arme schwache Fleisch war es einfach zuviel.
Und morgen würde sie ihr eigenes Fleisch herzeigen müssen. Das Lächeln verging ihr. Sie konnte den Gedanken nicht ertragen: ihr alterndes Fleisch würde sie dem Arzt zeigen müssen, und es half nichts, an etwas anderes zu denken, sosehr sie sich bemühte; es war alles zu qualvoll und geriet doch immer wieder auf den gleichen, krankhaft beängstigenden Weg

zurück zu ihr selbst: der gemeine Streich, der einem zuletzt noch gespielt wurde. Sie schloß das Tor und eilte über den Kies ins Haus. Die paar Hühner, die sie sich hielt, scharten sich um ihre Füße, als sie sahen, daß sie ein Becken in der Hand hielt. Sie scheuchte sie fort. Als die Angelusglocke läutete, war sie schon im Haus. Sie unterbrach ihre Arbeit, um zu beten. Sie hatte etwas herausgefunden: Wenn sie stillstand, wenn nichts da war, was sie zum Handeln zwang, dann wurde sie von Blutarmut und Müdigkeit und Verzweiflung wie vom Schlaf oder vom Tod überrannt.

Sie machte weiter; das Gemüse setzte sie mit ein paar Speckscheiben auf und goß die gekochten Kartoffeln ab und deckte den Tisch, und als die drei Kinder fünf Minuten nach halb eins erhitzt und keuchend kamen, ihre Stühle vom Tisch abrückten und nach dem Essen riefen, brauchten sie keinen Augenblick zu warten.

»Wie ging's heute in der Schule?« erkundigte sie sich, wie sie es immer tat, während sie aßen.

»Ich habe einen Bonbon bekommen, und Willie hat zwei Klapse bekommen!« rief Una.

»Warum, Willie?«

»Weil er gesprochen hat«, antwortete Una.

»Dich hab' ich nicht gefragt«, sagte Elizabeth, als sie sah, daß der Junge den Kopf hängen ließ und den Tränen nahe war.

»Sie hat nicht buchstabieren können, aber sie hat keinen Klaps bekommen, weil sie der Liebling vom Lehrer ist«, beschuldigte er Una.

»Ist nicht wahr!«

»Doch!«

»Ist ja egal. So etwas kommt schon mal vor«, beruhigte sie die beiden Kinder eher durch ihren Tonfall als durch die Worte. Sie hielt zu ihnen – einzig darauf kam es an.

»Und wie ist's unserer Sheila ergangen?« vergaß sie nicht zu fragen.

»Sheila geht's fein. Sheila hat keinen Klaps bekommen«, lächelte das kleine Mädchen. Sie wußte, daß sie das Nesthäkchen und der allgemeine Liebling war.
Elizabeth schwieg. Fürsorge und Liebe beglückten sie. Die Kinder brauchten sie, und sie würde sie behüten. Aber sie schlangen ihr Essen in sich hinein. Sie beeilten sich, wieder in die Schule zu gehen. Sie hatten noch den letzten Bissen im Mund, als sie schon riefen: »Good bye, Elizabeth! Good bye, Elizabeth! Good bye, Elizabeth!« Ihre Füße rannten davon, um die letzten paar Minuten zu erwischen, in denen sie spielen konnten, ehe die Glocke läutete. Von Elizabeth nahmen sie kaum Notiz.
Sie zerquetschte die übriggebliebenen Kartoffeln, vermischte sie mit etwas Schrotmehl für die Hühner und schüttete das Futter in die alten, verrosteten Tröge unten am Drahtzaun. Sie wusch das Geschirr ab und merkte dann, daß sie nicht weitermachen konnte; zwar hatte sie noch Brot zu backen und ein paar alte Sachen auszubessern, aber es war ihr übel, und ohne den leisesten Wunsch, etwas zu tun, setzte sie sich hin. Sie sah Mrs. Casey mit dem Mittagessen für ihren Mann durchs Tor kommen, und der frühe Vormittag fiel ihr wieder ein. Sie hatte weder gesehen noch gehört, wie Mrs. Casey die Wachstube verließ, um das Essen zu kochen. Das Leben nahm seinen Lauf, einerlei, was sie, Elizabeth, dachte oder fühlte. Der Tag war schon halb vorbei. Sie stand auf und aß eine Kleinigkeit. Danach fiel es ihr leichter, den Nachmittag zu bewältigen, aber sie tat es ohne Freude.
Sie holte Mehl aus der Mehlkiste und Soda und Salz und saure Milch aus dem Schrank und begann, den Brotteig im Blechbecken zu kneten. Einzig ihr Wille hielt sie aufrecht. Sie sah weder Zweck noch Ziel, und jetzt konnte sie nicht mehr, wie sie es früher getan hatte, blindlings weitermachen, ohne nach Antworten und Gründen zu fragen. Aus ihrer Müdigkeit wurde allmählich eine bange Besorgnis, sie habe jegliches

Gefühl verloren: sie konnte nicht mehr die klebrige Feuchtigkeit des Teigs fühlen, den sie mit ihren Händen knetete, und ihn nicht mehr schmecken, wenn sie ihn mit der Zungenspitze berührte, und ihn nicht anders als durch eine klare Glasschicht sehen. Es war genauso, als sei ihr Körper überall an der Oberfläche abgestorben. Sie existierte nur noch in den tiefsten Schlupfwinkeln toter Wände und starrte wie in stummem Entsetzen daraus hervor. Sie versuchte abermals, sich an die Oberfläche zurückzuholen, sich dem Zugriff der Müdigkeit und der verzweifelten Grübeleien zu entziehen und einzig innerhalb der geläufigen, sich stets wiederholenden Arbeiten zu leben, und in diesem mühsamen Trott hielt sie durch, bis die Kinder aus der Schule kamen.

Mit ihrem Erscheinen wuchsen ihr neue Kräfte zu. Sie strich selber Butter und Marmelade auf ihre Brotschnitten, damit sie gleichzeitig mit ihnen sprechen und ihnen zulächeln konnte. Sie waren hungrig und lärmend in die Küche gestürzt, und sie hatte vergessen, an sich selber zu denken, und das war das lebendige Beispiel des Krüppels, der wieder laufen konnte, weil er sich in einem einzigen Augenblick starker Gefühle nicht mehr um sein Gebrechen kümmerte.

»Wenn wir den Tisch in der Spülküche aufräumen – erlaubst du uns dann, mit den Kindern von Mullins auf dem Uferdamm zu spielen?«

Sie mußte lächeln, weil sie es so geschickt mit einer Bestechung anfingen; ihr Vater würde sie nicht gehen lassen, wenn er hier wäre, aber bei ihr war es leichter!

»Versprecht ihr mir, daß ihr in einer Stunde wieder hier seid?«

Sie wußte, daß sie ihr alles versprechen würden. Mit dem Tisch in der Spülküche befaßten sie sich kaum eine Minute, dann waren sie weg. Sie hörte nicht, ob sie ihr eine Antwort gaben, als sie warnte: »Spielt nicht zu weit draußen auf dem Damm!«

Es war ein Ladeplatz für die Vorratsboote des neunzehnten Jahrhunderts gewesen, die mit Ladungen von Salz und Mehl und Tee und Tabak und Bierfässern den Shannon heraufgekommen waren; jetzt war der Platz mit Gras und Unkraut bedeckt; nur die Hausboote, die im Sommer hier anlegten, benutzten ihn noch, und die Farmer wuschen dort ihre Schafe. Die Granitmauern und die vier Eisenpoller waren die letzten Spuren seiner Geschichte.
Der Fluß war an jener Stelle zwanzig Fuß tief; auf der Mauer war keine Schutzwehr angebracht, und der Granit war schleimig und fiel senkrecht ab. Allmählich wurde sie unruhig. Falls eines von den Kindern dort hineinplumpste, während Reegan bei der Gerichtssitzung war, würde sie der schuldige Teil sein, der die Erlaubnis gegeben hatte. Sie überlegte, ob sie bis zur Brücke gehen sollte, um sie heimzurufen. Doch was nützte es? Jetzt konnte sie nicht gehen. Sie waren weg. Es war unwahrscheinlich, daß etwas passieren würde.
Casey kam, um sich das Match anzuhören; er hatte einen Stuhl gegen die Tür der Wachstube gestellt, damit er das Telefon hören konnte, wenn es läutete, oder wenn jemand käme. Er nahm die Sportseite aus den Zeitungen heraus, die er mitgebracht hatte, und bot Elizabeth den Rest mit der Entschuldigung an: »Was ich hier habe, wird Sie kaum interessieren.«
»Steht irgend etwas Neues drin?« fragte sie, als sie die restlichen Seiten entgegennahm.
»Nein, nichts Neues. Immer das gleiche alte Zeug! Aber man liest's ja doch, nicht wahr?«
»Und kamen Leute her?«
Er nannte einen Farmer: »Peter Mulligan. Er wollte eine Genehmigung, um Bäume zu fällen.«
»Ist es schwierig, eine Genehmigung zu bekommen?« Das Gespräch schleppte sich weiter, während er auf den Beginn des Fußballspiels wartete. Das Radio war schon angestellt, ein schläfriger Walzer wurde gespielt.

»Was hätten die Genehmigungen sonst für einen Sinn, wenn nicht den, daß man sie sich besorgen muß?« lachte er spöttisch. »Ausgenommen den Fall, wenn ich ihm keinen Schein geben wollte. Und warum sollte ich eine Menschenseele daran hindern, sich etwas zu besorgen, Elizabeth?«
»Dann wird's bald keine Bäume mehr geben«, sann sie eher vor sich hin, als daß sie ihm Antwort gab.
»Bald wird's auch kein Land mehr geben, gar nicht zu reden von den Bäumen, Elizabeth, wenn Sie meine Meinung wissen wollen. Aber wahrscheinlich wird immer ein Schafskopf übrigbleiben, der *The Last Post* bläst. So stellt man sich das jedenfalls vor, nicht wahr?«
Der Walzer endete. Die Reportage wurde angekündigt. Casey interessierte sich nicht für eine Fortsetzung des Gesprächs. Er zog sich einen Stuhl vor das Radio, und mit zwanzig *Golden Flakes*, einer Zündholzschachtel und den Sportseiten setzte er sich in der Gewißheit, die nächste Stunde dank der über die Luft kommende Stimme angenehm verbringen zu können, behaglich zurecht.
Elizabeth sah die Zeitungen durch. Das Radio konnte das Kreischen der fernen Sägen kaum übertönen. Der Abend kam, das Licht ließ nach und wurde blau vom Zigarettenrauch, der mit seinem Duft tausend andere Abende ihres Lebens heraufbeschwor, an denen Zigaretten geraucht wurden. Die einzelnen leeren Minuten, die zwischen irgendwelchen Türen und Fenstern und Stühlen und Blumen und Bäumen verstrichen, während der Zigarettenrauch oder das Licht leuchtender wurde, und die im Verblassen ihre Wehmut verloren, verdichteten sich zur Vision ihres gesamten, völlig undeutbaren Lebens. Ein Kind – ein Mädchen, das auf einem kleinen Hof heranwuchs – das Blut der Pubertät – der Schock des ersten Geschlechtsakts – die langen Jahre in London und – nach der Rückkehr hier an diesen abgelegenen Ort – ihre Heirat – alles ereignete sich, wie es auch bei ihrem Sterben sein würde,

in Augenblicken, in denen geraucht wurde. Niemand, nicht einmal sie selbst, konnte ihr Leben mit Maß oder Gewicht ausmessen. Niemand konnte kritisierend mit dem Finger darauf deuten und dies oder das darüber aussagen, ohne daß alles Gesagte oberflächliches Geschwätz wurde. Ihr Leben stand entweder unter dem unvorstellbaren Gott oder dem ebenso unvorstellbaren Nichts, jedoch unter nichts Geringerem. Und diese Wirklichkeit nahm ihren Verlauf, unbekümmert darum, ob es sich im menschlichen Erleben um ein erschrocken aufwachendes Kind handelte oder um zwei Menschen, die sich gegenseitig satt hatten, oder ob es die Freude an einer Ehe war oder ein Mann, der rauchend dem Radio zuhörte, während eine Frau die Seiten einer Zeitung umblätterte.
In tiefer Freude erhob sie sich, um noch mehr Holz aufzulegen und den Fußboden zu besprengen und zu fegen. Als er sie mit dem Besen sah, erschrak Casey und versuchte, sich an die Wand zu drücken. Sie mußte ihm wiederholt versichern, daß er ihr nicht im Wege war, ehe er sich wieder hinsetzte. Er hatte sich ihretwegen soviel Umstände gemacht, daß sie fand, sie sei zu der Frage verpflichtet: »Ist das Match gut?«
Er beschrieb es ihr so genau, als ginge es um Tod oder Leben: die Bedeutung in der Rangliste der Liga, wenn die Wolves die Spieler verloren, die sie im Rennen halten würden; die Stars, die Transfers, die Internationalen, die drei mitspielenden Iren ...
Anscheinend hätte er noch ewig weitergesprochen, aber die sich überschlagende Stimme des Reporters und der Beifall der Zuschauer hielten ihn an den Apparat gefesselt.
»Tor!« rief er. »*One all!* Jetzt sind wir dran!«
Er zündete sich eine neue Zigarette an, kritzelte die Zeit und die Punkte auf den Rand der Zeitung und saß vor nervöser Aufregung kerzengerade da, das Ohr nahe am Apparat, um nur ja kein Wörtchen zu verpassen.
Während Elizabeth gemächlich weiterfegte, flogen ihr Bruch-

stücke zu: »Ball geht an die Wolves! Smith nimmt ihn. Langer Paß außen zu Atkinson. Das Spiel öffnet sich jetzt besser. Atkinson umspielt Morgan mit einem Trick. Kommt in die Nähe der Strafraumgrenze. Schießt ...«
Sie sah, wie gespannt sich Casey auf dem Stuhl aufrichtete und dann zusammensackte, als die Stimme in eine abgründige Enttäuschung überging.
»Oh, direkt zu O'Neill! O'Neill nimmt ihn, nimmt ihn auf, kommt an die Grenze des Strafraums. Langer Auswurf zu Henshaw ...«
Es schien ihr, daß sich nichts verändern könne. Die Sonne, die Vorhänge, die Narzissen in der weißen Vase auf dem Fensterbrett, die anschwellende und absinkende Stimme. Sie hörte das Tschuck-tschuck-tschuck eines Flußdampfers, der stromab fuhr und auf das schwarze Navigationszeichen am Ausfluß des Sees zuhielt. Das Nutzholz ragte aus dem Laderaum; an Deck war nur der Mann am Steuer in seinen schmierigen Overalls und mit seiner Matrosenmütze zu sehen. Als das Schiff am Haus vorbeiglitt, konnte sie seinen Namen, *The Old Oak*, lesen. Durch das wuchernde Gesträuch zwischen den Eschenstämmen wurde es den Blicken entzogen, während seine Schaumschleppe zur Mitte hinschwenkte und das Wasser gegen die Ufer zu klatschen begann.
Weder das Telefon noch persönlich vorsprechende Leute störten Casey, der hingerissen zuhörte und hin und wieder zwecks weiterer Orientierung die Zeitung durchforschte. Als es zu Ende war, teilte er Elizabeth das Ergebnis mit und erklärte abfällig: »Keine einzige der Vorhersagen hat gestimmt!«
»Die Spielzeit ist wohl bald vorbei?« ließ sie sich auf ein Gespräch ein.
»In vier Wochen, mit dem Cup final«, sagte er, »und dann kommt Cricket an die Reihe, und jeden Sonntag unsre eigenen Recken von der Gälischen Athletic Association mit Michael O'Hehir. *›Bail o Dhia oraibh go leir a chairde Gael o*

Phairc an Chrocaigh! Hallo! Hallo! Hier spricht Michael O'Hehir vom Croke Park!‹« äffte er ihn nach, und sie lachten beide, weil er eine wunderbar treffende und komische Vorstellung gegeben hatte.
»Etwas muß natürlich immer los sein«, sagte er, als er sich zum Gehen anschickte, »sonst würden wir alle durchdrehen. Immer nur Arbeit und nie ein Spiel — wird selbst dem dümmsten Johnny zuviel!«
Er war schon nicht mehr da, als die Kinder fröhlich und rotwangig vom Spielen am Uferdamm zurückkehrten. Sie hätten wer weiß was lieber getan, als sich ausgerechnet dem Zwang ihrer Schularbeit zu fügen. Es widerstand ihr sehr, daß sie sie dazu überreden und sie damit plagen mußte.
»Heut nachmittag haben wir nicht viel auf — dafür ist nach dem Abendbrot noch Zeit genug«, widersetzten sie sich.
»Aber wenn ihr die Schularbeiten jetzt macht, habt ihr sie fertig und seid den ganzen Abend frei«, redete sie ihnen zu.
»Wir haben nach dem Abendbrot genug Zeit«, wiederholten sie ihre ständige Ausrede, und Willie rief verdrießlich: »Und warum müssen wir überhaupt die vielen Schularbeiten machen?«
Schreiben und Lesen und Rechnen brauchte er, um in der heutigen Welt zu leben; um in irgendeinem Citybüro bis zum fünfundsechzigsten Jahr sein Leben als Schreiberling abzusitzen, um seinen ungeformten Willen in Zucht zu nehmen und nicht ewig das Kind seiner eigenen Wünsche zu bleiben — und aus noch anderen Gründen. Und wenn sie jetzt ihren Wünschen nachgab, dann würden sie später ihr die Schuld geben: ›Du hast mir nicht beigestanden, Elizabeth! Ich habe nicht gewußt, was richtig war, und du hast dich nicht genug um mich gekümmert und mir's nicht erklärt.‹ Und vermutlich hatten sie ja ein Recht, sich Kenntnisse über alles zu erwerben und vielleicht die bittere Befriedigung, unumstößlich zu wissen, daß es nichts gibt, was man wirklich wissen kann.

Aber wollten diese Kinder wirklich ihren Kopf durchsetzen? Wollten sie nicht im Grunde ihres Herzens, daß Elizabeth ihnen ihr Gesetz aufzwang, damit sie sich ohne Gefahr dagegen auflehnen könnten? Wollten sie dem Himmel mit erhobener Faust drohen, ohne daß der Himmel deshalb gleich auf sie niederstürzte? Auch sie benötigten Gesetze und Götter: sie wollten sich sicher fühlen. Es war alles schwierig und kompliziert, es konnte so sein und mochte anders sein; über das Leben eines Menschen konnte man nie etwas genau Zutreffendes wissen, aber für diesen einen Abend hatte sie genug von all dem Bedenken und Zureden und Disputieren.
»Ihr müßt eure Schularbeiten *jetzt* machen!« befahl sie, und sie gehorchten. Sie sah, wie sie die Schulranzen aus blauem Tuch aufschnallten, die sie ihnen aus einer alten Uniform ihres Vaters geschneidert hatte, und wie sie die Flasche mit Tinte von der Anrichte holten und den Kopf über ihre liniierten Hefte senkten – und empfand sich ebenso besiegt wie die Kinder.
»Ich helfe euch bei allem, was ihr nicht wißt«, versuchte sie ihre Strenge wiedergutzumachen, und besorgt hörte sie, wie die Stahlfedern durch die Stille kratzten. Sie befürchtete, daß ihre Strenge die Kinder gegen sie einnehmen würde, doch bald hob Sheila ihre großen dunklen Augen zu ihr auf und fragte sie, wie man eine Aufgabe lösen müsse, die sie aus dem Rechenbuch vorzulesen begann. Elizabeth beugte sich über sie, um ihr zu helfen. Das kleine Mädchen hatte es rasch begriffen. Sie konnte allein weiterarbeiten. Dann fragte Una etwas – und das geschah aus Eifersucht. Und später fragte Willie: »Elizabeth, hab' ich b-e-a-u-t-i-f-u-l richtig geschrieben?«
Sie sagte ihm, daß es richtig sei, und fragte ihn, wie er das Wort benutzen wolle. Sie waren ein Teil ihres Lebens, empfand sie jetzt, während sie arbeiteten. Sie beobachtete sie ein paar Minuten lang und genoß das Wunder makellosen Frie-

dens. Dann trat sie ans Fenster, um die Blüten der Narzissen mit den Fingern zu berühren. Die Sonne hatte sich schon tief über die Tannenwipfel hinter dem See gesenkt. Die gleichmäßige Lichtflut malte bis zu den Schiffahrtszeichen hinüber einen roten Pfad auf den Wasserspiegel, und das Gras der Uferwiesen war ein niedriges Gewirr aus grünen und weißen Lichtern. Sie brachen sich so strahlend in den Fensterscheiben, daß sie sich bald in stummem Staunen abwenden mußte und das Wort buchstabierte, nach dem Willie sich erkundigt hatte. Sie plagten sie mit Fragen. Sie vergaß die Zysten in ihrer Brust, vergaß Krebs und Arzt und die wechselvollen Stimmungen, die ihren Tag beherrscht hatten.
Sie deckte den Tisch für Reegan und hoffte, daß die Polizisten nicht noch trinken und lange wegbleiben würden. Reegan tat es selten; ihn befreite der Alkohol nicht; er machte ihn nur noch schweigsamer und unzufriedener, während er den andern zuhörte. Noch schlimmer war es, wenn er sprach, weil er dominieren wollte, was nicht erwünscht war. Er wollte nicht in der Stadt bleiben, aber nach der Gerichtssitzung geriet er nur zu leicht in eine Kneiperei, denn er konnte ja nicht gut ohne Mullins und Brennan nach Hause gehen, weil deren Frauen ihm dann die Hölle heiß gemacht hätten.
Das Zuschlagen der Haustür und die aufgeregten Stimmen vorn in der Wachstube verrieten ihr schließlich, daß sie da waren. Sie brauchte nicht lange auf Reegans Schritte im Korridor zu warten; sie sah, wie die Kinder zusammenfuhren, denn an seinem Schritt konnten sie erkennen, wie der Tag für ihn verlaufen war. Sie sah, wie sie ihr einen bedeutungsvollen Blick zuwarfen: es war nicht gut für ihn verlaufen, wie sie selbst auch schon fast vermutet hatte.
Er sagte nichts, als er eintrat, und sie kannten ihn zu gut, um selbst das Wort zu ergreifen.
Er holte seine Handschuhe aus der Manteltasche und gleichzeitig eine Tüte mit Pfefferminzplätzchen, die er immer mit-

brachte und jetzt auf die Nähmaschine legte, während er seinen Mantel an die Tür hängte.
»Da sind ein paar Bonbons für euch«, sagte er gleichgültig. Wäre er in guter Stimmung gewesen, dann hätte er sie angebrüllt und gefragt, was sie in der Schule gelernt hätten. Er hätte die Pfefferminzplätzchen in die Luft geworfen und zugeschaut, wie sie sich darum balgten. Doch jetzt nahm er am Tisch Platz und wartete auf sein Essen. Die drei Kinder gingen ohne Hast oder Lärm zur Nähmaschine, wo Willie die Plätzchen, je zwei und zwei und zwei, auf drei Häufchen verteilte, und jeder brachte Elizabeth seinen Anteil in der hohlen Hand. Sie nahm von jedem ein Plätzchen an, dann gingen sie zu ihrem Vater: es war eine Art feierlicher Handlung. Er bemühte sich, freundlich zu sein, als er ihre Gabe entgegennahm, und legte die drei Plätzchen neben seinem Arm auf das Tischtuch.
Von den andern Polizisten war keiner nach Hause gegangen. Ihre erregten Stimmen drangen von der Wachstube her, wo sie Casey über den Verlauf des Tages berichteten: wer gewonnen und wer verloren hatte, die witzigen Bemerkungen des Richters O'Donovan, die Schnitzer und die persönlichen Feindseligkeiten der Anwälte, und wie sie manchmal die juristischen Bücher von den Regalen holen mußten, um ihr Urteil zu erhärten. Elizabeth stellte ein gekochtes Ei auf Reegans Platz und schenkte ihm Tee ein. Er sagte ruhig »Danke!« und zog ihn zu sich heran.
»Du hast einen langen Tag gehabt«, sagte sie.
»Der große Prozeß kam erst um drei Uhr an die Reihe. Wir mußten den ganzen Tag herumlungern und warten.«
»Wo hast du Mittagbrot gegessen?«
»Im Bridge-Café.« Das Café lag am Fluß, mit grüngestrichener Front, und bot kräftige Mahlzeiten zu billigen Preisen.
»Wie verlief der Prozeß?« fragte sie unsicher. Er war schlechter Laune, das merkte sie; vielleicht nahm er ihre Frage übel

und empfand sie als kleinliche Neugier. Hoffentlich hatte er nicht vergessen, eine Zeit mit dem Arzt abzumachen. Er hatte noch nichts gesagt.
»Eine Geldbuße und bedingter Strafvollzug wegen gefährlicher Fahrerei. Die Klage wegen Fahrens in betrunkenem Zustand wurde unterdrückt. Er hatte einen guten Anwalt, einen guten Leumund, eine gute Stellung und war Akademiker – was mehr kann man verlangen?« grinste er mit spöttischem Humor.
Sie sah, wie der alte Groll an ihm nagte, keinen Erfolg gehabt zu haben, aber jetzt war sie so weit, daß sie ihn kaum noch fürchtete oder sich darum kümmerte. Ihre eigene Lage war genauso hoffnungslos.
»So geht's zu in der Welt«, sagte sie.
»Ja, allerdings«, lachte er schroff, ging aber schon etwas mehr aus sich heraus und versuchte nicht mehr, alles in sich hineinzufressen.
Sie beobachtete ihn liebevoll. Er war ein seltsamer Mensch, sie wußte kaum etwas von ihm – abgesehen von den bloßen Tatsachen körperlicher Vertrautheit. Nie hatte es zwischen ihnen ein richtiges Verstehen gegeben – aber gab es dergleichen überhaupt zwischen zwei Menschen? Er wollte nichts von den großen Problemen wissen: was hältst du vom Leben oder von den Beziehungen zwischen zwei Menschen oder von all den andern Dingen, auf die es keine richtige Antwort gab. Er überließ all das den Priestern, wie er einen kranken Körper dem Arzt überließ, und befolgte, was immer für Regeln ihm vorgeschrieben wurden, solange sie nicht mit seinen eigenen Gefühlen in Widerstreit gerieten.
Und doch hatte die Ehe mit ihm weit besser standgehalten als die tiefste Beziehung ihres Erwachsenendaseins, obschon sie Michael Hallidays Briefe und einige Bücher, die er ihr geschenkt hatte, noch immer unter Verschluß in ihrem Schlafzimmer in der Holztruhe aufbewahrte. Er war zur gleichen

Zeit wie sie in dem Londoner Krankenhaus als Arzt gewesen und hatte ihr ganzes Leben verändert. Sie hatte ihm an den langen Londoner Abenden, die ihr jetzt in der Erinnerung herrlich erschienen, so viele Stunden zugehört; sie hatte die Bücher gelesen, die er ihr gegeben hatte; sie ging mit ihm ins Kino und ins Theater und in Konzerte, und vor allem hatte er sie die furchtbaren Qualen der Liebe leiden lassen.

Sie sah die grauen Strähnen in Reegans noch blondem Haar, und die Bilder von Grau und Gold ließen sie an eine Festlichkeit denken, an den einundzwanzigsten Geburtstag einer Krankenschwester im Hospital. Sie war von ihr eingeladen worden und hatte Halliday mitgebracht, obwohl sie damals noch nicht geahnt hatte, daß die Beziehung schon dicht vor dem Zusammenbruch stand.

Der Vater der Krankenschwester, der sein Leben lang Angestellter in einer Teefirma in Aldgate gewesen war, hatte sich an jenem Abend in vorgerückter Stunde erhoben und seiner Frau im Rausch zugesungen:

»›Liebling, auch ich werde alt.
Silber zwischen all dem Gold
schimmert heut auf deinem Kopf.
Mag das Leben schnell vergehen,
immer werde ich dich sehen
jung und schön und blond wie einst.‹«

Der Abend ging seinem Ende zu. Der Kehrreim wurde mitgesungen, in manchem lächelnden Auge glänzten Tränen, und das war der Moment, wo Halliday im Rausch ein unanständiges Wort einzuwerfen versuchte. Alle waren betrunken oder beschwipst; es fiel nicht weiter auf, und es gelang ihr, ihn zum Schweigen zu bringen und nach Hause zu befördern.

Am nächsten Abend entschuldigte er sich gewissermaßen bei ihr.

»Es tut mir leid, liebe Elizabeth«, hatte er gesagt, »aber wenn ich noch einmal richtig betrunken wäre und dich nicht bei mir hätte, würde ich's noch einmal versuchen!«
»Warum?« fragte sie. »Was war denn Schlimmes dabei? War es nicht menschlich, das zu tun?«
»Meinst du, es sei ein allgemein verbreiteter Affekt, wie die Professoren es nennen — meist du das, Elizabeth?« fragte er boshaft.
Sie hatte es damals nicht gewußt. Zum erstenmal in ihrem Leben war sie auf eine seltsame Ausdrucksweise und auf solchen Spott gestoßen, und sie konnte nur lächeln und abwarten.
»Jeder Mensch ist voll von dem Zeugs«, erklärte er bitter, »aber es ist nicht die Wahrheit. Es frißt einem am Herzen. Um so etwas glaubhaft zu machen, braucht's großen Stil. Und es ist nicht mein Begriff von großem Stil, wenn der alte Kerl, nachdem er die unglückliche Frau dreißig Jahre lang angeödet und gequält hat, sich plötzlich so schweinisch betrunken auf die Hinterbeine stellt. Es ist eine Aufforderung, mit ihm in seinen eigenen Lebenssumpf unterzutauchen. Es ist die Sorte Mensch, die im Haus brutal und auf der Gasse liebenswürdig tut.«
Sie sagte nichts. Sie wußte nicht, was sie darauf erwidern sollte. Meistens gab Halliday den Ton an, und sie war's zufrieden, ihm zuzuhören.
Damals hätte sie nie geglaubt, daß sie in eine Lage wie die jetzige kommen könnte: als Ehefrau in einer Polizeiküche zu sitzen und die grauen Strähnen in eines andern Mannes Haar zu betrachten. Alles zog sich zurecht, wenn man es fertigbrachte, lange genug durchzuhalten. Reegan wurde alt, und sie ebenfalls. Nichts in ihrem Leben war gesagt oder geschenkt oder erfüllt worden. Er aß jetzt sein Abendbrot, ohne von ihrem Vorhandensein Notiz zu nehmen; wegen des Arztes hatte er sich nicht bemüht oder nicht daran gedacht; er hatte

ihr nichts mitgebracht, nicht einmal etwas so Phantasieloses und Billiges wie die Tüte mit Süßigkeiten, die er den Kindern mitgebracht hatte.

»Hast du den Sergeanten gesehen?« fragte sie, um zu verhindern, daß sie sich in eine neue Depression vergrub.

»Aye«, bestätigte er.

»Ist es gut gegangen?«

»'s ist nichts geschehen.«

»Dann muß allerdings sehr wenig geschehen sein«, sagte sie mit so müder Enttäuschung in der Stimme, daß er aufblickte. Ihr Kopf beugte sich über eins von Willies Hemden. Die Nadel blinkte, wenn sie mit mechanischer Gleichmäßigkeit in den sandfarbenen Stoff gestoßen wurde.

Er hatte stets gespürt, daß sie seinem privaten Streit mit Quirke feindselig gegenüberstand – nicht etwa, daß sie ihn offen getadelt hätte, aber er hatte es einem einzelnen Wort oder einem Verstummen entnommen. Einmal hatte er davon gesprochen, sich um eine Versetzung zu bemühen, und sie hatte es ihm wegen der Kinder ausgeredet. »Wenn wir umziehen, wird alles zusammenbrechen, was sie sich hier an eigenem Leben aufgebaut haben. Da sind dann neue Lehrer, neue Freunde ...«

Er hatte nur genickt und war weggegangen, ohne etwas zu sagen. Um der Kinder willen sollte also sein eigenes Leben vor die Hunde gehen, dachte er. Kein Mensch hat mehr als ein Leben, die Kinder würden die Gelegenheit packen müssen, wie er es seinerseits getan hatte; er wollte niemandem zuliebe zurücktreten, doch hatte er sich überlegt, daß er zu jener Zeit noch keine Versetzung anstreben sollte: es wäre nicht viel besser gewesen, als eine mißliche Lage gegen eine andere auszutauschen. Wenn er mal hier aufgab, dann in Zivil und nicht in irgendeiner Uniform, sondern ganz nach seiner freien Wahl. Er würde nach seinem eigenen Kopf vorgehen, ohne Empfehlung an irgend jemand. Daher schwieg er sich also über seine Gefühle und Pläne und Beschlüsse aus, und nur, wenn die innere Bedrängnis zu stark wurde und ein anderer Mensch mehr Verständnis als eine Schlafzimmerwand zu besitzen schien, vertraute er sich ihm an.

Heute abend spürte er, daß sie sich irgendwie verändert hatte: sie hatte überhaupt keine Einwände erhoben, und er fragte sich, ob es möglich sein könne, daß sie wirklich wünschte, er solle sich aussprechen. Er sah, wie sie ruhig weiternähte, und er lachte – es war ein höfliches, unsicheres Lachen –, sollte sie also ihren Willen haben!

»Nein, es ist nichts geschehen«, sagte er. »Bloß das, was das vorige Mal geschah und davor und wieder auch davor . . . ›Mylord, es war eine gedankenlose, spontane Tat, unter der dieser junge Mann für den Rest seiner Lebtage leiden wird‹«, begann er seine Parodie, doch es war ihm verleidet, oder er fand es zu langweilig, um dann weiterzumachen.

»So ein Scheißkram – und reißt nicht ab! Hört einfach nicht auf! Du hättest mal heute O'Donovans Witzeleien hören sollen! Er übertraf sich selbst! Nahm jede Gelegenheit wahr!«

O'Donovan war der Richter, er war bissig. Die eine Hälfte seines Gesichts war durch ein braunes Muttermal entstellt. Nie war er zufrieden, ausgenommen, wenn er seinen Witz zur Schau stellen konnte: es war eine Zusammensetzung aus spitzen kleinen Anspielungen und Vergleichen, die er mit hochtrabendem Sarkasmus vortrug, der jeden kleinen Nachteil erspähte – eine Art Niedertrampeln des Gegners, das sicher für ein persönliches Versagen kompensieren sollte.

Reegan hatte den Stachel mehr als einmal zu spüren bekommen.

»Zwei aus England heimgekehrte betrunkene Arbeiter mußten sich wegen ruhestörenden Lärms verantworten, und denen hat er gesagt (Reegan begann die eitle Stimme O'Donovans nachzuahmen): ›Aus England heimgekehrte Arbeiter, die sich während ihres Urlaubs wie Filmstars zwischen zwei

Filmen benehmen, können nicht erwarten, daß ihnen die gleiche bewundernde Behandlung zuteil wird.‹
Offenbar mußten sich vorige Woche einige Hollywoodstars wegen ruhestörenden Lärms verantworten, und das sollte dem Witz die Pointe geben«, erklärte Reegan. »Und du hättest sie mal hören sollen, wie sie gelacht haben! So ein Theater den ganzen Tag! Aber wenn jemand mal irgendwann ein ehrliches Gelächter angestimmt hätte, dann könnte man im Gerichtssaal eine Stecknadel zur Erde fallen hören. Das würde ihm nie verziehen! Es erinnerte mich alle naselang an die Schule, in die wir gingen, und an den alten Jockser Keenan: er hielt sich für einen Vortragskünstler, und wir mußten uns den ganzen Tag vor Lachen ausschütten.«
»Es sind alles nur Menschen, sie sind nicht vollkommen«, wandte Elizabeth ein, um nicht zu schweigsam zu erscheinen. Ihr Tonfall war nicht überzeugend. Er klang so banal, wie er es wirklich war, und niemand konnte es als echten Einwand gelten lassen.
»So ist's recht«, brüllte er los. »Du mußt natürlich bei der Bande nach einem Heiligen suchen, selbstredend! Was zum Teufel bekomme ich dafür, daß ich angetreten bin?
Der Quirke konnte sich's nicht verkneifen, er mußte kommen und mich anquasseln. Hat mir eine Stunde lang was vorgepredigt – über das Durchdrücken von Gesetzen und Regeln und Vorschriften und Parlamentsbeschlüssen. Er hat mich gefragt, ob ich in der *Review* von diesem Monat den Artikel über das Straßenverkehrsgesetz gelesen hätte. Was für'n Interesse habe ich im Namen aller Heiligen am Straßenverkehrsgesetz, solange ich meinen Lohn kriege? Und bestimmt hat er erwartet, daß ich drauf eingehe und sage: ›Ich hab's rasch durchgeblättert, Sir, als es kam, aber den Artikel muß ich irgendwie übersehen haben. Etwas so Interessantes hätte ich bestimmt gelesen. Muß ihn sofort suchen, sowie ich wieder zu Hause bin. Bin Ihnen schrecklich dankbar, daß Sie mich

drauf aufmerksam gemacht haben, Sir!‹ Mein Gott noch mal, es ist so lächerlich!« fluchte er.
»Dann hat er mich gefragt, ob ich glaube, daß O'Donovan sehr viel Sinn für Humor habe. Hättest ihn mal sehen sollen, wie er meine Miene beobachtet hat, um herauszufinden, was ich meinte, als ich ihm geantwortet habe: ›Ja, Sir, er hat sehr viel Sinn für Humor. Er könnte sogar in einem Zirkus sein Brot verdienen.‹ – ›Sehr richtig, Reegan, im Zirkus!‹, hat er gesagt, und du hättest mal seine Betonung hören sollen! Er hatte Angst, jemand könne ihn durchschaut haben – aber er wird vorankommen, darauf kannst du Gift nehmen! Jedesmal, wenn O'Donovan eine witzige Bemerkung vom Stapel ließ, war er es, der die Lachsalven anführte. 's ist einfach das Arschleckersystem: wer zuunterst auf der Leiter steht, muß den Arsch über ihm lecken, bis er auch den Arsch an der Spitze zualleroberst geleckt hat. Der arme Teufel auf der untersten Sprosse hat's immer am schwersten. Eine ganz natürliche Weltordnung, wie Quirke es ausdrücken würde.«
Er sprach mit verächtlicher Einsicht, aber er konnte es nicht durchhalten. Es ging ihm zu sehr ans Mark.
»Ich hab's satt!« schrie er los. »Hab's satt, dauernd zu sagen: ›Yes, Sir! No, Sir! Sieht ganz so aus, Sir! Wie denken Sie darüber, Sir? Ich glaube, es so zu machen, wäre vielleicht das Beste, Sir.‹ Je älter ich werde, desto mehr ist's mir verleidet!« rief er aufgebracht und voller Qual. »Noch viel mehr kann ich mir nicht gefallen lassen, das ist mal sicher! Ich will nicht einfach antreten, wenn jemand mich braucht, und weggehen, wenn er mich nicht mehr braucht. Ich will kommen und gehen, wie ich's selber möchte. Warum soll irgendein Schweinehund mich hin- und herkommandieren? Ich will ja auch niemanden hin- und herkommandieren! Aber ich lasse mich nicht viel länger herumkommandieren, das kann ich dir hoch und heilig versichern!«
Elizabeth schwieg. Sie vermutete, daß er es bald bereuen wür-

de, den Mund aufgemacht zu haben, so ging es immer mit ihm, und noch nie hatte sie gehört, daß er soviel sagte, und so offen heraus. Ihrer Ansicht nach verlief das Leben überall ungefähr gleich, viel Illusionen hatte sie nicht mehr, man mußte das Leben ertragen wie eine Epidemie, oder man mußte es bejahen und zugleich umgestalten. Aber sie sagte nichts. Sie nähte weiter.

Er saß stumm am Tisch; seine Hände fuhren vor nervöser Erregung über Stirn und Wangen, bis sie ihm eine geschickte Frage stellte: »Ist Mullins mitgekommen?«

»Du kannst ihn in der Wachstube hören«, antwortete er und war froh über die Ablenkung. »Wir hatten nur eine Runde, drei Drinks, und dann ist er mit uns gegangen. Für eine Sauftour ist das Monatsende zu nah!«

Er lachte.

Er war erleichtert.

Was ihr Vater von der Stadt und vom Gericht erzählte und wie er die Welt widerspiegelte, zu der sie eines Tages aufsteigen würden, heraus aus der Sklaverei ihrer Kindheit, das interessierte die drei Kinder zunächst, aber dann fanden sie seinen Ärger und seine Enttäuschung langweilig. Weil jetzt eine Unterbrechung eingetreten war, wollten sie sich hinausstehlen, um das letzte Tageslicht auszunützen.

»Bloß ein bißchen Wasser auf die Schlittenbahn gießen«, erklärten sie, als ihr Aufbruch bemerkt wurde. »Heut nacht wird's mächtig frieren!«

»Gebt aber acht und gießt es nicht auf Stellen, wo jemand fallen könnte!«

»Es ist am Uferweg! Da geht vor dem Sommer kein Mensch entlang.«

»Zieht eure Jacken an!« mahnte Reegan. Er kam endlich auf den Gedanken, seine Vaterrolle zu spielen. »Und planscht euch nicht voll! 's ist nicht die Jahreszeit, um sich naßzumachen!«

Über dem Wasser hing ein schönes blaues Dämmerlicht; ein dunstiger Mond, der bei Anbruch der Nacht zu gelbem Glanz emporklimmen würde, stand schon ziemlich hoch am Himmel. Die Sonne war hinter dem Bergkamm untergegangen, der wegen des Waldes nicht zu sehen war, doch die Lücken zwischen den Baumwipfeln erglühten in rotem Licht.

Die Sägemühle stellte ihren Lärm ein, dann folgte die Brechmaschine im Steinbruch. Männer riefen einander zu, und die Stimmen schwebten in zauberhafter Klarheit über das frostgefangene Land. Irgendwo in einem Gehöft rasselte ein Eimer: eine Frau fütterte die Kälber. Gruppen von Männern aus dem Steinbruch überquerten auf ihren Fahrrädern die Brücke; ihre Gesichter waren vom Kalkstein bleich bestaubt; den Militärbeutel, der ihre Brote und die in wollene Socken gewickelte Teeflasche enthielt, hatten sie um die Schulter gehängt. In der Ferne pflügten Traktoren; sie benutzten jetzt die Scheinwerfer, und auf der Landstraße fuhren die Kastenwagen nach Hause. Die Gesichter der Männer waren weiß bestäubt, sie sprachen zu ihren Pferden. Die Kinder schlittelten, bis sie warm waren, und als sie es satt hatten, gossen sie Eimer voll Wasser auf den Weg und glätteten mit einer alten Schaufel die Unebenheiten aus.

Elizabeth und Reegan saßen schweigend in der Küche beieinander. Als das Tageslicht schwächer wurde, legte sie die Näharbeit beiseite. Und dann, als sie gerade dachte, daß alles zu furchtbar und hoffnungslos sei und daß er nun wieder über den Gerichtstag nachgrübelte, fragte er sie liebevoll: »Fühlst du dich heute abend etwas besser, meine Kleine?«

Mit den Händen wandte er sanft ihr Gesicht zu sich herum, bis sich ihre Blicke begegneten.

»Bist du müde?« fragte er.

Sie spürte, daß sie keinen andern Wunsch hatte, als ihm in die Arme zu sinken und ihren darbenden Gefühlen freien Lauf zu lassen. Und doch durfte sie das nicht tun, es wäre nicht fair, weder ihr noch ihm gegenüber. Ganz abgesehen von Selbstbeherrschung und persönlicher Haltung wäre es doch besser, auf eine Fassade zu achten, damit sie einigermaßen frei blieben und nicht alle vom völligen Nichts verschluckt würden. Sie durfte nicht in seine Arme sinken, dann würde alles unklar werden, und als hätte nie etwas begonnen oder sich ereignet.

Sobald sie es sich eingestanden und belächelt hatte, war der Drang, sich auszuweinen, auch schon vergangen: als hätte sie ihn überwunden, indem sie bei dem Eingeständnis Haltung bewahrte. Und dennoch: während sie beide lächelten, fühlte sich ein Teil ihrer selbst betrogen.

»So geht's einem, wenn man in trüber Stimmung ist«, sagte er. »Aber es schadet nicht weiter, es wird dir wieder gutgehen.«

»Warst du beim Doktor?« fragte sie.

»Ja. Ich wollte es nicht vor den Kindern erwähnen.«

»Auf wieviel Uhr hat er mich bestellt?«

»Von zehn bis zwölf hat er Sprechstunde. Da ist er also fast mit Sicherheit anzutreffen. Aber wär's nicht besser, er käme her? Mit dem Rad ist's doch verflixt weit! Und ich brauchte nur ans Telefon zu gehen, um ihn herzuholen.«

»Nein, ich fahre morgen früh.«

»Wenn du's wirklich willst«, gab er nach. »Soll eins von den beiden Mädchen zu Hause bleiben?«

»Nein. Teresa Casey kommt noch her, und dann bitte ich sie, hierzubleiben. Sie hat nicht viel zu tun, und sie meint, sie müsse es uns vergelten, daß Una manchmal bei ihr übernachtet. Sie weiß nicht, wie sonst, außer mit albernen Geschenken. Sie wird sich sehr freuen, und Ned kann hier essen, bis ich zurück bin.«

Es paßte ihm nicht, daß ihm jemand so nahe kommen sollte, doch er willigte ein, im Grunde war es ihm nicht so wichtig, ob sie nach ihrem Gutdünken handelte.

»Wir sollten die Kinder holen und den Rosenkranz diesmal etwas früher beten. Je später es wird, desto schwerer fällt einem das Niederknien. Es war ein langer Tag«, sagte er ruhig. Er ging hinaus, und sie hörte, wie er auf der Straße rief: »Beten! Beten! Kommt zum Beten rein!«, und wie sie auf dem Flußpfad antworteten: »Ja, Daddy, wir kommen! Wir kommen, Daddy!«

Und schließlich umfing sie die Nacht. Die Flammen des Kaminfeuers glitzerten auf Glas und Geschirr, die Krippe auf dem Kaminsims war in das schaurige blutrote Licht der Herz-Jesu-Lampe getaucht. Eigentlich sollte sie die Küchenlampe holen und anzünden, doch falls sie schon angezündet war, wenn sie kamen, würden sie enttäuschte Gesichter machen. Sie wollte damit warten, bis sie den Rosenkranz gebetet hatten. Beim ungewissen Licht des Feuers würde sie, während sie beteten, ihre prüfenden Blicke weniger zu befürchten haben. Sie holte die weiße Vase, die ihre Rosenkränze enthielt, sowie sie ihre Schritte hörte.

Morgen würde sie den Arzt aufsuchen, und trotz all ihrer Müdigkeit und Hoffnungslosigkeit zitterte sie vor Angst. Alles konnte bereits ihrem Einfluß entglitten sein, und nichts, was sie unternahm, würde auch nur den kleinsten Unterschied ausmachen. Sie mußte einfach warten, daß es geschah, und das war alles. Einerlei, ob sie Krebs hatte – war nicht ihr ganzes Leben ein ständiges Warten gewesen? Das Ende würde früher oder später doch kommen, zwanzig geschenkte Jahre bedeuteten den Toten nichts mehr, aber nein, nein, nein! Sie konnte es nicht glauben! Die Zeit war nur für die Lebenden. Sie brauchte Zeit, soviel Zeit, wie sie nur irgend verlangen konnte. Noch war nichts entschieden oder abgemacht oder in Ordnung gebracht. Sie brauchte Jahre, um die zerstreuten Bruchstücke ihres Lebens in der einen Elizabeth zu vereinen. Sie wußte nicht, welchen Weg sie einschlagen sollte, nichts schien noch irgendwie von ihr abzuhängen. Da sie keinen

Weg wußte, irrten ihre Gedanken blindlings umher, und das Grauen hatte ihr seine Zähne ins Herz geschlagen: »Ich will beten. Ich will beten, daß alles gut ausgeht. Ich will beten, daß alles gut ausgeht!«

Sie waren nun bei ihr in der Küche. Sie reichte den Kindern das bleiche Perlmutter mit den silbernen Kreuzchen und nahm ihren eigenen Rosenkranz mit den braunen Holzperlen heraus.

Reegan holte seinen Rosenkranz aus der kleinen Stoffbörse, die er immer in der Westentasche bei sich trug. Er legte eine Zeitung auf den Zementboden, kniete nieder, die Ellbogen auf dem Tisch, und blickte in den dunklen Spiegel.

Sie bekreuzigten sich, und er begann: *»›Du, o Herr, wirst mir die Lippen öffnen. Und meine Zunge soll Dein Lob künden‹«*, respondierten sie. Die frommen Laute spulten sich gleichmäßig und in unwandelbarer Eintönigkeit ab. *»›O Jesus, ich muß sterben. Ich weiß nicht, wo oder wie. Mein Glück geht dahin wie meine Abende und Nächte und Tage. Ich muß den Weg der Reue und des Gebets beschreiten, für meine Auferstehung in Jesu Christo. Es ist meine einzige Freude und Wonne und Hoffnung, und wenn ich nicht an die Auferstehung glaube, muß ich ewiglich innerhalb der Tore meiner eigenen Hölle leben.‹«*

Reegan stimmte die Gebete an, wie er sie jeden Abend ihres Lebens angestimmt hatte, und sie antworteten ihm im Chor, gemurmelte Formeln und Wiederholungen, auf die niemals das volle Licht ihrer Bedeutung gefallen war: dunkel waren sie wie die Erde, über die sie gingen, und so gewohnt wie ihr Tagesablauf.

»Wir opfern den heiligen Rosenkranz dieses Abends in einer besonderen Intention auf«, erklärte er, bevor er die Geheimnisse anstimmte.

Er machte nicht einmal eine Pause, sondern sprach die Geheimnisse ebenso eindeutig wie die andern Gebete davor und danach, doch Elizabeths Aufmerksamkeit war jählings geweckt worden. Konnte es möglich sein, daß er für *sie* betete? Sie spürte, wie ein trügerisches Glücksgefühl sie mit einer solchen Wonne durchflutete, daß sie sich einen Augenblick wie gebenedeit vorkam – aber hatte er denn wirklich für sie gebetet? Das konnte sie nicht wissen, und es je zu erfahren, war unmöglich. Er würde es nicht sagen, und sie konnte ihn niemals danach fragen.

Sie fühlte das warme Holz der Kugeln in ihren Fingern. Wie sie wußte, waren sie alt und ziemlich selten, und das geschnitzte Kreuz barg eine Reliquie der heiligen Theresia von Avila. Ein Priester hatte sie ihr geschenkt, den sie in London gepflegt hatte. Jemand hatte ihn aus Spanien mitgebracht, und einmal hatte er ihr erzählt, der Rosenkranz sei über hundert Jahre alt.

3

Sie standen auf, und wieder war es ein weißer Morgen, kalt wie die andern Rauhreiftage, und alle halfen ihr sehr, weil sie wußten, daß sie zum Doktor gehen mußte. Sie hatte in der Nacht nur wenig geschlafen, und jetzt arbeitete sie in einem Feuer nervöser Energie, wofür sie noch würde büßen müssen. Der Morgen verflog im Nu: die Kinder waren in die Schule gegangen, in der Wachstube war die Namensverlesung beendet, und Reegan machte seine Runde. Sie hatte es gar nicht gemerkt und konnte kaum glauben, daß die Zeit so schnell vergangen war. Sie war angekleidet, und Mrs. Casey strich den Rücken ihres blauen Kostüms glatt.

»Sie sehen heute wunderbar aus«, sagte sie, und es war nicht nur Schmeichelei, denn die sonst meistens blassen Wangen waren gerötet, die Ader an ihrer Schläfe war verdickt, die Augen strahlten wie im Fieber. In den nächsten paar Stunden würde sie wissen, wovor sie monatelang zurückgeschreckt war: entweder würde sie leben und dem Sommer, den sie liebte, ohne Todesängste entgegensehen – oder sie hatte Krebs. Sie zog ihren dunklen Mantel an und nahm die Handschuhe, und als sie zum Gehen bereit war, kam Mrs. Brennan, eine resolute kleine Frau mit starken schwarzen Haaren und scharfen Gesichtszügen, die früher einmal von einer kalten Schönheit gewesen sein mußten, doch was immer an üppigem Fleisch dort geprangt haben mochte, war im Laufe der Zeit zu Haut und Knochen zusammengeschrumpft. Sie hatte gehört, daß Elizabeth in die Stadt fuhr, und wollte gern für ihr jüngstes Kind eine Flasche Medizin von der Apotheke haben. Ob sie das hier vielleicht bei Timlins bekäme, fragte sie und gab Elizabeth das Rezept, das um ein hartes Häufchen Silbergeld gewickelt war. Ihre grellblauen Augen brannten vor Neugier, als sie die üblichen hoffnungsvollen Worte wegen des Besuchs beim Arzt äußerte, doch es wurde ihr nichts verraten.

Dann sprang das Gespräch mit unfehlbarer Sicherheit auf Ärzte und Krankheiten und Frauen- und Kinderunpäßlichkeiten über, so daß Elizabeth ihr gar nicht schnell genug entrinnen konnte. Es war eine solche Erleichterung, den Frost im Gesicht zu spüren, den weiten Himmel zu sehen. Sie begleiteten sie bis ans Tor und gingen ins Haus, als sie um die Polizeiwache herumradelte. Mullins hörte ihre Reifen über den Kies knirschen und stand am Fenster, als sie vorbeifuhr.
»Viel Glück, Elizabeth!« winkte er. Sein Brustkasten platzte aus der blauen Uniformjacke heraus. Sie winkte zurück.
»Alter Saufbold!« lächelte sie und war glücklich. Sie sah noch, wie er die Hand zur Faust ballte und den Arm straffte, als er ihr zum letztenmal zuwinkte: Mut sollte sie haben und Gott bitten, sie gegen alle erdenklichen Gauner zu verteidigen. Er wäre in die Küche gekommen, um ihr alles Gute zu wünschen, wenn nicht die Frauen dagewesen wären.
Nie konnte sie ihn sehen, ohne sich daran zu erinnern, wie er, bald nachdem sie geheiratet hatte, eines Abends, als sie allein war, zu ihr in die Küche getorkelt war. Er hatte sich auf einen Stuhl plumpsen lassen, hatte betrunken mit dem Finger gewackelt und gefragt: »Elizabeth – ich darf Sie doch Elizabeth nennen, was? Können Sie mir eine Frage beantworten, Elizabeth? Wer darf sich herausnehmen, uns zu sagen, daß wir nicht mehr Kuchen und Ale haben dürften? Das ist 'ne saftige Frage, was, Elizabeth? Ein Professor hat das mal zu mir gesagt, eines Samstagabends vor einem *All Ireland Final*, bei Mooneys in der Abbey Street, und er war genauso betrunken wie ich. Er konnte großartig reden, konnte über jedes Thema unter der Sonne diskutieren. Waren Sie schon mal in Mooneys Kneipe in der Abbey Street? 's ist eine großartige Kneipe, um interessanten Leuten zu begegnen, grad gegenüber von Wynns Hotel, wo all die Priester übernachten, die vom Land hereinkommen. Nichts behagt mir besser, Elizabeth, als ein gutes Gespräch bei einem guten Glas Bier!«

Sie hatte ihm etwas zu essen gegeben, erinnerte sie sich. Man konnte ihm nichts abschlagen, wenn man ein Herz im Leibe hatte. Während er aß, hatte er sich vor Lachen geschüttelt und immer wieder gesagt: »Wer darf sich herausnehmen, uns zu sagen, daß wir nicht mehr Kuchen und Ale haben dürften? Das ist 'ne saftige Frage, was, Elizabeth? Wer darf sich herausnehmen, uns zu sagen, daß wir nicht mehr Kuchen und Ale haben dürften? Das tut einem wohl, so was zu hören, auch wenn's nur einmal im Leben ist.«
Sie sah ihn am Fenster stehen und ihr nachwinken. Sie war überwältigt von Dankbarkeit, als sie innerhalb des Gartens über den ausgefahrenen Weg holperte und dann, die Brücke überquerend, zur Stadt fuhr.
Sie hatte zwei Meilen auf hartem Lehm und Schotter zurückzulegen, Schotter, der durch den Wagenverkehr aus den Schlaglöchern herausgepreßt und vom Straßenbauamt immer wieder aufgeschüttet wurde. Dann kam sie auf die Landstraße nach Dublin. Hier begann ein ununterbrochener Verkehr und Gegenverkehr. Sie war noch nicht lange gefahren, als sie merkte, daß sie ihre Kraft überschätzt hatte. Sogar Weihnachten hatte sie schon gefunden, daß es nicht so einfach war, damals, als sie mit Reegan einkaufen ging, Geschenke für die Kinder und Obst und Gewürze und Whiskey und andere Dinge, die eine Weihnachtsstimmung schafften, bis am Heiligen Abend in den Fenstern aller Häuser die Kerzen brannten und sie in der Nacht zur Kirche gingen, die für die Mitternachtsmesse von Lichtern flammte.
Während sie weiterradelte, wurde ihr Kleid verschwitzt. Sie fand, daß die Fahrt sie eher wie eine Last bedrückte. Zwischen den Eschen und Eichen längs der Straße standen auch große Buchen, und sie begann sie zu zählen, zählte sie, wenn sich in der Ferne das glatte, helle Holz von den dunkleren Stämmen der andern Bäume abhob, und radelte daran vorbei, während ihre Blicke schon weit voraus die nächste Buche suchten. Fünf

Hügel mußte sie bewältigen, und bei jedem wollte sie absteigen und schieben. Sie fuhr und schob und fuhr, bis die fünf Hügel zu vieren zusammengeschrumpft waren, dann zu dreien, zu zweien, bis sie schließlich auch den letzten hinter sich hatte; sie umklammerte die Griffe und fuhr mit Freilauf in die Stadt hinunter, deren Ziegeldächer und Baumwipfel jenseits von einem wuchtigen Bergmassiv beherrscht wurden.
Auf der Uhr des Postgebäudes in der Carrick Street war es zwanzig nach elf; sie lehnte ihr Fahrrad an die Mauer und ging zu Fuß zum Haus des Arztes, der am andern Ende der Stadt wohnte.
Auf dem Messingschild las sie: *Dr. J. Ryan, M.B., N.U.I.*
Sie stieg die Stufen zwischen dem schwarzen Geländer hinan und drückte auf den Klingelknopf; ein junges Mädchen anfangs Zwanzig, stark geschminkt, ließ sie eintreten.
»Mrs. Reegan«, sagte Elizabeth.
»Erwartet Sie der Doktor?«
»Ja.«
»Würden Sie bitte mitkommen? Er hat heute sehr viel zu tun, aber ich glaube nicht, daß Sie besonders lange warten müssen. Ich werde ihm sagen, daß Sie da sind.«
Sie bedachte Elizabeth mit einem Lächeln und einem einstudierten Kopfnicken und öffnete die Tür.
Im Zimmer waren fünf Frauen, ein junger Mann und zwei Kinder. Alle saßen um den großen ovalen Tisch mit einer Vase voller Narzissen und einem Stoß Zeitschriften.
Sie schauten ihr zu, als sie wie ein halb betäubtes Tier den einsamsten Platz am Tisch suchte. Sie war nicht in der Verfassung, um zu bemerken, daß sie ihren Bauch wegen eines Anzeichens von Schwangerschaft und ihr Gesicht und ihr ergrauendes Haar auf ihr Alter hin musterten, dann den Preis für ihren dunklen Mantel und die Handtasche, die sie trug, zu erraten versuchten und schließlich, als sie die Handschuhe auszog, den Finger ihrer linken Hand prüften.

Ihre Neugier hatte sich bald erschöpft. Sie kannten sie nicht. Es waren Frauen aus einer ärmeren Schicht der ehemaligen Garnisonstadt. Die Kompanien waren abgerückt, die Fenster in den großen Steinkasernen waren zerschmettert, doch die soziale Klasse war irgendwie geblieben — Browns und Gatesbys und Rushfords und Boots und Woods — und lungerte müßig in den Straßen herum, oder auch Hilfsbriefträger oder Lastwagengehilfen oder Hausierer mit Fischen und Zeitungen, da ja Großbritannien jetzt Frieden hatte. Sie aber waren Montys Ratten gewesen und waren in der Normandie, wie ihre Väter in Mons und an den Dardanellen gewesen waren. Friday Gatesbys Bericht von der Schlacht bei Dünkirchen war bereits zum Ortsklassiker des ganzen Krieges geworden.
»Es war eine sehr gefährliche Gegend«, gab er zu, als er nach dem Zusammenbruch ein paar Wochen Heimaturlaub bekommen hatte. »Bestimmt eine verflixt gefährliche Gegend!«
Die Frauen setzten ihre Unterhaltung fort, die Elizabeths Kommen unterbrochen hatte. Sie hörte ruhig zu und blätterte, bis sie sich gefaßt hatte, die Seiten der Zeitschrift *The Word* um, die zufällig neben ihrer Hand lag. Als sie die Augen aufhob, sah sie auf den Gesichtern nichts, was sie nicht auch in Whitechapel und an den Abenden in ihrer eigenen Polizeiwache gesehen hatte, wenn sich die Polizisten einfanden: die erschreckende Ungeduld der Zuhörer, welche die Hunde ihres Ego an der Leine zurückhielten, bis sie sie loskoppeln konnten, um sich der wohltuenden Befriedigung ihrer eigenen, einzigartigen Klagen und Sensationen zu überlassen: immer einer oder zwei, die den Ton angaben, und die besessenen Gesichter der vielen, die, in der Hoffnung, ein Wort aus ihrer eigenen Welt einwerfen zu können, warten gelernt hatten.
Die beiden Kinder spielten über eine Stuhllehne hinweg und wurden hin und wieder von ihrer Mutter ermahnt. Nur der junge Mann schien allein zu sein; er kaute an seinen Fingernägeln und blätterte unzählige Seiten durch, ohne sie zu lesen.

Sie erfrischte ihr Gesicht und ihre Hände mit einem kühlenden Toilettenwasser. Sie dachte an gar nichts und begann jetzt, die Zeitschriften aufmerksamer durchzusehen. Das Empfangsfräulein rief einen andern Namen: eine Frau stand auf und ging. Ein alter Mann, der wie ein verabschiedeter Soldat aussah, wurde vorgelassen. Noch eine Frau wurde aufgerufen. Allmählich ging es schneller, und bald würde sie selbst an der Reihe sein.

Es war ihr, als kniete sie in der langen Schlange vor dem Beichtstuhl und als rücke der Augenblick näher, da sie selbst an die Reihe käme, in die Dunkelheit hinter dem violetten Vorhang zu tauchen. Man war so überzeugt davon, daß man bereit und vorbereitet war, und auf einmal, wenn man näher rückte, war man es gar nicht mehr und wurde es immer weniger. Zweifel stiegen auf, das Verlangen nach mehr Zeit, die Furcht vor dem Endgültigen – man konnte nie all seine Sünden in dem einen Moment der Beichte und Vergebung unterbringen, man hatte sie verloren, sie waren geflohen, sie wurden durch neue ersetzt. Die Nerven begannen am Herzen zu zerren und zu flüstern, daß man unzureichend war, einfach immer unzureichend. Die Pennykerzen auf den Stacheln vor ihrem Altar begannen zu tropfen, die silberne Lampe des Heiligtums ließ ihr blutiges Licht niederströmen, große Kallalilien glommen als weiße Anrufung des Todes auf dem Altar. Zwischen dem Husten und der Stille hallten ehrfurchtsvolle Füße über die Steinplatten.

Der Holzschieber schloß sich ratternd vor dem einen Gitter und öffnete sich vor dem andern. Stimme einer Frau: »Segne mich, Father, ich habe gesündigt«, und eine müde Priesterstimme: »Fahre fort, mein Kind ... Bedrückt dich sonst noch etwas, mein Kind?«

Der Schieber ruckelte gegen die Wand des Beichtstuhls, jetzt war niemand mehr zwischen dir und dem schweren Vorhang, deine Hand tastete sich vor, um ihn beiseite zu ziehen. Wie die

Lockung des Todes zog es dich ins Dunkel, aber du wolltest lieber ganz von vorn anfangen, dich vorzubereiten, wolltest an den sicheren Beginn der Wartereihe und die fünf kleinen Formeln des Beichtspiegels wiederholen, die du so gut kanntest – oder sogar davonstürzen und dich zwischen den immergrünen Büschen und Grabsteinen übergeben oder sonst etwas. Ebenso ging ihr das Warten auch hier auf die Nerven, je näher der Augenblick kam, wo das Empfangsfräulein ihren Namen rufen würde. Kein Leben nach dem Tode hallte von den Bildern wider, kein Ausblick auf Hölle und Himmel, aber Geist und Herz und Magen reagierten, als wären sie alle das eine.

Ihr ganzes Sein haftete an der Tür, als sie sich öffnete, und an dem hübsch geschminkten Gesicht der Empfangsdame, die jetzt rief: »Mrs. Reegan bitte!«

Sie ging auf die Tür zu, mußte aber verlegen umkehren und ihre Handtasche holen. Endlich stand sie auf den schwarzen und weißen Fliesen des Korridors. Die Tür zum Sprechzimmer war offen. Der Arzt erhob sich vom Schreibtisch, um ihr die Hand zu reichen und ihr einen modernen kleinen Sessel anzubieten.

Sie fügte sich liebenswürdig in alles, doch ihre Augen waren voller Angst. Sie beobachtete ihn, wie er über den grauen Teppich zu den Fenstern ging.

»Ihr Mann war gestern hier«, begann er zu plaudern, »und glaubte, er könne Sie überreden, mich ins Haus kommen zu lassen, aber wie ich sehe, zogen Sie den kleinen Ausflug vor. Dadurch kamen Sie aus dem Haus, nicht wahr, und es war ein herrlicher Morgen, um sich etwas Bewegung zu machen. Ich selber verschaffe mir jetzt nicht mehr genügend Bewegung. Wenn man einen Wagen hat, ist man verwöhnt und zu guter Letzt so versklavt, daß man ohne Wagen keinen Brief zur Post bringen kann. Kürzlich las ich, daß Eisenhower sich wieder dem Radeln zugewandt hat, vermutlich ein Publicitytrick, um die Yankees aus den Autos zu holen. Wie es heißt, sollen sie sich drüben wegen des Mangels an Bewegung die größten Sorgen machen. Sie befürchten, daß mit der nächsten Generation Verfallserscheinungen auftreten könnten, wenn sie nicht lernen, sich endlich mehr zu bewegen.«

Er verstellte die blassen Lättli-Jalousien und kehrte auf seinen Stuhl hinter dem Schreibtisch zurück. Dann begriff sie alles. Er hatte ihre Angst durchschaut, als sie eintrat. Er wollte sie beruhigen.

»Hat es Ihnen nichts ausgemacht, so lange zu warten?« fragte er lächelnd, als er sich hinsetzte und dabei den Stuhl seitlich rückte, um ihr nicht über den Schreibtisch hinweg mit einschüchternder Förmlichkeit gegenüberzusitzen.

»O nein, gar nicht!« antwortete sie.

»Dann sind Sie wohl sehr geduldig. Mir persönlich ist alles Warten verhaßt.«

»Sind jeden Morgen soviel Leute da?« ging sie auf ihn ein.

»Ja. Manchmal noch viel mehr!« lächelte er stolz, und sie lächelte auch und nickte. Er nahm seinen Kugelschreiber auf, damit seine Hände etwas zu spielen hatten. Aus seiner Stimme sprachen unerschöpfliche Güte und berufliche Bereitschaft, als er sie fragte: »Und wie kann ich Ihnen helfen?«

Der Priester würde sagen: ›Und jetzt zähle mir deine Sünden auf, mein Kind!‹ Aber das Zimmer hier war voller Licht; es war nicht das abschirmende Dunkel des Beichtstuhls. Sie saß in einem modernen Sessel und kniete nicht auf kahlen Dielen. Auf dem Kaminsims stand eine Uhr aus Nußbaumholz mit der Inschrift: *›Für Dr. und Mrs. James Ryan zur Hochzeit von ihren Freunden in Mullingar‹*, und nicht der weiße Christus auf dem Kruzfix über dem Gitter. Jetzt wollte sie die Krankheit ihres Körpers bekennen und nicht die ihrer Seele, doch wie immer empfand sie eine unvernünftige Furcht und Beschämung. Sie wußte nicht, wo sie anfangen sollte. Sie war müde und blutarm, in ihrer Brust waren geheimnisvolle Zysten.

»Ich fühle mich so müde und abgespannt«, sagte sie. Sie machte eine Pause. Er lächelte ihr ermutigend zu.
»Deshalb hielt ich es für richtig, Sie aufzusuchen.«
Er nickte zustimmend.
»Vermuten Sie irgendeine Ursache dahinter? Haben Sie einen bestimmten Verdacht?«
»In meiner rechten Brust sind Zysten, die größer werden«, sagte sie und war erstaunt, daß man es in bloße Worte fassen konnte.
Ihre Blicke klammerten sich so leidenschaftlich an sein Gesicht, als wollten sie selbst dem leisesten Zucken eine Bedeutung unterlegen. Aber nichts rührte sich, weder um seine Augen noch um den Mund; nur die Hände spielten weiter mit dem Kugelschreiber. Sie sah Ernst und aufmerksames Zuhören, Bereitwilligkeit und Verständnis, doch weder Überraschung noch Beunruhigung.
»Haben Sie sie schon längere Zeit bemerkt?« fragte er.
Er verlangte nicht einmal, sie zu sehen. Sie tat so, als zähle sie die Monate.
»Seit November vorigen Jahres«, beschönigte sie es etwas. »Ich fühlte mich so wohl wie immer. Dann kam das Weihnachtsfest, und es gab so vielerlei für mich zu tun. Ich schob es auf die lange Bank, und dann habe ich's von Tag zu Tag verpaßt.«
»Sorgen Sie sich nicht. Das tun wir doch alle, ein Problem auf die lange Bank schieben, so töricht es sein mag. Haben Sie Schmerzen?«
»Nein. Manchmal ein Gefühl, daß etwas da ist, etwas Unbequemes, aber keinen Schmerz.«
»Darf ich es sehen?« fragte er schließlich.
Sie knöpfte die blaue Kostümjacke und die Spitzenbluse auf, die in dem keilförmigen Jackenausschnitt bis zum Hals hinaufreichte, und löste die Haken ihres Büstenhalters. Sie ließ sich zur Couch an der Wand führen und legte sich dort hin.

Dann folgte das übliche Abtasten und Fragen.
»Hier? Dort? Ja? Schmerzt es?«
Auf den Brüsten, die ihre eigenen Hände berührt hatten, auf den Brüsten, die andere Männer instinktiv zu berühren gewünscht hatten, um dort ihre sinnlichen Träume von ihr erfüllt zu finden, nahmen jetzt berufliche Hände zwecks Broterwerbs sachliche Kenntnis von ihr.
Sie kleidete sich an. Dann saß sie wieder da. Von seiner Verantwortung hing es ab, zu sprechen oder zu schweigen.
»Ich glaube nicht, daß Sie sich wegen dieser Sache Sorgen machen müssen«, sagte er, und sie wußte, was nun kommen würde, »aber nach dem, was ich gesehen habe, halte ich es für besser, Sie, um ganz sicherzugehen, zu einer Untersuchung ins Krankenhaus zu schicken.«
»Ins Krankenhaus«, murmelte sie, mutlos einwilligend.
»Waren Sie schon mal in einem Krankenhaus?«
»Ja«, lächelte sie. »Zwanzig Jahre lang.«
Er zuckte zusammen.
»Sie waren also Krankenschwester, ehe Sie sich verheirateten? Wie gedankenlos! Ich hätte es wissen sollen. Sie hätten es mir sagen sollen.«
Die berufliche Maske hatte einen kleinen Riß bekommen, er hatte einen Schnitzer begangen.
»Wo?«
»Meistens in London.«
»Oh, da habe ich ja zuerst praktiziert! In welchem Teil?«
Bei ihm war es der übliche Ablauf gewesen: ein paar Jahre im Ausland, um genug Geld zu sparen, damit man daheim eine eigene Praxis aufbauen konnte. Es hatte ihm nicht gefallen; London war kein Ort, in dem man Kinder großzog: man gehörte nicht dazu, man war und blieb Ire. »Dank der *National Health* ist ein Arzt dort nicht viel mehr als ein herausgeputzter Büromensch, und nicht halb so gut bezahlt«, klagte er.

Das geringfügige gemeinsame Erleben brachte sie einander nahe, aber andere Patienten warteten auf ihn.
»Möchten Sie in ein bestimmtes Krankenhaus gehen?«
»Nein. In jedes, das Sie mir empfehlen.«
»Dann ins Bezirkskrankenhaus. Der Chirurg dort, Doktor O'Hara, ist recht gut. Sollte es etwas Ernstes sein, würden Sie nach Dublin geschickt, doch ich bin beinah sicher, daß es nichts Ernstes ist. Sie brauchen sich also jetzt überhaupt keine Sorgen zu machen. Ich werde Doktor O'Hara anrufen, sowie ich meinen letzten Patienten verabschiedet habe. Es ist stets besser, keine Zeit zu verlieren. Und ich rufe Sie über die Polizeiwache an. Ich glaube, daß man gleich ein freies Bett für Sie hat.«
Aus dem Druck seiner Hand auf ihrem Arm schloß sie, daß die Untersuchung beendet war und daß sie aufstehen und gehen solle.
»Wie kommen Sie nach Hause?« fragte er an der Sprechzimmertür.
»Mit dem Fahrrad«, sagte sie.
Von jetzt an empfand sie sich als Patientin—nicht länger frei, sondern nach Anweisung des Arztes lebend.
»Wenn Sie warten wollen, könnte ich Sie unterwegs absetzen. Ich fahre zur Apotheke, und unterdessen hätte ich auch mit Doktor O'Hara telefoniert.«
»Ich möchte lieber Besorgungen machen und mein Fahrrad benutzen.«
»Sie haben nämlich etwas Temperatur. Und dann . . .« Er überlegte und sagte wie der Lehrer, der Erlaubnis erteilt: »Aber es wird wohl gehen.«
»Und Ihr Honorar?«
»Nicht jetzt. Das hat Zeit. Wir machen es später ab. Ist schon recht.«
»Sie läuten aber nicht an, bevor ich zu Hause bin, nicht wahr?« bat sie.

»Nein. Erst wenn ich von der Apotheke zurück bin ... Würde Ihnen sieben Uhr passen? Falls ich wegmuß, kann Ihnen meine Frau den Bescheid mitteilen.«
»Das wäre gut«, sagte sie. Da blieb ihr eine Gnadenfrist für ihr Privatleben.
»Es heißt immer, wir Mediziner sind schlechte Patienten. Wir wüßten zuviel und ließen unserer Phantasie freien Lauf«, prahlte er in unbewußtem Dünkel. »Aber ich behaupte, wer Bescheid weiß, der kann einer Situation leichter ins Auge sehen. Ist doch ganz einleuchtend!«
Sie lächelte und nickte zustimmend, um ihm zu schmeicheln. Sie hatte mit angesehen, wie Ärzte und Schwestern krank wurden und genasen oder starben, wie sie es auch bei Menschen jeder andern Berufsgruppe mit angesehen hatte, und da bestand kein großer Unterschied. In einer solchen Lage war niemand sehr viel besser dran; Geld und ein blinder Glaube an Gott nützten noch am meisten, doch dann kam ein Moment, da der Schmerz die Annehmlichkeiten eines Einzelzimmers und spezieller Pflege genauso wegwischte wie Glauben und Hoffnung. Ob jung oder alt, ob häßlich oder schön, bei körperlichen Leiden ähnelten Erfolg und Mißlingen einander so sehr, daß dadurch eine Art Wahrheit erhellt wurde. Falls überhaupt ein Unterschied bestand, dann wurde er durch das Individuum ausgelöst, und besonders groß war er auch nicht. Kein Mensch war umgänglich, wenn er krank war. Im Genesen wie im Sterben tat sich keiner hervor: es mußte Tag für Tag in bitterem Bemühen geleistet werden, und keiner wollte dabei allein sein, und das war nicht seltsamer als die Tatsache, daß keiner von ihnen hatte allein leben wollen. Ärzte und Schwestern fanden, daß sie durch die praktische Seite in ihrem Beruf nur sehr wenig über das Leiden gelernt hatten, wenn sie einmal selbst an der Reihe waren, und Elizabeth wußte, daß vermutlich weder sie noch er eine Ausnahme bildeten.

»Also um sieben«, hörte sie ihn sagen.
»Ja, um sieben«, sagte sie und nickte.
Als sich die Tür mit dem Messingschild hinter ihr schloß, stand sie in der Märzsonne auf der Außentreppe zwischen den beiden Treppengeländern und dachte, ob sie ihre Handtasche auch bei sich habe. Er wollte nicht vor sieben anrufen. Bis dahin hatte sie Zeit. Sie ging die Steintreppe hinunter und betrat den Bürgersteig. Einen Augenblick stand sie an der Biegung des Geländers, und dann merkte sie, daß sie verzweifelt die Main Street entlangging. Immer wieder blitzte ein Gedanke auf und zwang sie zum Stehenbleiben. Die Main Street führte doch zur Bridge Street, und die Bridge Street führte zur St. Patrick's Terrace oder zur Dublin Road, und wo führten sie um Himmels willen hin, wenn nicht zu andern Gassen und Landstraßen und Städten und Ländern? Was konnte sie tun? Wohin konnte sie gehen? Sie wollte laut herausschreien, mitten auf der Straße. Sie konnte es nicht auf sich nehmen.
Und dann übernahmen ihre Füße die Führung und trugen sie voran und stießen sie gegen andere Leute, die Besorgungen machten; die unbekümmerte Zufriedenheit und Regelmäßigkeit in ihrem Rhythmus, der eine gewohnte Ordnung vorspiegelte, sickerte ihr ins Blut und ermattete ihre Kraft, bis sie sich nur noch nach einem Stuhl sehnte, so daß sie in einem Café an der Brücke einkehrte und Kaffee und Kuchen bestellte.
Während sie an dem wunderbar brühheißen Kaffee nippte, versuchte sie sich einzureden, daß es keinen Zweck habe, sich zu sorgen, denn es brauchte doch nichts Schlimmes passiert zu sein; der Arzt hatte gesagt, erst nach der Untersuchung im Krankenhaus könne man etwas wissen. Sie hatte von Anfang an gewußt, daß sie ins Krankenhaus gehen müsse, es war unvermeidlich, deshalb hatte sie es auch solange hinausgezögert, aber mit Vernunftgründen war dem nicht beizukommen. Es ging um ihr Leben und sein Ende, und wieder überflutete sie das Entsetzen.

Was war ihr Leben denn? War sie bereit, Halt zu rufen und abzutreten? Hatte sie mit ihrem Leben etwas vollbracht oder ihm einen Sinn verliehen? Sie war jetzt ebensowenig bereit zu sterben wie vor zwanzig Jahren. Es gab ein Leben nach dem Tode und Himmel und Hölle und dazwischen das Fegefeuer, Jesus Christus zur rechten Hand Gottes, aber während ihrer Kindheit und Jugend hatten diese Vorstellungen nie Gestalt angenommen, es sei denn in ihren Träumen. Naiv hatte sie darauf gezählt, daß ihr vor dem Ende ein Zeichen oder eine Bestätigung gegeben würde oder daß sie etwas entdecken könne – was eigentlich, das wußte sie nicht, eine wundervolle Offenbarung vielleicht –, aber es war ihr nichts gegeben worden, und sie hatte nichts entdeckt. Sie war so blind, wie sie es immer gewesen war. Sie hatte noch nicht einmal damit angefangen, bereit zu sein, und sie hätte sich am liebsten am Tisch oder sonst irgendwo angeklammert, denn es war völlig undenkbar, daß sie sterben könne. Um was drehte es sich überhaupt alles? Wohin ging sie? Was tat sie? Um was drehte sich alles?

Und dann fuhr die Erinnerung mit einer einzelnen Stimme in ihre Erregtheit hinein, und sie wurde still und lauschte. ›Zum Teufel, um was geht's denn überhaupt bei all dem Leben und Sterben, Elizabeth? Das möchte ich gern wissen!‹ schalt Michael Halliday in einem gewissen Stadium der Trunkenheit, vor allem in den Monaten kurz vor dem Autounfall auf der Leytonstone Road, der seinem Leben ein Ende setzte – damals, als die Beziehung zwischen ihnen beiden bereits ins Stocken geriet. Sie hatte ihn geliebt. Sie hatte an seinen Worten gehangen, aber damals hatten sie eine andere Bedeutung gehabt, sie hatte sie als das Ende ihrer Liebe angesehen und sah sie jetzt in ihrem eigenen Leben widergespiegelt.

Namen tauchten auf. Die *London Hospital Tavern, The Star and Garter, The Blind Beggar* in der Whitechapel Road; und die hübscheren Restaurants der City, immer mit Vasen voll roter und gelber Farben auf der Theke: ihre Namen, zum Beispiel *The Load of Hay,* genügten, um Erinnerungen wachzurufen.

Halliday hatte schönes schwarzes Haar gehabt, das einen Glanz annahm, wenn es gebürstet wurde, und braune Augen und dichte dunkle Brauen, dazu Hände, die niemals schwere Arbeit hatten verrichten müssen. Die Haut seiner Kehle war rauh, und mit seiner blassen Gesichtsfarbe sah sie ihn am liebsten in Blau.

In dem Café hier am Fluß verdrängten die alten Erinnerungen jede andere Lebensquelle aus ihrem Denken.

Ihre Sinne waren ausgesperrt. Das Vorhandensein des Cafés und des Flusses, der in den Bögen hinter den Seitenfenstern weiß und wild über dunkle Steine schoß, und auch die hinter der Glastüre hin und her quirlende Einkaufsstraße drangen ihr nicht mehr ins Bewußtsein, verschwanden im Grau. Sie war mit Halliday in London, war umfangen von den köstlichen, unzerstörbaren Tagen (›Zum Teufel, um was geht's denn überhaupt bei all dem Leben und Sterben, Elizabeth? Das möchte ich gern wissen!‹), die in die Starre des Todes und der Erinnerung entrückt waren und jetzt als ein Lachen wieder auftauchten.

Sie war ihm schon seit Monaten in den Krankensälen und im Operationsraum begegnet, ehe er sie aufforderte, mit ihm auszugehen. Obwohl sie ihn immer gern gehabt hatte, fiel es ihr nicht leicht zuzusagen. Er war Arzt und würde wahrscheinlich Chirurg werden, sie dagegen war eine irische Krankenschwester, dazu ausgebildet, weil sie das netter gefunden hatte, als Bardame oder Dienstmädchen zu werden, und hatte Woche für Woche unter den Ausrufen leiden müssen: ›Ach so, Sie sind Irin!‹, mit einem Tonfall des Erstaunens, daß sie zivilisiert war. Wenn sie mit Halliday ausginge, würden die andern Schwestern sie verabscheuen: sie erhob sich über ihren Stand, und er – er wurde im Krankenhaus als wunderlicher

Mensch betrachtet, ein bißchen geheimnisvoll und für sich, keiner Gruppe angehörend, aber als Trinker bekannt, nicht sehr beliebt, da der Herdeninstinkt sofort den Außenseiter witterte, und er mußte sich selbst die Schuld geben, denn er nahm sich nicht die geringste Mühe, der Herde die Ergebenheit vorzuheucheln, mit der sie sich so oft zufriedengibt. Doch Elizabeth ging mit ihm aus. Es war ihr einerlei, was sie sagten oder dachten, sie war schon ein selbständiger Mensch geworden. Die Gespräche und die Menschen und Dinge, die ihr früheres Leben beherrscht hatten, vermochten ihr immer weniger zu imponieren. Sie war schon zur eifrigen Leserin geworden, holte sich Bücher aus der kleinen Stadtbücherei am Aldgate East Station und begann ihr Leben in seinem Ablauf zu überblicken: Es würde enden und sich niemals wiederholen, und sie empfand es als einzigartig und jeden Tag als kostbar. Wenn sie das Leben führen würde, das andere Leute lebten, und es so betrachten würde, wie die es betrachteten, dann hätte sie kein eigenes Leben mehr. Es verlangte sie nicht mehr nach einer gesicherten Nachahmung des Lebens anderer Leute, sondern mit der wilden Gier ihrer Jugend verlangte sie nach einem eigenen Leben. Zuverlässige Vorbilder, die schon bekannt waren, nützten ihr nichts — weder Vater noch Mutter noch die Schwestern um sie her —, sie konnte sich aus dem ganzen System einen Weg ins Freie bahnen. Der glühende Wunsch konnte das Unmögliche ins Mögliche verkehren, und das ganze Leben begann von neuem, wie es immer der Fall ist, wenn ein einzelner Mensch seine Einmaligkeit entdeckt: in diesem einzigen Augenblick wahrer Unschuld, als sie plötzlich, nachdem sie ständig in den Gewohnheiten andrer Menschenleben geschlummert hatte, an einem Morgen, dem ersten Morgen der Welt, zu sich selbst erwacht war und alles außerordentlich, wesentlich und wunderbar wurde.

Sie hatte Halliday geliebt, rückhaltlos und ohne Berechnung. Sie konnte noch jetzt ihre Aufregung nachempfinden, als sie ihm die ersten wirklich guten Bücher zurückbrachte, die sie jemals gelesen hatte, und ausrief: ›Es ist ja alles Wirklichkeit! Es sind gar keine Geschichten! Sie handeln von meinem eigenen Leben!‹

›Nein, liebe Elizabeth! Nicht eigentlich‹, hatte er gelacht, jedoch ihre ungestüme Begeisterung geteilt. ›Du fühlst und siehst sie so sehr im Lichte deines eigenen Lebens, daß dir alles so wirklich wie dein eigenes Leben erscheint, doch es ist nicht deins. Es ist niemandes Leben, Elizabeth. Alles wirkliche Leben ist unendlich verschieden und unendlich gleich.‹

›Gleich und doch verschieden?‹ fragte sie.

Er lachte und begann es ihr zu erklären. Den lieben langen Abend hatten sie gesprochen und diskutiert. Er hatte ihr ganzes Leben verändert, es war, als hätte er ihm Fenster eingesetzt, durch die sie auf ihre eigene Welt schauen konnte.

Wie reich und wie glücklich jener Sommer und Herbst gewesen waren! Die Menschen wachten auf und lachten, wenn sie erschien, weil sie das Leben und die Freude in ihr spürten. Wenn ihr bei der Schufterei in den Sälen die Beine müde wurden, brauchte sie sich nur zu sagen: ›Ist es nicht herrlich, daß ich um sieben Michael treffe und all das hier so ferne rückt wie Asien?‹, und fühlte sich wieder als neuer Mensch.

Die Freude, ihn schon in der Ferne warten zu sehen, wie er eine Abendzeitung las, oder — falls sie zuerst da war — das Herzklopfen, auch wenn es nur wenige Minuten über die Zeit war. Konzerte, Theateraufführungen und die ersten Restaurants, die sie je besucht hatte, mit Wein und Kellnern und Speisekarten in französischer Sprache, die sie nicht verstand und wo das Essen zu einer wunderschönen Feierlichkeit wurde—und wie Halliday lachen konnte, wenn er sah, wie sie die Karte zu lesen vorgab und sagte: ›Ich nehme, was du nimmst, Michael!‹, und sie sie errötend hinlegte. Dann die Abendspaziergänge in den großen Parks, die Rasenflächen herrlich zwischen den riesigen Platanen, in der Menschenmenge wei-

tergehend; und in Restaurants plaudernd oder schweigend über den Gläsern bei offenen Türen, damit die Kühle des späten Sommerabends hereinkam.
Drei Wochenenden hatten sie zusammen verbracht ... Aber was nützte es, die Erinnerungen reißen nie ab. Alles änderte sich und wurde zunichte. Halliday änderte sich — so unmerklich, wie sich ein blauer Himmel mit Wolken bedeckt. Sie durchlitt alle Qualen — Furcht und Hoffnung und Argwohn und verletzte Eitelkeit — und wurde rasend eifersüchtig. Sie hatte geglaubt, es gebe eine andere Frau in seinem Leben.
›Nein, nein, ich habe niemanden‹, protestierte er.
›Aber deine Einstellung zu mir hat sich verändert, ja?‹
›Nein. Ich liebe dich, liebste Elizabeth. Wie könnte es sich ändern?‹
So süß klang es in ihren Ohren, daß sie blind sein und glauben wollte, doch im Herzen wußte sie, daß er sich verändert hatte. Sie konnte sich nicht zufriedengeben, obwohl sie nichts anderes als dieses blinde Glück begehrte.
›Nein. Es ist nicht die Wahrheit. Es muß noch jemanden in deinem Leben geben. Ich weiß es. Warum willst du mir etwas vormachen?‹
Er blickte sie an. Er fragte sich, wieviel sie vermutete und wußte.
›Eine Frau will niemals glauben, daß keine andere Frau im Spiele ist. Aber es ist wirklich keine da. Ich sage es dir, Elizabeth, es ist wirklich keine da.‹
›Etwas muß aber sein. Ich weiß, daß etwas ist! Liebst du mich nicht mehr?‹ flehte sie mit zitternden Lippen.
Er blickte sie an. Er litt um sie und wußte nicht, ob er es ihr sagen sollte. Sie war jung und das schönste Geschöpf, das ihm je begegnet war, aber er liebte sie nicht mehr, und er fragte sich, ob er sie je geliebt hatte.
›Du würdest es nicht verstehen. Es würde nichts nützen‹, stammelte er törichte hervor.

›Glaubst du, ich wäre zu dumm?‹ rief sie, und ihre Augen füllten sich mit Tränen.
›Nein! Nein! Nein!‹ Er war elend und verzweifelt. ›Ich denke nur, du wirst es doch nie glauben. Du bist zu schön . . .‹
›. . . daß du mich nicht liebst?‹
›. . . daß nichts ist, einfach gar nichts.‹
›Wieso nichts? Warum kannst du nicht offen herausreden? Warum mußt du immer in Rätseln sprechen?‹
›. . . daß nichts ist‹, schrie er beinah, in Wut gebracht. ›Daß nichts und niemand in meinem blöden Leben ist. Überhaupt nichts, rein gar nichts. Die Frauen müssen ans Leben glauben, aber einige Männer sind anders.‹
Die Tränen rollten ihr die Wangen herunter. Sie konnte es nicht verstehen, es ergab keinen Sinn. Wie konnte da noch etwas am Leben bleiben? Er sagte ihr, daß er sie nicht mehr liebe – das war alles, was sie verstand. Und noch Jahre später, hier im Café in der Kleinstadt, verkrampfte sich ihr Gesicht, als sie an den Schmerz und die Verzweiflung und grenzenlose Hoffnungslosigkeit dachte, die sie überflutet hatten. Sie waren an jenem Abend ausgegangen, in eine kleine Bar in Kensington, rote Teppiche waren da, und ringsherum an den Wänden hingen blaue Teller und Kupfer- oder Messingkelche. Sie saßen in kleinen Holznischen, die in die entlegenste Wand eingebaut waren, und die Gläser standen zwischen ihnen auf der Bank. Daß es alles so erschreckend lebendig zurückkehrte!
Sie hatte weglaufen wollen und konnte nicht, und nur das öffentliche Lokal hatte sie vor einem völligen Zusammenbruch bewahrt. Hilflos hatte sie ihn wieder gefragt: ›Liebst du mich denn nicht mehr?‹ Und seine Stimme war entschlossen: ›Nein. Nein, Elizabeth. Es tut mir leid, aber es wäre nicht fair dir gegenüber und würde schließlich viel schlimmer enden, und dir das zu sagen, fällt mir viel schwerer als weiterzumachen.‹
Sie hätte ihn beinah angefleht, doch weiterzumachen, es wei-

terbestehen zu lassen unter irgendeiner Vorspiegelung, die den schrecklichen Alpdruck beheben könnte. Sie versuchte, ruhig zu bleiben. Am liebsten hätte sie geschrien oder laut geweint. Sie hatte das Glas auf der Bank dauernd herumgedreht.

›Du hattest mir gesagt, du liebtest mich!‹ Sie wurde ruhig genug, um es ihm vorwerfen zu können, obwohl es eher wie eine irre Grübelei schien und nicht wie ein Vorwurf. ›Du hattest mir gesagt, daß du mich liebst!‹

›Ich hatte dich auch geliebt. Ich hätte nicht ohne dich leben können. In den Wochen, bevor ich dich kennenlernte, verfolgte mich wie mein eigener Schatten der Gedanke, mit dem verfluchten Leben Schluß zu machen. Du bist die schönste Frau, die ich je kennengelernt habe. Du brachtest so etwas wie Lachen in mein Leben — und ich will gar nicht erst versuchen, das zu verstehen. Ich dachte den ganzen Tag an dich, und dann hörte es auf, und ich begann wieder in meinen eigenen Scheißdreck zurückzusinken. Ich konnte nichts tun oder fühlen. Nicht einmal du hattest einen Sinn für mich. Ich glaubte, du würdest es nie bemerken.‹

›Und so ist es immer noch?‹

›Ja.‹

Er sah, wie entsetzt und unglücklich sie war, aber die Fäden hatten sich zu sehr mit seinem eigenen Leben verheddert, und er konnte nicht aufhören zu sprechen.

›Die letzten Wochen waren die reinste Tortur gewesen, weil ich dachte, ich sei am Ende meiner Kräfte und benutze dich nur, um noch einmal Atem zu schöpfen und nicht meinen eigenen Dreck betrachten zu müssen. Und daß ich dich verführt hätte, weil mich meine eigene verdammte Lust verführt hat.‹

Dann wurde er sich plötzlich über die Wirkung seiner Worte klar, und er versuchte, ihr herauszuhelfen.

›Aber du bist so schön, Elizabeth! All das ist nicht deine Schuld ...‹

Weshalb hatte er sie nicht auch weiterhin in ihren Illusionen gelassen? Jetzt war alles bis aufs Skelett bloßgelegt, und das war das absolute Nichts, von dem er gesprochen hatte. Nichts konnte am Leben bleiben, nichts konnte weiterleben.
Er zerrte an ihrem Handgelenk, um sich ihrer Aufmerksamkeit zu vergewissern. ›Begreifst du jetzt, daß keine andere Frau im Spiel ist?‹
Sie nickte. Sie versuchte, sich irgendwie in die Hand zu bekommen. Sie gab das Spiel noch nicht verloren. Sie würde um ihn kämpfen.
›Und die Bücher? Und die Musik?‹ fragte sie ruhig. Ihre Stimme verriet nichts von der Hoffnung, die sie darauf setzte, und von dem Schwanken zwischen Hoffnung und Furcht, die ihr das Herz zerrissen.
›Nein, nein, nein‹, wies er auch das von sich. ›Du hast es geweckt, und es ist ebenfalls gestorben. In deiner Begeisterung fand ich mich wieder, wie ich vor zwanzig Jahren gewesen war. Wenn die Wißbegier erloschen ist, wenn man die Welt durch die Augen anderer Menschen sieht, weil man selber taub und stumm und blind ist und keine zwei Welten sich im geringsten gleichen – was sind dann Bücher und Musik? Nichts, überhaupt nichts, eine Ausweitung des Schwindels, sonst nichts.‹
Sie schwieg. Ihr Herz nahm den Todesstoß hin. Sie schrak zusammen, als er sie fragte: ›Willst du mich heiraten, Elizabeth? Willst du mich jetzt heiraten?‹
›Du willst mich wohl zum besten haben?‹ Ihr Stolz war zutiefst verletzt.
›Nein! Wie kannst du so etwas fragen, Elizabeth? Ich meinte, willst du mich nach dem, was ich dir erklärt habe, noch heiraten? Willst du, Elizabeth?‹
Es war ihm ernst. Aber wie konnte sie ihn heiraten? Er hatte sie gezwungen, tiefer zu sehen als bis zu einer Heirat, bei der es nur um Haus und Stellung und Familie ging. Sie hatte die

glückliche Lösung ihres ganzen Lebensproblems in der Liebe und in gegenseitigem Mitgefühl gesehen. Sie konnte ihr Teil dazu beitragen, aber er konnte oder wollte nicht, und es war genauso unnütz, als wäre auf beiden Seiten ein Nichts. Er hatte ihr Glück zerstört. Nie wieder würde sie an Glück glauben können, nicht einmal an ein Träumen vom Glück.
›Nein!‹ Sie schüttelte den Kopf. ›Jetzt wäre es unmöglich.‹
›Ist keine Hoffnung – überhaupt keine Hoffnung?‹
Sie schüttelte den Kopf – tränenblind.
›Hättest du mich geheiratet, wenn ich es dir nicht erzählt hätte?‹ Selbstsüchtige Neugier trieb ihn, zu erforschen, welchen andern Verlauf sein Leben hätte nehmen können.
›Ich weiß es nicht.‹ Sie lehnte es ab, darauf einzugehen.
›Nur ein Dummkopf erzählt alles‹, klagte er verbittert und begann, vom Verlangen nach dem geplagt zu werden, was er zerstört hatte. ›Man darf nicht alles erzählen. Höchstens ein Schwachsinniger glaubt, daß er je einen Menschen finden könne, der ihn versteht.‹
An die folgenden Wochen konnte sie sich nicht recht erinnern. Ein barmherziger und schützender Nebel hatte sie ihr entzogen. Sie sah Halliday fast jeden Abend. Sie konnte sich nicht vorstellen, was aus ihr geworden wäre, wenn sie ihn nicht hätte sehen können. Sie war wie besessen von dem schrecklichen Bedürfnis, ihn zu sehen: sie mußte sich überzeugen, daß er immer verfügbar war. Sie war hilflos. Das Bedürfnis würde an ihr fressen, bis sie wieder auf eigenen Füßen stehen konnte. Dann reagierte sie auf die Peitschenhiebe verletzter Eitelkeit und wollte nach der Versklavung durch die Liebe wieder zu sich selbst finden. Sie war noch immer abhängig von ihm, aber sie würde wieder zu sich finden. Sie wollte diese Abhängigkeit zertrümmern, sie wollte ihn hassen, er war die Ursache all ihrer Qual; und wenn sie sich völlig von ihm befreit hatte, wollte sie ihn nie wiedersehen. Dann wäre sie ihr eigener Herr. Und sie wappnete sich, ohne ihn zu leben, und vernich-

tete das Bedürfnis mit dem Gift ihres Hasses und Grolls, doch in der Zwischenzeit sah sie ihn ständig, und an ihren Abenden offenbarte sich seine restlose Verzweiflung. Der einzige Ort, an dem er sich frei fühlte, war die Kneipe, und er trank unmäßig.

›Ich stamme aus einer Medizinerfamilie, wie man das so schön nennt‹, höhnte er eines Abends. ›Und als ich soweit war, schloß ich mich der langen grauen Zahl derer an, ‚die privilegiert waren, während einer Reihe von Jahren im Mikroskop alle Bakterien des menschlichen Corpus zu betrachten', wie es irgendein Esel ausgedrückt hat. Ich hatte damals so viel Illusionen, daß man damit ein Schlachtschiff hätte zum Sinken bringen können – noch nie war ein größerer Dummkopf staunenden Auges an einer Universität erschienen! Linderung der Leiden, wissenschaftliche Fortschritte und lauter solche Scherze! Der Preis der Sammlung bestand darin, einen guten Bettrandplatz im ›Drama menschlicher Leiden‹ zu ergattern, das heißt, in nächster Nähe der wirklich wichtigen Lebensfakten zu leben und zu arbeiten. Wie du siehst, war ich schon damals ein pessimistischer Saukerl, einen Band Housman in der Hosentasche. Ich war weiß Gott nie versessen auf Schauerstücke, tragisch ist ja immer das eigene verdammte Leiden, die andern armen Luder sind allesamt Egoisten. Das Wesentliche wollen sie einem nie verraten, wollen einen bloß beschwatzen und bestechen, ihren Kadaver so ernst zu nehmen, wie sie's selber tun. Herrgott noch mal, Elizabeth, es ist zum Heulen: Wäre ein ‚Dr. L.' nicht die höchste Auszeichnung, Elizabeth, ein Doktorgrad im Leiden? Paßte das nicht herrlich zu Doktorhut und Robe? Und, verflixt, was für eine Rekordzahl an Kandidaten es an dem Tag gäbe, an dem der Erzengel Gabriel mit seiner Trompete alle die verflossenen Jahrhunderte auf den Plan riefe?‹

Es war ihm gleichgültig, ob er sie schockierte oder nicht. Er hatte jede Hoffnung fahrenlassen, seinem Leben jemals wie-

der durch sie Kraft und Sinn zurückzugeben. Nein, nein, nein, redete er sich's ein, sie würde nicht immer abends dasein, wenn er müde nach Hause kam. Sie würde nicht dasein, um ihn, schön herausstaffiert, zum Ausgehen in die Parks und Restaurants und Theater und Läden und Bars zu animieren. Sie würde nicht dasein, wenn ein toller Anfall sexueller Begierde sich regte, die er im Dunkel ihres Leibes verbergen mußte, bevor sie so überwältigend würde, daß er sein Leben in höllischer Einsamkeit zwischen dunkler Geburt und ebenso dunklem Sterben kreisen sah. Und er wollte auch nicht ihren Frauenatem neben sich spüren, wenn er nachts erwachte, oder sie als Gesprächspartner haben, wenn er einen brauchte, oder mit ihr über den Morgenmarkt wandern und gemeinsam mit ihr den Einkauf von Eiern und Butter und Brot erledigen.
Er hatte sich ausgemalt, sie in den Süden mitzunehmen, in den er sich in den langen Universitätsferien verliebt hatte: Châlons auf dem Weg südwärts, Lyon, Valence, Avignon, Nîmes, Montpellier. Sete jenseits des Marschlands hoch über dem Mittelmeer; Pappeln und die Landstraße leuchtend weiß zwischen den offenen Weinbergen; lärmende Zikaden, und in der Mittagsstunde Erde und Himmel im gleichen Herzschlag pulsierend, während man weiterfährt nach Carcassonne, um an einem Tisch auf dem Bürgersteig bis in die Nacht hinein bei einem Glas Wein zu sitzen und zu überlegen, wieviel länger sich das Geld wohl noch strecken ließe. Schon das bloße Nennen der Städtenamen verursachte die wildeste Sehnsucht, und damals hatte er davon geträumt, ein Mädchen wie Elizabeth mitzunehmen und ihr alles zu zeigen. Und er haßte diesen Glückstraum, wie man nur etwas hassen kann, was tief in einem verwurzelt ist, so daß es Schmerzen bereitet, wenn man es nicht mehr will.
›Lieber Gott, Halliday, es ist zuviel‹, konnte er leise vor sich hinfluchen. ›Du willst mit einem Mädchen dorthin zurückkehren, um dir deine tote Jugend zu betrachten und all solchen

Scheißkram. Und damit sie neben dir atmet, wenn du in der Nacht aufwachst! Meine Güte, Halliday, das wäre so etwas für einen literarisch angehauchten Scheißmediziner, den Beruf noch loben wegen der Lebenserfahrung, die er dir gab. Lieber Himmel, Halliday, reiß dich zusammen! Du kannst nicht in so einem verfluchten Sumpf untergehen!‹
Deshalb richtete er den Blick unentwegt auf seine ihm eigentümliche Straße, weg von Elizabeth, und ließ sich durch keinen Traum, weder vom normalen Leben noch von Güte noch von sonst einer sozialen Idee, verlocken. Jetzt wollte er ihr oft weh tun, aber sie löste sich bereits von ihm. Seine Trinkerei wurde schlimmer und zu einer anhaltenden Schwermut. Selten konnte er sich, wenn die Kneipe schloß, auf den Beinen halten, und seine ewige Frage: ›Zum Teufel, um was geht's denn überhaupt bei all dem Leben und Sterben?‹ brach immer irgendwann einmal an diesen gräßlichen Abenden als Schrei voller Haß und Enttäuschung aus ihm hervor. Dann kam das Autounglück auf der Leytonstone Road und löste nichts und alles, und die gerichtliche Untersuchung und die Einladung seiner Verwandten an Elizabeth, sie zu besuchen, was sie aber niemals tat, und schließlich sein Begräbnis in ihrem Herzen – bis zu dem Tage, da sie selber sterben würde.
›Um was geht's denn überhaupt bei all dem Leben und Sterben?‹ kam es ihr hier in diesem Kleinstadtcafé fast wie ein Stück ihres eigenen Denkens in den Sinn, doch anfangs war es Hallidays Frage gewesen, niemals nur ihre allein. Selbst wenn sie nicht Krebs hatte, wurde sie doch allmählich alt, und es war höchste Zeit, sich mit den letzten Problemen auseinanderzusetzen; aber waren sie nicht so unvermeidlich und offenkundig, daß man sie lieber nicht beachtete? Waren die wirklichen Probleme akzeptiert und gelöst oder als unlösbar erklärt worden – oder waren sie einfach im Wechselspiel ihres Daseins gelebt worden? Sie konnte ihr Leben in seinem Mysterium erleben, ohne jede Absicht, ausgenommen die eine, zu

beobachten und Zeugnis abzulegen. Es lag ihr nichts daran. Sie lebte – und zu sein war ihr lächerlicher Ruhm wie auch ihre Qual.
Die Kellnerin kam und räumte Tasse und Teller weg, und sie begriff, daß es Zeit wurde, zu bezahlen und zu gehen. Sie mußte Mrs. Brennans Rezept beim Apotheker abgeben und ihre Besorgungen erledigen. Es wurde ihr gesagt, das Rezept sei in einer halben Stunde ausgeführt, und um nicht das Häufchen Kleingeld, das sie aus dem Papier wickelte, mit ihrem eigenen Geld durcheinanderzubringen, fragte sie, ob sie gleich bezahlen könne. Sie mußte lächeln, als sie es aushändigte: es war genau abgezählt.
Für die Besorgungen brauchte sie nicht viel Zeit, und allein vor den Schaufenstern herumzuwandern, machte ihr keinen Spaß. Die Müdigkeit war wieder da. Leute, mit denen sie ihrer Ansicht nach nie in ein wahres Gespräch kommen würde, hielten sie auf und redeten mit ihr, das bißchen Leben zerfasernd, das sie für ihre eigenen Angelegenheiten benötigte. Überhaupt waren die einzigen wichtigen Gespräche, die sie je gehabt hatte, stets mit Menschen geführt worden, die sie liebte, und wenn sie eines Gottes Kraft hätte, würde sie vermutlich alle Welt lieben können, doch sie besaß sogar weniger und immer weniger als den üblichen Anteil eines Menschen. Diese Kraft mußte sie für ihre eigenen Angelegenheiten aufbewahren, oder sie wäre nichts mehr. Einstmals war sie verschwenderisch gewesen und hatte sich nach Dingen umgesehen, an die sie sich verschwenden könnte, und sie bereute die Hingabe nicht, doch sie konnte es nicht mehr tun. Sie mußte sein, was sie früher verachtet hatte: haushälterisch! Sie hatte nichts gegen gesellige Liebenswürdigkeiten über das Wetter und Geburt und Heirat und Erfolg und Fehlschlag einzuwenden, wie eben die Würfel bescheidenen Lebens fallen mochten, aber sie interessierte sich nicht sehr dafür. Sie waren nicht aufregend genug.

Sie konnte sich nicht für alles interessieren. Ihre Liebe hatte sich auf nur wenige Dinge konzentriert.
Sie verabschiedete sich jedesmal, so schnell sie nur konnte. Sie mußte die Besorgungen erledigen. Sie ging wieder zu Timlins, um Mrs. Brennans Medizin abzuholen. Sie mußte ein Weilchen warten. Sie setzte sich auf den Stuhl zwischen der Waage und dem Kodak-Mädchen; es war sehr still dort und mit all den Reklamematten aus Gummi sehr sauber; es kamen nicht viele Leute.
Als die Medizin, die sie schon bezahlt hatte, fertig war, steckte sie die Flasche in ihren Beutel und ging.
Am Ende der Main Street traf sie die Frau, die neben der Kirche in ihrem Dorf den Bäckerladen hatte — der vierte Mensch heute, dem sie Rede und Antwort stehen mußte.
»Wir hatten schönes Wetter für den Tag in der Stadt«, hieß es. »Wie sind Sie hergekommen? Wie kommen Sie nach Haus? Dauert es noch lange, bis Sie heimfahren?«
Sie wolle *jetzt* fahren. Sie müsse sich beeilen. Sie freue sich sehr, die andere getroffen zu haben. Sie wollten sich mal in Ruhe unterhalten, nur nicht gerade jetzt — sie mußte sich einfach abhetzen! Sie sei schon den ganzen Morgen in der Stadt gewesen. Sie hätte schon vor einer Stunde heimkehren sollen.
Und dann war sie frei. Mit ihrem Einkaufsbeutel überquerte sie die Brücke, und ihr Fahrrad stand noch dort, wo sie es hingestellt hatte, an der Post. Ein leichter Wind war aufgekommen und blies ihr in den Rücken. Aus der Stadt heraus stieg sie bergauf und schwang sich oben aufs Fahrrad; das Treten auf die Pedale mit dem zeitweilig anstrengenden oder ruhigen Rhythmus beruhigte sie. Selbst wenn sie bergauf stoßen mußte, hielten sich die Gespräche, die in ihr begannen, fern von den Zysten in ihrer Brust. Leicht waren sie und besinnlich und unerheblich: ›Warum schiebst du dein Fahrrad, Elizabeth?‹
›Um heimzukehren natürlich.‹

›Aber warum willst du heimgehen?‹
›Weil ich's möchte.‹
›Aber warum?‹
›Darum!‹
›Das ist eine dumme Schulkinderantwort!‹
Sie fuhr an der Mauer der Domäne entlang, die Reegan in der nassen Februarnacht abpatrouilliert hatte; von all dem Efeu war sie grün geschwollen, und dahinter regten sich die großen Buchen. Wagen kamen ihr entgegen und fuhren vorüber, Fahrräder, ein Traktor, ein Lastwagen mit Kohle aus dem Bergwerk und drei Lastwagen mit Holz. In den kahlen Ahornbäumen um die protestantische Kirche paarten sich die Krähen und krächzten über ihr und klatschten ungeschickt mit den Flügeln.
›Alle Antworten sind dumm, und alle Fragen auch‹, nahm das Spiel in ihrem Kopf seinen Fortgang. ›Ich schiebe das Fahrrad, weil ich's schiebe.‹
›Aber du mußt doch einen Grund haben?‹
›Ich möchte nach Hause.‹
›Aber warum?‹
›Aber warum fragen? Das ist es: warum fragen? Ich gehe nach Hause. Ich bin am Leben. Das ist doch einleuchtend, was?‹
An der Schmiede bei der Straßenkreuzung, wo sie auf den Karrenweg zum Dorf einbog, scharten sich Männer um Traktoren und ein einsames Pferd. Draußen auf der Straße stand ein Zylinder mit Calorgas; der Schmied oder vielmehr der Mechaniker (seit er aus Birmingham zurückgekommen war) riß die Augen auf, während er sich über einen zerbrochenen Pflug beugte; das Aufflammen blauen und weißen Lichts, als das Azetylen in seiner Hand mit dem Strahl in Berührung kam, erschreckte ihre vorbeieilenden Augen.
Als sie bergab fuhr, konnte sie das Dorf sehen; das Licht starrte ihr ins Gesicht; hinter dem See der Wald; dahinter Berge mit den Schuppen und Halden der Kohlengruben auf den

Abhängen; dann der Fluß, der durch den See floß und sich in die Shannon-Ebene ergoß. Weites Weideland mit schwarzen Rindern und Schafen, Steinmauern und Dornbüsche kamen ihr entgegen, und auf einem Acker pflügte ein Traktor mitsamt seinem Schatten eintönig hin- und herwärts.
›Ich komme nach Hause, und ich bin am Leben!‹ entschied es sich endlich in ihrem Denken und begann sich ständig zu wiederholen, bis es genug davon hatte.
Mullins war am Feuer eingeschlafen und erwachte nicht, als ihre Reifen über den Kies unterhalb des Wachstubenfensters glitten, doch die beiden dunkelhaarigen Mädchen kamen angestürzt: »Wir haben am Fenster nach dir ausgeschaut, Elizabeth! Wir haben geglaubt, du hättest vielleicht ein Loch im Reifen!«
Den Einkaufsbeutel trugen sie stolz ins Haus. Mrs. Casey saß mit einer Zigarette da und lächelte.
Sie gab ihnen die Bonbons, die sie mitgebracht hatte, und sie schrien vor Freude, als die feierliche Verteilung begann und sie Elizabeth und Mrs. Casey von ihrem Anteil etwas anboten.
Es nützte nichts, die Neugier der jungen Frau in andre Bahnen zu lenken. Sie erzählte ihr, daß sie zu einer Untersuchung ins Krankenhaus müsse. Ausführlichere Auskunft gab sie ihr nicht. Man würde nichts Genaues wissen, ehe sie ins Krankenhaus ginge, sagte sie. Sie begleitete die Frau bis an die Tür, nachdem sie eine Tasse Tee aufgegossen und ihr gedankt hatte.
Sie blickte ihr nach; sie ging nicht nach links durch den Torbogen, sondern, die Brücke überquerend, zu dem großen Steinhaus, in dem die Brennans eine Wohnung hatten. Der Wind war stärker geworden; das Frostwetter würde allmählich in Frühlingsregen umschlagen, dachte Elizabeth.
Sie schichtete Holz und Torf aufs Feuer, füllte den Teekessel und hängte ihn zum Kochen auf; sie legte ein paar Scheiben Speck, die zu salzig waren, in eine Schüssel mit warmem Wasser, und die ganze Zeit wartete sie auf Reegan. Die Zeiger der

Uhr krochen zur Fünf hinunter. Um sieben wollte der Doktor anrufen. Reegan würde doch sicher vorher zurückkommen? Sie würde doch das Telefon nicht selbst abnehmen müssen?
Die Kinder gingen hinaus, um in der Allee zu spielen. Sie hörte ihre Rufe hinter dem Torbogen. In der Stille vertickten die Minuten, träge Minuten des Wartens auf sein Heimkommen, mehr als sechzig Minuten, denn erst, als es beinah sechs Uhr war, zogen die massigen Umrisse der blauen Uniform durch die Helligkeit vor dem Fenster. Der ganze Tag war mit Warten vergangen, mit Warten für dies und für das; es hatte an ihren Nerven gezerrt, und jetzt verdichtete sich alles zu einem jähen Groll auf Reegan. ›Wußte er denn nicht, daß sie beim Arzt gewesen war? Konnte er sich nicht bemühen, zu Hause auf sie zu warten? Die Patrouille war doch nicht derartig notwendig? Mit welchem Recht ließ er sie so leiden?‹ – Fragen, die ihr bis zu dem Zeitpunkt, als er endlich erschien, Sinn und Verstand weggefressen hatten.
Seine Füße hallten über den Zement draußen, wo die Fässer unter der Regenrinne standen. Er nahm die Mütze ab, legte sie nachlässig auf die Anrichte und knöpfte seinen Mantel auf.
»Bist also gut heimgekommen, Elizabeth!« begrüßte er sie lächelnd; und dann sah er, wie sie auf ihn gewartet hatte, sah ihr verzerrtes Gesicht: die Stunde, in der sie wegen seiner Verspätung böse geworden war, hatte ihre Gesichtszüge zum Urbild aller unausgesprochenen Vorwürfe gemacht.
»Eine ganze Stunde lang habe ich hier gewartet!« schrie sie ihn mit der irren Wut eines Kindes an.
Nie hätte er so etwas von ihr erwartet. Kurz auflodernden Ärger hatte er mehrfach erlebt, und auch den nur selten, doch niemals einen derartigen Ausbruch. Er spürte in blindem Nichtbegreifen, daß etwas Furchtbares geschehen sein mußte. Als sie ihre verkrampfte Stimme hörte und ihn so entsetzt und starr dastehen sah, entlud sich ihr Gefühl in Tränen. Er kam

auf sie zu, sehr verlegen. Sie schämte sich. Sie war sich selbst untreu geworden. Sie hatte es geduldet, daß ein dummes Gefühl – kleinlicher Ärger – aus all der Verkrampfung und Belastung des heutigen Tages hervorbrach, und sie hatte es an Reegan ausgelassen, weil sie auf ihn hatte warten müssen. Was für ein Recht hatte sie, von Reegan zu verlangen, daß er zu Hause auf sie wartete? Sie hatte kein Recht, irgend etwas zu verlangen. Sie hatte nicht einmal das Recht zu leben.
Reegan wußte nicht, was tun, aber instinktiv tat er das Richtige: er ging zu ihr. Seine erste Frau, die er sich bei einer Tanzerei in Sligo geholt hatte, war oft so gewesen. Er hatte sie streicheln und trösten oder ihr sonstwie seine männliche Überlegenheit zeigen müssen, und in Umarmungen oder im Liebesakt, die sich so natürlich anschlossen, wie Sonnenschein auf Regen folgt, kam alles wieder in die Reihe. Elizabeth war anders. Er war ihr nie so nahegekommen, ihre Reaktionen vorhersagen zu können; doch jetzt war er aufmerksam und besorgt, und das war das richtige.
»Es war gedankenlos von mir«, sagte er. »Ich habe nicht dran gedacht.« Und mit komischer Unbeholfenheit fuhr er fort: »Ich liebe dich, Elizabeth! So etwas hat überhaupt nichts zu bedeuten. Du weißt, daß ich dich liebe, Elizabeth!«
Sie schluchzte. Dann küßte er sie. Sie erwiderte seinen Kuß. Die Tränen machten sie blind. Sie konnte nichts sehen und ertrank fast in sentimentaler Ohnmacht. Sie mußte sich wieder in die Hand nehmen. Sie mußte so oder so versuchen, gerade zu stehen.
»Was hat der Doktor gesagt?« Sein gesunder Menschenverstand meldete sich so befreiend wie das erste Tageslicht.
»Er hat gesagt, ich müsse zur Untersuchung ins Krankenhaus. Er befürchtet, ich könne Krebs haben. Er ruft um sieben an. Er will im Bezirkskrankenhaus ein Bett reservieren.«
Als Reaktion nach dem Zusammenbruch hatte sie alles offen herausgesagt. Sie brauchte nicht länger die Zeichensprache

der Verheimlichung und Furcht zu benutzen; es war ein Wunder, daß sie es fertiggebracht hatte, ihm alles zu berichten. Reegan war jetzt erschüttert.
»Er hat gesagt, du könntest Krebs haben?« wiederholte er, unfähig, es zu glauben. Er hatte seine erste Frau in der Leichenhalle gesehen und dabei nicht viel mehr empfunden als den Wunsch, nie wieder in ein totes Gesicht blicken zu müssen. Sie war tot. Er war voller Ängste. Sein ganzes Leben wurde auf den Kopf gestellt.
Wie konnte es geschehen, daß ein Mann zwei Frauen verlor? Es war unglaublich.
»Er hat gesagt, du *könntest* Krebs haben«, wiederholte er und zuckte schon vor der Tücke des bloßen Wortes zusammen, »aber er weiß es nicht!«
»Er weiß es nicht«, sagte sie, mühsam Hoffnung schöpfend.
»Wo, meint er?«
»In der Brust. Es sind Zysten da. Sie könnten bösartig sein.«
»Wann hast du's gemerkt?«
»Vor ein paar Wochen«, log sie.
»Und nie was erwähnt?« fragte er vorwurfsvoll.
»Ich dachte, es sei nichts Schlimmes«, versuchte sie sich zu entschuldigen. »Ich wollte dir nicht noch mehr Kummer machen. Ich habe mich immer so müde gefühlt und wußte es nicht, bis er es mir sagte ...«
Sie war wieder dem Zusammenbruch nahe. Sie sah, wie sich sein Blick krankhaft fasziniert auf ihre Brust heftete. Nein, schrie es in ihr auf, er konnte sie doch unmöglich jetzt sehen wollen? Die Kirche, in der sie getraut wurden, hatte sie zwar als ›eines Fleisches‹ erklärt, aber das ... Nein, nein, nein ... Die Menschen verfaulten jeder für sich allein. Mit wilder Erleichterung hörte sie die Kinder zurückkommen. Sie war also die ganze Zeit mit Reegan allein gewesen, und doch schien sie in eine einzige Minute zusammengedrängt. Um sieben Uhr wollte der Arzt anrufen, und vorher hatte sie noch vieles zu er-

ledigen. Sie legte die gewässerten Speckscheiben in die Pfanne. Als sie hinausging, um Wasser aus dem Faß zu holen, trafen sie scharfe Regenspritzer. Deshalb waren wohl die Kinder zurückgekommen, dachte sie. Aus dem Unterholz am Fluß hörte sie den unheimlichen Brunstschrei der Füchse. Er hatte sie immer mit Entsetzen erfüllt, dieser unverhüllte Schrei animalischer Lust. Sowie sie die Türe schloß, roch sie — köstlich und rein — den brutzelnden Speck. Auf dem Tisch waren eine weiße Decke und Tassen und Zucker, Brot und Butter. Der Teekessel summte über dem Feuer. Sie hatten sogar Sessel zum bequemeren Sitzen.

Bald würden die Kinder mit ihr zusammen die Lampe anzünden, die Stores herunterlassen und die Nacht aussperren. Mullins kam den Korridor entlang.

»Der Speck hat mich verrückt gemacht, Elizabeth! Ich konnt's nicht länger aushalten. Muß nach Hause, Abendbrot essen! Ich lasse also die Tür offen, dann können Sie das Telefon hören, oder wenn jemand anklopft«, sagte er zu ihr, als wäre es das erstemal.

»Ist Brennan nicht gekommen?« fragte Reegan.

»Er muß aufgehalten worden sein.«

»Sie hätten schon eher gehen können«, meinte Reegan. »Schon um sechs! Ich hätt's Ihnen gesagt, habe aber geglaubt, Brennan hätte Sie abgelöst.«

»Macht doch nichts! Der Appetit konnte nur noch größer werden. Hunger ist der beste Koch!« lachte er. »Und nach hundert Jahren spricht kein Mensch mehr davon, nicht wahr?«

»Lassen Sie den Schlüssel auf dem Fenstersims liegen!« rief Reegan. »Für den Fall, daß Brennan noch kommt.«

»Ist zwar unwahrscheinlich, daß er noch kommt, aber die Schlüssel kann ich ja hinlegen. Also, dann kann ich mich ja glücklich verziehen«, lachte er und führte ein paar Tanzschritte vor, schwenkte die vom Kopf gerissene Mütze und verschwand pfeifend im Korridor.

»So einen gibt's nicht zweimal«, sagte Reegan und lächelte trocken. Nun hatten sie ihre Ruhe.
Sie verzehrten ihr Abendbrot. Elizabeth konnte den Blick nicht von Reegan abwenden. Was mochte er denken? Sein Gesicht war eine Maske. Hatte er genug von ihr? Dachte er an die Krankenhausrechnungen? Dachte er, es sei eine weitere Fessel, die ihn nicht von der Polizeitruppe losließ? Bereute er es, sie geheiratet zu haben?
»Wie zum Teufel soll man da schlafen in den nächsten Wochen, wenn die so schreien?«, war alles, was er sagte, als die Brunstschreie der Füchse lauter und wilder aus dem Gestrüpp herdrangen.
Punkt sieben läutete das Telefon, und er fragte: »Willst du es abnehmen, Elizabeth?«
»Nein. Geh du bitte«, sagte sie.
Das Klingeln klang lauter als das Hallen seiner Stiefel auf dem Zement, lauter als das Hallen der Stiefel auf den Dielen der Wachstube. Er machte die Tür nicht zu. Sie hörten, wie er »Hallo?« rief, nachdem es nicht mehr klingelte.
»Ist was passiert, Elizabeth?« fragte Willie, der die gespannte Stimmung spürte.
»Warum?« antwortete sie nervös.
»Ach, bloß so, Elizabeth. Wegen des Telefons und allem«, erwiderte er auf die Zurechtweisung und ließ den Kopf hängen.
Ihre ganze Aufmerksamkeit galt dem Gespräch zwischen Reegan und dem Doktor. Die Wachstube war totenstill, sie konnte nichts hören. Offenbar war es der Doktor, der dauernd sprach, und Reegans paar Worte wurden durch die Hörmuschel gedämpft.
Dann war es beendet. Der Hörer wurde mit einem ›Klick‹ auf die Gabel gelegt.
Als er zurückkehrte, kam der gräßliche Augenblick, in dem sie seine leeren Gesichtszüge nach einer Auskunft absuchte, Auskunft, die ihr einige Sekunden später auch gegeben wurde:

»Er hat für morgen ein Bett bekommen. Um vier Uhr ist der Krankenwagen hier!«
»Der Krankenwagen!« wiederholte sie und sah den sandfarbenen Wagen mit dem roten Kreuz im Geist schon die Allee herauffahren.
»Da wird's das ganze Dorf wissen«, sagte sie.
Er trat auf sie zu. Dann sah er, wie die drei Kinder ihn mit unverhohlener Neugier anstarrten. Er blieb stehen und schnauzte sie an: »Habt ihr heute keine Schularbeiten? Könnt ihr nichts andres tun als hier herumstehen?«, und er sah, wie sie vorgaben, ihre Schulranzen zu suchen.
»Darauf kommt's nicht an; jeder bestellt mal einen Krankenwagen, wir können ihn genausogut haben wie jeder andre«, sagte er zu ihr. »Ich kann dich morgen nicht hinbringen, und so geht es besser und schneller. Er sagte, du brauchst vielleicht nur ein paar Tage zu bleiben. Kommt doch nicht drauf an, ob's die Leute erfahren! Erfahren tun sie's doch, in einem so kleinen Kaff kann man nichts geheimhalten!«
Er wollte Quirke nicht um einen freien Tag bitten; es wäre so, als wolle er einen Gefallen von ihm, nahm sie an. Doch der Gedanke war nicht gerade barmherzig, fand sie. Die Kinder gafften wieder in unverhohlener Neugier.
»Ja, es kommt wirklich nicht drauf an«, sagte sie. »Du hast ganz recht. Und es ist besser, wenn ich's den Kindern jetzt schon sage. — Ich fahre morgen ins Krankenhaus«, sagte sie zu ihnen. »Nicht lange. Bloß ein paar Tage!«
Die Tränen traten ihnen in die Augen. Ihre richtige Mutter war vor Jahren ins Krankenhaus gegangen und nie mehr zurückgekehrt: Sie war in den Himmel gegangen. Sie hatten weder den Sarg noch den Leichenwagen gesehen. Sie war eines Nachmittags vom Krankenhaus in die Kirche gebracht und am folgenden Nachmittag begraben worden. Die traurige Totenglocke hatte beide Male geläutet, sie hatten das Auffahren vieler Wagen gehört, die Stores waren im ganzen Haus mit-

ten am Tage heruntergelassen, und sie hatten nichts gesehen. Hinterher durften sie draußen in der Allee spielen.
Zwei Männer, die sie kannten und die sie oft zur Flußwiese mitnahmen, kamen mit ihren Angelruten in die Allee. Sie stürzten sich auf sie. ›Nehmt ihr uns mit auf die Flußwiese?‹
Die beiden Männer waren verlegen gewesen. Jeder suchte im Gesicht des andern nach einer Antwort.
›Nicht heute! Ein andermal!‹
›Bitte, bitte, bitte! Ihr habt's doch sonst getan!‹
›Wißt ihr denn nicht Bescheid wegen eurer Mutter?‹
›Doch. Sie wird jetzt begraben, und wir dürfen spielen. Bitte, können wir mitkommen?‹
›Nicht heute!‹ weigerten sie sich. ›Vielleicht ein andermal. Dann fangen wir einen großen Hecht!‹ Sie sahen ihnen sehnsüchtig nach. Die Blumen leuchteten im saftigen Grün der Wiesen, weiße Steine glänzten am Flußufer. Die Rinder standen bei der Hitze bis zum Bauch im Wasser, und die Fische schnellten hoch.
Die Leute kamen von der Beerdigung, und die Kinder fragten: ›Wann kommt sie wieder? Wann kommt sie aus dem Himmel zurück?‹
›Wenn Gott es ihr sagt. Sehr bald, wenn ihr schön betet.‹
Es wurde ihnen verleidet, immerfort zu fragen und die gleiche Antwort zu erhalten. Dann erschien Elizabeth, und sie hatten es beinah vergessen. Und jetzt wollte auch Elizabeth ins Krankenhaus gehen.
»Ich bleibe bloß ein paar Tage«, redete sie ihnen gut zu. »Jetzt müßt ihr eure Schularbeiten für morgen machen. Wenn ihr sie heute nicht macht, kann ich mich nicht drauf verlassen, daß ihr sie macht, wenn ich weg bin.«
Sie rieben sich die Tränen fort und setzten sich an die Arbeit.
»So ist's recht!« lobte sie die Kleinen. »Es ist alles nicht so schlimm, wie's aussieht!«
Reegan war ans Fenster getreten. Bei dem verhaltenen Ge-

spräch zwischen der Frau und den Kindern empfand er sich ausgeschlossen.
»Es ist schon recht mit dem Krankenwagen«, wiederholte er.
»Ja, es ist recht«, antwortete sie.
Die Stores wurden heruntergezogen, die Lampe wurde angezündet, die Kinder saßen über ihren Aufgaben, und der Abend verlief in der gleichen Ordnung wie so viele Abende. Und morgen abend würde sie in einem Bett im Krankenhaus liegen, und hier würde es so weitergehen, ohne sie, oder gänzlich aufhören.
Sie begann die Sachen herauszusuchen, die sie brauchen würde, und dann ging sie in ihr Schlafzimmer. Dort war es einsam und erschreckend still; die Flamme in der kleinen gläsernen Petroleumlampe flackerte im Durchzug.
Sie schloß den Holzkoffer auf, der sie ihr ganzes Leben begleitet hatte. Er enthielt gebündelte Briefe und Fotografien, Zeugnisse und Atteste, eine Medaille, die sie bei ihrer Schlußprüfung gewonnen hatte, ein paar Bücher und ein verwelktes Platanenblatt, ein Heft mit Notizen über Vorlesungen und noch mehr Dinge, die für andere Leute nichts als Gerümpel sein konnten – bis auf das, was ihre Hände suchten: ein Päckchen Geldscheine.
Sie hatte also kein volles Vertrauen gehabt, sie hatte Befürchtungen gehegt. War das der Grund, weshalb es ein Fehlschlag geworden war? sann sie nach. Mit dem Geld hätte sie am folgenden Morgen in London sein können. Sie hatte sich nicht ganz gegeben, sie war im wesentlichen immer frei geblieben. ›Im Grunde kann man dem andern nur eins geben, und das ist Geld. Liebe und Anteilnahme und all das Zeugs ist reiner Unsinn und Quatsch. Gib jedem Geld und sag ihm, er könne damit auf Reisen gehen! Sag ihm, er soll sich in der Welt umsehen! Das ist alles, was du tun kannst, falls du dich dazu genötigt fühlst‹, hatte sie Halliday einmal mit bitterer Stimme sagen hören. Viele Briefe im Koffer stammten von ihm, und

sämtliche Bücher. Sie wußte nicht, was tun. Vielleicht kam sie nie wieder in das Haus hier? Vielleicht sollte sie die Sachen jetzt vernichten? Der Gedanke, daß jemand anders sie durchlese, war ihr verhaßt, aber schließlich – was machte man sich draus, wenn man tot war? Sie schloß den Koffer ab und ließ alles, wie es war, bis auf das Geld, das sie an sich nahm. Sie würde es ins Krankenhaus mitnehmen. Doch als sie Reegan und die Kinder in der kahlen Küche sah, begann sie unter einem Gefühl zu leiden, das noch zu frisch war, um als Gewissensbisse bezeichnet zu werden. Sie sollte es ihm sagen, sie waren jetzt alle beisammen, es war ebensogut auch ihr Geld. Aber sie konnte es nicht; sie wünschte, sie hätte es längst getan. Es war zu kompliziert und schrecklich, um es jetzt zu gestehen. Und wenn es nach ihrem Tode ans Licht kam – was vermochte es sie dann zu quälen? Sie würde nicht einmal denken können. ›Nein, nein, nein, nein‹, raunte es in ihr, ein Echo ihres Geistes, der sich weigerte, noch mehr Qualen zu erdulden.
Mullins kam zurück.
»Endlich bin ich wieder da«, stellte er fest.
»Niemand war inzwischen hier«, berichtete Reegan.
»Da kann man sich ein Jahr lang hinsetzen, und nichts passiert – aber das eine Mal, wo man was riskiert, da wird man bestimmt erwischt«, sagte Mullins und stand verlegen herum, bis er es endlich herausbrachte: »Hoffentlich halten Sie mich nicht für neugierig, Elizabeth, aber stimmt es, daß Sie ins Krankenhaus müssen?«
Ihre und Reegans Blicke begegneten sich: er hatte es selbst gesagt, daß man in so einem kleinen Kaff nichts geheimhalten könne.
»Ich muß morgen hin«, antwortete sie.
»Tut mir leid, das zu hören! Ich hoffe sehr, daß es nichts Schlimmes ist?«
»Es ist nur eine Untersuchung!«

»Hoffentlich ist's nichts weiter, Gott gebe es! Wenn ich irgendwas tun kann . . .«, erbot er sich.
»Nein, nein, besten Dank, John! Es ist nur für ein paar Tage.«
»Freut mich zu hören, daß es nichts Ernsthaftes ist.« Er wußte nicht, was noch sagen, aber er fand keine Worte, um sich einfach zu entfernen. Schließlich half ihm Reegan aus der Verlegenheit.
»Wollen Sie mich bitte ›auf Patrouille‹ eintragen? Das spart mir den Weg zu den Büchern!«
»Wohin?« fragte Mullins und strahlte wieder von Leben.
»Auf 'ne alte Moorstraße . . . wo nicht mal Quirkes beschissener Wagen hinkommen kann.«
»'s ist also 'ne ›Traumpatrouille‹!« lachte Mullins und wärmte damit einen Wachstubenwitz auf.
»Ja, 'ne Traumpatrouille!« lachte Reegan zustimmend.
Mullins war wieder ganz der alte. Er lachte, als er durch den Korridor stampfte. Das ganze Haus bebte, so schmetterte er die Tür zur Wachstube zu.
»Manche Leute können noch viel mehr Krach machen«, sagte Reegan, während er die Zeitung auf den Zementboden legte und seine Rosenkranzperlen durch die Handmuschel laufen ließ. »Wir wollen die Gebete lieber jetzt sprechen, denn wenn mich nicht alles täuscht, werden wir das Haus bald voller Weiber haben.«
Sie erschienen, noch ehe Elizabeth mit Packen fertig war: alle Polizistenfrauen, Mrs. Casey und Mrs. Brennan und Mrs. Mullins. Sie waren aufgeregt. Die unerträgliche Leere ihres eigenen Daseins war jetzt voller Vermutungen wegen des Auflaufs, den sie schon um diese frische Wunde kreisen sahen.
»Es ist nur für ein paar Tage. Es ist nur eine Untersuchung«, bemühte sich Elizabeth zu erklären, um allzu wilde Phantasieflüge zu verhindern. Aber von Einschränkungen wollten sie nichts wissen. Sie sprachen eine Liste der Sachen durch, die

sie benötige. Sie boten sich an, ihr einiges zu leihen. Sie erzählten von ihren eigenen Erfahrungen mit Krankenhäusern und Ärzten und Schwestern und Krankheiten. Sie gaben Ratschläge. Tee wurde aufgebrüht. Die Kinder wurden ins Bett geschickt.

Reegan nahm nicht an der Unterhaltung teil. Er wanderte rastlos im Haus umher, denn er wollte in Elizabeths Nähe bleiben.

Es wurde zehn, und noch immer machten sie keine Anstalten, sich zu verabschieden. Er stellte das Radio auf volle Lautstärke, um die Nachrichten zu hören, und ließ es bis elf Uhr durch das ganze Sweepstake-Programm weitergrölen.

Schließlich fand er ein Paar Schuhe zum Ausbessern, und nun entspann sich ein richtiger Kampf. Das lächerlich laute Einhämmern der Nägel machte – neben dem Radiolärm und dem absichtlich wüsten Scharren des Leistens auf dem Zement – jeden Versuch, weiterzusprechen, zu einer Qual, aber sie blieben kriegerisch da, bis er weichen mußte.

Als sie es endlich überstanden hatte, war Elizabeth dem Wahnsinn nahe. Sie achtete nicht auf seine Schimpfreden, nachdem sie gegangen waren, sondern ließ ihn all die kleinen Pflichten erledigen, um die sie sich sonst vor dem Zubettgehen gekümmert hatte, und schleppte sich ins Schlafzimmer hinauf. Es war ihr völlig gleichgültig, was für eine Art Bewußtlosigkeit sie überkam, wenn sie nur rasch kam.

4

Am folgenden Tag um vier Uhr holte sie der Krankenwagen ab, und der Frühling hielt in jener Woche, wie er es immer tat, in der Polizeiwache seinen Einzug: mit ganzen Bündeln von Early-Yorks, Saatkartoffeln zentnerweise und bunten Tüten mit Blumen- und Gemüsesamen, die vom Supermarkt kamen und von den Kindern gesammelt wurden. Spaten, Forken und Schaufeln (mit Spinnweb an den Griffen) wurden ans Tageslicht geholt; eine Kugel aufgewickelter Angelschnur, mit der die Furchen ausgerichtet wurden, fand sich nach langem Suchen unter der Treppe. Am Abend saß Reegan neben einem Sack mit Saatkartoffeln und drehte jede Kartoffel langsam im Lampenlicht herum, um die Augen mit den weißen Keimen zu entdecken, und dann kam das Geräusch des aufschlitzenden Messers und das Niederplumpsen der Stücke in den Eimer zwischen seinen Füßen. Mullins und Brennan saßen jeder in seiner Küche – sie zerteilten die Saatkartoffeln genau wie Reegan, und am Montag würden sie sie in die Felder setzen, die sie Jahr für Jahr von den Bauern rings ums Dorf gepachtet hatten. Nur Reegan durfte auch den Garten der Polizeiwache benutzen, aber er würde nicht soviel Zeit im Garten verbringen wie die andern auf dem Felde, weil das Land dicht an der Dorfstraße lag, wo jeder vorbeikam. Die andern beiden würden in den folgenden zwei Wochen nichts tun als pflanzen; all ihre Patrouillen würden mal wieder ›Traumpatrouillen‹ sein, wie sie sie scherzend getauft hatten, und auf dem Kartoffelacker stattfinden. Sie wußten, daß es Reegan gleich war, und sie hatten immer ein Kind als Wachtposten auf der Brücke stehen, das sie warnen sollte, falls Quirke oder der Chef auftauchten. Sie konnten es sich nicht leisten, Gemüse und Kartoffeln für ihre großen Familien zu kaufen; ihr Lebensunterhalt war so dürftig, daß Mullins niemals länger als ein paar Tage auf Sauftour gehen konnte, bis

sie wieder in den Läden Ware auf Kredit bekamen oder borgen oder hungern mußten.
Casey haßte körperliche Arbeit. Seine Frau brachte ihn höchstens dazu, daß er den Rasen mähte, das Unkraut aus dem Kiesweg entfernte und die Rosenbeete umgrub, die sie angelegt hatte, um sich nicht vom Lehrer beschämen zu lassen, der gleich nebenan wohnte. Weil Caseys keine Kinder hatten, war er nicht gezwungen, sich an dem Ausbruch der Frühlingsbetriebsamkeit zu beteiligen; er nahm noch immer sein Kissen mit, wenn er Dienst in der Wachstube hatte, behielt die Handschuhe an, wenn er ins Dorf radelte, las seine Zeitungen und hörte sich die letzten diesjährigen Fußball- oder Boxkämpfe und freitagabends *Sports Stadium* an; und wenn Mullins oder – etwas seltener – Brennan ihn deswegen hänselte, verteidigte er sich: ›'s ist ein verdammt mieses Land, das sich nicht einen einzigen Gentleman leisten kann!‹
Es war die Zeit, in der Brennan mit seinem Akt ›das Beste von ganz Irland‹ so richtig loslegte und natürlich weitermachte, bis im Oktober die Kartoffeln ausgebuddelt wurden. »Gestern hab' ich mit den Jungen zehn Furchen von neunundzwanzig Yard Länge ausgegraben! In ganz Irland hat kein Mensch soviel an einem einzigen Tag geschafft!« prahlte er beim Namensappell, während die andern sich zublinzelten und grinsten.
Auch Reegan war in jenem Frühling zufrieden; was sein Leben vergiftete und durchkreuzte, floß alles in den Boden, den er bearbeitete.
Wie gut war es, an den späten März- und Aprilabenden einen Bärenhunger zu haben, wenn der Geruch von Gebratenem aus der Küche kam! Ob es die üblichen Eier auf Speck waren? Oder hatte jemand vielleicht an den Luxus gedacht und frische Leber oder Heringe vorbereitet, falls der Lieferwagen dergleichen in die Läden gebracht hatte? Es war so befriedigend, die Füße durchs Tor zu schleppen und, während

er es schloß, auf die Unmenge umgepflügter schwarzer Erde und auf soundso viel bepflanzte Furchen zurückzublicken. Sein Körper war müde und glühte vor Wärme, das Blut rann ihm trotz des Frostes heißer durch die Adern, und niemand war da, der ihm hätte vorhalten dürfen, er habe die Arbeit nicht recht getan: es waren seine eigenen Furchen, und er hatte die Arbeit für sich selbst gemacht. Und die Abende konnten so friedlich sein, wenn das Sägen und das Steinmahlen aufhörte und die Fahrräder und Wagen und Traktoren heimgekehrt waren! Das letzte bißchen Sonne hing in den Tannenspitzen, der See war ein Spiegel, der alles Licht sammelte; die Nacht war so nah, daß die Vögel ihre Nachtplätze auf den Zweigen eingenommen hatten, und nur hin und wieder kam noch ein ärgerliches Gezeter und verkündete, daß ein paar Unzufriedene umziehen wollten.

Er wusch sich im Haus vor dem Spiegel der Spülküche den trocknen Schweiß ab und zog frische Wäsche an, ehe er sich zum Essen ans Lampenlicht setzte; er lachte und scherzte mit den Kindern und empfand die wunderbare Verbundenheit, wenn man mit jedermann in der Welt übereinstimmt. Nie ward ihm die gleiche Befriedigung, wenn er die Schreibfeder übers Papier gleiten ließ oder Landstraßen abpatrouillierte oder an einem Gerichtstag Zeugenaussagen machte.

Alle seine Verwandten hatten kleine Höfe beackert, falls sie nicht nach den Vereinigten Staaten ausgewandert waren, und wenn er ihrem Beispiel gefolgt wäre, hätte er sein Leben mit Spaten und Schaufel auf dem Gehöft verbracht, auf dem er aufgewachsen war, oder er hätte es seinem Bruder überlassen und wäre zu einem Onkel nach Boston gefahren. Doch er gehörte durch seine Geburt in eine Generation, die wilde Ideale hegte: Sie wollten Irland befreien, sie wollten wieder eine Nation sein. Und mit einer fliegenden Kolonne hatte er in den Bergen gekämpft, als er kaum viel mehr als ein Knabe war. Er hatte die Uniform der Garda Siochana angelegt und ge-

schworen, den Frieden des Irischen Freistaats zu wahren, als das Land 1920 dazu erklärt wurde, und erhielt sofort eine kleine Beförderung, weil er sich bei den Kämpfen den Offiziersrang verdient hatte—doch dabei blieb es. Mit schweigendem Widerwillen sah er sich den Bürgerkrieg und die darauf folgenden Jahre an und hielt nur durch, weil er nichts anderes fand, das der Mühe wert gewesen wäre. Seine Heirat und die Kinder hatten ihn hier an das Dorf geschmiedet, und die Kinder erinnerten sich noch an sein bitteres Lachen, als er ihnen eines Tages die Medaille mit dem bunten Band als Spielzeug zuwarf. Er mußte Offizieren gehorchen, die jünger waren als er selbst — er, der bereits vor seinem zwanzigsten Jahr mit Überfällen betraut worden war.
Die Freiheitskämpfe in seiner Jugend hatten sein Leben umgestaltet. Er wußte nicht, wo er jetzt stehen oder wie er sein Brot verdienen würde, wenn jene Jahre nicht gewesen wären, doch fand er, daß es ihm nicht viel schlimmer hätte ergehen können, einerlei, in welche Richtung es ihn getrieben hätte. Aber er würde es doch noch ändern, dachte er ergrimmt. Was er brauchte, war Geld. Wenn er genug Geld hatte, konnte er ihnen den Posten hier vor die Füße werfen und gehen. Er hatte beinah genug zusammengespart — da mußte Elizabeth krank werden! Er hätte abgehen sollen, solange er noch Junggeselle war; aber er würde nicht nachgeben, er würde mit Glanz verduften; jedes Jahr hatte er mit dem Torf Geld verdient, und in diesem Jahr pachtete er mehr Moorland denn je und begann mit dem Torfstechen, sowie er die Kartoffeln im Boden hatte und der Frühkohl gepflanzt war. Er würde sein eigenes Leben in Freiheit genießen, das stand fest; er war jetzt alt und noch nie sein eigener Herr gewesen.
Ende der Woche kam Elizabeth nach Hause.
Im Krankenhaus war eine Exzision gemacht und zur Analyse nach Dublin geschickt worden.
Dann kam die endgültige Diagnose: sie hatte Krebs.

Als ihr nächster Verwandter, als ihr Mann, suchte Reegan am Samstag, als er sie heimholte, den Chirurgen auf. Es wurde ihm mitgeteilt, daß sie für die Operation nach Dublin gehen müsse. Sie durfte nur für ein paar Tage nach Hause, bis ein Bett frei wurde, und sie hatte einzig deshalb das Krankenhaus verlassen dürfen, weil sie gefleht hatte, man möge sie die letzten Tage zwischen den zwei Krankenhausaufenthalten in ihrer Familie verbringen lassen.
Der Chirurg wollte nicht sagen, was für Aussichten für sie bestanden, sie habe eine ausgesprochen geringe Chance. Wenn die Operation gelang, konnte sie noch zehn Jahre oder sogar etwas länger leben. Wenn nicht, dann ein oder zwei Jahre, er wagte nicht, es genau zu bestimmen, er hatte nur die Exzision gesehen, alle Einzelheiten überließ er dem Chirurgen in Dublin. Er könne Reegan versichern, daß sie dort in besten Händen sei.
Die Förmlichkeit der Unterredung war furchtbar: der handgearbeitete graue Anzug des Mannes, sein ergrauendes Haar und die formelle Güte in seiner Stimme. Tausendmal einfacher wäre es, mit einem Gewehr im Graben zu liegen und die auf der Landstraße einherkommenden Lastwagen im Auge zu behalten; da brannte man vom Feuer eines Auftrags, hatte eine Aufgabe zu erfüllen, und bis zu einem gewissen Grade hatte man sein Leben selbst in der Hand – aber das hier, das ... Es war zu gräßlich: ein Mann oder eine Frau, die wie eine gefangene Ratte einem wissenschaftlichen Experiment preisgegeben wurden. Er glaubte, die Unterredung würde niemals enden. Er wollte vergessen, vergessen, vergessen. Das war kein Leben, nur ein verteufelter Reinfall. Es half nichts, irgend etwas zu tun, weit besser, ein Gewehr zu nehmen und sich auf der Stelle das Lebenslicht auszublasen – aber wenigstens wartete eine lächelnde Elizabeth auf ihn, und er konnte sie gar nicht schnell genug herausführen und nach Hause bringen.

Die fünf Tage, die sie zu Hause war, erwiesen sich als Fehlschlag. Sie mußte Vorschriften befolgen, Medizin schlucken und lange im Bett bleiben; sie durfte keine von den Arbeiten erledigen, die zu ihrem Leben geworden waren. Sie lebte und saß im Haus herum, und alles ging ohne sie weiter. Dauernd waren die Polizistenfrauen da. Sie hatte überhaupt kein Privatleben mehr, nur Geplauder und ein Dahinplätschern an der Oberfläche. Sie begriff, daß sie Krebs hatte. Wenn es ihr manchmal plötzlich zu Bewußtsein kam, daß sie nur hier herumsaß und wartete, wurde sie von Entsetzen gepackt, weil es alles so enden mußte — eine bloße Unterbrechung der Banalitäten, nichts weiter.
Die Nächte waren schlimmer, wenn sie wach neben Reegan lag und nicht mit ihm sprechen konnte. Oh, hätten sie doch über die Operation sprechen können, die sie auf sich nehmen mußte, um dabei zu entdecken, was sie beide empfanden! Denn wenn sie soweit kämen, wäre es ihnen vielleicht möglich, bis an den Anfang zurückzugehen und etwas zu klären. Nie hatten sie sich richtig ausgesprochen, von echtem Verstehen ganz zu schweigen, und während einer von ihnen allein nichts war, könnten doch beide vereint wer weiß was entdekken. Nein, sie konnte nicht einmal davon anfangen, wenn sie beide wach waren: das Schweigen hing wie ein Messer zwischen ihnen. Außer all seinen Dienststunden schuftete er tagsüber im Torfstich und war daher nachts schnell eingeschlafen, und nur hin und wieder kam ein undeutliches Stammeln über seine Lippen, das gleiche, das aus schwarzen Mysterien ihres eigenen Schlafs zu ihren Lippen aufsteigen mochte.
So ging es weiter, bis sie wegmußte; sie hatten nicht den geringsten sexuellen Kontakt gehabt, weil seine Hände gegen ihren Verband stießen. Am Morgen, als sie abfuhren, warteten nicht viele Leute auf dem Bahnhof der Kleinstadt. Ein kalter Wind wehte die Schienen entlang, doch das alte und noch recht hübsche Backsteingebäude schmückten die letztjäh-

rigen Ferienplakate, und in den Beeten wiegten sich Narzissen und Osterglocken zwischen kahlen Fuchsienstengeln.
»Für April ist es kalt«, sagte sie fröstelnd, und ihre Blicke hafteten an dem Gesicht, das sie zu gut kannte, um noch etwas zu erfahren.
»Besser jetzt, als einen schlechten Sommer zu haben«, kam es so mechanisch, als hätte sie eine Münze in einen Schlitz gesteckt.
»Aber wir könnten doch beides haben!« erwiderte sie, herausgefordert durch seine Worte.
»Das wäre großartig«, ging es weiter, »aber bei dem Wetter, das in diesem Lande herrscht, muß man mit jedem Wetter zufrieden sein.«
»Es sind nicht viele Leute unterwegs«, sagte sie nach einer Pause und blickte sich um.
»Nein. Niemals am frühen Morgen. Wir haben Glück, daß wir nicht den Zug drei Uhr fünfundzwanzig nehmen mußten. Der ist so gestopft voll wie ein Viehzug, und alle wollen das Schiff rüber nach England erreichen«, sagte er.
»Bald wird ganz Irland menschenleer sein«, murmelte sie und wiederholte nur, was überall gesagt wurde.
Ein Bahnwärter mit einem weißen Reifen überquerte die Schienen, und Reegan holte seine Uhr aus der kleinen Westentasche, in der er auch seinen Rosenkranz aufbewahrte.
»Noch ein paar Minuten«, sagte er. »In vier Minuten sollte er hier sein.«
»Geht sie richtig, deine Uhr?« fragte sie sehr ruhig.
»Seit vier Jahren ist sie nie kaputt gewesen.«
»Und sie ist sehr alt, nicht wahr?«
»Doppelt so alt wie ich selbst. Nirgends kann man noch Ersatzteile finden. Wenn sie kaputtgeht, kostet's ein Vermögen. Sie stammt aus New York. Mein Vater hat sie mir geschenkt, als ich in die Polizeitruppe eingetreten bin. *Elgin*!« las er auf dem weißen Zifferblatt mit den Zahlen und den beiden Zei-

gern aus blauem Stahl. Sie hatte diese Einzelheiten schon einmal gehört, und sie fragte, was sie schon mehr als einmal gefragt hatte: »Willst du sie behalten?«
»Solange ich lebe«, antwortete er lachend, wie immer. »Willie kann damit machen, was er will, wenn er sie mal erbt.«
Die zuerst noch ferne Diesellokomotive entwickelte beim Näherkommen ein mächtiges Getöse, und der Bahnwärter winkte dem Zugführer, der einen genau gleichen Reifen hatte — es war wohl ein Sicherheitssignal. Reegan verstaute ihre Koffer im Gepäcknetz, und sie saßen einander in einem beinah leeren Wagen auf Fensterplätzen gegenüber.
Der Zug glitt aus dem Bahnhof. Bäume, Felder, Häuser, an Drähten zappelnde Telegraphenpfähle, Dornenhecken, Rinder, Schafe, Männer, Frauen, Pferde und Schweine mit ihren Ferkeln begannen über die ruhige Grasfläche zu ziehen; bei jeder Bedarfshaltestelle wurde ein Stück Bahnsteig drei Minuten lang eingefangen, in Mullingar zehn Minuten lang.
Sie hatte Krebs, sie fuhr zu einer schweren Operation, und alles war so furchtbar alltäglich. Die besten Jahre ihres Lebens waren verbraucht, und alles, was sie erreicht hatte, war dieser Moment im Zuge. ›Bäume, Felder, Häuser, Telegraphenpfähle, Elizabeth Reegan, Rinder, Pferde, Schafe‹, pochte es zum Rhythmus des Zuges, während sie daran vorbeifuhren, in ihrem Kopf. Sie schienen so unwichtig, sie und Reegan und andere Leute; nach einem Kampf, der ein Leben währte, glückte es ihnen, in einen Zug oder an einen Ort zu gelangen, und ›Bäume, Felder, Häuser, Elizabeth Reegan‹, hämmerte es wie ein toller Reim in ihren Köpfen, während der Zug seiner Endstation entgegendröhnte.
Sie fühlte, wie ihr übel wurde. Es mußte an der muffigen Wärme im Wagen liegen, dachte sie bei sich. Sie mußte versuchen, etwas zu sagen. Sie mußte versuchen, Reegan etwas zu fragen. Sie mußte das gleichmäßige Trommeln zum Takt des fahrenden Zuges ›Bäume, Felder, Häuser, Elizabeth Reegan‹ unter-

brechen. Wenn sie es nicht bald unterbrechen konnte, würde sie ohnmächtig oder verrückt werden. Sie mußte versuchen, ein Gespräch zu beginnen. Sie konnte fragen: ›Wie viele Meilen sind es noch?‹ Das wäre ein Anfang. »Wie viele Meilen sind es noch?« fragte sie, und er antwortete. Vom Westland-Row-Bahnhof nahmen sie ein Taxi zum Krankenhaus. Sie kannte jeden Zoll des schmutzigen Bahnhofsgebäudes und der Straße davor: das Cumberland- und das Grosvenor-Hotel, die schäbigen Privatzimmer mit Frühstück, die Metallbrücke und darüber, vor den Verkehrslichtern, die Warnungstafel. Wie die Lichter der City am Abend immer gestrahlt hatten, wenn der kleine Zug, der sie nach dem Weihnachtsurlaub an das Londoner Schiff zurückbrachte, vom Lande aus dem nächtlichen Dunkel auftauchte! Dann das Anziehen der Mäntel und das Herunterholen der Koffer aus dem Gepäcknetz und das Hasten über den Bahnsteig, um den Zug zu erwischen, der die letzten acht Meilen zum Schiff zurücklegte. Immer waren Mädchen dagewesen, die weinten, wie auch sie das erstemal geweint hatte – eine harte Erkenntnis, daß man nicht ewig im Mutterleib und Elternhaus bleiben kann, man muß hinaus und der Welt gegenübertreten.
Und oft hatte sie sich auch gewünscht, sie könnte sich hier auf diesem Bahnsteig niederlegen und sterben – im Morgengrauen nämlich, nach der nächtlichen Reise durch England und Wales und der Überfahrt von Holyhead, nach dem Gedränge vom Schiff herunter und durch den Zoll in Dun Laoghaire, nach dem Kampf um einen Sitzplatz im Zuge hierher, der sie, wie Vieh eingesperrt, am dreiundzwanzigsten Dezember nach Hause bringen sollte.
Plötzlich war ihr dann eingefallen, daß sie ja nach Hause fuhr! Da konnte sie morgens lange im Bett bleiben; drei ganze Wochen hindurch mußte sie nicht mehr in den Sälen von Bett zu Bett wandern. Menschen, die sie liebten und die sie ein Jahr lang nicht gesehen hatte, warteten mit einem gemieteten

Wagen auf sie; dann die scheuen, hellen Gesichter draußen vor dem kleinen Bahnhof aus Backstein, und am Weihnachtsbaum bunte Kugeln und Whiskey im Atem des Gepäckträgers – und sie wurde aus dem Zug gehoben und nach Hause gebracht!

Anfangs waren sie scheu, weil sie meinten, fern von ihnen in einer großen Stadt wie London müsse sie eine vornehme Dame geworden sein; und sie machte es ihnen nicht leichter, wenn sie ihnen versicherte, was sie nicht glauben konnten: daß sie mehr und mehr das einfache Menschenkind würde, das sie am ersten Tag hatte verlassen müssen.

Dann die ungetrübte Begeisterung, bei Lampenlicht die Geschenke auf den Tisch aus Tannenholz zu legen. Sie hatte jeden Penny und all ihre Phantasie verbraucht, denn jetzt war die Stunde des Verschwendens gekommen, die himmlische Begeisterung des Gebens und Nehmens aus Liebe, wenn ihr die Tränen in die Augen stiegen, weil sie ihre Gesichter beobachtete, wie sie das festliche, mit den roten Beeren und den grünen, spitzigen Blättern der Stechpalme geschmückte Papier lösten! Jedes Geschenk war in riesige Papierbögen eingewickelt, damit ihre Phantasie Gelegenheit hatte, sich etwas Herrliches unter der armseligen Gabe vorzustellen, die sie mitgebracht hatte.

Um diese Geschenke mitbringen zu können, hatte sie selbst sich nichts gekauft, hatte sie vor Weihnachten wochenlang gespart. Und sie würde es wieder tun. Sie würde es immer, immer wieder tun.

Bald würde sie dann zum Essen aufgefordert werden, und sie hatten sich sogar an die Gerichte erinnert, die sie als Kind am meisten geliebt hatte. Und nun kam sie an die Reihe mit dem Beschenktwerden.

Sie stieß spitze kleine Schreie aus, während sie den Faden und das Papier abriß: ›Was ist es denn? Was kann es bloß sein?‹ Und dann hatte sie es und seufzte: ›Oh, es ist viel zuviel! So

schön!‹, während sie das schimmernde Armband hochhob und sie sich um sie drängten, um sich an ihrer Freude zu freuen.
Sie waren eine große Familie, und sie war damals jung gewesen und voller Lebensfreude, und das ist die wahre Jugend, viel seltener als Schönheit. Sie saßen zusammen vor dem lodernden Kaminfeuer, und sie ließ sich jede kleinste Dorfneuigkeit berichten. Sie erzählte ihnen auch von London. Sie mußten so oft lachen. Die Whiskey- und Sherryflaschen, die für besondere Anlässe aufgehoben wurden, waren aus dem Versteck geholt worden, und jemand sang – weil Elizabeth wieder zu Hause war.
Was hatte es groß zu bedeuten, daß alles langsam aufgehört hatte und daß die Trennung schon vor dem ersten Todesfall gekommen war? Es hatte nichts zu bedeuten, das mußte sie festhalten, es machte keinen Unterschied aus. Nur ihr Glück war von Bedeutung: so sehr viel Glück hatte sie empfangen, und sie wollte von Herzen dafür danken.
Sie fuhr eigentlich nicht in einem gewöhnlichen Taxi einem gewöhnlichen Tode entgegen. Sie hatte ein reiches Leben gehabt, und sie hatte die Erinnerungen daran. Sie würde wer weiß was erdulden, wenn sie noch ein solches Weihnachten hätte erleben können.
Sie streckte die Hand aus und ergriff Reegans Hand; ihr Gesicht strahlte Freude aus, und verlegen hielt er ihre Hand fest. Er konnte es nicht verstehen. Sie waren vor den Toren des Krankenhauses, und die niedergeschlagene Frau, die ihm im Zug gegenübergesessen hatte, war nicht mehr da. Er war verlegen und konnte es nicht verstehen.
Das Krankenhaus lag in einem weiten Gelände, Bäume schlossen es zum Teil von der Stadt ab; ein neues, staatliches Krankenhaus, modern und im amerikanischen Stil, mehrere Rechtecke mit flachen Dächern in geometrischen Mustern, die Außenwände weniger aus Zement als aus Glas.
Sie sahen nicht viel, während sie das Taxi bezahlten und sich

mit den Koffern den Weg zum Empfangsbüro erfragten. Elizabeths Name wurde auf der Liste für Einlieferungen abgehakt, und sie mußten in einer Art Halle oder Korridor warten, auf den vier große Türen führten. Hier warteten schon ein paar kleine Gruppen, jede mit ihrem Patienten, und alle schauten traurig und demütig drein. Die Türen gingen auf, und Leute in weißen Kitteln kamen heraus und riefen nach einer Liste ihre Namen auf.

Bis die Formalitäten endlich erledigt waren, fühlte sich Elizabeth überanstrengt und abgespannt. Als letztes mußte sie an einer Theke ihre Sachen abgeben und erhielt eine Quittung darüber. Ein Hausdiener wartete auf sie, um sie in ihren Saal zu bringen. Sie mußte sich von Reegan verabschieden.

»Ist sonst noch etwas, Elizabeth?« fragte er. Sie betrachtete sein Gesicht und den Mantel und die Hände mit den geschwollenen Adern. Vor Angst war sie ganz ruhig. Vielleicht sah sie sein ergrauendes Haar nie wieder, nie wieder die zwei tiefen Furchen auf der Stirn, die stahlblauen Augen, die Narbe auf der Oberlippe, den kurzen Hals, den Gabardinemantel, die geschwollenen Adern auf den Handrücken. Vielleicht sah sie sogar diesen Korridor nie wieder, in dem sie jetzt standen. Vielleicht kam sie nicht lebendig hier heraus. Wenn sie von seinen Lippen Abschied nahm, ging sie vielleicht in den Tod.

»Ich werde den Kindern von dir erzählen«, sagte er, als sie nicht sprach.

»Kauf ihnen etwas! Sag, ich hätt's für sie bestimmt!« stieß sie hervor.

»Ja, gut! Und sonst wohl nichts mehr, was?«

»Nein, mir fällt nichts weiter ein.«

»Mach dir nicht so große Sorgen, Elizabeth! Du mußt jetzt nichts andres tun als bald gesund werden. An einem Donnerstag kommen wir mal alle vier mit der Ausflugsfahrkarte her. Wir schreiben dir vorher. Und am Tag, wo du operiert wirst, rufe ich an ...«

Er sah, wie sie zusammenzuckte. Er merkte, daß der Hausdiener auf sie wartete. »Also ist sonst nichts?« grübelte er noch ein letztesmal nach. »Dann leb wohl, Elizabeth! Alles wird gut!«, und sie küßten sich so steif, wie es ein Krankenhausabschied vor fremden Augen bedingt — wie ihn schlechte Schauspieler darstellen würden.
Sie konnte nichts sagen. Er begleitete sie zum Fahrstuhl und ließ vor der offenen Tür ihre Hand los. Der Hausdiener drückte auf einen der beleuchteten Knöpfe, und die Tür glitt zwischen sie.
Als sich die Tür geschlossen hatte und der Fahrstuhl hinaufstieg, konnte er sich nicht gleich wieder losreißen; er war von einem Gefühl unbestimmter Schwermut durchdrungen, das ebenso stark durch das Singen eines sentimentalen Good-bye-Liedchens wie durch einen schwerwiegenden Abschied verursacht werden kann. Ihre Lebenswege trennten sich, und sie war allein, und er war allein, und irgendwie war es traurig und schaurig rührend.
Hinter einer von den Glastüren sah er zwei Patienten in Pantoffeln und Morgenrock plaudernd vor einem Radiator stehen. Auf seinem Halsverband zeichnete der eine für den andern die Stelle nach, wo der Arzt den Einschnitt gemacht haben mußte. Dann begann der andre, ein Muster quer über den Magen nachzuzeichnen, und deutete mit den Fingern klaffende Wunden an. Reegan schloß daraus, daß der eine Kehlkopfkrebs und der andre Magenkrebs hatte. Krankhaft hingerissen, betrachtete er den Verband auf der Kehle: Der Mann würde also eines Tages an Erstickung sterben. Und das Verrückte an dieser stummen Pantomime war, daß sie beide furchtbar erregt waren und mit Hand und Mund gestikulierten, als müßten sie sich für ein langjähriges Schweigen schadlos halten. Es genügte jedenfalls, um ihn aus seiner melancholischen Stimmung zu rütteln und zum Gehen zu bewegen.
Er ging, so schnell er konnte, die von Bäumen besäumte Zu-

fahrt hinunter und vorbei an dem kleinen Pförtnerhaus am Tor mit den zwei runden Lampen auf den Pfosten, die abends angezündet wurden; er stieg in den ersten Bus, der zum Nelson Pillar fuhr.

In der O'Connell Street ließ er sich etwas zu essen geben, kaufte, wie er es Elizabeth versprochen hatte, drei Füller mit der Aufschrift *Andenken an Dublin* und bummelte dann durch die Straßen, wie alle Leute vom Land fasziniert von den Gesichtern, von Tausenden von Gesichtern, die vorüberströmten, und nicht eins darunter, das er kannte; unbegreiflich, daß sie alle so ruhig und in ihr eigenes Leben vertieft waren, unbegreiflich, daß die ständige Berührung im Gedränge sie nicht reizte, einander zu erwürgen oder sich scharenweise zu paaren. Das Herumwandern und -stehen machte ihn müde, seine Füße waren nicht an Asphalt gewöhnt, doch er mußte noch viele Stunden totschlagen, ehe sein Zug fuhr. In dieser Stadt hier war er ausgebildet worden, in der Polizeischule im Phoenix Park, und er erkundigte sich nach der Nummer der Autobusse, die dort hinfuhren, und stieg in einen von ihnen.

Findlater's Church, Dorset Street, Phibsboro, St. Peter's Church, Cattle Market; während der Fahrt schienen die beiden Reihen der Platanen die ganze Länge der Circular Road bis zum Wellington-Denkmal mitzulaufen, das aus dem Park aufragte, und dort an seinem Sockel ihre Zweige zu verflechten.

Die Polizeischule lag hinter dem Gitter. Rekruten exerzierten auf dem Platz unter der Uhr, die noch immer ihre schwarzen Zeiger hatte. Vor dem Schilderhäuschen standen zwei Polizisten, die Daumen in der Tasche ihrer Uniformjacken; sie nahmen träge Habachtstellung ein, um vor den Wagen zu salutieren, die hinein- und hinausfuhren. Mit wahrer Gier sah und hörte sich Reegan alles an, die hervorgeschnauzten Befehle, das gleichmäßige Stampfen der Stiefel, das Aufblitzen der Knöpfe, wenn sie herumschwenkten — alles dort ein Echo seines Lebens, als er zwanzig war.

»Die armen Kerle!« brummelte er, und es erforderte nicht viel Zeit, ihn an seine eigene vertrackte Lage zu erinnern. Seit er auf die Tatsache gestoßen war, daß das Leben einem nichts schenkt, bloß weil man zufällig etwas begehrt, hatte er einen stillen Groll in sich genährt. Er würde nie begreifen, daß das Leben, was Wunscherfüllung betraf, äußerst knauserig war, und die Schuld daran erblickte er in den grüngoldenen Streifen mit dem Weiß dazwischen, die über der Polizeischule flatterten und jetzt ein Sinnbild für das Bestehen der Republik EIRE waren, wie sie einst ebensosehr seinem damaligen Traum gedient hatten, und natürlich auch im Exerzierplatz, wo Männer gedrillt wurden, Irlands Frieden zu erhalten – Männer in der blauen Uniform, die er wieder anlegen mußte, wenn der Zug ihn aus der Stadt und nach Hause führte.

Die Tests ergaben, daß Elizabeth erschöpft und blutarm war; ihr Herz war geschwächt, sie mußte Bluttransfusionen bekommen und viel ruhen. Am Tage vor der Operation stellte sich der Anästhesist vor, um sie seinerseits zu untersuchen, und am späten Nachmittag erschien der Hauskaplan, um ihr die Beichte abzunehmen.

Sie beichtete das übliche Sündengeschwafel, das sie schon früher gebeichtet hatte und das ihr vergeben worden war. Sie meinte, daß sie nicht stark genug liebe oder hasse, um jetzt noch Sünden zu begehen; sie war weder neidisch, noch war ihr viel zu wünschen geblieben; und wie sollte sie wohl jemals fluchen? Nur ihre Furcht nahm zu, je mehr Tage verflossen. In den letzten Monaten hatte sie versagt und so häufig die Hoffnung aufgegeben, und – Barmherziger! – wie wenig Vertrauen sie hatte! Sie kannte weder Worte noch Formeln, um die Liste dieses Zustands nachzuplappern, und wie konnte etwas, was so sehr ihr eigenes Leben war, ein Zustand der Sünde sein? Eher schien sie in etwas hineingewachsen als aus ihm herausgefallen zu sein, und daher konnte sie nichts bereuen. Sie begegnete dem Blick des Priesters so unbeirrt, wie es sein eigener Blick war: er war auch ein Mensch, er wußte nicht mehr als sie, und wenn sie in ihrer Verlassenheit keine Worte für sich finden konnte, wie konnte man sie dann aus einer doppelten Verwirrung herausschälen, und auf Worte, das wußte sie, kam es ja im Grunde gar nicht an, ebensowenig wie auf menschliches Verständnis, weil es nichts verstand.

Sie blickte ihm offen ins Gesicht und beteuerte, daß nichts sie bedrücke; sie sei dankbar für seine Besorgnis, aber sie habe wirklich nichts auf dem Herzen. Ihm schien es zu mißfallen, daß ihr Blick ebenso fest und unbeirrt war wie der seine. Verdrießlich erklärte er, sie habe keinen Grund, ihm für etwas zu danken, was zu tun nur seine Pflicht sei. Sie senkte den Blick; vielleicht hatte er einen schweren Tag gehabt, dachte sie; sie hörte die Worte der Lossprechung, und dann war er zu einem andern Bett gegangen.

Er war fortgegangen. Das Aluminium eines Medikamentenboys blinkte im grellen elektrischen Licht der Lampen neben dem Sterilisierraum. Sie hörte ein leises Stöhnen, das Knistern einer Zeitung, Geräusche wie von einer Schnalle, die gegen ein Bett schlug, Gummisohlen einer Schwester, die durch den Saal patschten, und ein Lachen. Die Wände waren so grün wie eine Süßspeise, die sie als Kind glühend geliebt hatte; vom Herzen der City drang das Geheul des Straßenverkehrs herauf, ein Meer an Geräuschen. Sie verdrängte die Tränen. Morgen früh würde der Anästhesist sie in einen Schlaf versenken, aus dem sie vielleicht nie mehr erwachen würde. Oh, wenn sie doch alle greifbaren Dinge um sich her festhalten und in sich hineinsaugen könnte, so daß sie sich nie von ihnen zu trennen brauchte! Sie konnte nicht lassen von den Dingen – es war unvorstellbar, daß sie sterben könnte!

Eine Schwester trat an ihr Bett, ein schwarzhaariges Mädchen vom Lande. Sie sagte: »Wir geben Ihnen etwas, Mrs. Reegan, damit Sie eine ungestörte Nachtruhe haben. Morgen früh möchten wir Sie in bester Verfassung sehen!« Und endlich gelang es ihr zu lächeln, ehe sie einschlief, und sich zu fragen, ob die Tabletten das segensreiche Seconol oder Sonerzol waren.

Am nächsten Morgen wurden Bettschirme um sie herum aufgestellt, und eine Schwester in Kittel und Maske mit einem Sterilisierwagen begann ihre Haut für die Operation vorzubereiten. Beide Achselhöhlen wurden rasiert; die Haut um beide Brüste, die Arme bis zu den Handgelenken hinunter und der Bauch bis unterhalb des Nabels wurden gewaschen, mit Jod bepinselt und mit einem keimfreien Handtuch bedeckt. Vor Angst verkrampfte sie sich, als die Schirme um ihr Bett her aufgestellt wurden, und dann wurde die Angst durch das abscheuliche Schamgefühl verdrängt, weil sie ihren Körper entblößen mußte, damit er berührt und rasiert und gewaschen werden konnte.

Die Schwester neben ihrem Bett empfand weder Ekel noch Beschämung, sagte sie sich immer wieder; sie war seit Jahren geübt und uninteressiert; es war einfach eine Pflicht mehr in ihrem Tagesablauf, der sie sich entledigte, genauso wie es einstmals in den Krankensälen in London für Elizabeth gewesen war.

Weshalb sollte sie sich also schämen, wenn es diesmal um ihren eigenen Körper ging? Hatte sie sich etwa geschämt, als der gleiche Körper aus dem Leib ihrer Mutter ausgestoßen wurde oder als er in der Blüte ihrer Jugend geprangt hatte? Wenn sie sich also damals nicht geschämt hatte, konnte sie es auch heute nicht, sie mußte alles oder nichts akzeptieren, sie konnte sich nicht mit dem schönen Schein davonstehlen und wegen des übrigen die Nase rümpfen. Sie halfen ihr, ein Nachthemd mit offenem Rücken anzulegen. Sie zog weiße Operationsstrümpfe an, setzte eine Haube auf und wurde mit einer Pakkung bedeckt, wurde wie für ein gruselig unwirkliches, uraltes Zeremoniell zurechtgemacht, und dann erhielt sie Atropin.

Die Droge stieg ihr schnell zu Kopf; sie begann zu lachen und zu schwatzen; alles schien in eine herrliche Lichtflut getaucht, als der Wärter sie mit der Schwester neben ihrem Bett aus dem Saal und die Korridore entlang zum Operationsraum fuhr.

Mehrere Stunden später wurde sie von einer Schwester ins Bewußtsein zurückgenötigt: »Mrs. Reegan! Wachen Sie auf! Wachen Sie auf!«

Sie stöhnte. Ein unbewußter Protest wollte über ihre stammelnden Lippen. Sie versuchte wieder unterzutauchen.

Die Schwester bemühte sich um so eifriger. »Wachen Sie auf! Sie müssen aufwachen, Mrs. Reegan! Wachen Sie auf!« Sie schlug ihr ins Gesicht.

Sie mußte erwachen. Der Schmerz war stärker als die Betäubungsmittel und der Schlaf. Er überschwemmte ihr ganzes Sein, und sie ächzte und weinte. Man hatte sie auf die Seite gelegt; der eine Arm war in einer Schlinge und ruhte auf einem Kissen, der Verband war blutgetränkt.

»Ich kann's nicht aushalten! Geben Sie mir etwas . . . Geben Sie mir etwas . . .«, versuchte sie hervorzustöhnen.

Die Schwester ging fort und holte die Saalaufsicht. Gemeinsam untersuchten sie den Verband und die Röhre, die nach der vollendeten Operation eingefügt worden war.

»Nein, ich glaube nicht, daß wir es melden müssen«, hörte sie die Schwester sagen und sank in ein halbwaches Delirium, während die Schwestern den feuchten Verband erneuerten und die feste Bandage um die Brust ersetzten. Sie richteten sie auf und steckten ein Kissen ans Fußende des Bettes, damit sie sich mit den Füßen dagegenstemmen könne. Sie bat flehend um Linderung und erhielt Morphium, aber es wirkte nicht sehr lange. Sie stöhnte und weinte. Wie um Himmels willen sollte sie es mit einem so zerfleischten Körper aushalten? Vor Schmerzen hatte sie sich stets entsetzlich gefürchtet, und jetzt empfand sie nichts als Schmerzen.

Sie mußte sich vor den Schmerzen retten! Wenn sie eine zu starke Dosis eines Betäubungsmittels bekäme, würde sie ins Dunkel der Gefühllosigkeit versinken: vor dem Tod fürchtete sie sich nicht mehr, er kümmerte sie nicht.
»O Gott, bitte hilf mir«, betete sie, »hilf mir heraus, hilf mir, damit es anders wird! Hilf mir aus dieser Hölle!«
Oder wenn ihr jemand eine Kugel in den Kopf schießen würde, daß sie daran zugrunde ginge!
Aber niemand unternahm etwas. Davon war sie überzeugt. Vier Stunden würden vergehen müssen, ehe man ihr auch nur wieder Morphium gab. Sie mußte einfach daliegen und leiden und warten.
Aber, Gott im Himmel, sie konnte doch nicht einfach daliegen und leiden und nichts tun, sie mußte versuchen, etwas zu tun, es würde nicht ewig so weitergehen. Sie wußte aus ihrer Pflegerinnenzeit, daß die Schmerzen nach vierundzwanzig Stunden schwächer wurden und nach achtundvierzig Stunden fast vergangen waren, vierundzwanzig Stunden waren nicht viel, es war nur ein Tag, und in einem langen Leben war ein Tag sehr kurz.
Vor allem mußte sie versuchen, ihre Gedanken irgendwie abzulenken oder sie zu beschäftigen; wenn sie das tun könnte, würde sie kaum etwas spüren. Irgendwo hatte sie gelesen, ein guter Trick, um die Schmerzen aus dem Kopf zu bannen, sei das Aufsagen vom Einmaleins mit der Dreizehn. In der Schule hatte man es bis zum Einmalseins mit der Zwölf verlangt, das würde ihr leicht einfallen, aber um das Einmaleins mit der Dreizehn zu können, würde sie sich furchtbar konzentrieren müssen und an nichts mehr denken dürfen, was sie sonst noch betraf. Sie knirschte mit den Zähnen. Sie spürte, wie ihr Herz gegen die Bandagen pochte. Langsam, langsam, langsam: jeder Pulsschlag stieg höher, um hinter ihrer Stirn zu explodieren. Sie mußte versuchen, das Einmaleins mit der Dreizehn aufzusagen. Ihr Körper brannte wie im Feuer. So wie jetzt

konnte sie es nicht länger aushalten. Sie mußte die Zeit irgendwie zu überlisten versuchen.
›Einmal dreizehn ist dreizehn.‹ Sie hätte laut herausschreien können, als sie es im Geist aufzusagen begann. Es hatte keinen Zweck, sie wäre besser dran, sich gehenzulassen und einfach zu leiden. Doch das war nur das erstemal, redete sie sich zu; mach weiter, du mußt weitermachen! Wieviel ist zweimal dreizehn! Zweimal drei und zweimal eins—los! Das ist sechsundzwanzig, nicht wahr?
›Einmal dreizehn ist dreizehn,
zweimal dreizehn ist sechsundzwanzig,
dreimal dreizehn ist . . .‹
O je, wieviel ist dreimal dreizehn? Ich habe niemals sehr gut rechnen können, versuchte sie sich herauszureden. Doch die Stimme drängte sie, fortzufahren: daß du nicht gut rechnen kannst, ist ein Grund mehr, jetzt weiterzumachen; Elizabeth, los! Dreimal dreizehn ist wieviel?
Nein, ich will nicht weitermachen, ich will nicht, stammelte sie. Sie war abgemagert, ein Häufchen Fleisch, von Schmerzen zerrissen, das war alles, was von ihr übrig war; sie wollte lieber daliegen und das sein und nichts andres. Die Sache mit dem Einmaleins war bloße Spielerei, es war ihr nicht gelungen, viel nicht empfundene Zeit totzuschlagen. Wieviel Zeit war verstrichen? Bestimmt nicht mehr als zehn Herzschläge. Ein Herzschlag dauerte eine Sekunde, zehn Sekunden waren vorbei, sechsmal in einer Minute, dreihundertsechzigmal in einer Stunde und eine ungeheure Menge im Verlauf eines Tages und noch ungeheuer viel mehr während eines ganzen Lebens. Sie knirschte wieder mit den Zähnen und weinte. Sie konnte es nicht aushalten, sie mußten ihr den ganzen Körper zerfleischt haben. Sie mußte sich ein Spiel ausdenken oder beten oder sonstwas tun, ihr Zustand war zu schrecklich, um nur als solcher ertragen zu werden. Oh, wenn sie doch eine Überdosis Morphium in die Finger bekäme oder ein geladenes Ge-

wehr, das würde alle Probleme lösen, alle, soweit es sie selbst betraf, doch heute nacht bekam sie weder eine Waffe noch eine Droge in die Hände.
›O Gott, wenn Du mich von diesen Schmerzen befreist, will ich Dir den Rest meiner Lebenstage dienen!‹ wandte sie sich verzweifelt an die allerletzte Zuflucht.
Sie hatte Gott nie sehr gedient; ihr Leben lang hatte sie sich selber gedient; aber die Menschen, die Gott dienten, dienten die nicht auch sich selbst? Sie hatte in einer Zeitung gelesen, daß die Ansicht bestehe, niemand käme in den Himmel oder in die Hölle, wenn er es nicht wolle. War es sehr wichtig? War irgend etwas sehr wichtig? Das einzige, was für sie wichtig war: ihren Körper auf irgendeine Weise loszuwerden.
Sie war in der Furcht Gottes erzogen worden, doch was ihr besonders deutlich in Erinnerung geblieben war, das waren die Gottesdienste, die immer schön waren, vor allem in der Karwoche. Sie hatte sie so oft miterlebt, im gleichen, unveränderlichen Verlauf, daß sie ihr nicht wie Erinnerungsfetzen in den Sinn kamen, sondern ihr mit der Stille und Anmut und Sicherheit aller Zeremonien vor der Seele standen: Ein unbekannter Priester in Schwarz und Weiß bewegte sich mit seinem Brevier zwischen den Kreuzwegstationen; in Scharlachrot und Weiß die Altarknaben, auf deren jungen Gesichtern das rosige Licht der Kerzen lag, die sie in der Hand trugen, und unter der Empore in ewiger Märzdämmerung eine kleine Menschenmenge; das war ihre Religion. Gewisse Sätze wie ›Dreißig Silberlinge‹ und ›das Ufer des Sees in Galiläa‹ erinnerten sie an Ereignisse im Leben Jesu. Nach dem Tode näherte sich die Seele so dramatisch dem Richterstuhl des Allerhöchsten, wie sie es auf den greulichen roten und goldenen und schwarzen Bildern tat, die in jedem Haus an der Wand hingen, und es war genauso wirklich wie die Fahrt der sterblichen Überreste in einem Leichenwagen über die Brücke zum Friedhof. Doch es hatte nie viel mit ihrem Leben

zu tun gehabt, ausgenommen die Gebetsübungen, die sie befolgen mußten. Wenn sie das taten, war für ihr Leben nach dem Tode so vorgesorgt, wie Arbeit und Heirat und Sorgfalt und ein wenig Glück für das Leben hier auf Erden vorsorgten. Alles war festgelegt und sicher, niemand brauchte Fragen zu stellen, und wer aus dem Zauberkreis herausstolperte, dem konnte man nicht helfen.
Doch ihr, die von Schmerzen gefoltert dalag, half es wenig. Sie konnte nicht beten. *Ich glaube, Herr, hilf meinem Unglauben*, kam es ihr auf die Lippen, und es klang so unaufrichtig wie etwas, was mitangehört werden soll. Sie hatte es nie zu einem Teil ihres Lebens gemacht, es war auch nicht ihre eigene Stimme, die sprach. Der Kindheitsgraus vor der Hölle tauchte auf, und sie fürchtete sich, aber sie konnte sich nicht so umstellen und jetzt in solcher Präsenz leben. Sie würde versuchen müssen, so fortzufahren, wie sie bisher gelebt hatte, ohne Furcht oder Hoffnung oder Verzweiflung – alles im Leben ging vorüber.
›O Jesus Christus, errette mich aus dieser Qual! Ich kann's nicht aushalten! Verflucht! Verflucht! Verflucht!‹ brach es aus ihr hervor, äußerte sich aber nur in verzweifelten Schreien.
Sie legte die freie Hand auf das Bettgitter, es war aus Eisen und fühlte sich so kalt wie Eis an. Wenn sie sich gegen das eiserne Gitter werfen könnte, wenn ihr das gelänge, dann wäre alles glücklich überstanden.
Sie hatte schon früher solche Qualen erlebt. Sie hatte schon früher einmal versucht, mit dem Kopf gegen Bett und Wand zu schlagen, und jene Nächte waren vergangen, sie schienen ihr jetzt wie nichts. Was sie jetzt erduldete, würde ihr auch bald wie nichts erscheinen, dachte sie.
Aber das nützte nichts.
Es war nur die unerträgliche Gegenwart, um die es ging. Eine Schwester hörte ihre Schreie und trat ans Bett.
»Wie geht es, Mrs. Reegan?«

»Ich kann's nicht mehr lange aushalten«, hauchte sie. »Können Sie mir nicht etwas geben?«
»Versuchen Sie, es noch ein Weilchen zu ertragen! Es wäre besser für Sie – und wenn ich Ihnen jetzt etwas gäbe, könnte es Sie einschläfern. Sie versuchen's noch ein Weilchen, ja?«
Die Stimme war gütig, und Elizabeth versuchte, ihr altes Lächeln aufzusetzen. Sie würde versuchen durchzuhalten. Und wieder mußte sie in bitterer Selbsterkenntnis lächeln, nachdem die Schwester gegangen war: Sie war im Leben weit öfter durch Güte als durch Bosheit bezwungen worden, und jetzt war es wieder so. Sie hätte ihnen so lästig fallen sollen, daß sie nicht anders gekonnt hätten, als ihr etwas zu geben. Eine Linderung der Schmerzen war das einzige, wonach sie sich sehnte.
Bald, bald mußte es überstanden sein, es konnte nicht so weitergehen, und als sie das nächstemal aufschrie, gaben sie ihr Morphium. Es dämpfte den Schmerz ein wenig. Die Nacht würde für sie in vierstündigen Abschnitten dem Morgen entgegenschleichen, von einer Dosis Morphium zur nächsten. Besucher kamen und gingen, die Wagen mit dem Abendessen wurden hereingeschoben, das Nachtpersonal löste die Tagschwestern ab, das Licht wurde gelöscht, und das Getöse des Verkehrs in der City hörte nie auf, ließ vielleicht in den Stunden gleich nach Mitternacht etwas nach und setzte noch vor dem Morgengrauen wütender denn je ein.
Die Stunden verstrichen ohne Komplikationen. Am Nachmittag des folgenden Tages wurde die Röhre in der Brust ausgewechselt und gelockert; ihre Schmerzen waren viel weniger heftig. Am Tage danach wurde die Röhre gänzlich entfernt; der eigentliche Schmerz hatte aufgehört. Die Brust wurde täglich frisch verbunden, die offene Wunde mit einem Antiseptikum behandelt, bis sie zu heilen begann, und am zehnten Tag wurde die Hälfte der Stiche entfernt und zwei Tage darauf der Rest. Während der ersten Tage mußte man ihr beim

Waschen und Anziehen und Frisieren helfen, und sie mußte Übungen mit dem Arm machen. Sobald sie einmal glaubte, sie habe es besonders schwer, brauchte sie nur an den abgründigen Schmerz zu denken, dem sie gerade entronnen war, und dann empfand sie wieder alles liebenswert und lebendig. Am zehnten Tag konnte sie mit der Hand den Hinterkopf erreichen und erlebte Stunden eines solchen Glücks, wie es in ihrer Erinnerung noch nie dagewesen war.

Die weißen Keime der Saatkartoffeln drängten sich ringsum aus der Erde; sie bekamen Blätter und wurden grün, sobald das Licht auf sie fiel, und die zarten Kohlpflanzen reckten die Köpfe in die Luft. Vom Torf war das meiste bereits gestochen, aber noch nicht trocken genug, um fortgeschafft zu werden. Es eilte nicht. War der Torf erst einmal fest, dann war es eine unaufhörliche Hetzerei. Jetzt konnten sie Bohnen und Salat und Petersilie in die kleinen geharkten Beete säen, und sie konnten plaudern. Ein junges Schwein, das Mullins als Bestechung angenommen hatte, damit er wegen eines Holzdiebstahls schweige, der ihm im Wald aufgefallen war, bildete das Hauptthema ihrer Gespräche.
Er hatte das Schwein in einen Schuppen gesperrt, in dem sonst alter Trödelkram und sein Fahrrad aufbewahrt wurden. Er holte sich eine Wagenladung grüner Binsen als Streu, und von den Milchwagen, die durch das Dorf fuhren, erpreßte er jeden Tag ganze Eimer voll Magermilch; im Laufe des Jahres würde es Fallobst bekommen, um den Speck zart zu machen, wie er sagte; und im November würde er es schlachten.
Manchmal sprachen sie über den Krebs und über Elizabeth. Sie wußten, daß sie die Operation überstanden hatte, sie erwarteten einen Brief, bald würde sie heimkehren. Am Vorabend vom Marientag streuten sie Binsen und Wiesenblumen auf die Schwelle und warfen ihre Stiefel in die Ecke, um von nun an barfuß zu gehen, denn es war Mai geworden.

Der Torf trocknete. Mullins und Brennan verlegten ihre ›Traumpatrouillen‹ ins Moor, wo Reegan sich bereits abrakkerte. Er hatte mehrere Torfbänke gemietet und Tagelöhner gedingt, die den Torf stachen, doch wenn er viel dabei verdienen wollte, würde er ihn selbst weiterbehandeln müssen. Er wollte ihn im Städtchen verkaufen, und wenn er Glück hatte, würde er damit Elizabeths Krankenhausaufenthalt bezahlen können und noch etwas erübrigen, so daß er die Polizeitruppe verlassen konnte. Er wollte nicht in die Großstadt ziehen und in einem Eissalon die Drehtüren öffnen und schließen, um seine Pension etwas aufzubessern. Er wollte sich einen kleinen Hof kaufen und ihn für sich allein bearbeiten, wie es ihm Spaß machte. Mit seinem Ersparten und der Vergütung, die man ihm schuldete, konnte er es schaffen, falls der Torf ausreichte, um für Elizabeth zu zahlen. Er wollte nicht bei der Polizei bleiben, bis er mit Sechzig blind und schwach war, einerlei, was noch geschehen mochte; über diesen einen Punkt war er sich völlig im klaren.
Bei Tagesanbruch sprang er aus dem Bett und radelte die zwei Meilen zum Torfmoor; dort arbeitete er wie ein Besessener bis um acht Uhr und eilte nach Hause, um sich zu waschen, in die Uniform zu stürzen und das Frühstück hinunterzuschlingen, das die Kinder vorbereitet hatten, damit er um neun die Namen verlesen konnte.
Die ganze Zeit kochte Mrs. Casey ihnen das Mittagessen. Casey nahm seine Mahlzeiten bei ihnen in der Küche ein; die Kinder hingen sehr an ihm. Er vergaß nie, sich an sie zu wenden; er war leichtherzig und fröhlich. Nie ließ er sie fühlen (wie es viele taten), daß ihn Sorgen und Zeitmangel langsam aussaugten.
Jeden Nachmittag nach der Schule mußten sie ins Moor ziehen. Die Arbeit war eintönig und ermüdend; ständig mußten sie sich bücken, um die Torfsoden vom Boden aufzuheben und in Stapel und Reihen zu schichten, doch es war keine schwere

Arbeit, ein Kind konnte sie ebensogut verrichten wie ein Erwachsener. Zuerst war es eine Neuheit für sie gewesen, Reegan hatte sie mit Bonbons und hin wieder einer Flasche Limonade oder einer Apfelsine dazu verlockt, doch bald wurde es ihnen zuviel. Während sie trübsinnig eine Sode nach der andern aufhoben, hörten sie die Rufe spielender Kinder. Der Schlamm klebte auf ihren Beinhaaren fest, und es tat weh, wenn man ihn mit hartem Gras abrieb und dabei bis zu den Knien im Wasser stand, um ihn aufzuweichen. Manchmal kreischte eins von den kleinen Mädchen auf, weil die gelbe Unterseite eines Froschbauches aufblinkte oder ein Frosch unter einer Torfsode hervorsprang, die sie berührt hatten; mit Grausen sahen sie die schwarzen Blutegel durch den Schlamm kriechen: es waren Blutsauger, sagten die alten Leute. Hinterher hatten sie keine Kraft mehr, sich mit ihren Schularbeiten abzugeben, und am folgenden Tag in der Schule erging es ihnen schlecht. Ihre Miene wurde verschlossen, eine Maske aus Müdigkeit und Verbitterung; sie lachten selten und begannen sich so zu verkrümmen wie die Wurzeln von Bäumen zwischen Felsspalten.
Reegan bemerkte es nicht. Er sah nur den gewonnenen Torf und das Geld, das ihm die ersehnte Freiheit verschaffen würde. Er trieb die Kinder mit der gleichen Verbissenheit zur Arbeit an, mit der er sich selbst antrieb, ohne zu bedenken, daß es für sie vielleicht nicht der gleiche Weg wie für ihn zu einem Traum von Himmel und Sonne war. Ihre Mienen wurden verschlossen. Wenn sie lachten, klang es metallhart wie das Lachen kluger Erwachsener, und es kam nicht aus dem Herzen; meistens beobachteten sie nur, beobachteten immerfort. Reegan trieb sich erbarmungslos an, er arbeitete im Laufe des Tages, sobald er eine Gelegenheit erspähte, und wurde immer gieriger und leichtsinniger; in jeder folgenden Woche riskierte er mehr als in der voraufgegangenen Woche, obwohl er wußte, daß Quirke ihm auflauerte.

Eines Abends schrieb er in später Stunde an Elizabeth; sein Mantel hing über der Stuhllehne, seine Schirmmütze lag auf dem Tisch. Er hatte den ganzen Tag im Torfmoor gearbeitet und eben seinen Patrouillengang beendet, um zu sehen, ob alle Kneipen geschlossen hatten. Die Kinder schliefen, und Brennan schlief in der Wachstube. Reegan hielt mehrmals inne, während er schrieb; er fuhr sich mit der Hand über die Stirn, oder er blickte müde auf sein Gesicht im Spiegel über der Anrichte. Er hatte Elizabeth nichts zu sagen. Er hoffte, sie käme bald nach Hause, und schließlich füllte er die Seite mit Klatsch. Er hatte keine Beziehung zu dem, was er schrieb, es war einfach seine Pflicht – aber zum Torf und zu den Kartoffeln und zum Geld, das ihn von der Polizei befreien würde, hatte er eine Beziehung; die konnte ihn erregen und aufleben lassen. Doch der Brief hier konnte ihn nicht erregen, konnte höchstens sein Mißfallen an irgendwelchen Vertrautheiten wecken und, wenn er den Brief beendet hatte, das ruhige Gewissen, seine Pflicht erfüllt zu haben.

Eine Woche danach traf ein Brief von Elizabeth ein. Sie bat ihn, nicht zu kommen, sie sei genesen und glücklich, und Ende Juni würde sie heimkommen. Es wäre töricht, die lange Reise nach Dublin zu unternehmen, wenn sie schon so bald nach Hause käme, schrieb sie.

Er nahm sie beim Wort und verfaßte noch zwei mühsame Episteln, beide an Abenden, an denen er es kaum noch verhindern konnte, daß sein Kopf aufs Briefpapier sank. Die Überanstrengung bei all der Arbeit hatte seine Kräfte erschöpft, und dabei war noch kein Ende abzusehen. Wenn der aufgestapelte Torf trocken war, mußte er ihn mit gemieteten Eseln bis zur Landstraße karren. Von dort würden ihn die Lastwagen bis in die Stadt mitnehmen. Er hetzte sich weiter und weiter und konnte immer wieder Kraft aufbringen; so ungezügelt war die Leidenschaft, Geld und die Freiheit zu erlangen, daß es ihn wie mit Peitschenhieben vorantrieb. Nur in seinen ausgemergelten, schlaffen Gesichtszügen, wenn er sich beim Abendbrot nach dem Rosenkranzbeten entspannte, machte sich die Überforderung bemerkbar und auch das Risiko, das er in zunehmendem Maße auf sich nahm. Für seinen Polizeidienst gönnte er sich kaum noch Zeit. Bis jetzt hatte er Glück gehabt, doch es war unwahrscheinlich, daß es ewig so weitergehen würde.

Die Kartoffelstengel im Garten bildeten eine einzige Woge grüner Blätter, die mit winzigen Blüten besternt war, mit blauen von Kerr's Pinks und mit weißen von Arran Banners und mit roten von den Champions. Der Juni war fast herum, in einer Woche würde Elizabeth nach Hause kommen, die Kinder hatten Schulferien. Gewitterregen gingen nieder, und abends schwärmten die Mücken aus den Ahornbäumen hervor; die Ränder von ein paar Kartoffelblättern färbte der Brand schwarz und mahnte sie, mit dem Spritzen zu beginnen.

Eines Samstags befahl Reegan den Kindern, das Spritzfaß in den Garten zu stellen, es mit Wasser aus dem Fluß zu füllen und das Kupfervitriol aufzulösen, das er schon bereit hatte; wenn er von der Patrouille zurückkam, wollte er spritzen. Sie mußten das Holzfaß heranrollen und auf eine Kante kippen, um es durch das Tor neben dem Abort in den Garten zu schaffen. Auf halbem Wege stellten sie das Faß am unteren Ende der Furchen auf, wo der verwilderte Teil des Gartens zu den Eschen und zum Fluß hin abfiel. Sie stampften einen Pfad durch das hohe Gras und die Brennesseln und die Heckenrosen zwischen den Bäumen, um mit den Eimern ans Wasser zu gelangen. Mit alten Mehlsäcken, die sie über die Faßöffnung gespannt und mit Schnur befestigt hatten, seihten sie das Wasser ab, um Grassamen und Blätter und Schmutz aufzufangen, die das Gerät verstopfen könnten. Dann knüpften sie den Beutel mit Kupfervitriol an eine Stange, ließen es aufweichen und brachten einen Kessel mit Wasser zum Kochen, damit Reegan die Bleichsoda auflösen könne, sobald er nach Hause kam.

Es war spät, und sowie er gegessen hatte, zog er seinen Uniformrock aus, löste die Bleichsoda auf und eilte zum bereitstehenden Faß, ohne seinen Bericht einzutragen und die Bücher zu unterzeichnen.

Das Kupfervitriol war geschmolzen, die Lösung wies das Blaugrün des Meeres an einem bewölkten Tag auf, und als er die Bleichsoda hineingoß, wurde es ein wahres Wunder an sattem Türkisblau, während weißer Schaum an die Oberfläche quoll und sich an der Stange festsetzte, mit der er die Mischung an den Seiten des Fasses umrührte. Dann befestigte er den tragbaren Zerstäuber am Rand des Fasses, nahm einen kleinen Steingutkrug, um die Kanne zu füllen, und schnallte sich das Gerät, dessen Kupfer nach all den Jahren mit vielen Schichten Blaugrün bedeckt war, auf den Rücken, um die Kartoffeln zu spritzen.

Brennan, der Tagdienst hatte, kam aus der Wachstube und lehnte sich über den Drahtzaun.

»Das wird den Brand schon fernhalten«, rief er.

»Ist auch höchste Zeit«, schrie Reegan. »Ein paar Blätter sind schwarz.«

Brennan kam in den Garten, um den Brand an den Blättern zu untersuchen.

»Ja, dann wird's Zeit, daß ich meine auch spritze. Kann ich den Apparat heut abend mitnehmen? Mullins wird wohl auch gern spritzen wollen, wenn er von dem Brand hört.«

»Nehmen Sie's nur«, erwiderte Reegan und lachte.

Er spürte den Druck in der Pumpe, als er sie bis auf seine Hüfte herunterdrückte. Er drehte den Hahn auf. Die zwei Strahlen zischten über die Blätter hin. Die kräftigen, dichtbewachsenen Stengel wichen zurück, als er die Furche rückwärts entlangging, und die Blätter zeigten, wo sie sich umdrehten, auf der Unterseite ein mattes Silber. Kleine blaue Teiche sammelten sich in den Winkeln der Blätter, die feucht und grün glänzten und durch die Stille zu tropfen begannen, wie es nach einem Regen dumpf von den Bäumen tropft. Er hatte die Kartoffeln selbst gesetzt, hatte sie wieder mit Humus bedeckt, als sich die ersten Blättchen im Frühlingsfrost hervorwagten, ließ sie nicht im Unkraut ersticken, bis sie hoch standen und blühten, und jetzt, an diesem ruhigen Abend, spritzte er sie gegen den Brand und war glücklich.

»Was für eine Ernte erwarten *Sie* denn, Brennan?« fragte er hinterlistig.

»Die beste Ernte, die Sie in einem Umkreis von einem Tagesmarsch sehen können!« prahlte Brennan. »Sie reichen mir bis an die Hüften und sind ein Blütenmeer. Deshalb möchte ich sie auch so gern spritzen!«

»Großer Gott!« Reegan lachte in sich hinein, obwohl es nicht fair war, dachte er. Der arme Brennan war viel zu gutgläubig. Die Flüssigkeit in der Kanne auf seinem Rücken schaukelte hin und her, je mehr sie sich entleerte, und begann schließlich zu gurgeln, und die Strahlen sanken kraftlos in sich zusammen. Er ging zum Faß. Brennan war ins Haus zurückgekehrt; eigentlich hatte er Reegan an den nicht eingetragenen Rapport erinnern wollen, aber er war eine schwache, ängstliche Natur, und bei Reegan wußte man nie, woran man war.

Das Kreischen der Sägen jenseits des Sees schwoll an und nahm ab. Die Stengel tropften. Ein paar junge Leute fuhren auf ihren Rädern vorbei. Ein Mann rief: »Gott segne die Arbeit!«, und Reegan antwortete: »Danke, gleichfalls, wenn Sie sich dranmachen«, und dann kam Quirkes Ford so vorsichtig über die Brücke, wie ein Fahrzeug sich nur nähern kann, und bog in die Allee ein und hielt vor dem Tor der Polizeiwache. Reegan stand wie angewurzelt mit seinem Apparat auf dem Rücken. Er konnte sich nicht rühren.

Dann überfiel ihn die Panik: Sollte er ausreißen, sich in die Furchen werfen, sich unter den Eschen verstecken? Nein, das alles ging nicht an, vielleicht war er schon gesehen worden, es war besser, seinen Platz zu behaupten und der Gefahr ins Auge zu sehen. Und überhaupt – was konnte Quirke ihm anhaben?

Er konnte nicht weiterspritzen und so tun, als habe er den Wagen nicht gesehen. Er mußte stillstehen, mit anhören, wie die Tür zufiel und die Schritte über den Kies kamen, und dann warten auf das ›Guten Abend, Reegan!‹

»Guten Abend, Sir«, antwortete er.

»Sie sind beim Spritzen, wie ich sehe.« Quirke lehnte seine Arme auf das Drahtnetz und hielt die Handschuhe in der Hand.

»Stimmt, Sir! Bei dem Wetter kommt's leicht zum Brand.«

»Sie haben ja auch sehr schöne Kartoffeln!«

»Sie sind nicht schlecht.« Reegan brachte ein kümmerliches Lächeln zustande.

»Bin gerade vorbeigekommen. Will also mal reingehen und die Bücher abhaken.«

»Jawohl, Sir«, nickte Reegan und sah ihm nach, wie er zu Brennan in die Wachstube ging. Halb bekümmert und halb verzweifelt begann er wieder zu spritzen.

Der ganze Tag war unwirklich geworden, obwohl die Flüssigkeit noch immer aus den Düsen auf die Blätter fiel. Er versuchte seiner Enttäuschung Luft zu machen, indem er wie wild pumpte und dabei die ineinander verflochtenen Stengel verletzte, während er wütend rückwärts durch die Furchen schritt. Dann gurgelte die Pumpe und zeigte ›leer‹ an; er mußte die Kanne wieder auffüllen und verschüttete viel Flüssigkeit, weil er keinen Auslaß für seinen Zorn fand. Ein schweres Gefäß belastete seinen Rücken, als er sich vor dem Faß aufrichtete, und seine Gedanken kreisten ständig um Quirke, der jetzt in der Wachstube die Bücher prüfte, und dann ging die Tür der Wachstube auf und wurde wieder geschlossen, und Quirke stand am Drahtzaun. Reegan mußte die Pumpe abstellen und stillestehen, um zu sprechen oder Quirke zuzuhören — ganz, wie der es wollte.

»Mir fiel auf, Reegan, daß Sie eigentlich noch auf Patrouille sind?« fragte er.

»Es war schon drei Uhr, als ich zurückkam, und ich war in solcher Eile, das Faß rauszuschaffen, daß ich in der Eile einfach vergessen habe, mich zurückzumelden«, erklärte er, innerlich drauf und dran, Quirke an die Kehle zu springen, während er sich sprechen hörte, wie er die unterwürfige Erklärung abgab.

»Diesmal mag's hingehen, aber achten Sie darauf, daß es nicht wieder vorkommt! In Ihrer Stellung wäre es ein schlechtes Beispiel. Wenn wir beide unsrer Pflicht nicht richtig nachkommen, wie können wir dann von unsern Untergebenen erwarten, daß sie es tun?«

»Da haben Sie ganz recht«, gab Reegan zu, und langsam stahl sich ein höhnisches Lächeln in sein Gesicht.

Quirke hatte einen Wutanfall erwartet, es wäre nicht der erste gewesen, und was er jetzt für eine überraschende Fügsamkeit ansah, befriedigte ihn und schmeichelte ihm, denn er hielt sich für einen geduldigen Menschen.

Vielleicht begann Reegan zahm zu werden und einen Schimmer Vernunft anzunehmen.

»Was für Fälle haben wir denn für nächsten Donnerstag?« wechselte er liebenswürdig das Thema; er wollte Reegan damit zeigen, daß sie nicht Feinde waren, sondern am gleichen Strang zogen, eine gemeinsame Sache vertraten und die gleichen Interessen; und als Reegan die paar Fälle andeutete, begann er mit einem Eifer, der blind für alles war, ausgenommen für sein unbedeutendes Thema, zu diskutieren und Akte soundso und Vorschrift soundso zu erklären, indes Reegan zwischen den Furchen stand, auf dem Rücken die Kanne, die ein Leck hatte und seine Sachen durchnäßte. Während er zuhörte, verschwand das Lächeln aus seinem Gesicht und zeigte

einen furchterregenden Haß, doch er brachte es fertig, ihn in eisige Bosheit umzuwandeln, so daß es Quirke nicht auffiel.
»Wir müssen unsern guten Ruf hochhalten«, predigte Quirke, »und wenn wir es nicht selber tun, dann tut's niemand für uns. In den kommenden Jahren wollen wir eine sozial höhere Stellung anstreben, denn wenn wir uns selbst für eine unterdrückte Schicht der Gesellschaft halten, wofür werden uns dann andere halten? Wir müssen Stolz auf uns selber und auf unsere Arbeit hervorkehren. Und von Männern auf verantwortungsvollem Posten, Männern wie Sie und ich, Reegan, hängt es ab, den Ton anzugeben.
Neulich fragte ich bei einer Inspektion einen gewissen Angehörigen der Polizeitruppe, was er von dem Gesetz über gefährliche Drogen wisse. Er gaffte mich auf eine Art an, als hätte ich mich bei ihm nach dem Weg zum Mond erkundigt. Dann fragte ich ihn, ob er gefährliche Drogen kenne und mir eine nennen könne. Die Antwort, die ich bekam, können Sie sich wohl kaum vorstellen, Reegan?«
»Nein«, mußte ihn Reegan zum Weitersprechen veranlassen.
»Mrs. Cullen's Pulver! Er behauptete, Mrs. Cullen's Pulver sei eine gefährliche Droge. Können Sie sich so etwas vorstellen, Reegan? Was für Respekt kann so ein Mensch vor sich selbst und vor seiner Arbeit haben? Aber der gleiche Mann wäre der erste, der die Hand ausstreckte, wenn es um Lohnaufbesserung ginge. Und daher sage ich, wenn wir nicht die Tüchtigkeit und Moral der Polizeitruppe bessern, wie können wir da erwarten, ihre soziale Stellung zu bessern?«
Reegan hörte sich die brave Rechtschaffenheit an, ohne etwas anderes als seinen Haß zu empfinden. Der Schweinehund identifiziert sich mit der Polizei, überlegte er schlau. Warum sollte er sich gegen ihn stemmen, solange der Wind aus der andern Richtung blies? Er wollte eine günstige Gelegenheit abwarten, und dann mochte Quirke sich vorsehen! Doch warum sollte er den starken Mann spielen, solange der Wind

nicht günstig war? Jetzt konnte er den Köder auswerfen und ihm schmeicheln und die Selbstsucht beobachten, die ihn hinunterschlang und auf mehr wartete.

»Es gibt nicht viele Männer hierzulande, die das so richtig erkennen wie Sie, Sir. Die andern sind nicht modern genug in ihrer Einstellung«, warf er den Köder aus und beobachtete das Aufleuchten in Quirkes Gesicht, als er ihn hinunterschlang.

»Ich habe es seit Jahren gesagt: Zuerst müssen wir unsre eigene Einstellung ändern, ehe wir hoffen können, irgend etwas zu erreichen, aber das scheint niemand zu begreifen, Reegan.«

»Sehr richtig, Sir«, bestätigte Reegan, tief in den Augen ein hartes, unheimliches Lächeln.

»Übrigens hörte ich, daß Ihre Frau im Krankenhaus ist? Wie geht es ihr?« Quirke fand allmählich, daß er sich genügend aufgebläht hatte, und versuchte – viel zu offensichtlich und zu rasch –, den Mittelpunkt des Interesses auf eine andere Person zu verlagern.

»Sie kommt nächste Woche nach Hause, Sir.« Reegans Gesicht war eine undurchdringliche Maske.

»Das freut mich. Und jetzt wird's wohl Zeit, daß ich mich auf den Weg mache. Sie wollen sicher noch das Spritzen beenden. Und vergessen Sie nicht, die Bücher in Ordnung zu bringen!«

»Jawohl, Sir«, sagte Reegan.

»Guten Abend, Reegan.«

»Guten Abend, Sir!«

Er wartete, bis der Wagen weg war. Die Tragriemen schnitten ihm in die Schultern, der ganze Körper tat weh, weil er so lange stocksteif hatte dastehen müssen, und die heraussickernde Flüssigkeit war ihm in die Kleider gedrungen. Brennan kam aus der Wachstube, sowie das Geräusch des wegfahrenden Wagens verhallt war. Reegan fluchte, als er die Schultern von der Kanne befreite und sich reckte.

»Der ist aber lange geblieben und hat geschwätzt«, fing Brennan vorsichtig an.

»Aye! Und ich dauernd mit der Kanne auf'm Buckel wie so ein Idiot!«
Dann lachte Reegan. Es klang spöttisch und sehr hart.
»Wissen Sie auch, Brennan, daß Sie mein Untergebener sind? Wissen Sie, daß ich euch Burschen ein gutes Beispiel geben soll?«
Der magere kleine Polizist trat von einem Fuß auf den andern; er wollte etwas sagen, aber er war so verwirrt, daß er nichts über die Lippen brachte. Er war aufgeregt und wußte nicht, was er sagen sollte. Als er dort am Drahtzaun stand, sah er ganz benommen aus. Er konnte nicht entscheiden, ob Reegan es ernst meinte oder nicht. Er war erleichtert, als Reegan fragte: »Hat er Ihnen gesagt, daß der Wachtmeister seinen Rapport nicht eingetragen hat?«
»Nein. Ich hab' gesehn, wie er's geprüft hat, aber gesagt hat er nichts.«
»So ist's recht!« höhnte Reegan unbändig. »So muß man sich verhalten! Niemals die Stellung eines Offiziers vor seinen Untergebenen unterminieren, was?«
»Ja«, bestätigte Brennan verwirrt und fassungslos, während Reegan losgrölte: »Wir Autoritätspersonen müssen ein gutes Beispiel geben. Wir Männer auf verantwortungsvollem Posten müssen den Ton angeben. Oh, Jesus, es ist eine verdrehte Welt, Brennan, das steht eisern fest!«
»Ja, es ist bestimmt 'ne verdrehte Welt«, bestätigte Brennan.
Die Kerzen in der Kirche brannten, und auf der Straße gingen Frauen vorbei, unterwegs zur Sodalitätsbeichte, als Reegan fertig war und das Faß und die Kanne und den Krug ausgewaschen und von dem giftigen Zeug gesäubert hatte. Er war müde und mißgestimmt, als er zum Abendbrot ins Haus ging, das die Kinder bereitet hatten; er mochte gar nicht daran denken, wie er sich Quirke gegenüber verhalten hatte.
»Nur ein Esel reagiert sofort, wenn er erwischt wird«, überlegte er. »Lieber in aller Ruhe auf eine Gelegenheit warten!

Aber dann, wenn ich eine Gelegenheit habe, dann soll der Saukerl sich schön in acht nehmen!«
Er aß zusammen mit den Kindern, die ihn umflatterten und bedienten. Er kaute langsam und sprach nicht. Als er fertig war, ging er in die Wachstube, um sich in die Bücher einzutragen. Er brachte auch den Apparat zum Spritzen und ließ ihn dort, damit Brennan ihn mit nach Hause nehmen konnte.

Elizabeth hatte sich erholt, die Übungen waren beendet, sie konnte ihre Arme wieder gebrauchen. Ihre Tage füllten sich allmählich mit einem überwältigenden Glücksgefühl, und bei jedem Anlaß staunte sie über das Wunder, das sie selbst und ihre Umgebung für sie darstellten. Sie staunte über die Pappelreihe vor ihrem Fenster, deren Blätter im silbernen und grünen Licht zitterten, oder über die Frauen, die im Bett lagen und um ihr Leben kämpften, obwohl sie Krebs hatten, und über die blitzenden Wägelchen mit den Instrumenten und die junge Krankenschwester, die ihr von dem Tanz erzählte, zu dem sie am Abend vorher gegangen war. Es erschreckte sie beinah, daß ihr Leben und sie selbst so reiche und überraschende Geschenke waren, die sie aber fast nie hatte wahrnehmen können.
Vor einer Veränderung grauste ihr. Abends kamen manchmal Kusinen, um sie zu besuchen, und zuerst fürchtete sie sich stets, wenn sie sie auf dem Korridor erblickte – sie würden kommen und alles zerstören! Aber sie saßen noch keine fünf Minuten neben ihrem Bett, da verflog die Zeit schon, und sie mußte lauter kleine Listen und Tricks spielen lassen, um ihren Besuch so lange wie möglich auszudehnen – und dann ihr Entsetzen, wenn die Glocke schrillte und sie ihre Hände hielt: Bald gingen sie, und ihr Glück konnte nicht wieder das gleiche sein!
Soviel Ruhe und Frieden umgab sie und das Gefühl, daß für alles gesorgt wurde: keine Ängste, keine Sorgen, keine un-

schlüssigen Stunden; tagtäglich wurden die gleichen Dinge zur gleichen Zeit verrichtet; ihre Mahlzeiten erschienen, ohne daß sie auch nur einen Finger zu rühren brauchte; Schwestern wechselten die müden Leintücher, und die neuen fühlten sich kühl und leicht wie Luft an. Sie wurde nicht von Grübeleien zerfressen, um hinter ihrem jetzigen Leben Absicht und Zweck zu suchen, und sie brauchte sich keine Gewissensbisse zu machen, weil sie die Stunden hier in restlosem Nichtstun und in Behagen verbrachte, denn hatte sie nicht ihren Körper hergegeben, damit er geheilt wurde, und gleichzeitig auch die Verantwortung übernommen, so daß die himmlische Ruhe sowohl ihre Pflicht wie ihre Freude waren.
Viel Zeit verbrachte sie mit müßigen Träumereien. Reegan und die Polizisten und die Kinder und der Fluß trieben an der Polizeiwache und den Eschen vorbei. Dann London, und sie war in einer Schar junger Frauen, die Whitechapel Road überquerten, um einen Zug zu erreichen, der sie zum Tanz in Cricklewood bringen sollte. Die langen, glücklichen Abende, als sie mit Halliday auszugehen begann! Die Nächte in den Krankensälen während des Krieges, die Fliegeralarmsirenen, die schlimmer als die Bomben waren, und am andern Morgen der Weg zwischen rauchenden Kratern! Weiter zurückliegende Vormittage, als sie noch ein Kind war und mit den Lerchen aufstand, um mit einer Bonbonbüchse zu den Schafkoppeln zu gehen und Pilze zu suchen, die dann über roten Kohlen gebraten wurden, und, lieber Himmel, sie noch einmal kosten zu dürfen, mit Salz und Butter! Gesichter, Gesichter aus all den Orten und all den Jahren, Gesichter, an denen sie den einen Tag auf der Straße vorbeiging, ohne ihnen einen Blick zu gönnen, und die am folgenden Tag der brennende Mittelpunkt ihres Lebens wurden und die später nichts anderes waren als eine weitere abgeschobene Erinnerung, welche durch ein flüchtiges Wort oder einen Anblick wieder aufleben mochte! Seltsam war es, alles so seltsam, überlegte sie sich in langen

Stunden. Alles war so rätselhaft und seltsam und unerforschlich, und es belastete sie nicht, wenn sie ihm so leidenschaftslos ins Auge blickte, wie es ihr gegenübertrat.
Dann kamen die Nächte und die Dämmerstunden, die sie so liebte, wenn die Scheinwerfer der Wagen aufleuchteten, ein paar glühende gelbe Augen auf einer Wegstrecke in den Dubliner Bergen, die sie zwischen den Pappeln sehen konnte, sie leuchteten auf und rasten zur Stadt hinunter. Zu welchem Restaurant oder Theater oder welchem wunderbaren Haus fuhren sie? Sie könnte in einem dieser Wagen sitzen, ein feines Parfüm mischte sich mit dem Zigarettenrauch und dem Geruch warmen Leders, verliebt in einen glücklichen Traum mit jemand anders, einem herrlichen Abend entgegen.
Sie mußte lächeln: es war zu albern! Die einfache Frau eines Polizeiwachtmeisters lag mit Krebs in einem Krankenhaus und beobachtete, um sich die Zeit zu vertreiben, die Autos auf der Landstraße in den Bergen und hatte solche Träume! Was für eine phantastische Komödie! Und wenn sie des Spiels überdrüssig wurde, konnte sie sich umdrehen und den andern zuschauen.
Besucher kamen — scheu wegen der Blicke, die ihnen aus allen Betten folgten. Sie traten so steifbeinig ein, als hätte ihnen jemand die Blumen oder die Schokolade oder das Obst unter den Arm geschoben und sie ins Rampenlicht gestoßen, um dort etwas vorzuführen: ›Laß den Mut nicht sinken, ich komm' dich besuchen!‹
Mindestens zwanzig mußten gekommen sein, und was so toll war: nicht zwei von ihnen waren auf die gleiche Art erschienen. Was für einen Unterschied machte es, daß sie keine Zuschauer hatten, nur in ihrer eigenen überhitzten Phantasie, denn in den Betten kümmerte sich wirklich niemand darum, wie sie auftraten und abgingen; und die Leute, die es am meisten betraf, die Kranken, die sie besuchen wollten, waren zu sehr damit beschäftigt, sich beim Empfang vorteilhaft zu

präsentieren, und hatten für nichts anderes Auge und Ohr. Und dennoch: Wie um Himmels willen wollte sie das wissen? Waren sie denn nicht alle mit ihrem ganzen Sein mit dem Besuch verbunden, so daß es daneben nichts anderes gab?
Was für ein Auftreten und Abgehen würde sie selbst vorführen? dachte Elizabeth und wußte, daß sie sich nicht einer einzigen Verrücktheit der Lebenden entziehen würde, denn manchmal konnte sie einsehen, daß sie blind vor Leben und ebenso komisch menschlich wie alle andern sein würde, wenn sie an die Reihe kam. Sie und die andern waren miteinander verbunden: mit Millionen andrer Lebewesen zappelten sie schauspielernd über den flimmernden Lichtschirm, leidenschaftlich vertieft in ihr kleines Selbst und ihr Tun, jeder von ihnen seiner Ansicht nach die ganze Welt mitsamt allem übrigen verkörpernd, sie alle im Sterben tragische Gestalten, da gab's weiß Gott nichts mehr zu lachen, die ganze Welt brach zusammen, wenn sie zusammenbrachen. Es war so phantastisch und so wunderbar, daß es weitergehen konnte, obwohl Zweck und Ziel nicht bekannt waren, und daß es trotz allem durch blinde Leidenschaft vorangetrieben wurde. Sie konnte lächeln, und es lag etwas von der Reinheit der Musik darin. Sie war still und ruhig, und bestimmt war der Weg, den sie hier sah, ein gewisser menschlicher Triumph, auch wenn die Stimmung, wie all ihre Stimmungen, bald umschlagen würde.
Vierzehn Tage vor ihrer Heimreise erhielt sie eine Reihe von Radiumbestrahlungen, von deren Nachwirkung sie abends krank und elend war.
Sie begriff, daß das Karzinom ziemlich fortgeschritten sein mußte, wenn man ihr die Bestrahlungen zuteil werden ließ: Sie zerstörten die Zellen, und dann konnte nicht noch einmal operiert werden. Die Aussichten mußten äußerst schlecht für sie sein, dachte sie. Sie würde von hier nach Hause fahren, eine kurze Zeit herumlaufen und arbeiten können, und eines Tages würden die Schmerzen dann so stark werden, daß sie

sich nur noch ins Bett legen und auf den Tod warten konnte. So verlief es, so verlief es meistens, für die meisten verlief es so, und auch sie würde sich niederlegen müssen. Sie unterschied sich nicht von den andern, das war das Furchtbare, sie war nichts als ein Bruchteil der gleichen armseligen Allgemeinheit. Sie würde nach Hause fahren und herumlaufen und sich niederlegen und warten müssen, genau wie alle übrigen. Sie schauderte, sie fühlte sich so elend, und die Art, wie ihr Körper reagierte, ließ sie die Dinge in einem andern Licht sehen: Sie war entsetzt, wie wenig Einfluß sie auf alles hatte. Sie konnte nichts Gutes mehr im Krankensaal erblicken, in dem sie vor wenigen Tagen so unvorstellbar glücklich gewesen war.

Die Gespräche kamen ihr alle so erbärmlich und so kleinlich vor. Auf der andern Seite des Zimmers hörte sie, wie eine Frau prahlte: »Seit mein Mann zum Leiter der Abteilung ernannt wurde, ist es nicht mehr wie vorher. Er hat zuwenig Zeit. Ich wünschte oft, er hätte den Posten nicht bekommen. Das Gehalt und die Stellung sind ja recht und gut, aber es ist die Sache nicht wert!« Sie sagte es in einem Tonfall, der andeutete, daß sie sich allen andern im Saal turmhoch überlegen fühlte. Sie verkleinerte ihre Stellung, damit sie sich in ihrer Anwesenheit nicht unbehaglich fühlen sollten; nicht einen Augenblick würde es ihr auch nur im Traume einfallen, ihre Überlegenheit zu betonen. Eine Totenstille folgte, ehe sie ihre Antwort erhielt. Eine Stimme war es, die vorgab, dem Saal etwas Allgemeingültiges mitzuteilen, obenhin, wie eine Bemerkung über das Wetter.

»Es ist ein Wunder, daß manche Leute überhaupt in die gewöhnlichen Krankenhäuser kommen – erstaunlich, daß sie nicht in die Privatkliniken gehen!«

»Das stimmt schon«, fiel eine aufhetzende Stimme ein, »aber die Privatkliniken sind sehr teuer und exklusiv. Sie sind kostspielig!«

›Sie sind kostspielig‹, murmelte Elizabeth. Wie die erste arme Person jetzt für ihre Eitelkeit büßen mußte! Sie hatten sie gepackt. Sie würden sie zu Fall bringen. Elizabeth hatte einmal Greyhounds beobachtet, wie sie aus ihrem Hundezwinger in einen umzäunten Hof gelassen wurden und wie sie aufgeregt und wild wurden und sich bissen und stießen und versuchten, einander zu bespringen, und auf dem Stroh immer im Kreis herumtollten. Ein fleckiger Hund, der schwächer als die andern war, wurde plötzlich in all der Aufregung verrückt – er machte einen ungeschickten Luftsprung und krachte gegen die Mauer. Die Meute stürzte sich auf ihn, fast bevor er fiel. Der Wärter mußte dazwischenspringen und sie mit dem Stock auseinanderjagen, sonst hätten sie ihn in Stükke gerissen.
Sie hatte es nie vergessen. Sie behielt ihre Gedanken für sich. Sogar im Krankenhaus war sie immer darauf bedacht, sich eine Abendzeitung zu kaufen, wenn der Mann mit seinem Wägelchen kam. In ihren Gesprächen sagte sie nie irgend etwas, was dem üblichen allgemeinen Durcheinander zuwiderlief. Sie hatte ihr Privatleben und ihre Träume – also wenigstens diese Freude. Sie glaubte nicht recht daran, daß man Menschen beeinflussen oder ändern könne, und bei einem so sinnlosen und fragwürdigen Wortwechsel wollte sie ihre Freude nicht aufs Spiel setzten.
Sie hörte, wie die erste Sprecherin eine passende Antwort geben wollte, aber es gelang ihr nicht. Sie mußte sehr dumm sein, dachte Elizabeth, obwohl sie ihr zu bedauernswert vorkam, um abgeurteilt zu werden. Ein armseliges Würmchen, das versuchte, sich auf die Stelzen der Beförderung ihres Mannes zu stellen – und die andern alle nur zu eifrig dabei, sie herunterzuzerren. Natürlich hielt sie sich für eine großartige und nicht genügend geschätzte Frau, ›sie kam aus guter Familie‹; aber wenn sie sich so in die Höhe reckte, warf sie einen Schatten auf die andern, und jede wollte ihren eigenen An-

teil von der Sonne allgemeiner Anerkennung haben. Elizabeth drückte das Gesicht in die Kissen. Morgen mußte sie sich wieder der Übelkeit verursachenden Behandlung unterziehen, aber bald würde sie nach Hause gehen, fort von alledem hier, in nur drei Tagen, in den letzten Junitagen, wenn überall geheut wurde. Sie würde die landwirtschaftlichen Maschinen hören und nachts die Rufe des Wachtelkönigs, und überall in der Polizeiwache würde der starke Heugeruch sein.
Der Bezirkskrankenwagen fuhr sie nach Hause; am Vormittag hatte er eine Patientin hergebracht, und indem er sie jetzt auf der Rückfahrt mitnahm, ersparte es Reegan die Mühe und die Kosten der Reise. Als sie fortging, lag der Krankensaal in lichtem Sonnenschein, und schon begann sie Dinge zu vermissen, die sie auch nachher zu Hause vermissen würde. Es ist immer leicht, jemanden zu lieben, wenn man weiß, daß man ihn nach dem Winken der Abschiedsgrüße nicht länger zu ertragen braucht und daß man sich statt seiner kräftigen persönlichen und anspruchsvollen Gegenwart ein beliebiges Traumbild von ihm machen kann.
Aber es bestand keine Gefahr, daß sie sich noch unnötig lange aufhielt. Draußen war alles sommerliche Wirklichkeit; und gegen vier Uhr war sie aus der Stadt heraus und saß zwischen dem Fahrer und dem Wärter. Die Fenster waren heruntergelassen; sie konnte die Brise spüren, und der Fahrer fuhr in Hemdsärmeln. Auf den Wiesen am Straßenrand waren die Leute mit Heuen beschäftigt, und im Schatten standen Rinder und versuchten die Fliegen zu verscheuchen. Sie plauderte und lachte mit beiden. Ehe sie nach Edgeworthstown kamen, mußte der Fahrer die Sonnenblende herunterkippen, die Sonne stand tief, und sie fuhren gen Westen, in den Glanz hinein. Sie malte sich schon die Begegnung mit ihnen in der sommerlichen Abendstunde aus. Jeder bekannte Name und jedes Merkmal an der Landstraße ließ ihre Nerven erzittern. Sie fuhr heim, und es war wunderbar, ein Heim zu haben, dem

man entgegenfahren konnte. Was hatte es jetzt zu bedeuten, daß sie sich später kummervoll an die einsame Wirklichkeit ihres Heims würde gewöhnen müssen? Wäre nicht jene Wirklichkeit, wie hätte sie dann jemals das Entzücken dieser Stunde erleben können, das alle Schranken niederbrannte?

5

Es dauerte noch Wochen, ehe sie ihren Platz im Haus wieder ganz einnehmen konnte: bis die Erregung über die Heimkehr sich gelegt hatte und bis Dinge, die ihr so vertraut gewesen waren wie die abgenutzten Teile ihres eigenen Körpers, ihr nicht mehr neu und fremd erschienen. Und allmählich gab sie die Vorrechte der Genesenden auf, die sie als ihr gutes Recht betrachtet hatte.

Die Kinder hatten Ferien und schleppten den Torf mit gemieteten Eseln so weit heraus, wie die Lastwagen gerade noch fahren konnten. Reegan konnte selten bei ihnen sein, es wurde zu gefährlich, seinen Dienst so sehr zu vernachlässigen, wie er es früher getan hatte, denn Quirke beobachtete ihn, und Reegan wurde nervös wegen des Wetters. Wenn es regnete, machten die kleinen eisenbeschlagenen Hufe der Esel und die eisernen Räder der Karren die Oberfläche des Weges in einer Stunde unbefahrbar. Den ganzen Sommer mußten sie sich bei jedem Regen abmühen, um den Weg mit Binsen und Heidekraut und Weidenzweigen auszubessern, und selbst dann sanken die Esel oft bis zum Bauch im Schlamm ein, zerbrachen in ihrer Angst Deichsel und Geschirr, und von andern Torfstichen mußten Männer herbeikommen, um das Geschirr abzunehmen und die Tiere hochzutreiben und hochzuzerren, während die erschrockenen und schuldbewußten Kinder versuchten, ihre unbrauchbaren Hilfeleistungen anzubieten.

Das Wetter hielt sich. Elizabeth sah, daß sie die anstrengende Arbeit nicht würden aushalten können. Abends ging sie manchmal mit warmem Essen zu ihnen hinunter und blieb, um ihnen zu helfen. Sie waren so verlassen und stumm, und das öde Gelände erstreckte sich bis an den fernen Horizont. Einzelne Männer oder Familien in kleinen Gruppen arbeiteten jeder für sich in seinem Torfstich, ihre Stimmen hallten deutlich und weit, das braune Heidekraut war mit winzigen rötlichen Blüten übersät, große Flächen waren mit Riedgras bestanden, das hell wie Weizen, aber höher war, und die gestutzten Weiden und Birken glänzten wie grüne Blumensträuße. Immer wehte ein Wind, einerlei, wie still der Tag war, und abends wurde es rasch kühl.

Sie blieb bei ihnen und half, soweit sie es vermochte, sie hatte noch nicht soviel Kraft, um sich nützlich zu machen. Die spitzigen Holzstücke im Torf rissen ihr die Hände auf. Staub und Humus, die so hart und scharf wie Steinchen waren, flogen umher, ihnen in die Augen und in die Kehle. Sie sah mit an, wie die Kinder das alles ertrugen und wie sie, ohne sich zu beklagen, die störrischen Esel heraus- und hereintrieben, eifrig auf die Belohnung bedacht, die Reegan mitbrachte, ihre kindlichen Herzen nach Lob gierend. Aber es war nicht recht, fand sie, und sie erhob dagegen Einspruch bei ihm. »Schwere Arbeit hat noch nie jemanden umgebracht«, erwiderte Reegan. »In ihrem Alter habe ich schon Männerarbeit verrichtet. Ich habe nicht gesehen, daß es jemand geschadet hat. Faulheit und Trägheit sind das einzige, was dem Menschen schadet.«

»Sie sind nicht stark genug, um durchzuhalten«, sagte sie. »Sie wachsen nicht ihrem Wesen entsprechend auf. Gib ihnen andere Arbeit; sie können nicht tun, wozu ihnen die Kraft fehlt!«

»Torf ist keine schwere Arbeit!« protestierte er hitzig. »Wenn sie graben müßten, wäre es etwas anderes!«

»Für ihr Alter ist die Arbeit zu schwer, sie plagen sich von früh bis spät ab.«

Die Meinungsverschiedenheit wurde beinah erbittert.

»Sie haben ja nichts dagegen«, sagte er. »Sie bekommen Apfelsinen und Limonade und andern Kram. Wir haben den Auftrag, und wir müssen ihn ausführen. Es dauert nur noch ein Weilchen, bald können wir hier weg, und alles ist überstanden.«

Darum geht es nicht. Es ist nicht recht, es ist nicht recht, hätte sie in ihrer Aufregung gerne erwidert, aber sie sagte nichts mehr. Die Kinder waren zu jung, und wozu sollte all die verrückte Anstrengung nützen? Was kam dabei heraus, und was sollte damit bezweckt werden? Ach, was für einen Unterschied kann ein wenig Muße im Leben der Menschen bedeuten, dachte sie verzweifelt.

Sie war aufgebracht und empört, aber sie konnte nichts sagen oder tun. Seine Geldgier, die ihn von der Polizeitruppe befreien sollte, war maßlos geworden; sie konnte die Augen nicht dagegen verschließen, man mußte es hinnehmen und damit leben, doch wieviel Böses wurde angerichtet, und sie konnte nichts dagegen tun. Als er sah, daß sie nichts mehr sagen würde, wollte er sich rechtfertigen.

»Es macht ihnen nichts aus! Und wenn Duffys Zirkus kommt, spendiere ich ihnen einen ganzen Tag in der Stadt, das wissen sie. Und jemand anders kann es ja nicht tun. Ich kann's nicht mehr riskieren, dort zu arbeiten, seit der verfluchte Quirke die ganze Zeit herumschnüffelt, und sie können ebensoviel schaffen wie ein Mann. Wenn es nicht regnet, sind sie in gut einer Woche fertig, und dann haben sie noch den Rest ihrer Ferien vor sich, und ich weiß, daß es ihnen nicht die Spur schaden wird, Elizabeth.«

Sie nickte und drehte sich um und stellte das Geschirr weg. Er ging. Er hatte gesagt, er wolle eine Patrouillenrunde machen und würde erst nach zehn zurück sein, und er wolle versuchen, eine Stunde zu ihnen ins Moor zu gehen. Sie sah ihm zu, wie er die Fahrradklammern an der Hose befestigte, und gab ihm den Regenmantel, der so zusammengefaltet war, daß er ihn auf den Gepäckträger aufschnallen konnte, und dann wartete sie, bis die Räder im Kies knirschten und die blauen Umrisse am Fenster vorbeizogen.

Voller Unruhe beendete sie ihre Hausarbeit, das Waschen und Fegen; für sie hatte der Tag seinen Frieden verloren. Sie hatte recht, und sicherlich glaubte er auch, recht zu haben, und daher war alles zwecklos und vergeblich. Allerdings war es erst Juli, sagte sie sich, das durfte sie nicht vergessen. Die schwarzen Johannisbeeren im Garten fielen überreif vom Busch, und sie mußte sie pflücken, denn wenn sie es nicht tat, würden die Vögel bald nichts mehr übriglassen. Sie konnte heute abend Beeren einkochen, und die dampfende Küche würde von dem Duft erfüllt sein. Die Augen der Kinder würden aufleuchten, und sie würde ihnen etwas Marmelade heiß aus dem Kochtopf auf die Teller häufen, ehe sie die Gläser einfüllte. Ja, das wollte sie tun, sie wollte die schwarzen Johannisbeeren pflücken, sie hätte sie schon längst pflücken sollen, und mit frischem Mut suchte sie sich eine Blechbüchse und den zerrissenen Strohhut. Sie schloß die Tür zur Spülküche und auch das Fenster, damit die Hühner nicht hinein konnten, solange sie weg war.

Draußen war Mullins damit beschäftigt, den Kies aufzuhakken, und sowie sie das Geräusch der Hacke hörte, wußte sie auch schon, daß sie stehenbleiben und mit ihm sprechen müsse. Er war in Hemdsärmeln und trug keinen Kragen am Hemd, das immer unter der Uniformjacke getragen werden sollte. Die Hosenträger zerrten den erstaunlichen Hosenumfang so straff über seinen Fettwanst, daß es sie zum Lachen reizte. Seine Uniformjacke hing über der Lehne eines gelben Stuhls aus der Wachstube, den er vor die Wand in den Schatten gestellt hatte, auf dem Sitz eine Zeitung, und daneben lehnten ein Spaten und eine kleine eiserne Harke an der Wand.

»Oh, Elizabeth!« begrüßte er sie. »Muß hier 'n bißchen hakken, wie Sie sehen.«

»Das war vermutlich nötig«, sagte sie, und ihre Blicke folgten dem grünen Unkrautschleier auf dem Kiespfad.

»Quirke hat sich vorige Woche beklagt«, erzählte Mullins. »Wir müßten stolz sein auf das Äußere unsrer Station, hat er gesagt. Wenn wir nicht selber stolz drauf sein können, kann's auch sonst keiner. Ich glaube zwar nicht, daß der Stolz uns die Bäuche füllt.

Aber als ich hierherkam, war die Station die sauberste im ganzen Land, keine andre war so schmuck. Damals war hier ein Mann namens Joyce, ein ruhiger, merkwürdiger Mann aus Galway, und er hatte die Station immer so tadellos in Ordnung wie ein Bienenhaus, einfach schön. Er war verrückt auf Blumen — und auf schmutzige Witze, so seltsam das klingen mag, und das reinste Nachschlagebuch auf zwei Beinen, für das eine wie fürs andre, doch für was außerdem konnte man ihn nicht interessieren, und er hat den Wachtmeister Jennings, der damals hier war, ganz rasend gemacht, bis sie ihn schließlich auf eine Strafstation nach Donegal versetzt haben.«

Mullins zeigte mit der Hacke dorthin, wo früher die Rosenbeete prangten und Gladiolen und andere Blumen, die er nicht bezeichnen konnte, zwischen denen der Rasen ständig gemäht wurde, der jetzt aber von Kammgras und Hahnenfuß und Gänseblümchen überwuchert war.

Und als Elizabeth zum Tor gehen wollte, fuhr er fort: »Das war vor einundzwanzig Jahren. Voriges Jahr am sechzehnten September waren's einundzwanzig Jahre, daß ich hergekommen bin, einundzwanzig Jahre zu lange, und damals erst einen Monat verheiratet!«

»Es ist seltsam, daß Sie in all den Jahren nicht versetzt worden sind, John«, sagte sie und wünschte im stillen, sie könnte weg, aber sie wollte auch nicht zu uninteressiert und schweigsam erscheinen; vielleicht war es feige von ihr, aber, großer Gott, wie viele Versionen der gleichen Geschichte hatte sie schon anhören müssen! Sie wäre lieber allein gewesen, um schwarze Johannisbeeren zu pflücken.

»Die da oben in der Polizeischule haben mich wohl vergessen«, lachte Mullins. »Bin wahrscheinlich in einem Schubfach steckengeblieben. Können Sie sich vorstellen, daß ich in all den Jahren nie getadelt worden bin, aber auch nie zur Beförderung empfohlen, versteht sich, und mein Name war nie in

der *Review*. Nur der Lohn kommt immer jeden Monatsersten – wenn sie den auch vergessen würden, wär's das Ende!«
»Ich will jetzt lieber Johannisbeeren pflücken, sonst bekommen sie nur die Vögel«, lächelte sie, sich entschuldigend, und ging seitwärts zum Tor. Sie war voller Ungeduld, hier wegzukommen.
»Ja, die Büsche hängen voll, und ich hab' beobachtet, wie sich die Vögel dran gelabt haben.« Dann wurde er ihrer Anwesenheit inne. »Sie sehen prima aus, jeden Tag 'n bißchen besser, seit Sie zurück sind.«
»Danke«, lächelte sie. »Ich fühle mich auch besser, und es ist ein himmlischer Tag!«
»Dann wollen wir lieber möglichst viel herausholen, solange er anhält«, sagte er, als sie ging, und seine Hacke schlurfte wieder durch den Kies.
Sie trat durch das eiserne Tor beim Abort, auf dessen flachem Dach Zwiebeln zum Trocknen lagen, und ging dann den Zementweg zum Regenmesser hinunter. Jeden Morgen mußte der diensthabende Polizist den Deckel von dem Kupfergehäuse abheben und das Wasser, das sich seit dem Morgen davor in der Flasche angesammelt hatte, behutsam in das feine Meßglas gießen und den Stand, den er ablas, auf der Tabelle an der Wand neben dem Telefon eintragen. Am Ende jedes Monats mußte sie an das Meteorologische Institut geschickt werden, und an ihrer Stelle erschien eine neue Tabelle an der Wand. Auch solcher Verschleiß gehörte zum Leben, wie es schien, und beim Regenmesser mußte sie sich durch eine Furche ineinander verhedderter Kartoffelstengel zu den schwarzen Johannisbeeren hinaufzwängen; ein Schwarm Spatzen schwirrte hoch, als sie näher kam, und sie trat das wuchernde Gras zwischen den Büschen herunter, ehe sie zu pflücken begann.
Die überreifen Früchte fielen ihr locker in die Finger, schwarze Perlengehänge unter dem herben Laub, manche noch hart

und rot oder — tief unten in den Büschen, wo das schlechte Gras wucherte — noch grün. Sie arbeitete im Schatten der Ahornbäume längs der Allee; die glatten, kühlen Früchte berührten ihre Fingerspitzen, die rauhen Blätter streiften den Handrücken und die Gelenke; die Sägen kreischten jenseits des Sees durch den Wald, und aus dem Steinbruch drang das dumpfe Stampfen des Steinquetschers. Es gelang ihr, während des gemächlichen Beerenpflückens sich selbst zu vergessen. Mullins Hacke schlurfte über den Kies, und dann nicht mehr. Sie hörte den Zusammenprall von Gartengeräten, das Trampeln schwerer Stiefel auf Zement, dann wurde die dicke Tür der Zelle zugeriegelt. Dort bewahrten sie die Geräte auf und das Faß mit Petroleum und den Kanister mit Jeyes Fluid für den Abort. Seit sie hier wohnte, war — abgesehen von den Betrunkenen, die Weihnachten darin abkühlen sollten — nur ein einziger Häftling in der Zelle gewesen, der Leiter der Dorfmolkerei, ein armer Kerl, der während einer Reihe von Jahren die Gelder veruntreut hatte, um seiner Leidenschaft für den Whiskey zu frönen. Sie hatte ihm in der Küche etwas zu essen gegeben, während Mullins, der wiederholt bei dem Mann einen Drink geschnorrt hatte, als lächerliche Bewachung und in äußerst verlegenem Schweigen danebensaß. Ein grausamer Einfall mußte Reegan verlockt haben, den Mann als Mullins' Häftling zu bestimmen.
Der Häftling hatte nicht aufgeblickt, als sie ihm Tee eingoß; seine Schultern und Arme schienen krampfhaft zusammengeschrumpft, der Kopf hing tief über dem Teller, und es überlief sie heute noch, wenn sie daran dachte, wie erniedrigt und beschämt sie sich wegen seiner Beschämung gefühlt hatte.
Am furchtbarsten war es gewesen, als er ging; er sagte: »Gott segne Sie, Mrs. Reegan!«, und dann fing er an zu weinen. Vor Entsetzen stand sie wie gelähmt, doch sie konnte nichts weiter tun als zuschauen, wie er abgeführt wurde, und mit anhören, wie Mullins ihm heiser zuflüsterte: »Du mußt dich zusammen-

reißen, Jim! Ich bin genauso unglücklich wie du, weil ich dir das antun muß, aber ich muß es ja tun, 's ist meine Pflicht, und das Winseln nützt gar nichts, Jim-Boy! Verstehst du's denn nicht, Jim-Boy?« Sie konnte nichts tun und nichts sagen, sondern nur dastehen und zuhören und ihm nachsehen. Die eine Nacht wurde er in die Zelle eingesperrt. Die Fässer und das Gerümpel waren ausgeräumt und der Boden war geschrubbt worden; eine Matratze mit Bettdecken wurde handhoch über dem Boden auf ein Brettergestell gelegt. Er schlief eine Stunde, sie hatten ihn mit Whiskey betäubt, den sie bei McDermott besorgt hatten, doch als er aufwachte, begann er an die Wand zu hämmern. Es war kein Licht da; der Wind wehte vom See her durch das schmale Fenster, das nur eine einzige Eisenstange in der Mitte hatte, und die Zelle mußte vom Schrubben noch feucht gewesen sein. Mullins stand auf und sagte ihm, er solle brav sein und weiterschlafen, aber es nützte nichts, er hämmerte noch lauter an die Wand und rief und weinte, so daß Mullins Reegan wecken mußte. Sie holten ihn heraus und saßen bis zum Morgen, mit Handschellen an ihn gefesselt, neben ihm. Am Morgen mußten sie ihn nach Sligo überführen.
Elizabeth hatte ihm nachgesehen, ein schmales grünes Band hing von dem Silber herunter, das sein Handgelenk an das von Mullins fesselte. Später mußte sie Dokumente unterzeichnen, und Reegan erhielt anscheinend eine Entschädigung für die Mahlzeit, die sie dem Mann gegeben hatte. Es war ihr gelungen, nichts von dem zu erfahren, was sich beim Verhör und hinterher zugetragen hatte. Jetzt zitterte sie wieder. Warum mußte sie sich daran erinnern? Jenseits des Sees sang der Stahl der Sägen, und im Steinbruch malmten die Brechbacken des Steinquetschers. Warum mußte sie grübeln? Die rote runde Sonne sank im Westen hinter die Wälder, der blanke Boden ihrer Blechbüchse war mit schwarzen Johannisbeeren bedeckt, eine Brennessel stach ihr in die Beine, und sie rieb mit einem

Ampferblatt darüber. Mullins saß auf dem gelben Stuhl vor dem offenen Fenster der Wachstube, damit er das Telefon hören konnte, falls er über seiner Zeitung einnickte. Ein Ackerwagen mit Stricken auf dem Boden rumpelte daher, er sollte eine Ladung Heu von den Flußwiesen holen, die bei Regenwetter rasch überschwemmt waren. Zwei Männer auf Fahrrädern fuhren vorbei, in ein aufgeregtes Gespräch über den Preis für Rinder vertieft; eine Frau mit einer vollen Einkaufstasche an der Lenkstange ging allein des Wegs. Es war wie an jedem stillen Nachmittag im Dorf: sie war nicht mehr im Krankenhaus, sie war geborgen, sie war endlich daheim, in dem, was sie liebte und kannte. Wenn sie ganz aufmerksam lauschte, konnte sie das Aufklatschen der Fische hören, den peitschenartigen Knall einer Plötze auf der Wasseroberfläche. Wie blutrot ihre Flossen waren und wie golden die Schuppen, das Fleisch aber voller Gräten und daher völlig ungenießbar. Weiter weg, an der Ausmündung des Sees und bei den Schifffahrtszeichen, waren die Rinder von den Wiesen ins Wasser hinausgewatet, bis es ihnen an die Bäuche reichte: da standen sie stockstill und dösten, abgesehen von einem ungeduldigen Schütteln der Hörner oder der Schwänze.
Das Geräusch eines Motors kam näher. Der viereckige Aufbau eines Brotwagens überquerte die Brücke und ruckelte vorbei, zu den Läden hin.
»Das war ein Brotwagen, nicht wahr, Elizabeth?« hörte sie Mullins rufen.
»Ja, stimmt, es war ein Brotwagen«, antwortete sie.
»Haben Sie den Namen lesen können? Ich konnte bloß noch einen Blick auf die Rückseite werfen.«
»Nein, ich hab's nicht beachtet.«
»Mir schien, ich hätte ein B gesehen – dann muß es entweder Brodericks Lieferwagen gewesen sein oder der aus Ballyshannon.«
»Er kommt ja noch mal vorbei«, sagte sie. »Er macht nur hier

im Dorf die Runde; nach Arigna und dem Bergwerk fahren sie nicht hier vorbei.«
»Stimmt, er kommt noch mal wieder«, sagte er. »Diesmal müssen wir aufpassen! Das ist das Dümmste, wenn man einnickt: immer entgeht einem irgendwas! Diesmal müssen wir die Augen aufreißen.«
»Folglich dürfen wir nicht einnicken«, sagte sie und lachte leise vor sich hin, während sie fortfuhr, Beeren zu pflücken. Sie hörte Mullins' Pfeifenkette klirren, als er sich in die Uniformjacke zwängte, und dann warnten seine Schritte sie, daß er über den Kies zur Allee ging. Er lehnte sich gegen einen Ahornbaum, der ihr am nächsten war, und zündete sich eine Zigarette an.
»Komisch, wie 'ne Zigarette die Nerven beruhigt«, sagte er. Ehe sie Zeit zu einer Antwort fand, wurde der Motor des Brotwagens angelassen, und sie mußte schweigen, um lauschen zu können.
»Er ist von McDermotts zu Murphys weitergefahren«, sagte er. »Glauben Sie mir, der trockne alte Knacker hat nicht lange mit ihnen geschwatzt. ›Da's die Bestellung und's Geld, gib mir mein Brot und hau ab, in Gottes Namen, und stör mich nicht länger, mein guter Mann!‹«, äffte er den giftigen Tonfall McDermotts nach. »Von Murphys kommt er nicht so leicht weg«, fuhr er in seinen Betrachtungen fort. »Der dicke Mick will wissen, was in jedem Tanzsaal im Land passiert ist. Puh, der dicke, fette, faule Saukerl! Den regt nichts auf, außer Frauen und Fußball, er platzt vor Neugier und versteht von nichts was. Das beste Rumpsteak aus der Stadt muß er haben und hat nichts zu tun, als seinen dicken fetten Arsch den ganzen Tag auf den Ladentisch zu kleben!« Und dann machte er eine Pause und fragte nach kurzem Nachsinnen: »Ist der Geruch von frischem Brot nicht umwerfend, Elizabeth?«
»Ja«, sagte sie und verstand ihn sofort. »Wenn ich in London an den großen Bäckereien vorbeikam oder vor einem Laden

einen Brotwagen mit offenen Türen stehen sah, hab' ich immer Heimweh bekommen.«
Dann sprach Mullins wieder, und nach einer Unterhaltung, die sich an dem stillen Tag ewig hinzuziehen schien, fuhr der Brotwagen an.
»Hab' ich's Ihnen nicht gleich gesagt, Elizabeth? Die ganze Zeit sind sie in Murphys Laden aufgehalten worden.«
Mullins war wieder hellwach und fiel in seinen alten Tonfall zurück. »Der faule alte Bulle hat genug Klatsch gesammelt, um seinen dreckigen Verstand noch 'n Weilchen zu beschäftigen. Manche Brotwagenfahrer und auch Handelsreisende müßten die reinsten Nachschlagebücher für Sex sein, um gewisse Leute in diesem Dorf zu befriedigen.«
»Das ist keine hauptamtliche Beschäftigung«, sagte Elizabeth unwillkürlich, fürchtete aber sofort, ihn damit zu einem mehrstündigen Monolog über Sex herausgefordert zu haben.
»Das ist allerdings die reine Wahrheit«, lachte er, »aber wenn es sich auf Geschwätz und Phantasievorstellungen beschränkt, kann es ganztägig sein, bis die Sirene Feierabend heult.«
Der Brotwagen hatte wieder gehalten, vermutlich zum letztenmal. »Da bleiben sie nicht lange, bei der alten Ziege mit ihrem *Jesus Christus heut und allezeit, was Sie nicht sagen!* und mit ihrer Männerstimme und den Beinen so hingepflanzt, daß ein mittelgroßer Heuwagen durchfahren kann.«
»Sie lassen kein gutes Haar an den Leuten, John«, tadelte ihn Elizabeth, obwohl sie diesmal lachte, bis es schmerzte.
»Sie haben gut reden, Elizabeth! Sie kommen nicht unter die Leute, Sie halten sich immer abseits. Wenn Sie aber zwanzig Jahre lang gegen sie auftreten oder ihnen recht geben müßten, bis Sie vor sich selber nicht mehr Achtung als vor denen haben, dann würde Ihnen vielleicht der Stoff reichen, um anders drüber zu denken«, verteidigte er sich, weil er den Vorwurf ernst genommen hatte.
Sie nickte.

Die Unterhaltung begann sie zu beunruhigen und zu quälen. Sie wünschte, er würde sich bald auf den Weg machen.
Der Motor des Brotwagens startete zum letztenmal an jenem Abend, und als er in Sicht kam, strengte Mullins sich an und las: »Brodericks — hab' doch gleich gesagt, ich hätte ein großes B gesehen — B für Brot und B für Broderick —, es sind die Brotwagen aus Athlone.«
Sie sah dem Wagen nach, wie er die Brücke überquerte: Staub stieg auf, und lose Steine schnellten von den Reifen fort.
Mullins sagte: »Die losen Steine können jeden Reifen zerfetzen! Ich hab' in dieser Woche zwei Löcher in meinem Hinterrad gehabt. Wissen Sie, wo ich jetzt gern sein möchte?« fragte er, als eine Pause entstand.
»Wo?« fragte sie verzweifelt.
»In einer von den Kneipen am Liffey: im White Horse oder im Scotch House, und in der Faust ein gutes Glas Stout. Ist es nicht eigentümlich, daß Dublin die einzige Stadt in ganz Irland ist, wo man ein wirklich gutes Glas Stout bekommen kann? Das Wasser vom Liffey soll ihm ja das Aroma geben, heißt es.«
»Eigentümlich«, nickte sie und wünschte im stillen, das Telefon würde läuten, oder er würde sich's endlich einfallen lassen wegzugehen. Er lehnte jetzt schweigend am Stamm des Ahorns; sein schweres Gesicht war in Nachdenken versunken, während sie mit ihrem Beerenpflücken fortfuhr. Die Büsche waren mehr als halb voll, und sie war verwirrt darüber, wie sehr ihr in der Stille schon seine bloße Gegenwart auf die Nerven fiel.
»Finden Sie auch manchmal, Elizabeth, daß das Leben mächtig an Schwung verliert, wenn man erst mal heiratet und eine feste Stelle hat?« unterbrach er das Schweigen bald wieder. »'s ist längst nicht mehr so abenteuerlich! Alles ist mehr oder weniger festgelegt, und die einzige Neuigkeit, die auf dem bewußten Namensschild noch fehlt, ist das Alter!«

Sie hob den Kopf: wer hätte je gedacht, daß dem guten Mullins von der Polizeiwache so gefährliche Ideen durch den Kopf gingen, überlegte sie rasch. Sie wünschte, sie könnte aufmerksam und mitteilsam sein und in einer Antwort ihr eigenes Herz ausschütten, denn seine Worte waren nichts als ein Ruf aus tastender Einsamkeit. Doch die einzige Antwort, die sie ihm geben könnte, bestand darin, daß sich ihr eigenes Suchen mit dem seinen zusammentat, und sie wußte: Das konnte und wollte sie nicht, sie würde bewußt unaufrichtig sein und ihm lächelnd das Trugbild einer Schmeichelei bieten, die ihn mehr als zufriedenstimmen würde. Eine aufrichtige Antwort konnte nur zur Bemitleidung führen und zur Entdeckung ihrer beiderseitigen Hilflosigkeit, und da heraus gab es nur einen Ausweg, durch die Liebe. Es würde wahrscheinlich ohnehin enden, aber wenigstens wäre es mit dem Herzen und nicht in kaltblütiger Langeweile.

»Ich weiß es nicht«, sagte sie. »Um vergleichen zu können, müßte man beides gleichzeitig sein, verheiratet und Junggeselle, und das bringt keiner von uns fertig!«

»Da haben Sie durchaus recht, Elizabeth«, gab er zu. »Sie sind der einzige Mensch hier draußen, mit dem man mal richtig sprechen kann. Sie sind die einzige, die alles versteht!«

»Was für ein Unsinn!« lachte sie.

»Es ist weiß Gott wahr«, sagte er und entfernte sich von seinem Baumstamm. »Aber vermutlich sollte ich lieber in die Wachstube gehn und Sie in Ruhe pflücken lassen!«

»Ich bin beinah fertig, John«, antwortete sie und sah, wie sich der Rücken seiner blauen Uniform langsam entfernte, und hörte seine Füße über den Kies schlurfen, als er durchs Tor ging. Sie hatte schon geglaubt, sie würde ihn niemals los, und jetzt, wo er weg war, fühlte sie sich schuldbewußt. Sie hatte großes Mitgefühl mit den Menschen, und doch verweigerte sie sich ihnen. Aber das Grübeln machte es nur noch schlimmer. Sie wünschte, sie wäre ebenso blind wie die andern.

Weshalb war er überhaupt gekommen und hatte sie gestört? Sie war gerade erst aus dem Krankenhaus entlassen, es war Sommerzeit, der Kummer wegen der Auseinandersetzung mit Reegan war fast verflogen, als Mullins aufgetaucht war. Konnte er sie nicht in Ruhe den Garten und den Tag genießen lassen? Das unberührte, schimmernde Schwarz der Beerengehänge blickte sie aus dem Laub an, kühle Gräser streiften um ihre Beine; die großen groben Rhabarberblätter drüben am Drahtzaun, mit Vogelschmutz bekleckert, bekamen vom Licht einen seltsamen Glanz; die langen Furchen mit den Kartoffelstauden zogen sich ringsumher, winzige Blüten schwankten über den Blättern, und die Schmetterlinge tanzten drüberhin. Konnte er sie nicht allein lassen?
Sie hörte, wie er in der Wachstube rumorte und dann wieder ins Freie kam, um sich im Schatten auf den gelben Stuhl zu setzen, und etwas später hörte sie, wie er dauernd das gleiche Liedchen vor sich hinsummte:

»Sprach der Bischof von Killaloe:
›Mich langweilt's, was soll ich bloß tun?‹
Auf den Turm stieg er heute
und pißt' auf die Leute
und sang juchhei und juhu!«

Sie lächelte. Sie hatte den Vers noch nicht gehört und fragte sich, ob er den Limerick selbst erdacht hatte. Das Singen wurde lauter und dreister. Sie konnte die Worte deutlich verstehen. Ihre Blechbüchse war voll. Sie wand sich zwischen dem grünen Kartoffelkraut zum Regenmesser hindurch. Er summte weiter und schlug mit einem Stöckchen den Takt auf den Kies, doch sowie sie kam, verstummte er.
»Sie singen also?« sagte sie.
»Muß doch aufs Alter hin meine künstlerische Begabung pflegen«, spottete er, die Phrasen in den Klatschspalten der Zeitungen nachahmend, und fuhr dann aufgebracht fort: »In der

Bude hier als Mann vom Dienst herumlungern, kann einen komplett verrückt machen!«

»Bald ist's Abendbrotzeit«, tröstete sie.

»Gott sei Dank«, murrte er, griente aber beinah.

»Würden Sie bitte die Tür offenlassen, wenn der Postwagen kommt?« bat sie.

»Ich kann ja bei Ihnen anklopfen, falls Brennan nicht bis dahin erscheint und mich ablöst.«

»Das wäre nett«, antwortete sie.

»Die Kinder sind wohl heute im Torf?« fragte er höflich.

»Ja«, erwiderte sie und begann den Kiesweg hinaufzugehen. »Ich will Marmelade kochen, ehe sie heimkommen.«

»Das kann ihnen so passen«, lachte er, als sie ging, von aufgeregten Hühnern umgeben, die glaubten, daß sie ihnen in der Büchse ihr Futter bringe.

Sobald sie im Haus war, grübelte sie nicht mehr. Sie war glücklich und vertiefte sich in das Vorbereiten und Waschen der Früchte, in das Abwiegen vom Zucker auf der Waage und das Lesen des vergilbten Kochbuchs, um das Rezept richtig zu befolgen. Bald war die Küche vom Duft der dampfenden Marmelade angefüllt; sie rührte um und kostete, um zu sehen, ob sie gut würde, und dann mußte sie die alten Marmeladentöpfe ausbrühen und Gummibänder und Zellophan suchen. Sie unterbrach sich oft dabei und lächelte vor sich hin, wenn sie sich vorstellte, wie sie jubeln würden, sowie sie die Marmelade rochen, während sie draußen noch die Esel abschirrten.

Ein leiser Abendwind hatte sich aufgemacht und wehte die Vorhänge herein, die auf den Fluß blickten. Die Sägemühlen schwiegen, ebenso der Steinquetscher. Brennan schien Mullins in der Wachstube abgelöst zu haben, denn er hatte die Tür nicht geöffnet, und sie hatte ein Geräusch gehört, als sei der Postwagen vorbeigefahren.

Sie trat ans Fenster, zwischen die hereinwehenden Vorhänge; die Sonnenstrahlen fielen schräger und riefen auf dem Was-

serspiegel einen so starken Glanz hervor, daß sie die Hand über die Augen legen mußte, um am Ufer das Schilf zu erkennen und die roten Schiffahrtsbojen, die an der Ausmündung des Sees vor einem Hintergrund weicher, rechteckiger Schatten in Flammen zu stehen schienen.
Halb ehrfürchtig legte sie die Finger um die Vase mit den Rosen, die ihr Mrs. Casey gestern geschenkt hatte, und hob sie vom Fensterbrett an ihr Gesicht. Wie satt und stark der Duft zuerst war, und wie dann, je länger sie das Gesicht nah heranhielt, der Duft verging, bis überhaupt kein Duft mehr blieb. Sie sollte weggehen und sich an andern Dingen freuen, und wenn sie zufällig zurückkäme, würde ihr der Duft aufs neue geschenkt, so frisch wie nach dem Regen.
Das wäre eine weise Einstellung. Um die Dinge zu genießen, sollte man sie in kleinen Portionen einnehmen, das wußte sie; aber wie doch das Abwägen alle Liebe zum Leben und zur Wahrheit herabwürdigte und billig machte! Auch wenn es bedeutete, eine menschliche Hölle zu erdulden, war uneingeschränkte Liebe die einzige Verhaltensweise, die ihr entsprach, wenn sie die schreckliche Aufgabe auf sich nahm, ihre Situation zu bejahen, und das war all ihr Entsetzen und Sehnen. Sie konnte zu sehr lieben, konnte die Vase zerbrechen, sich auf den Boden werfen und sein, was sie war, kraftlos und hilflos, ein zerbrochenes Ding; doch ihr Leben mit den andern, deren Bedürfnisse und ihre eigenen Bedürfnisse und all ihre Furcht zogen sie hinab in das Tagesgeschehen, wo sie sich in ihrer zerbrechlichen und menschlichen Liebe hinkauerten — beieinander. Und sie mußte die schwarzen Johannisbeeren beobachten, bis sie weich waren, und mußte die Marmelade noch dampfend in die Gläser gießen, die heute abend wie aus Licht zu sein schienen, und sie wußte, daß sie auf ihr Heimkommen wartete, und wenn sie da waren, kamen andre Dinge an die Reihe.
Der Juli verging, Ende des Monats schlug das Wetter um, und

ein feiner Nieselregen sickerte langsam und unaufhörlich nieder und durchnäßte einen bis auf die Haut, ohne daß man es gewahr wurde. In jener Zeit gingen sie nicht ins Moor, der Weg würde vom Regen aufgeweicht sein, und Reegan machte sich keine Sorgen: er hatte den größten Teil des Torfs verkauft, und was noch im Torfstich lag, war nicht der Rede wert. Die gemieteten Esel nickten im Schutz der Ahornbäume mit dem Kopf, und die Hühner schliefen ihnen zu Füßen unter den umgekippten Karren. Die Kinder halfen Elizabeth im Haus, oder sie spielten Dame auf dem Fensterbrett. Von da aus konnten sie in den Regen hinausschauen, die Knie auf der warmen Decke des Sofas, das an der Wand stand. Oder es wurde ihnen verleidet, im Haus zu bleiben, und sie zogen alte Polizeiregenmäntel an, gruben im Garten eine Büchse voll Würmer aus und liefen in die Wiese hinunter, um Barsche zu angeln; Aalhaken und Korken und die braune Schnur waren um die Haselruten gewickelt, die sie über der Schulter trugen. Reegan saß meistens mit den andern in der Wachstube im Qualm des kettenrauchenden Casey und erledigte an Schreibarbeiten, was getan werden mußte; er versuchte, nicht auf die närrischen Diskussionen zu achten, die unaufhörlich weitergingen. Manchmal, wenn er glaubte, daß die Kinder fort waren und Elizabeth allein sein könnte, kam er und trank mit ihr Tee, und dann erzählte er ihr von dem Geld, das er mit dem Torf verdient hatte, und von seinen Plänen für das nächste Jahr. Von Zusammenstößen mit Quirke erwähnte er nichts, auch nicht, wann er aus der Polizeitruppe auszuscheiden hoffte. Sie nahm an, daß er glaubte, solche Probleme könnten sie aufregen, und sie war dankbar und versuchte nicht, in Erfahrung zu bringen, was über seine Fürsorge zu ihr hinausging. Sie war glücklich. Nur in den ersten Tagen ihrer Ehe hatte er sich so rücksichtsvoll gezeigt, und er hatte eine Art an sich, die gegenwärtige Stunde wahrzunehmen, die sie immer an ihm fasziniert hatte. Solange sie ihre Gespräche auf die unpersönlichen Ereignisse ihres Alltags beschränkten und nicht ins Persönliche vorstießen, ging alles glatt und leicht, und so war es jetzt fast immer.

An diesen Regentagen in der Küche war er besonders glücklich, wenn sie etwas zum Ausbessern für ihn fand, einen Kochtopf, der gelötet werden mußte, oder einen Stuhl mit einem zerbrochenen Bein. Was er am meisten verabscheute, war Ruhe. Zuerst beklagte er sich zwar: »Die Kinder müssen lernen, daß sie nicht mit den Stühlen kabbeln dürfen, dabei gehen die Rückenlehne und die Beine kaputt!«, doch das sagte er nur, weil er sich gern beschwerte, und um die Arbeit, die er vorhatte, noch wichtiger erscheinen zu lassen. Sie sah ihm zu, wenn er arbeitete, und half mit, wenn etwas festgehalten werden mußte. Wenn sie ausgeglichen war, genoß sie es, daß die Küche vom geräuschvollen Leben seines Hämmerns widerhallte: dann sah sie den metallischen Schimmer der Nägel zwischen seinen Zähnen und hätte gern das glatte neue Holz berührt, wenn es abgehobelt wurde. Manchmal dachte sie, wie glücklich sie sei, Reegan gefunden und geheiratet zu haben, und nicht Halliday: das wäre ein Zusammenleben gewesen, in dem sie sich unter dem Druck und der Verzweiflung ihres Seelenlebens gegenseitig verrückt gemacht hätten.

Oft summte er vor sich hin, während er arbeitete: sein Lieblingslied seltsamerweise, den schönen *Danny Boy*. Wenn er aber ihre Nähe spürte, blickte er auf, fand sie in Tagträume versunken und rief: »Wo bist du mit deinen Gedanken, Elizabeth?«

»Ach, nicht der Rede wert«, schrak sie zusammen und lachte, doch sie hatte seine Besorgnis geweckt. Wurde sie etwa wieder krank? »Fühlst du dich nicht wohl, Elizabeth?« forschte er vorsichtig.

»Doch. Warum? Ich bin nur manchmal wie benommen und fange an zu grübeln und verliere mich schließlich an alte Tagträume. Es ist einfach eine dumme Gewohnheit.«

»Meinst du nicht, daß du dir zuviel auflädst – all die Arbeit im Haus, und nachdem du erst eben aus dem Krankenhaus kamst? Glaubst du nicht, es wäre besser, wenn du es eine Zeitlang leichter nähmst? An dem Torf haben wir schön verdient, und ich habe gedacht, ob du nicht ein oder zwei Wochen ans Meer gehen solltest, nach Strandhill? Die Caseys gehen übernächste Woche hin, da hättest du Gesellschaft!«

Sie lächelte. Auf ihre Erklärung war er gar nicht eingegangen. Sie war früher in Southend und Margate und Brighton gewesen. An Ausflugstagen. Sonst nirgends. Mit den Caseys nach Strandhill oder in irgendeinen andern Badeort zu gehen, war einfach unmöglich, das wußte sie.

»Möchtest du selbst gehen?« fragte sie, weil sie wußte, daß er es nicht wollte.

»Was soll ich wohl am Meer?« lachte er und versuchte, es als Witz hinzustellen. »Wäre es nicht ein toller Anblick, wenn ich mit Casey herumspazierte und die Hände in die Hosentasche steckte?«

»Und was soll *ich* dort tun?«

»Du könntest dich ausruhen und die Seeluft genießen.«

»Nein, es ist unmöglich«, lachte sie, und er stimmte ein.

Von der Polizeiwache war Casey der einzige, der fortging, sein Hang zur Bequemlichkeit wurde ihm jedoch mit einem bloßen Zerrbild heimgezahlt, denn obwohl er alljährlich gewissenhaft ›seine vierzehn Tage‹ einkassierte und wochenlang vorher davon sprach, war das Ganze für die Wachstube zu einem guten Witz geworden: alle wußten, daß es für ihn harte vierzehn Tage waren, in denen er all seine häuslichen Bequemlichkeiten entbehren mußte und den Tag herbeisehnte, an dem er wieder nach Hause konnte. Die Bürde wurde ihm etwas erleichtert, wenn er einen andern Polizisten oder jemanden aus Dublin fand, der auch in Mrs. O'Dwyers Gasthaus wohnte und über die Dubliner Straßenbahnen erzählen konnte. Die vierzehn Tage waren eine grausame Pflicht, die er seiner Ansicht nach auf sich nehmen mußte. Doch selbst Reegan fand den Gedanken jetzt komisch, daß Elizabeth an Caseys alljährlichem Martyrium teilnehmen sollte.

Von den andern ging niemand auf Urlaub. Sie sparten sich ihren Urlaub für kleine Arbeiten in Garten und Haus auf, für den Torf und die Kartoffeln, fürs Holzholen aus dem Wald im Ruderboot und für kleine Ausflüge in die Stadt mit ihrer Frau, meistens, um Kleider und Schuhe zu kaufen.

Elizabeth wollte nicht weggehen; mehr denn je begriff sie, daß sie die Polizeiküche nicht mehr verlassen würde: hier sollte sie ihr Leben beschließen, und mit jedem neuen Tag ward es ihr noch klarer.

Während Reegan hämmerte, legte sie Torf und etwas Holz aufs Feuer, holte die flackernde Herz-Jesu-Lampe herunter und füllte Öl nach, legte eine Decke auf den Tisch und stellte das Geschirr hin, und dann war die meiste Arbeit getan.

Wenn Reegan zu hämmern aufhörte, um seine Arbeit zu prüfen, herrschte eine tiefe Stille in der Küche; die Männer im Wald und im Steinbruch waren schon heimgeschickt worden, und draußen tropfte unablässig der Regen aufs Fensterbrett. Sie war ganz allein mit Reegan. Sie dachte, es sei vielleicht der einzige günstige Moment, den sie jemals haben würde, um ihm wegen ihres eigenen Geldes zu erzählen, das sie noch immer hatte – wenn sie es ihm jetzt nicht erzählte, würde sie nie dazu kommen. Es hatte ihr ständig auf der Seele gelegen, seit sie es aus dem zugesperrten Holzkoffer geholt hatte, um es ins Krankenhaus mitzunehmen. Dort hatte sie kaum etwas davon verbraucht, und wenn sie es nicht bald loswerden könnte, würde es sie für den Rest ihres Lebens bedrücken.

Furcht mußte der Grund gewesen sein, daß sie überhaupt Geld zu sparen begonnen hatte. Während ihrer ganzen Jugend hatte sie mit angesehen, wie Geld zusammengekratzt wurde, wie man auf die Winterschuhe warten mußte, bis das Kalb oder der nächste Wurf Ferkel geboren wurde, wie die

Sorge um Geld das Glück so vieler Abende ihrer Kindheit zerstört hatte. Sie hatte gesehen, wie ihr Vater und ihre Mutter sich wegen der beiderseitigen Ausgaben Vorwürfe machten, und nie wieder wollte sie sich den Gesetzen des Geldes beugen müssen. Von ihren ersten Gehältern hatte sie etwas Geld beiseite gelegt. Doch als sie genug gespart hatte, um sich ihre paar Wünsche zu erfüllen, strengte sie sich nicht mehr an. Wenn sie genug Geld hatte, um sich ein paar neue Sachen zu kaufen oder auszugehen oder jemandem, den sie gern hatte, etwas mitzubringen, war sie glücklich. Es war nicht Geiz – dem Geiz liegt stets eine furchtbare Traurigkeit zugrunde: kein Vertrauen ist da und keine Liebe, und die Freude am Leben wird ständig durch das Trugbild besudelt, etwas für schlechte Zeiten zu sparen, und durch die närrische Idee, sich eine Schutzmauer gegen etwas zu errichten, das doch in jedem Nerv und in jeder Faser des eigenen Körpers verwurzelt ist. Sie haßte es, zu leihen und zu verleihen; sie gab Geld weg, aber sie verlieh es nicht. Sie fand jede Beziehung, die auf Geld beruhte, widerlicher als fauliges Fleisch. Wie sie stets zusammengezuckt war, wenn ein Mädchen beim Verlassen des Krankenhauses zu ihr gesagt hatte: »Deine Hilfe vergesse ich nicht, Elizabeth. Ich zahl's dir zurück, sobald ich kann.« ›Nein, nein, nein‹, hätte sie am liebsten gerufen. ›Behalt's, tu damit, was du willst, ich möchte es nicht wiederhaben!‹ Und wie schwer war es ihr gefallen, sich zu beherrschen und die üblichen Worte zu sagen, die erwartet wurden und keinen Haß erregten! Sie war also nie ohne Geld gewesen; sie hatte genug gehabt, um sich zu kaufen, was sie haben wollte, und hatte sogar einer plötzlichen Laune nachgegeben, ohne sich Sorgen zu machen und zu überlegen. Das Geld hatte ihr Freiheit geschenkt, versuchte sie sich jetzt weiszumachen, aber mit Weismachen war es nicht getan. Sie behielt es ja sogar für sich, als sie verheiratet war! Mit dem Geld konnte sie am nächsten Tag in London sein. Da lag die Unaufrichtigkeit!

Sie lebten zusammen in der Polizeiwache wie in einem Knoten miteinander verbunden; die andern hatten sich mit ihr belastet und sie sich nicht mit ihnen, daher sollten sie zumindest alle äußeren Dinge gemeinsam haben. Sie mußte es in Ordnung bringen, mußte es Reegan sagen, ihn zwingen, das Geld anzunehmen.
Er war fertig mit dem Ausbessern des Stuhls. Sein Gesicht war erhitzt und glücklich, und er öffnete den Haken seiner Jacke am Hals. Er zeigte ihr den Stuhl, damit sie ihn loben sollte, und sie gab vor, ihn zu prüfen und die Verzahnungen zu untersuchen.
»Er ist so gut wie neu!« lobte sie.
»Ach, nicht so gut wie'n neuer, aber er tut's jetzt eine Zeitlang. Um ihn diesmal kaputtzumachen, braucht's mehr als sich nur draufzusetzen«, sagte er und bewies mit den einschränkenden Worten die Freude an seiner Arbeit.
»Ich finde, er könnte nicht besser sein«, sagte sie, und sie saßen beieinander und blickten ins Feuer oder in den eintönigen grauen Regen. Er sank nieder, von keinem Windhauch bewegt, und konnte den stillen Spiegel des Flusses kaum verzerren.
»Macht einen ganz schläfrig, der Regen«, sagte er.
»Aber fürs Angeln ist er sicher gut«, erwiderte sie.
»Ja, das schon. Ein windstiller Regentag ist immer gut fürs Angeln. Etwas beißt immer an.«
Dann hob die Stille wieder an: der Teekessel summte, der Regen tropfte aufs Sims. Sie stocherte mit der Zange im Feuer. Sie versuchte sich zu überwinden und ihm von dem Geld zu erzählen, und schließlich sagte sie in der anhaltenden Stille: »Ich wollte dir etwas sagen, aber es fällt mir nicht leicht.« Als sie die Worte geäußert hatte, merkte sie, was für eine scheußliche Einleitung es war: Seine Haltung versteifte sich, Furcht trat ihm in die Augen. Sein hervorgestoßenes ›Was?‹ schien mehr mit den Lippen als mit der Stimme zu fragen.

Was konnte sie ihm zu sagen haben, das ihr nicht leichtfiel? Es konnte nichts Angenehmes sein, und er wünschte, er brauche es nicht zu hören.
Und sie wünschte, sie brauchte es ihm nicht zu sagen, aber sie fühlte sich dazu gedrängt. Ein Grund war zwar nicht vorhanden, vor allem kein zwingender. Es war eigentlich sinnlos, sie konnte ebensogut versuchen, es den Regentropfen an den Ahornblättern draußen klarzumachen.
Aber sie wollte lieber ehrlich sein, weshalb sie durchaus die Wahrheit gestehen wollte: um ihr Gewissen zu beruhigen! Was konnte sie aber anders erreichen, als ihm den Frieden zu rauben? Im besten Falle würde es ihn kalt lassen. Die katholische Kirche kennt sich in ein paar alten Tricks aus, wenn sie sagt, man beichtet Gott und nicht dem Priester im Beichtstuhl, dessen Verstehen oder Nichtverstehen überhaupt nichts mit dem Sakrament zu tun habe. Aber wie sich doch Menschliches in alles einschleicht! Gewappnet und vorbereitet, Gott die Wahrheit zu sagen, zog sie aus – und endete in dem üblen Drama, wie sie versucht, bei einer gedruckten Visitenkarte außen am Beichtstuhl und bei einer Stimme im Dunkeln und dem Geruch von Rasierwasser Verständnis zu finden.
Sie konnte sich wappnen, sich so kalt und unmenschlich wie der Tod zu machen, und versuchen, für die Wahrheit zu zeugen, aber sie war so schwach, daß schon bei der ersten Ankündigung ihre Vorbereitung und ihre Haltung zusammenbrachen und sie nur noch eindeutiger ›einfach menschlich‹ wurde, ehe sie auch nur begann. O was für eine unüberbietbare Ironie! Der rettende Schritt wurde zum Schritt zurück!
Das Denken wollte nicht enden, und sogar das Bedürfnis zu denken konnte sie wegdenken. Eine Unendlichkeit an Gedanken kann durch die Seele ziehen und im gleichen Augenblick entschwunden sein. Was sie jetzt tun mußte, war feststellen und nicht erörtern, es feststellen und in ihrem menschlichen Ich erdulden. Monatelang hatte sie bis zu die-

sem Augenblick darüber nachgedacht, hatte es mehr als einmal wegdiskutiert – und doch war das Bedürfnis geblieben. Reegan beobachtete sie voller Ungeduld und ärgerte sich, weil er warten mußte.
»Es handelt sich um Geld«, sagte sie. »Ich habe etwas Geld, von dem ich dir nie erzählt habe. Ich wollte es tun, aber je mehr Zeit verstrich, um so schwieriger wurde es. Ich hatte Angst, du könntest es nicht verstehen.«
Sie brach zusammen. Beschämt und unglücklich begann sie zu schluchzen.
Einen Moment begriff Reegan überhaupt nichts.
Er war auf etwas Peinliches gefaßt, und daß dies nun alles sein sollte, verwunderte ihn. Er hatte sich oft gefragt, ob sie in London alles ausgegeben hatte, was sie verdient hatte, doch offenbar waren sie sich nie so nahegekommen, daß er sie hätte fragen können, ohne befürchten zu müssen, es könne sie kränken. Jetzt weinte sie!
»Nicht, Elizabeth!« sagte er. »Es macht doch nichts! Das Geld gehört dir, und niemand hat von dir verlangt, es zu erwähnen. Es ist deine Angelegenheit, ob du es sagen willst oder nicht, und es hat mit sonst niemandem etwas zu tun.«
Sie hörte, was er sagte, und daß es nichts mache. Sie versuchte, sich nach diesem Zusammenbruch zusammenzureißen. Da sie einmal davon angefangen hatte, mußte sie jetzt versuchen, es zu Ende zu führen.
»Nein, das stimmt nicht. Wenn ich kein Geld für Kleider von dir annehmen wollte, hast du gesagt: ›Was mein ist, ist dein. Du kannst es genausogut nehmen wie ich‹«, erwiderte sie.
»Ich habe dich doch geheiratet!« protestierte er. »Der Mann hat die Pflicht, für seine Frau zu sorgen, und die Frau hat die Pflicht, für das Haus zu sorgen.«
»Ich möchte dir das Geld geben«, bat sie.
»Nein, es ist dein Geld, nicht meins! Du kannst es verwenden, um dir Sachen zu kaufen, die du gern für dich allein haben

willst. Niemand möchte gern ganz abhängig von jemand anders sein. Dein Geld geht mich gar nichts an!«
»Ich möchte gern, daß du das Geld nimmst!« Sie versuchte nicht, darüber zu diskutieren. »Ich möchte, daß du es jetzt nimmst. Wenn ich etwas brauche, kann ich dich um Geld bitten, und du gibst es mir.«
»Du bekommst es sowieso. Ich habe dir nie etwas abgeschlagen, nicht wahr? Also warum bloß?«
»Laß nur das Warum! Nimm's bitte, mir zuliebe! Natürlich hast du mir nie etwas abgeschlagen!«
»Aber warum?« Er begann zu grübeln, während sie rasch hinaufging, um das Geld aus dem Koffer zu holen und wieder hinunterzueilen.
»Warum willst du ...« Er wollte mit einem Einwand kommen, den er sich ausgedacht hatte, während sie oben war, aber sie bedrängte ihn mit dem Geld.
»Ich leg's dir auf einem Konto an! Ich eröffne dir ein eigenes Konto.«
»Nein, du sollst es auf dein Konto einzahlen!«
»Aber warum?« fragte er wieder.
»Kein Warum – nur, daß ich es gern möchte, das ist alles!«
Der sinnlose Wortwechsel drohte sich endlos in die Länge zu ziehen, und erst, als er die Kinder zurückkommen hörte, steckte er das Geld schließlich in die Tasche.
Von ihren nassen Kleidern tropfte das Wasser auf den Zementboden, aber sie waren selig. Stolz zeigten sie die Barsche, die sie gefangen hatten: sie hingen an einem kleinen Zweig, den sie durch Kiemen und Maul gesteckt hatten; die roten Schwänze und die Bauchflossen hoben sich leuchtend von den grauen, schwarzgestreiften Schuppen ab, als sie auf den Weidenblättern des Zweiges lagen, die vor Nässe glänzten.
Elizabeth gab ihnen trockne Sachen, und als sie sich umgezogen hatten, schuppten sie ein paar Barsche für das Abendbrot.

Braun gebraten schmeckten sie so milde wie Forellen, doch waren sie voll kleiner Gräten. Während der Mahlzeit erzählten sie aufgeregt von ihren Erfolgen beim Regenwetter.
Hinterher hielt ein langer, dunkler Abend in der Küche seinen Einzug. Der Rosenkranz wurde gebetet. Reegan zündete seine Karbidfahrradlampe an, nahm den Umhang und die Hosenschoner und zog auf Patrouille – eher, um dem Eingeschlossensein zu entrinnen, als um seine Pflicht zu tun. Nachdem er gegangen war, spielten sie Dame auf dem Fensterbrett, und Elizabeth las. Sie war merkwürdig zufrieden und glücklich. Sie war weder schuldbewußt noch besorgt, und dieser Frieden würde gewiß mindestens bis zum Einschlafen anhalten.
Das schlechte Augustwetter zog sich bis in den September hinein; die toten Ahornblätter fielen jetzt an stillen Tagen auf das Dach des Aborts, und die Abende wurden so merklich rasch kürzer, daß sie es ständig erwähnten. Bald würden die Kinder wieder in die Schule gehen müssen, der Sommer war vorbei.
Sonst veränderte sich nicht viel. Eines Freitags mußte sie in die Klinik von Athlone gehen, wie es die Dubliner Krebsklinik abgemacht hatte, und es wurde keine Verschlechterung ihres Zustands festgestellt. Jetzt fürchtete man am meisten für ihr Herz; die anstrengende Operation und die Krankheit waren zuviel gewesen, und man riet ihr, mit ihren Kräften hauszuhalten. Sie müsse sich schonen, wurde ihr geraten, aber sie kümmerte sich nicht darum. Wie konnte sie in der Polizeiküche leben, ohne zu arbeiten? Sie würde weitermachen wie bisher, solange sie nur irgend konnte. Sie hatte keine Schmerzen, Anzeichen von Krebs waren nicht vorhanden, und wenn ihr Herz versagte, würde sie wahrscheinlich innerhalb einer Sekunde sterben, ohne daß ihr Zeit für Ängste und Sorgen blieben.
Doch oft fühlte auch sie sich durch den stillen Ablauf der Ta-

ge wie in einer Falle und konnte vorübergehend verzweifeln. Die Tage waren alle gleich, sie würden sich niemals ändern, ein Tag würde dem andern folgen, Tag für Tag, nichts würde passieren. An solchen Tagen trieb sie ihrem Untergang entgegen, die Krankheit hatte begonnen, ihr Leben war fast zu Ende.

Sie berührte die Gegenstände auf der Anrichte, hob sie auf und stellte sie wieder auf den gleichen Platz. Oder sie trat ans Fenster und stützte ihre Handflächen aufs Fensterbrett. Dort draußen waren der Fluß und die Hügel und, halbwegs bergan, die Hecke mit dem Weißdorn; der große Ahorn stand innerhalb des Drahtzauns, ein paar tote Blätter hatten sich im Gitterwerk verfangen. Sie konnte nichts weiter tun als in der Küche stehen und verzweifeln oder irgendwohin gehen, um das Gefühl des Eingesperrtseins durch Ablenkung loszuwerden. Sie konnte sich waschen und kämmen und herausputzen, einfache Handlungen, die ihr früher oft geholfen hatten, und sie konnte eins oder zwei von den Kindern suchen und mit ihnen zum Brunnen oder zum Einkaufen gehen. Einer der folgenden Abende war ungewöhnlich strahlend, ein herrlicher Abend in seinem Goldgrün, ein Atemholen zwischen Sommer und Herbst. Während des Tages war sie allmählich immer unruhiger geworden und hatte schließlich einen letzten Versuch unternommen, weiterzuleben, und nachdem sie sich gewaschen und umgezogen hatte, begann sie sich neugeboren und erfrischt und wohler zu fühlen; Schmutz und Schweiß des Alltags waren gänzlich abgefallen, und Verlangen und Eifer wallten von neuem in ihr auf.

Sie war allein in der Küche und ging hinaus, um Willie zu rufen. Er erforschte die Lorbeerhecke und hielt dabei Selbstgespräche, sie fand es reizend, weil es eine auch ihr eigene Gewohnheit war. Als sie ihm sagte, sie ginge zum Brunnen, bot er sich sehr erfreut an, sie zu begleiten. Die Schwestern waren mit Reegan in den Wald gegangen, um mit dem Ruderboot Holz herzuschaffen, und Willie war zurückgeblieben, entweder aus Eifersucht oder weil er trotzte, und vermutlich hatte er inzwischen von seiner eigenen Gesellschaft genug. Er trug den Emailleeimer, und sie trug die Einkaufstasche, um nicht mit leeren Händen zu gehen.

Am Ende der Allee bogen sie rechts ab, weg von der Brücke; Fluß und See glänzten dahinter, bis sie zur Ligusterhecke vor Glinns Haus kamen, wo die aufragende Polizeiwache und die Bäume um den Torbogen alle Aussicht versperrten. Glinns hatten einen kleinen Kramladen abseits der Landstraße; jenseits der Straße auf dem Grasstreifen wuchsen vier Buchsbaumbüsche, Mrs. Glinns ganzer Stolz. Sie nahm sich nie die Mühe, die Straße zu überqueren, wenn sie Wasser ausschüttete, sondern trat nur in ihre Haustür, und ein Becken voll Spülwasser flog zum Entsetzen aller Vorübergehenden quer über die Straße, so daß es, sogar seit Elizabeth hergezogen war, zu mehr als einem komischen Zusammenstoß mit Radfahrern gekommen war.

Mrs. Glinn ließ niemals das Fenster aus den Augen, oder ihre Tür stand offen, damit niemand ungesehen vorbeigehen konnte. »Herrlicher Abend heute abend!« begrüßte sie Elizabeth aus dem Innern ihres Hauses.

»Ja, wunderschön, Mrs. Glinn«, rief Elizabeth, blieb aber nicht stehen. ›Hochmütige Ziege!‹, glaubte sie der Miene der kugelrunden alten Frau zu entnehmen, weil sie niemals stehenblieb – aber es mochte auch nur ihre eigene, rasch besorgte Phantasie sein. Hinter der Schmiede spielten Männer ›Kopf oder Schrift‹; die Pennies wurden von Taschenkämmen hochgeschleudert. Wenn sie auf den festgestampften Boden fielen, schlugen sie matt auf und rollten ein bißchen. Elizabeth mußte hindurch; sie zuckte zusammen und versuchte zu lächeln, als sie ihr Platz machten und »Guten Abend, Mrs. Reegan« grüßten. Sie mußte sich zu einer ruhigen Erwiderung zwingen. Die Furcht vor neuen Kontakten mit Menschen wurde

immer heftiger, und doch konnte sie sich nicht absondern. Sie sah den Jungen ungeduldig vorausgehen, er schämte sich vor den Männern wegen dieser ältlichen Frau, die nicht einmal seine eigene Mutter war, und die Männer merkten es nicht, es war ihnen gleichgültig. Manchmal wurde aus ihrem Lächeln ein Schaudern, doch am besten war es, weiterzugehen und nichts zu bemerken, falls man es fertigbrachte, und das ganze Elend für eine abscheuliche Komödie zu erklären.
Sie ließ die Einkaufstasche und das in Stoff gebundene Notizbuch, das ihre monatlichen Ausgaben enthielt, im Laden liegen und sagte, sie würde sie auf dem Rückweg vom Brunnen wieder abholen.
Der Brunnen lag hinter der Kirche, auf der Priesterwiese, wo am Ende einer langen Lindenallee das Pfarrhaus der Jungfrau Maria zu Ehren blau und weiß erglänzte. Sie amüsierte sich immer über die riesige, weißgetünchte Vorderseite des Hauses und die blauen Türen und Fenster: eine drollige Art Liebeserklärung! *›Er wandte sich von ergrauten Heiligen und Märtyrern ab und den holden Bildern der Jungfrau Maria zu‹*, erinnerte sie sich an eine Stelle in Byrons Don Juan und mußte lachen. Sie fragte sich, ob der Pfarrer, nachdem er die Worte gelesen hatte, das Haus noch weiterhin blau und weiß anstreichen würde. Wahrscheinlich konnte er's, es würde dem Unwillen des Malerpinsels nur noch mehr Nachdruck verleihen. Halliday war's gewesen, der ihr den Byron geschenkt und die Worte gezeigt hatte.
»Was gibt's zu lachen, Elizabeth?« fragte der Junge, der sich vernachlässigt fühlte, und sie mußte sich rasch sammeln.
»Ich dachte an etwas, verzeih, Willie! Auf dem Rückweg müssen wir noch Bonbons kaufen. Was für eine Sorte hättest du gern?«
Er ließ sich ablenken und antwortete freudig erregt. Sie waren jetzt in der Lindenallee, und nun erblickte sie den Pfarrer, der am andern Ende der Allee auf- und abwandelte und sein

Brevier las. Der Brunnen war nur ein kleines Stück entfernt. Von der Allee führte ein Pfad zwischen Stacheldrahtzäunen zu ihm hinüber, damit die Leute nicht unachtsam über die Wiese trampelten. Sie beeilte sich, sie wollte weg sein, ehe der Pfarrer das Ende der Allee erreicht hatte und sich umdrehte und sie sah.

Bald nachdem sie geheiratet hatte, war sie von ihm aufgefordert worden, sich der hiesigen Gruppe der ›Legion of Mary‹ anzuschließen, einer Art legalisierter Klatschschule und eine praktische Arbeitsgemeinschaft, auf die sich der Pfarrer verlassen konnte, wenn es galt, Komitees zu verpflegen. Regelrechte Arbeit war nicht damit verbunden, alle Katholiken der Gemeinde kamen ihren Pflichten nach, ausgenommen ein paar gefährliche Außenseiter, sie sich nicht zwingen lassen wollten.

›Nein, danke, Father‹, hatte sich Elizabeth höflich geweigert, der Aufforderung Folge zu leisten.

›Aber, aber, Mrs. Reegan!‹ Er wollte ihre Weigerung nicht annehmen. ›Alle andern Polizistenfrauen machen mit. Es ist eine der ungewöhnlichsten und stärksten Organisationen der Welt, in jedem Lande unter der Sonne existiert sie, und sie wurde von einem Landsmann von uns gegründet, von Frank Duff. Sie wurde übrigens, was ich besonders erstaunlich finde, nach dem gleichen Schema wie der Kommunismus aufgebaut: ein Präsidium an der Spitze und Kreise von Führerinnen, die sich nach unten hin erweitern, und selbst in unsrer bescheidenen kleinen Gemeinde müssen wir versuchen, unsre Pflicht zu tun. Also bitte, Mrs. Reegan! Sie wollen sich doch nicht so lange von uns bitte lassen?‹

›Danke, ich möchte nicht beitreten‹, sagte sie entschlossen; der halb herablassende und halb nötigende Ton hatte sie verärgert, es war noch gar nicht lange her, seit sie Londons freieres Leben verlassen hatte.

›Aber hören Sie, Mrs. Reegan, Sie müssen doch einen Grund haben? Warum nicht?‹ fragte er scharf.

›Weil ich Organisationen nicht schätze!‹ Sie warf den Kopf in den Nacken; ihr Ärger hatte sie mit fortgerissen.
›Aha, meine gute Frau, dann schätzen Sie wohl die katholische Kirche auch nicht? Die ist nämlich ebenfalls eine Organisation, gegründet auf der göttlichen Wahrheit‹, entgegnete er gewandt, und sie war verblüfft. Aber sie sah seinen angestachelten Egoismus und die persönliche Niederlage, wenn er sie jetzt nicht zum Beitritt zwingen konnte. Auf Worte und ihre Bedeutung kam es jetzt nicht mehr an außer als Werkzeuge eines offenen Kampfes – wer würde wen besiegen? –, und diesmal war auch sie empört. Sie war zu zornig und persönlich getroffen, um sich davonzustehlen. Sie wollte ihm für ›meine gute Frau‹ eine Abfuhr erteilen, wie sie es auch für ein widerwärtiges Umklammern ihres Arms oder eine Berührung der Kleider getan hätte – Übergriffe einer Vertraulichkeit, die gar nicht existiert.
›Nein, danke, Father, ich trete nicht ein, und jetzt muß ich gehen!‹ schloß sie und ließ ihn stehen. Nachher kam er noch wiederholt ins Haus, doch sie war nun darauf gefaßt und konnte seine Pläne durchkreuzen, obwohl sie einmal schon ganz verzweifelt glaubte, er würde es nie aufgeben. Und als er es endlich tat, ging sie ihm soweit wie möglich aus dem Wege – soweit es eben in einem so kleinen Ort möglich ist.
Am Brunnen füllte sie den Eimer, und es gelang ihr, aus der Allee zu entkommen, ehe er sich bei seinem langsamen Wandelschritt wieder umgedreht hatte. Das Tor der Allee lag dem Kirchhofstor gegenüber, und rechter Hand waren die Läden und ein Stück Ödland, von einer Hecke blühender Sträucher eingezäunt, auf dem bei den Wahlen die Kandidaten von den Wagendächern sprachen. Sie gab dem Jungen Geld für Schokolade und schickte ihn ins Geschäft, ging dann zur Friedhofstür hinüber und wanderte auf dem alten braunen Plattenweg zwischen Lorbeerbüschen zur Kirche.
Drin war es totenstill, um diese Tageszeit trat selten jemand

ein, und bald würde der Sakristan kommen und für die Nacht die Türen schließen. Die Bank zum Knien, die sie so achtsam herunterließ, erschreckte sie, da sie trotzdem lärmend auf die Steinplatten aufschlug. Ihre Haut war unangenehm heiß und feucht, weil sie so blindlings vor dem Pfarrer davongerannt war.

›Bete, daß du gesund wirst!‹ war ihr erster Gedanke, und dann begann die Stille in ihr Herz einzukehren. Die langen Streifen weißer Tünche zwischen den Fenstern, das dunkle, blutrote Licht der vor dem Tabernakel hängenden Lampe, letzte Rosen und Geranien und Tulpen in den Altarvasen, aber keine Kerzen in den Fassungen auf den glimmenden Kerzentischen, die Abendmahlsschranke aus Holz und die Kreuzwegstationen in Holzrahmen – und plötzlich begannen ihre Gedanken aus alter Gewohnheit das Leben Jesu zu betrachten. Der Gott, der in einer Frau fleischliche Gestalt angenommen hatte, der sich dreißig Jahre lang vorbereitet hatte, um das Leben der Menschen zu ändern, und der für sein Bemühen nach drei Jahren gekreuzigt wurde, die Auferstehung und das Weggehen von allem, nachdem er es für erlöst erklärt hatte: wahnwitzig genug immerhin, um der Situation zu entsprechen, die er ändern wollte. Und dann, während des Wegs, seltsame Momente, die sie faszinierten: der Widersinn und der vollkommen menschliche Schrei: ›Könnt ihr nicht eine einzige Stunde mit mir wachen?‹, an die schlafenden Apostel im Garten gerichtet, ein Schrei, dessen Qual nicht deren Tragödie war; und was hätte ihr Wachen auch genützt? Höchstens, daß die täuschende kleine Schmeichelei eine Stunde lang das Entsetzen wegen des Alleinseins zu mildern vermocht hätte – eines Entsetzens vor dem, was er auf jeden Fall allein würde auf sich nehmen müssen; denn selbst wenn sie gewacht hätten, konnten sie doch nicht den Kelch von seinen Lippen nehmen – keiner kann jemanden finden, der die letzte Stunde für ihn erduldet.

Doch bald begannen ihre Gedanken zu wandern, weil sie nicht

mehr lange bei einem Thema verweilen konnten; ihre Augen blickten jetzt auf die Monogramme, die in die Bank geschnitzt waren, auf der sie kniete; manche waren mit so viel Schmutz und Staub bedeckt, daß die Leute, die sie dort eingeschnitzt hatten, längst tot sein mußten; die einzelnen, ins Holz geschnitzten Buchstaben, die so viele verschiedene Deutungen zuließen, hatten länger durchgehalten als die Hände, die sie geschnitzt hatten, und ein bißchen weiter weg fiel ihr ein weißes Firmenschild auf:

Hearne & Cie.,
Kirchen-Einrichtungen
Waterford

Waterford war eine Hafenstadt in Südirland, berühmt wegen ihrer Kristallgläser, wo also eine Fabrik sein mußte, die Kirchenmöbel herstellte. Dann kam sie zu sich. Ihr Geist hatte sich mit der gleichen Aufmerksamkeit auf die alte Bank konzentriert, die sie den Mysterien Christi und der Welt zugewandt hatte. Antworten gab es keine. Alles, was der Geist tun konnte, war staunen und von einem Ding zum nächsten wandern und keinen Ruheplatz finden; und jetzt verloren sich alle Dinge in der Betrachtung. Das war alles, mehr schien nicht dazusein, sie hatte in der Kirche nichts zu suchen, abgesehen davon, daß sie gern hier war und daß es ruhig war; Willie hatte die ganze Zeit draußen gewartet und mußte ihre frommen Übungen bis zum Überdruß satt haben.
Sie fand ihn an der Anlegestelle, zwischen dem Eimer und der Einkaufstasche, und sie übernahm den Eimer. Sie gingen zwischen dem Friedhof und McDermotts Häusern weiter, an die Kneipe schloß sich das Wohnhaus an, dann kamen die Ställe und Schuppen, wo die Tiere untergebracht waren und die Trinker zum Pinkeln hingingen. Sie mußten an den Männern vorbei, die vor der Schmiede ›Kopf oder Schrift‹ spielten,

und als sie sah, wie der Junge zusammenzuckte, sagte sie: »Mach dir nichts draus, Willie! Die kümmern sich ebensowenig um uns wie der Mann im Mond!«, aber sie sah, daß er ihr nicht glaubte und es übelnahm, weil sie seine geheimen Gefühle erraten hatte.

Als sie Mrs. Glinns Haus hinter sich hatten, ruhten sie sich aus, das Wasser war viel zu schwer für ihre schwachen Kräfte, und der Junge schmollte nicht mehr, als sie ihn anlächelte: »Wir sind, scheint's, Faulpelze, was, Willie?«

»Nächstesmal wissen wir Bescheid«, lachte er. »Warum werden die Selbstklimmer — du weißt doch, Elizabeth, die Ranken an der Kirche—im Herbst rot und der Efeu bleibt grün?« fragte er mit einer unersättlichen Wißbegier, die ihn manchmal überfiel.

»Weil er sich verändert und abstirbt«, sagte sie zerstreut und wußte es nicht genau. »Nehme ich an. Der Efeu verändert sich nicht und stirbt nicht ab. Ach, ich bin nicht lange genug in die Schule gegangen, Willie, ich weiß nicht viel.«

»Wie lange bist du denn in die Schule gegangen?«

»Bis ich vierzehn war.«

»Du bist müde, Elizabeth, nicht wahr?« fragte er, und sie fuhr zusammen.

»Entschuldige, Willie! Ich glaube, es geht mir noch nicht viel besser — noch nicht richtig gut.«

Sie hatte ihn nicht genügend beachtet. Warum konnte sie ihre Gedanken nicht auf einen Punkt heften? Mit der Hälfte ihrer Gedanken war sie im Obstgarten gewesen, weiter unten, wo die Caseys wohnten; das Licht fiel über den See, zwischen die hohen Eichen, die an der Allee in den Lorbeerbüschen standen, und lag auf den Apfelbäumen. Die Drosseln flogen keckernd in den tieferen Ästen herum und pickten an der Haut der Honigäpfel, so daß die Wespen leicht eindringen konnten und die ausgehöhlten Äpfel schließlich, leicht wie Laub, herunterfielen, nichts als rote und gelbe Schalen im heruntergetretenen Gras des Obstgartens, und sie begann unbestimmte Vergleiche anzustellen, an sich selber denkend; ihr Geist war wieder im Begriff, seine ziellosen Wanderungen anzutreten, als sie merkte, daß sie alles andere vernachlässigte. Sie beschäftigte sich zu sehr mit sich selbst, und einerlei, was sie denken oder wohin ihr Geist sich wenden mochte, sie war noch immer eine Frau auf einer Erdenstraße zwischen einem Jungen und einem Eimer.

»Ach, Willie, manchmal scheint es mir alles zu furchtbar«, stieß sie plötzlich hervor, und als sie seine Sorge und Bestürzung sah, bedauerte sie, gesprochen zu haben. Sie hob den Eimer auf. Wenn sie sich damit bis zur Spülküche geschleppt hätte, würde sie ihm ihre volle Aufmerksamkeit zuwenden, ermahnte sie sich, so lange, bis die andern nach Hause kamen. Die Schulferien waren Anfang September zu Ende, die Küche war an den Vor- und Nachmittagen leerer, und Mrs. Casey kam so gut wie jeden Tag und blieb stundenlang. Sie beklagte sich, sie habe nichts zu tun.

Eines Morgens, als Elizabeth sie lobte, weil sie sich um das Haus gekümmert hatte, solange sie im Krankenhaus war, erwiderte sie: »Das hab' ich gern getan! Es war immer Betrieb, und alle waren brav und halfen mir, und ich wußte, daß ich gebraucht wurde; schlimm wird es erst, wenn man nichts zu tun hat und zu grübeln anfängt! Eines Tages werd' ich bestimmt noch verrückt, wenn ich immer so allein da oben in dem alten Kasten sitzen muß, das ist mal sicher!« rief sie. »Wenn man ein Kind oder sonst was um sich hätte, fiele es einem leichter, sich einzuleben. Aber wenn man nichts hat, ist es greulich. Ich habe Ned gequält, wir sollten eins aus dem Waisenhaus adoptieren, aber davon wollte er nichts wissen. Hat gesagt, sie hätten einen schlechten oder wilden Charakter, von der Seite ihres Vaters oder von der Mutter her. Was macht's ihm schon aus? Er ist fast die ganze Zeit hier in der Wachstube oder auf Patrouille – aber wo bin ich?«

Elizabeth wußte nicht, wie ihr zu helfen war; sie ließ sie weinen. Sie mochte sie gern, aber sie fürchtete, daß die jüngere Frau sich allmählich zu sehr an sie anklammerte – und sie konnte wie ein schweres Gewicht an einem hängen. Mullins' und Brennans Frauen waren hart, auf ordinäre Art selbstsicher und immer erbittert in irgendeine kleinliche Rivalität verwickelt, und sie hatten zu sehr mit ihren eigenen Angelegenheiten zu tun, um jemand zur Last zu fallen. Meistens wollten sie weiter nichts von ihr, als sie irgendwie ausnützen, und es war stets leichter, mit ihnen als mit Mrs. Casey fertig zu werden. Nur auf der einen Stufe brauchte man ihren Wünschen entgegenzukommen, und vielleicht sollte der Mensch immer auf der einen Stufe bleiben, um so unverletzt durchzuhalten wie sie. Elizabeth wollte Mrs. Casey erklären, daß sie in einer vorübergehenden Krise stecke, wie es jedermann mal passiere, und daß es vergehen würde. Obwohl es sicher wieder ganz zwecklos war, wie alles andere auch. Es wäre besser, Tee aufzubrühen.

Eine gute Seite hatte es: ihr eigenes Geschick schien nicht ganz so verzweifelt, wenn es mit einem andern wie Mrs. Caseys konfrontiert wurde.

Die Tage wurden kälter, und dann kam der erste scharfe Frost; die Kinder mußten ihre Winterstiefel und Socken tragen; während dieser Zeit hatten sie ein paar herrliche Abende: ein großer Erntemond lag auf dem See, überall war das Pochen und Winseln der Dreschmaschinen zu hören, die beim Licht der Traktorenscheinwerfer zwischen den Kornmandeln arbeiteten. Dann begann das Ausbuddeln der Kartoffeln. Und es war eine große Aufregung, als am Abend vor Allerheiligen Äpfel an die Decke der Polizeiküche gehängt und den ganzen Abend Nüsse auf dem harten Zementboden geknackt wurden. An Allerheiligen machten sie die Kirchenbesuche: sechs Vaterunser und sechs Gegrüßet-seist-du-Maria, und dann warteten sie ein Weilchen draußen unter dem Glocken-

seil, ehe sie noch einen Besuch machten, und für jeden Kirchenbesuch, den sie machten, entkam eine Seele dem Fegefeuer.
Seit dem Tag, an dem Reegan von Quirke beim Spritzen überrascht worden war, hatte es nur einen Monat Ruhe für ihn gegeben; er hatte nicht mit Elizabeth darüber gesprochen, bis es im November erneut aufloderte. Quirke hatte sehr früh am Morgen eine Inspektion vorgenommen, und hinterher kam Reegan zu ihr in die Küche und tobte vor Wut.
»Der Saukerl! Der Saukerl! Ich werd's dem Saukerl nächstens heimzahlen!« stieß er zwischen den Zähnen hervor, und sie sah, wie sich seine Hände zur Faust ballten und öffneten und unwillkürlich über die scharfen roten Stoppeln in seinem Gesicht fuhren.
»Was ist passiert?« fragte sie, als er ruhiger war.
»Er hat heute früh inspiziert, und als die andern gegangen waren, hat er angefangen: ›Ich muß Ihnen etwas mitteilen, Reegan!‹ Und ich alter Esel mach' den Mund auf und frage: ›Was?‹ Da starrt er mir frech ins Gesicht: ›Eins lassen Sie sich gesagt sein, Reegan: Kommen Sie mir nie wieder unrasiert in die Wachstube, solange Sie hier Polizist sind!‹, und ließ mich mit offenem Mund stehen.«
Sie sah, daß er es unbedingt jemand erzählen mußte: um durch Erzählen die Kränkung etwas zu lindern, um durch Erzählen seinen Zorn etwas abzukühlen und zu erschöpfen, ihn aus seinem Denken zu verjagen, wo er ihn an den Rand des Wahnsinns trieb. Doch sie erschrak vor der Gewalt seines Hasses, als er mit purpurrotem Gesicht schrie: »›Kommen Sie mir nie wieder unrasiert in die Wachstube, solange Sie hier Polizist sind, Reegan! Kommen Sie mir nie wieder unrasiert in die Wachstube, solange Sie hier Polizist sind, Reegan!‹«
»Und du hast nichts getan?« fragte sie.
»Gar nichts! Mir blieb einfach die Spucke weg! So grob zu sein, ist 'ne neue Masche von ihm! Aber ich hätte wahrscheinlich sowieso nichts getan«, fuhr er ruhiger fort und begann

verbittert zu grübeln. »Ich hätte ja nicht dreißig beschissene Jahre in der Uniform gesteckt, wenn ich nicht vor kläffenden Kötern stehen und stumm bleiben könnte. Entweder muß man ihnen an die Kehle springen und fliegt raus, oder man hält die Klappe, und dann wissen sie, daß sie einen in der Hand haben. Aber jetzt können sie mich nicht mehr rauswerfen, wo ich volle dreißig Jahre in der Sklavenuniform stecke! Jetzt müssen sie mich bitten, auszuscheiden, und mir eine Pension geben. Mit 'nem alten Freiwilligen kann man heut nicht mehr Schindluder treiben!«
Er begann zu lachen, und das Gelächter verwandelte sich rasch wieder in Wut. »Der Saukerl! Der Nichtskönner! ›Kommen Sie mir nie wieder unrasiert in die Wachstube, solange Sie hier Polizist sind, Reegan!‹« brüllte er.
»Wenn du aus der Polizei austreten willst, habe ich nichts dagegen. Ich will dir nicht im Wege stehen. Früher war ich besorgt, aber jetzt macht es, glaube ich, nichts mehr aus«, sagte Elizabeth.
»Du bist nicht dagegen?« fragte er staunend.
»Nein. Du kannst deinen Austritt einsenden, sobald du willst.«
»Und was machen wir dann?«
»Was du für richtig hältst. Das kann ich nicht entscheiden.« Sie schauderte vor der Verantwortung zurück. »Es ist nicht mein Entschluß, du mußt es entscheiden, aber ich will dir in allem beistehen. Doch du mußt es entscheiden, das weißt du ja.«
»Ich habe gedacht, daß wir nach dieser Ernte genug haben, um einen netten Hof mit Viehbestand zu kaufen. So bin ich aufgewachsen. Die Reegans hatten immer einen Hof, so weit man zurückdenken kann, und erst 1921 ist diese beschissene Uniform aufgetaucht. Mit meiner Pension nebenbei brauchten wir uns nicht halb totzuarbeiten auf dem Hof, und sowieso wär' man sein eigener Herr.«
»Mach nur, was du für richtig hältst«, nickte sie. Ihr war das

eine so gleichgültig wie das andere, und daß sie sich interessiert zeigte, war ein Theater, das sie ihm ihrer Ansicht nach vorspielen mußte.
»Aber verdammt, eins kann ich dir flüstern, Elizabeth«, fluchte er. »Ein friedlicher Abgang wird's nicht, das kannst du mir glauben! Dem Schweinehund muß ich's noch heimzahlen, ehe ich gehe: ›Kommen Sie mir nie wieder unrasiert in die Wachstube, solange Sie hier Polizist sind, Reegan!‹ Nein, ein friedlicher Abgang wird das nicht, das ist so sicher wie etwas!« stieß er zwischen den zusammengebissenen Zähnen hervor und holte sich Mantel und Mütze, um einen Patrouillengang zu machen.
Harter Rauhreif schien jetzt überall zu liegen, und früh am Morgen dröhnten die Stiefel über den gefrorenen Boden, der jetzt hart wie Zement war, und abends klangen sehnsüchtige und weittragende Stimmen und Geräusche über die Wiesen mit dem steifen weißen Gras. Jeden Morgen mußte das Eis auf den Fässern aufgeschlagen werden. Es war so schön draußen, wenn sie frühmorgens als allererstes die Stores hochzog: »O Gott!«, war alles, was sie leise seufzen konnte, wenn sie hinausblickte, flußaufwärts bis zum Wald hinter dem See, der bis auf das Rostrot der Buchen schwarz und ohne Laub dastand; fahl und scharf wie Bambus besäumte das welke Schilf die Ufer; die Felder auf dem Hügel waren immer weiß, und die Radioantenne, die vom Fenster zu den höchsten Zweigen des Ahorns hinüberlief, war eine reinweiße Luftlinie.
Dann wäre sie gern hinausgegangen, ihr heißes Gesicht und die Kehle dem Morgen zu bieten. Doch in der Kälte trat ihr das Wasser in die Augen, und jede Sehnsucht schrumpfte zusammen. Sie war nicht mehr dazu fähig; das einzusehen, war das schlimmste. Eines Nachmittags wurde es ihr grausam klargemacht, als sie allein war und den ersten Herzanfall hatte, während sie Mehl aus der Mehllade holen wollte; es gelang ihr, sich zum großen Sessel zu schleppen, und sie konnte sich

so weit erholen, um es vor den andern geheimzuhalten, als sie nach Hause kamen.
Mullins schlachtete sein Schwein. Sie hörte das Quieken, ohne sich aufzuregen – als Kind war sie oft beim Schweineschlachten dabeigewesen. Je nach den verschiedenen Quietschtönen konnte sie im Geiste sehen, was vor sich ging. Es fing an, wenn sie das Schwein mit Stricken banden, und stieg auf die höchste Lautstärke, wenn es am Haken hing und der Kopf zurückgezerrt wurde, damit das lange Messer zwischen den Schulterblättern ins Herz gestoßen werden konnte, und dann erstickte und verstummte es, während das Messer herausgezogen wurde und das Blut ins darunterstehende Becken floß, damit sie Blutpudding machen konnten. Danach wurde der Kadaver mit kochendem Wasser gebrüht, und die weißen Haare wurden abgeschabt.
Als das Quieken aufhörte, kam Mullins von der Wachstube herbeigerannt und rief: »Haben Sie das Geschrei gehört, Elizabeth? Jetzt ist es vorbei!«
Er begann zu rauchen und nervös in der Küche auf und ab zu gehen.
»Stellen Sie sich mal vor«, erzählte er hitzig, »er wollte, daß ich ihm helfe! Manche Leute sind wirklich unverschämt. Schon bei dem bloßen Gedanken wird mir übel. Ich habe ihm gesagt, es sei ein barbarischer Brauch, und ich hätte Dienst, und Brennan würde kommen und ihm helfen. Und er hatte die Frechheit, mir ins Gesicht zu lachen und zu sagen, ein schönes Stück Schweinebraten würde ich aber doch gerne essen. Es ist wirklich barbarisch und wie bei den Wilden, Elizabeth«, beschwerte er sich.
Ehe sie antwortete, stieg plötzlich ein Bild von den verhätschelten Hunden in den Londoner Parks vor ihr auf, die dort unter den Platanen spazierengeführt werden, und dann verblaßte es wieder: einen richtigen Londoner Abend hatte sie da für einen kurzen Augenblick eingefangen.

»Damit hat all das Gerede jedenfalls ein Ende«, sagte sie.
»Mein Gott, Elizabeth, das Schwein hat mehr Publicity gehabt als ein Christenmensch!«
»Sie werden wohl noch schön was zu hören bekommen wegen heute vormittag, nicht wahr?«
»Ja. Eine laufende Reportage, und nichts wird ausgelassen«, entgegnete er so angewidert, daß sie heimlich lachen mußte. Sie spürte, wie sie schwächer wurde, und damit wuchs ihre Angst, sie könnte eines Tages ohnmächtig werden, und man würde sie finden, ehe sie zu sich kam, und würde sie ins Bett stecken. Die Tage waren ohnehin sinnlos genug, und die ganze Stimmung der andern schien konzentriert an einem späten Abend im Dezember, an dem sie betrunken von der Gerichtssitzung zurückkamen. Offenbar war weder in der Kneipe noch auf dem Heimweg mit den Rädern etwas entschieden worden, und daher landeten sie schließlich in der Polizeiküche, um den Abend irgendwie zu verlängern und nicht heimgehen zu müssen.
»Es ist eine zuverlässige Prophezeiung, und bei den Bomben, die man heutzutage hat, kann das Ende der Welt nicht mehr weit sein. An alles, was fabriziert wird, gewöhnt man sich«, schimpfte Mullins, noch ehe sie Platz genommen hatten, und er machte sich nicht beliebt damit.
»Wenn's kommt, dann kommt's, und alles Reden kann es nicht aufhalten«, sagte Reegan.
»Es war mal ein berühmter Jesuit, der wurde gefragt, was er tun würde, wenn er fünf Minuten vor Mitternacht noch Karten spielte, obwohl das Ende der Welt für Mitternacht vorhergesagt sei«, mischte sich Brennan ein, und sofort regte sich das allgemeine Interesse, menschliche und priesterliche Elemente zusammengenommen versprachen Gewißheit zu geben.
»Und wißt ihr, was er geantwortet hat? Das könnt ihr niemals raten!« Brennan war so glücklich, auch mal im Rampenlicht zu stehen, daß er den Augenblick hinauszuziehen versuchte.

»Nein. Was hat er denn geantwortet?« drängte Casey, aber Mullins warf düster ein: »Er hat gesagt, er würde weiterspielen! Vor Gott gilt jede Tat gleich, nur der Geist zählt.«

»Wo hast du denn das gehört?« fragte Brennan niedergeschlagen.

»Man hört eben allerhand in Gesellschaft, wenn man nicht sein ganzes Leben unter Dummköpfen verbringt«, kam die beleidigende Antwort. Mullins war unfreundlich und grob, er schien schwerer betrunken zu sein als die andern.

»Dann muß er ein kaltblütiger Mensch gewesen sein«, versuchte Casey die brutale Antwort zu verschleiern und die Unterhaltung ins Lächerliche zu ziehen, um in seichtere und weniger heikle Gewässer zu steuern. »Ich würde eher in die Knie gehen und einen Akt der Reue sprechen oder um mehr Zeit beten. Gib mir fünf Minuten mehr in deinen Armen da oben! Würden Sie's nicht ebenso machen, Elizabeth?« wandte er sich bittend an sie.

»Die Jesuiten glauben an Beten, Fasten und Almosengeben, nicht an weiche Sitzkissen und dergleichen, und sie sind bereit, das Ende auf sich zu nehmen, wenn es da ist.« Mullins war entschlossen, unangenehm zu bleiben.

»Das ist nicht fair! Das ist ein Tiefschlag! Ich bin nicht persönlich geworden, obwohl ich's gekonnt hätte«, sagte Brennan, und seine Augen waren noch immer klar und ungetrübt und sanft.

»Dann raus mit der Sprache, sei ein Mann und sag's! Nichts ist so schlimm wie Andeutungen«, griff Mullins ihn wütend an.

»Das genügt jetzt! Kein Grund, sich aufzuregen«, befahl Reegan, und in der darauffolgenden Stille erblickte Brennan eine neue Gelegenheit.

»Sie sind sehr klug, die Jesuiten«, sagte er. »Bei einem Examen in Oxford war ein Jesuit der einzige, der jede Frage beantworten konnte. Er war aufgefordert worden, das Wunder

der Hochzeit von Kana zu erklären, und wißt ihr, was er geantwortet hat? *Christus blickte auf das Wasser, und es errötete* — das war alles, was er hinschrieb! Nicht ein Wort zuviel, tadellos beantwortet! *Christus blickte auf das Wasser, und es errötete.*«

»Wunder sind doch was Seltsames«, sagte Casey grübelnd. »Im Sommer gehen ganze Flugzeugladungen nach Lourdes, und die Zahl der Geheilten soll unglaublich sein, heißt es. Und jede Heilung muß beglaubigt werden, damit nicht betrogen wird.«

»Ja, und wenn's noch so blödsinnig ist, es wird von Rom anerkannt.«

»Fatima wurde auch anerkannt, aber ist es nicht merkwürdig, daß Knock trotz aller Erfolge nicht anerkannt wurde?«

»Eines Sonntags, als ich da war, wurde ein Mann von seiner Lähmung geheilt«, erzählte Brennan. Er und Casey waren jetzt die beiden einzigen, die sich an der Unterhaltung beteiligten. »Wir gingen immerzu rund um die Kirche herum und beteten, und plötzlich hörten wir die lauten Rufe: jemand war geheilt worden! Ein rothaariger kleiner Mann, höchstens vierzig, hatte sich gerade aus dem Rollstuhl erhoben und konnte gehen, als hätte ihm nie was gefehlt.«

»Mr. Maguire, der Rechtsanwalt, hat mir erzählt, Knock würde deshalb vom Papst nicht anerkannt, weil sich die päpstlichen Nuntien nicht mit unsern Geistlichen vertragen könnten, und aus dem gleichen Grund haben wir auch keine erstklassigen Heiligen! Es sieht jetzt ganz so aus, als könnten wir bis zum Jüngsten Tag beten, um Matt Talbot und Oliver Plunkett weiter als bis zur Seligsprechung zu schieben. Wären sie Italiener oder Franzosen, dann würden sie schnell genug heiliggesprochen, hat Mr. Maguire gesagt«, quasselte Casey mit monotoner Stimme, und der Abend versandete in einem allgemeinen Katzenjammer.

Als Elizabeth das Geschirr abwusch, folgten Reegans Blicke

ihren langsamen Bewegungen, und in seinen Augen stand die Verzweiflung ob all der Sinnlosigkeit. ›Ist das alles?‹ dachte er. ›Gehen sie denn niemals weg? Soll das ewig so weitergehen?«
Mullins erhob sich, dann Casey, und schließlich auch Brennan, der bis zur letzten Minute versuchte, sich im Rampenlicht zu zeigen. »Ich hab 'mal einen Mann gekannt, wenn der besoffen war, hat er immer gesagt: ›Ich tu' mein möglichstes, aber heimgehn tu' ich nicht!‹ Er wollte sein möglichstes tun, aber heimgehn wollte er nicht«, lachte Brennan.
»So ein Mist«, brummte Reegan, als sie gegangen waren. »Höchstens ein Wunder könnte die Sippschaft ändern, da kannst du Gift drauf nehmen.«
Elizabeth schwieg. In Gedanken ergänzte sie seine Worte, aber sie sprach sie nicht aus: Höchstens ein Wunder könnte das Leben eines jeden von uns noch ändern, deren Leben und dein Leben und mein Leben – Leben ohne Sinn und Ziel –, und jetzt hatte es ganz den Anschein, als würde das Wunder niemals kommen.

6

Weihnachten kam, und wie immer und trotz allem nahm die Aufregung ständig zu. Karten wurden gekauft und abgeschickt, und die eintreffenden schmückten die Anrichte mit glitzernden und bunten Farben, mit Schlitten und Rentieren und den Kutschen mit Lakaien in roter Livree, die vor prächtigen, tief verschneiten Häusern hielten. Der Plumpudding wurde unter Gazehüllen in die Zuckerbüchse gelegt, die außer Reichweite auf dem Schrank über der Mehllade stand; der Truthahn hing gerupft und weiß mit ausgebreiteten steifen Flügeln auf der Innentür der Spülküche, und am Heiligen Abend würden sich alle beteiligen und mit brennendem Zeitungspapier die Daunen absengen; Efeu und Stechpalmen mit roten Beeren wurden um die Aufhänger der Bilder geschlungen. Als am Heiligen Abend die Dunkelheit anbrach, plünderten sie alle Fenstergardinen, und eine einzige Kerze wurde in jedes Fenster gestellt und brannte bis zum Morgen. Der Rosenkranz wurde gebetet, und die Kinder wurden ins Bett geschickt.

Reegan war den ganzen Abend nervös; es war wegen der lärmenden Betrunkenen der übelste Abend des Jahres für die Polizisten, und die Zelle war schon mehrere Tage vorher gesäubert und aufnahmebereit gemacht worden. Reegan sah Elizabeth kaum an, als er sich in seinen unförmigen Mantel mühte und die Schirmmütze aufsetzte, um auf Patrouille zu gehen. Den Polizeiknüppel trug er nicht in der Lederhülle, sondern er schob ihn offen in die Manteltasche; die tückische, mit Blei gefüllte Hickorystange schimmerte gelb, ehe sie versank, und nur die gerillte Oberfläche des Griffs und der Lederriemen schauten heraus.

Sie sah ihm zu, wie er sich bereit machte, und seine Unruhe begann sie zu bedrücken. Sie konnte nichts für ihn tun, und doch fand sie, daß sie ihn irgendwie im Stich gelassen oder etwas unterlassen habe, das sie für ihn hätte tun können und nicht getan hatte, obwohl sie unmöglich wissen konnte, was es gewesen sein mochte, und nun blieb ihr nichts als das Bewußtsein ihres Versagens oder Verschuldens oder Ungenügens. Sie konnte nichts tun oder sagen, nur ihm zuschauen, wie er sich zum Gehen anschickte, und ihm zuhören, als er sagte, daß er erst spät zurückkomme. Seine Lippen berührten ihr Gesicht. Seine Schritte verhallten im Korridor, und die Tür der Wachstube flog knallend zu und ließ das Haus in Stille zurück. Sie machte sich daran, die paar übriggebliebenen Arbeiten zu erledigen, und es gelang ihr, alle Gedanken an ihr gemeinsames Leben auszuschalten. Um halb zwölf läutete die erste Glocke für die Mitternachtsmesse – zehn deutliche Schläge. Es war, seit sie im Dorf wohnte, das erste Weihnachten, an dem sie nicht in die Messe ging; es war stets ein solches Gedränge, und sie hätte sich dort nicht mehr auf ihre Kräfte verlassen können, es war viel sicherer, bis zum Morgen zu warten, wenn es leerer war. Die Wagen begannen vorbeizurollen. Sie hörte jäh ausbrechendes Grölen von Betrunkenen im Dorf; die letzte Glocke läutete um Mitternacht, dann schienen bruchstückhafte Klänge eines Chorals herüberzuschwingen; Weihnachten und die Stille überfielen sie mit Furcht und Schrekken, und sie beeilte sich, mit den letzten paar Arbeiten fertig zu werden.

Der Gedanke an den Stall und die Geburt, die Verkündigung der Frohen Botschaft, die Hirten, die Könige, die hier in dieser Küche nach ihr griffen – alles kam ihr in den Sinn, und es war furchtbar, bei der Arbeit allmählich zu begreifen, daß es über die toten Monate und Jahre hierhingekommen war. Sie bedeckte den Becher, aus dem Reegan jeden Abend Gerstenwasser trank, mit einer Untertasse, ein schmaler blauer Kreis über dem Griff, das Steingut von einem blassen Braun; sie ließ es neben der aufgehäuften Asche stehen und hoffte, daß es warm bliebe, bis er wieder da war. Die erste Heilige Nacht erschauen und ihr dann folgen bis zu diesem Augenblick, hier in ihr vereint und mit dem Tode endend, und doch würden die Außenwelt wie die Generationen weiter- und weiter- und immer weiterleben. Ihre Gedanken konnten sich auf jedes beliebige Ding richten und wanderten doch stets den gleichen Leidensweg zu dem Nirgendwo ihres Selbst; weiter schien nichts zu gehen.

›Gib dein Denken auf, Elizabeth, verscheuche es, fliehe! Es ist spät. Du mußt nur noch die Geschenke in den Zimmern der Kinder unterbringen, und dann kannst du endlich schlafen gehen‹, hämmerte es auf sie ein, bis sie die Fußballschuhe und zwei genau gleiche Puppen nahm und hinaufging. Sie ließ sie leise in den Schlafkammern zurück, die Türen knarrten, aber das tiefe Atmen der Schlafenden riß nicht ab. Ein ironisches Lächeln flog über ihr Gesicht, als sie an die bittere Enttäuschung dachte, die sie als Kind erlebt hatte: Die Wunderwelt des Weihnachtsmannes war in einer einzigen Nacht zusammengestürzt zu Menschenwerk, und jetzt spielte sie die andere Rolle im Spiel. Wenn man älter wurde, schien ihr, dann war die unerkennbare Realität Gott das einzige, an das man mit aller Sicherheit glauben oder nicht glauben konnte: es begegnete einem mit unmeßbarem Schweigen und konnte niemals zum Nichts einer sicheren Erkenntnis erniedrigt werden. Sie versuchte, es aus ihren Gedanken auszusperren, während sie die Türen schloß. Heute nacht waren weder Sterne noch Mond hinter den Fenstern; die Kerzenflamme brannte und winkte im schwarzen Glanz der Scheibe wie ein kleines gelbes Blatt, und im Dorf rings um die Kirche loderte es von Licht. Draußen in der Nacht war Reegan, fiel ihr ein, auf Patrouille oder in der Messe.

Er war mit Mullins zusammen. Um elf hatten sie angefangen, die Kneipen zu räumen, in jedem Schankraum waren sie auf Feindseligkeit und Groll gestoßen, und bei McDermotts neben der Kirche legte sich ein bekannter Arm um Mullins' Hals, und es wurde ihm gesagt: »Laß doch die dummen Pflichten, John! Vergiß alles und trink eins auf meine Kosten – in der Uniform wird es dir genausogut schmecken!« Die Aufforderung wurde von den Anwesenden mit stürmischem Beifall begrüßt, Mullins war wütend, und Reegan mußte ihm befehlen, ruhig zu bleiben. Als der Jubel sich gelegt hatte, sagte Reegan: »Ich gebe jedem drei Minuten, das Lokal zu verlassen! Nach drei Minuten werde ich jeden anzeigen, der noch hier ist!«

Er sprach ruhig und entschlossen; ein verdrießliches Murren antwortete ihm, aber sie stürzten ihre Getränke hinunter und gingen hinaus.

»Vor nichts haben sie Respekt, genau wie's liebe Vieh«, brummte Mullins, während die Kneipe sich leerte, und dann ließ er seinen Ärger an einem Mann aus, den er, als sie aus dem Haus kamen, in aller Öffentlichkeit pinkelnd an der Kirchhofsmauer stehen sah.

»Scheren Sie sich hier weg!« brüllte ihn Mullins in gerechtem Zorn an.

»Schaukel du selber hier weg und kümmer dich um deinen eigenen Kram!« murrte der Mann und richtete sich schwankend auf. Er war überzeugt, daß jemand versuchte, ihn mit einem Jux wegzulotsen, oder daß es sonst ein sittenstrenger Idiot war, dem er schon Beine machen würde. Im Nu stand Mullins mit gezogenem Knüppel neben ihm. »Weg da! Schämen Sie sich nicht, ausgerechnet hier, wo die jungen Mädchen vorbeikommen, die in die Messe gehen? Sie sind doch kein Vieh?«

»Dir würd's noch Spaß machen, den kleinen Mädchen näherzukommen, als ich's mit meinem Pinkeln kann, du engherziger alter Saukerl!« schrie der Betrunkene, während er sich den Hosenschlitz zuknöpfte; von den Abtritten wurde ihm zugejubelt.

»*Was* haben Sie da zu mir gesagt? *Was* haben Sie gesagt? Kennen Sie den hier?« Mullins fuchtelte dem Mann mit seinem Knüppel vor dem Gesicht herum und packte ihn, rasend vor Wut, bei der Schulter. »Kennen Sie den hier? Möchten Sie gern 'ne Kostprobe haben?«

»Nein«, stotterte der Mann, als er das harte Holz des Knüppels sah und die silbernen Knöpfe und die Schirmmütze erkannte. Er hatte es mit der Polizei zu tun! Unter Schmerzen wurde sein benebeltes Gehirn innerhalb weniger Sekunden wieder in Betrieb gesetzt: er würde vor Gericht kommen – sein Name würde in den Zeitungen stehen – das ganze Land würde über ihn lachen!

»Es tut mir leid«, versuchte er durchzurutschen. »Es tut mir leid. Hab's nicht gewußt. Es tut mir leid.«

»Ja, jetzt tut's Ihnen leid! Dafür ist es nie zu spät, was? Aber vor einer Minute hat's Ihnen nicht leid getan, und die jungen Mädchen kommen hier vorbei, wenn sie in die Messe gehen, und das wissen Sie! Und was für eine Sprache war das, die Sie zu einem Polizeibeamten benutzt haben? Sehen Sie den hier? Sehen Sie den hier, ja? Möchten Sie gern mit dem hier ein paar übergezogen haben und später vor Gericht stehen?« Mullins fuchtelte drohend mit dem Knüppel, doch er wurde friedfertiger, er war jetzt der Sieger.

Der Mann sah den Knüppel so dicht vor seinem Gesicht; der Schock war ihm eiskalt in die Glieder gefahren, er war jetzt so nüchtern, daß es ihm egal war, was passierte. Er zitterte und hoffte nur, alles sei ein böser Traum. Das Jubeln von den Aborten her war verstummt. Reegan trat näher – jetzt erst.

»Wie heißen Sie?« fragte er.

Ohne noch etwas zu erhoffen, wurde der Name genannt.

»Was tun Sie?«

»Bin bei der Säge.«

Reegan kannte den Namen des Mannes und wußte, wo er arbeitete, aber das Abverlangen der Information war ein alter Trick, ein einschüchternder, den die Polizisten lernen, und mit der Zeit wird er zur Gewohnheit.

»Sie sollten's besser wissen, statt so etwas zu machen«, begann er mit dem offiziellen moralischen Tonfall, doch dann widerte es ihn an, und mit einer ungeduldigen Handbewegung schickte er ihn fort. Mullins hatte sich beruhigt und murrte nur noch zustimmend, doch als der Mann sich schleunigst aus dem Staube machte, besann er sich und schrie ihm nach: »Scheren Sie sich nach Hause, Sie gemeiner Schuft, und lassen Sie sich ja nie wieder bei so was erwischen!« Reegan betrachtete Mullins mit kühlem Blick; beim schwachen Licht der Kerzen in allen Fenstern meinte er die erhitzten Wangen des andern zu sehen. »So eine Schande – wo die jungen Mädchen hier vorbeikommen! Und so zu reden! Nicht besser als das liebe Vieh!« versuchte sich Mullins vor Reegan zu rechtfertigen, der aber nur höhnisch über Mullins' moralische Entrüstung lächelte und sich erinnerte, mit welcher hämischen Freude Mullins sich an gewissen Geschichten weidete.

Eine Woge ungestümer Kraft durchfuhr Reegan, ein Drang, die ganze Sippschaft ins erste Chaos zurückzuprügeln: nirgends war Ordnung, nur bei der Polizei. Er schickte Mullins ans Kirchentor, um Casey beim Ordnen des Verkehrs zu helfen, und sagte ihm, er würde die letzte Runde durchs Dorf allein machen. Er spürte den nackten Knüppel in seiner Tasche und ging fluchend weg.

Es war nach zwei Uhr morgens am ersten Feiertag, als sie endlich fertig waren; die letzten Wagen waren von der Kirche weggeschickt, die Straßen nach Betrunkenen abgesucht und die Berichte in die Bücher der Wachstube eingetragen worden. Über Weihnachten schlief niemand auf dem eisernen Bett an der Wand neben der Zelle. Reegan stellte einen Stuhl zwischen die Tür, damit er es von seinem Schlafzimmer aus hören konnte, wenn jemand klopfte oder anrief. Er trank das Gerstenwasser, das Elizabeth zugedeckt neben die aufgehäufte Asche gestellt hatte; es war ein Brauch aus seiner Jugendzeit, er glaubte, es sei blutreinigend. Auf Strümpfen stieg er die Treppe hinauf, in der Hand die Petroleumlampe mit der grünen Glasglocke; er stellte leise einen Stiefel vor die Schlafzimmertür, damit sie bestimmt offenbliebe. Elizabeth war wach.

»Ist es spät?« fragte sie.

»Zehn vor drei.« Er holte seine Uhr hervor, und sie hörte, wie er sie aufzog. »Draußen regnet's und hagelt's nur so! Ein Wetter, um einem Affen das Fell abzuziehen!«

Er warf seine Sachen von sich, und sie schauerte zusammen, als er sich ins Bett legte und sie dabei mit seinem Fuß berührte.

»Hast du noch nicht geschlafen?«

»Nein.« Sie sprach rasch von etwas anderem. »Ist etwas passiert?«

»Nein. Bis auf Mullins, den Esel, als er einen Mann gestellt hat, der gegen die Friedhofsmauer pinkelte, eine Äbtissin hätte nicht lauter zetern können!«

»War er denn betrunken?«

»Mullins nicht, aber der Mann. In der Kneipe haben sie's für einen schlechten Witz gehalten, daß Mullins sie rauswarf, und das hat ihn verrückt gemacht.«

»Er mußte es an irgend jemand auslassen«, sagte sie ruhig.

»Beinah hätte er mich und den unglücklichen Kerl, den er erwischt hat, in eine scheußliche Geschichte verwickelt. In der Stadt hätten sie nur zu gern über so einen Fall gelacht. ›Am Heiligen Abend Mann wegen unanständigen Betragens überführt.‹ Nirgends Gesetz und Ordnung, bloß bei der Polizei«, wiederholte er. »Und wenn du so lange wie ich bei den Idioten gewesen wärst, die das Gesetz verkörpern, dann würdest du dich wundern, daß es auch nur eine Stunde zusammenhält.«

»Anscheinend hält's aber doch«, sagte sie, »einerlei, was geschieht.«

Doch er war zu zornig und aufgebracht, um hinzuhören.

»Bloß Quirke mit seinem Rattengesicht ist diesmal nicht aufgetaucht, und das ist wenigstens etwas!«

»Ist doch gleichgültig, selbst wenn er gekommen wäre! Solche Gedanken solltest du lieber verscheuchen und Quirke und ähnliche Leute ignorieren«, wagte sie sich mit einer eigenen Ansicht hervor.
»Aber sie ignorieren mich nicht, das ist das Blöde!« entgegnete Reegan hitzig. »Und wenn man sich Tag für Tag mit ihnen befassen muß und sie ertragen muß, ob man will oder nicht, was soll man denn da tun?«
»Ihnen recht geben! Sag ihnen immer, daß sie recht haben, daß sie großartig sind. Da wird keiner anderer Meinung sein! Und durch das Verantwortungsgefühl kannst du sie herumkriegen!« Er verstand sie nicht und wollte sie nicht verstehen, obwohl die Worte einfach genug klangen, doch er war blindwütig und leidenschaftlich dagegen.
»Nein, so ist es nicht«, sagte er. »Sie sind gemein, und dabei bleibt's. Sie setzen eine freundliche Miene auf, bis man sich umdreht, und dann stechen sie einem das Messer in den Rükken. Man sollte sie alle umlegen, die Arschlöcher, und sie ...«, ereiferte er sich, bis sie seine Hand nahm.
»Es kommt nicht darauf an«, sagte sie.
Er spürte das warme Fleisch ihrer Hand, und seine aufgestauten Gefühle wechselten die Richtung und wurden Verlangen. Mit seinen Händen tastete er über die noch glatte Haut ihrer Schultern und Hüften; ihr Haar streifte über seine Kehle: er wollte sich auf sie legen und vergessen. Mund preßte sich auf Mund, alte Koseworte wurden rasch und keuchend hervorgestoßen, die Hüften hoben und senkten sich im Rhythmus und erschöpften sich in der Erfüllung, dem hervorgestoßenen Samen. Ihr Liebesakt war damit noch nicht beendet, es blieb die Güte der jetzt nicht mehr begehrlichen Hände, die über das Fleisch glitten, es streichelten und warteten; sie versuchten, sich behutsam voneinander zu lösen, und lagen dann jeder in der animalischen Wärme und liebevollen Güte des andern. Draußen toste die wilde Mittwinternacht, sie aber waren hier

zusammen in der Stille des Zimmers. Mehr als das brauchte es nicht zu bedeuten, es genügte ihnen für diese Nacht. Sie nahm sein Gesicht in ihre Hände und küßte es leise und dankbar. Sie dachte jetzt an gar nichts mehr, war erfüllt und durchtränkt von Zufriedenheit, und in ihrer Zärtlichkeit und Erschöpfung sanken beide zusammen in tiefen Schlaf.

Sie mußte vor acht Uhr aufwachen, um mit den Kindern zur Frühmesse zu gehen und sich durch den Morgen zu kämpfen. Er blieb liegen; er würde während der Mitternachtsmesse in seiner Uniform in der Kirche stehen, offiziell im Dienst, und große Genugtuung aus der Tatsache ziehen, daß er gleichzeitig zwei Pflichten nachkam. Zum Frühstück stand er auf – als er sie zurückkommen hörte – und fragte sie: »Irgendwas Ungewöhnliches während der Messe passiert?«

»Nein. Es war nur eine Handvoll Menschen in der Kirche. Anscheinend war fast jeder in der Mitternachtsmesse. Der Pfarrer hat uns nicht lange festgehalten – wegen der Kälte.«

»Das war an sich schon ein Segen«, hörte er sich gedankenlos bemerken, und dann nahmen sie ihr Frühstück ein, Würstchen und Speck; bis zur nächsten Mahlzeit, dem Mittagessen, würde es noch lange dauern. Er trödelte müßig in der Küche herum und stand Elizabeth im Weg. Er versuchte sich mit den Kindern über die Geschenke zu begeistern, las die lange Liste der Programme in der Weihnachtsnummer der Zeitung durch, fand nichts, das zu hören er auch nur zehn Schritt weit laufen würde, und dann trat er ans Fenster, um das graue Winterlicht und hinter dem Gitterwerk des Drahtzauns das welke Flußgras zu betrachten. Wie schwarz und schweigsam und zielbewußt der Fluß weiterströmte! Ein Wasserhuhn schwamm nah am gegenüberliegenden Ufer entlang; Schwärme kleiner brauner Vögel, deren Namen ihn noch nie interessiert hatte, schwirrten in der Weißdornhecke auf dem Hügel. Seine Blicke versuchten der Radioantenne zu folgen, beginnend in der Fensterecke, wo sie die Küche verließ, bis sie drüben in den Ahorn-

zweigen verschwand. An stürmischen Tagen zerriß sie, schleifte und blieb oft tagelang auf der Erde liegen. Als es ihm verleidet war, noch länger aus dem Fenster zu schauen, ging er in die Wachstube, blätterte in den Büchern und sah den paar Leuten nach, die aus der letzten Messe kamen. Der Himmel hing voller Regen oder Schnee. Den ganzen Tag würden sie für sich haben und allein in der Küche sein können.
Für Elizabeth verging der Tag rasch: ihre ganze Aufmerksamkeit galt der Zubereitung des Essens. Sie hatte ihre Krankheit vergessen, weil sie sich so über die Freude der Kinder freute, die ihr vor Begeisterung so viele Fragen stellten, ihr soviel über ihre Geschenke sagen mußten.
Um drei Uhr war das Mahl fertig und stand auf dem weißgedeckten Tisch. Sie beugten die Köpfe und murmelten mit gefalteten Händen: *»Segne uns, o Herr, und diese deine Gaben, die wir dank deiner Güte empfangen sollen durch Christus, unsern Herrn, Amen!«* Reegan zerlegte den Truthahn und teilte jedem seine Portion aus. Die Gesichter der Kinder strahlten nur so, und sie baten um mehr und immer mehr. Hinterher wurde das Geschirr weggeräumt, und sie sprachen Reegan nach: *»Für alle deine Segnungen sagen wir dir Dank, o allmächtiger Gott, der du lebst und regierest, von Ewigkeit zu Ewigkeit. Amen.«*
An so vielen Tischen in der ganzen Welt würden in diesem Augenblick die gleichen Dankesworte geäußert, wie auch die Messe auf die gleiche Art gefeiert wurde, und es konnte nicht alles blinde Gewohnheit sein, ein paar Gemüter mußten sich doch wundern über das *von Ewigkeit zu Ewigkeit.* Niemals erschien das Tischtuch so weiß wie an diesem Tag, erst übers Jahr würden sie wieder gebratenes Fleisch bekommen, und es war zweifelhaft, ob sie sich vor Ablauf des Jahres zu einer Mahlzeit niedersetzen würden, bei der so wunderbar höfliche Manieren gewahrt wurden. Selbst die Kinder baten: ›Würdest du mir bitte dies oder das reichen?‹, jeder wurde rück-

sichtsvoll beachtet und bedient. Und die Mahlzeit endete mit der schönsten Form aller menschlichen Feste, mit Gebeten. Es war nicht mehr eine Mahlzeit mit Tisch und Tischtuch und Geschirr und Essen — das war es natürlich auch, und aufs schönste —, sondern vor allem und darüber hinaus war es die wunderbare Art, wie alles geschah.
Und der Tag verging so rasch, nachdem das Mahl eingenommen war, und die Aufregung und das Vorbereiten waren zu solchen Wogen der Begeisterung angestiegen, daß man es nicht bis zu Ende durchhalten konnte. Sie hatten zuviel gegessen, hatten sich jeder verausgabt, und jetzt mußten sie die Langeweile der letzten flauen Stunden ertragen. Reegan trat wieder ans Fenster, nachdem er das *Christmas Carol* als Hörspiel bearbeitet im Radio gehört hatte. Die Türen von der Küche und von der Wachstube standen offen, sie konnten den Durchzug spüren. Den ganzen Tag würden die Türen offenstehen, keiner von den Polizisten würde kommen, Weihnachten blieb jeder im Schoße der Familie, es war ein strenger Brauch. Scharfe Hagelschauer schlugen gegen die Scheibe, und Reegan sah, wie die weißen Körner über das Sims rollten: jede Ablenkung war interessant. Er geriet in eine Art Trance, während er sie beobachtete, wie sie gegen die Scheiben prallten und das Fenstersims und den Kies mit ihrem Weiß zudeckten; dann rüttelte er sich wach und holte von der Anrichte hinter der Statue der heiligen Theresia ein Päckchen Spielkarten hervor. Ein paar Minuten klopfte er müßig damit auf den Tisch, ehe er fragte: »Hat jemand Lust zu einem Spiel?«
Sie saßen vor dem Feuer und spielten Einundzwanzig, weil das nicht so rasch zu Ende geht, und Elizabeth notierte auf den Rändern der Radiozeitung die Spielergebnisse. Während sie spielten, wurde es Abend; das Feuer leuchtete hell und blinkte auf den blanken Blättern der Stechpalmenzweige, die mit ihren roten Beeren hinter den Bilderrahmen befestigt waren. Das geisterhafte rote Glimmen der Herz-Jesu-Lampe wurde

kräftiger – wie immer kurz vor Anbruch der Nacht. Hinter den Fenstern flogen die Vögel wie undeutliche Schemen in den Wald hinüber. Das Spiel wurde unterbrochen. Die Lampe wurde angezündet, die Stores hinuntergelassen, der Abendbrottisch gedeckt und der Teekessel übers Feuer gehängt. Keiner hatte Hunger. Sie blickten einander unruhig an. Das Telefon läutete nicht. Die Türen standen offen. Niemand würde kommen.

»Es war herrlich, Elizabeth – zu gut –, aber wir werden allesamt Alpdrücken bekommen!« Reegan lobte den kalten Truthahn und den schweren Rosinenkuchen, den sie mit Zuckerguß und Stechpalmenschmuck als Nachtisch für die letzte Mahlzeit vorbereitet hatte.

Nachher spielten sie Karten, doch nur ein Weilchen; sie waren müde und einsilbig. Reegan forderte Willie zu einem Spiel Dame auf, und die andern beobachteten die Züge, die sie machten, bis Reegan siegte. Dann stampfte er in die Wachstube hinüber; Elizabeth nahm sich ein Buch, und die Kinder stützten sich auf die Tischkanten rings ums Damebrett.

»Zwei Könige und ein Bauer gegen fünf Bauern«, sagte eins von ihnen.

Der Abend schleppte sich hin, seinem Ende entgegen. Kein Telefon läutete, keiner kam. Reegan begann unruhig im Haus herumzuwandern und in alten Schachteln und Schubfächern zu stöbern. Endlich war die Zeit fürs Beten und Zubettgehen gekommen; die gleichen Gebete wurden gemurmelt, während sie, wie an jedem Abend ihres Lebens, mit dem Rosenkranz in den Fingern ihre Gedanken wandern und träumen ließen und die Ellbogen auf die ans Feuer gezogenen Stühle stemmten; einzig Reegan kniete in steifer Haltung am Tisch und starrte auf sein Spiegelbild im großen Spiegel der Anrichte, die heute abend festlich mit Weihnachtskarten prangte.

Als sie fertig waren, gab er den Kindern flüssiges Paraffin aus einer Flasche, die er hinter dem Vorhang des Schränk-

chens neben dem Radio hervorgeholt hatte. Sie schnitten Grimassen, als sie die dicke, widerliche Flüssigkeit hinunterschluckten: es war der Nachgeschmack des Tages, und er war nicht angenehm. Sie führten den Ritus des Gutenachtsagens zu Ende, und ihre Füße schlurften über den Flur und bummerten über die knarrenden, hohlen Stufen, als sie, ihre Kerzen im Blechleuchter haltend, die Treppe hinaufstiegen.
Nun war er also fast vergangen, der Weihnachtstag, dachte Elizabeth, und es würde ein ganzes Jahr ihres Lebens kosten, um bis zum nächsten zu gelangen. Sie war müde; sie waren nicht an der Luft gewesen oder spazierengegangen, den ganzen Tag hatten sie im Haus eingesperrt beieinandergesessen. Doch sie war nicht beunruhigt. Es war ihr aufgefallen, daß sie selbst nie unruhig wurde, wenn Reegans Rastlosigkeit das Haus aufstörte – es hinderte sie daran, zu sehr bei sich zu verweilen: war Gift und Gegengift. Sie hatte nicht mehr viel zu tun, nur das Feuer zusammenzurechen, die grüngläserne Lampe anzuzünden und die Treppe hinaufzusteigen – auf Schlaf hoffend.
»Wieder ein Weihnachtstag vorbei«, sagte sie zu Reegan.
»Wieder mal Weihnachten vorbei«, bestätigte er. »Der Tag ist mir verhaßt. Ein ganzes Jahr wartet man darauf, und dann spielt er sich ab wie drei Tage Regenwetter. Was erwarten die Menschen eigentlich?«
Was erwarten die Menschen eigentlich? plapperten ihre Gedanken papageienhaft nach, während sie die letzten Arbeiten erledigte. Was erwarten die Menschen eigentlich? Doch es stellten sich weder Verzweiflung noch Hoffnungslosigkeit ein, sondern überhaupt kein Gefühl. Sie sah Reegan zu Bett gehen. Sie würde ihm bald folgen. Was erwarten die Menschen eigentlich? wiederholte sie sich wieder und immer wieder, doch es beeinflußte sie nicht, die Worte blieben still und in sich beschlossen wie eine Landschaft, die man immerfort leidenschaftslos betrachten kann.
Am nächsten Tag zogen die Polizisten wieder in die Polizei-

wache, und die Zaunkönigsbande – Kinder in alten Lumpen, die Gesichter geschwärzt und mit indianerroten Lippenstiftklecksen beschmiert – stimmte vor der Haustür ihr Harmonikagequietsche an und stampfte mit den Füßen wie im Tanz auf den Kies, während die Münzen in den Blechbüchsen mit dem Geldeinwurf laut rasselten. Die meisten Familien gaben ihnen etwas. Von der Tageseinnahme veranstalteten sie ein harmloses kleines Fest mit Limonade und Süßigkeiten und Keksen.

In der Neujahrsnacht wurden ein paar grölende Betrunkene zur Polizeiwache geschleppt und in die Zelle geworfen: ein letzter Stoßseufzer des Weihnachtsgeistes, wie Casey behauptete. Am sechsten Januar wurden Efeu und Stechpalmen hinausgefegt und die Karten von der Anrichte in ein Schubfach gewischt. Jetzt würden die kalten Monate bald in ein Seufzen nach dem Sommer übergehen. Im Januar und Februar leuchtete das Gold der ersten Narzissen, dann März und Ostern, doch das war ein Vorauseilen auf Namen wie mit Lichtgeschwindigkeiten, wenn man sie mit den Tagen verglich, in denen sie ständig kränker wurde: es gab kaum etwas in ihrem Kräfteverfall, das nur Zufall war, sondern er schien eindeutig und unumstößlich. Sie war überzeugt, daß der Arzt es auch bemerkt hatte, obwohl er nichts sagte, und sie wußte, daß sie sich weigern würde, sollte er von ihr verlangen, im Bett zu bleiben. Diesmal würde sie sich auf den Beinen halten, bis sie zusammenbrach oder bis es besserging. Und sie dachte, daß sie nur deshalb weitermachen konnte, weil oft, wenn sie allein war, ihre Wahrnehmung des jeweiligen Tages mit seinen Trümmern verblaßte und statt dessen Prozessionen längst vergangener Tage beängstigend deutlich zurückzukehren begannen: es schien wie eine Beschwichtigung. Ihre Kindheit und der starke Erdgeruch abends nach einem Frühlingsregen, wenn die Mücken auf den Bäumen hervortanzten, Londoner Straßen zu jeder Tageszeit, Frank, Levine, Lerner, Goldsberg,

Botzmans über den Markisen auf dem kleinen Markt, der von der Commercial Road abzweigte – ob dort die Sonne noch immer so stark im roten Glasfenster über dem kleinen *Yiddish Theatre* glühte, linker Hand von der Straße, wenn man von Aldgate vom Grand Palais kam? Die Menschen ihres Daseins drängten sich in Scharen in ihr aufgefrischtes Gedächtnis und wechselten bei jeder jähen Veränderung, und sie war im Mittelpunkt von allem, lebendig, lachend und weinend und ruhig. Und an einem phantastischen Nachmittag Ende Januar ging sie, verzückt von den Erinnerungen, zur Anrichte und holte Feder und Tinte und Papier und schrieb an eine Freundin von damals, eine Krankenschwester, die mit ihr im Londoner Krankenhaus gewesen war; sie war noch immer dort, zu Weihnachten hatten sie Karten ausgetauscht. Mehr war von ihrer Beziehung nicht übriggeblieben, aber man konnte sie wieder neu beleben. Sie würde ihr schreiben und sie einladen, herzukommen. Sie würde ihr das Dorf zeigen, wie still es gegenüber London war, die Kirche – deren hundertjähriges Bestehen gefeiert worden war – in ihrem Nest aus immergrünen Büschen und Grabsteinen, das Pfarrhaus, das mit seinem Blau und Weiß die Liebe des Pfarrers zur Jungfrau Maria verkündete, zwischen den Reihen alter Lindenbäume, und den Fluß, der im Schutze des Hügels aus dem See trat, und Reegan und die Kinder und Mullins und Casey und Brennan.

Auch über sich selbst würde sie schreiben müssen: über ihre Beziehung zu Reegan, über ihr schwächer werdendes Herz, den Krebs, die Nichtigkeit ihres Lebens und des Lebens um sie her und ihre zunehmende Teilnahmslosigkeit. Das war die Wahrheit, die sie schildern mußte. *Alles wurde schlimmer und schlimmer und schreckenerregender.* Aber wer würde gern zu Besuch in ein Haus kommen, wo alles schlimmer und schlimmer wurde und wo keiner glücklich war? Und auf dem kalten Papier schien es auch nicht wahr zu sein, und sie strich es durch

und schrieb: *Alles wird immer seltsamer und seltsamer*. Aber was konnte das für einen Menschen bedeuten, dem sie es schrieb? *Seltsamer und seltsamer* – das war doch völlig ungereimt und hatte außerdem einen Anstrich von Verrücktheit? Sie strich es also durch und schrieb: *Alles wird besser und besser und schöner*, und sie lächelte über das Briefblatt, das mit all seinen Verbesserungen zu verhunzt war, um es noch jemand schicken zu können. Ihre Worte hatten sich schließlich in Lob verwandelt, und sie schienen nicht falscher oder wahrer als die andern Worte, die sie zuerst geschrieben und durchgestrichen hatte. Sie wollte es also sein lassen, es war überhaupt lächerlich, schreiben zu wollen, wie hatte sie nur jemals glauben können, daß es durchführbar war! Sie erhob sich vom Tisch und warf das Briefblatt ins Feuer, sah zuerst, daß die Flammen es zusammenknüllten wie eine Hand, die sich zur Faust schließt, und sah dann die verkohlten Fetzen, die im Rauch tanzten.
Der Abend kam, und sie mußte die Hühner füttern. Das Futter wurde in der Spülküche in einem Holzkübel aufbewahrt; die roten und weißen Hühner umflatterten sie, als sie mit dem Futter zu den Näpfen am Drahtzaun hinausging. Sie sagte sich, sie habe kein Recht zu solchen Verspieltheiten wie dem Brief. Sie war keine Luxusdame, ihr Leben lang hatte sie mit den Händen arbeiten müssen, ihre Energie war dadurch größtenteils verbraucht worden, und sie war nicht viel mehr als ein abgerichtetes Tier gewesen, während ihr Beten und Denken und Lesen nur armselige kleine Nebenerscheinungen waren. Ein paar leidenschaftliche Monate ihres Lebens hatten sich vielleicht zu einem Fieber gesteigert, das alles andre auslöschte, aber es waren nur Monate gewesen oder vielleicht auch nur Tage – bei so vielen Jahren! Sie waren verklungen, doch die Arbeit mußte weitergehen, mühselig, unaufhörlich, erbarmungslos sie niederziehend zu toter Unpersönlichkeit, wenn auch niemals ganz, und wie oft hatte sie sich halb gewünscht,

durch Gewohnheit abgestumpft zu werden, wie alle übrigen, es war vielleicht die einzige Rettung.
Als die Hühner gefüttert waren, hatte sie noch manches im Haus zu tun. Sie würden bald heimkehren und nach der Kälte Hunger haben. Wenn sie sie vernachlässigte und träumen oder nachdenken würde, würden sie es ihr verübeln, daß sie sich's lieber nicht erst vorstellte, deshalb arbeitete sie in einem Anfall von Energie, der an panische Angst grenzte, und noch ehe sie erschienen, war jede versäumte Arbeit getan: die Lampe brannte, das Feuer loderte, und ihr Essen stand heiß auf dem Tisch. Keiner konnte ihr grollen oder sie tadeln, doch hinterher konnte sie vor Müdigkeit kaum stehen. Sie meinte, sie könne beim Geschirrspülen weder das heiße Wasser spüren noch den Schimmer der weißen Knöpfe am Schrank erkennen, als sie die Schüsseln wieder auf die Regale stellte und die Tassen an Haken aufhängte. Sie schien in ihrer eigenen toten Hülle dahinzuleben, genau wie in den Wochen, ehe sie ins Krankenhaus ging, und auf das Leben zu blicken, ohne irgendwelchen Kontakt mit ihm zu haben, denn der einzige Wunsch, der sie beseelte, drohte sie immer mehr zu überwältigen: nämlich, in nie endendem Schlaf in sich selbst zusammenzusinken. Während ihr das geschah, gingen die Polizisten wie üblich ihren Pflichten nach. Die Bücher wurden in Ordnung gehalten, der Diensttuende baute sich jeden Abend sein Bett an der Zellenwand und trug es am Morgen wieder hinauf, und ihr nüchterner Menschenverstand beschnitt die lächerliche Anzahl von Patrouillen, die das Reglement von ihnen verlangte, bei dem Wetter jetzt um Jahresbeginn auf bloße Gesten. Sie erledigten kleine Arbeiten bei sich zu Hause – Malerarbeiten oder das Ausbessern von Werkzeugen oder Möbeln oder Schuhen – und spielten in der Polizeiküche Karten, aber niemals in der Wachstube, damit Quirke sie nicht überraschen könne; und in die Bücher trugen sie ihre vorgetäuschten Patrouillen ein.

›Wind aus Südwesten, Himmel bewölkt, Regenschauer mit kurzen Aufhellungen. Habe die Knocknarea-Straße bis Woodenbridge abpatrouilliert und bin über Eslin und Drumgold zurückgekehrt. An der Landstraße nach Eslin habe ich bemerkt, daß dort Vieh weidete, und habe Erkundigungen eingezogen, hörte, daß sein Besitzer der Bauer James Maguire sei, und erteilte ihm eine gebührende Verwarnung. Beginn der Patrouille um zwei Uhr. Schluß der Patrouille um sechs Uhr fünfzehn. Unterschrift: gezeichnet Edward M. Casey‹, so hieß es da ungefähr.
Elizabeth freute sich, wenn sie sie kommen hörte. Kamen sie nicht, dann blieb nur die langweilige Stille: Reegan saß am Tisch und füllte ganze Seiten Schreibpapier mit Berechnungen über Gewinn und Verlust und über die Geldbeträge, die er Ende des Sommers zu besitzen hoffte, wenn er die Polizei verließ. Dieses Jahr hatte er einen Vertrag mit einer Wäscherei im Städtchen abgeschlossen, die von den *Sisters of Mary* unterstützt wurde, ihnen den gesamten Brennstoff zu liefern; es war der größte Auftrag, den er je bekommen hatte, und wenn alles gutging, würde er bald genug Geld haben, um sich einen schönen Hof zu kaufen, auf dem er sein eigener Herr wäre, und daneben hätte er sein Ruhegehalt – da würde er nicht allzuschwer schuften müssen. So vertrieb er sich an fast allen Winterabenden die Zeit und träumte auf Papier über Zahlen, die ihm die Kontrakte als grundlegende Tatsachen lieferten. Niemals bemerkte er, wie abgezehrt und erschöpft Elizabeth aussah; erst wenn sie zusammenbrach, würde es ihm auffallen; Wenn er gegen seine Befürchtung, Not leiden zu müssen, genügend vorgesorgt hatte und ihm auch die Behörde nichts mehr auswischen konnte, dann würde handeln, und brutal handeln. Eine angeborene Perversität zwang ihn, Quirke innerhalb der Schranken, die noch gerade eben sicher waren, herauszufordern, ohne jemals zu weit zu gehen, und den entscheidenden Zusammenstoß aufzuschieben, bis die Zeit reif war.

Viele dieser kleinen Zusammenstöße kamen Elizabeth zu Ohren, aber sie war zu erschöpft, um sich für die Einzelheiten zu interessieren, sie hielt sie nur für zufällige Erscheinungsformen des stets gleichen Gefühls, das in Reegans Brust schwärte. Was sie jedoch nicht bemerkte, war der veränderte Ton. Poltern und leere Drohungen und die Ausbrüche wilder Leidenschaft verschwanden rasch aus den Zusammenstößen: sie zeichneten sich jetzt durch einen Humor aus, der boshaft und zugleich aufmerksam war und dem nichts Lächerliches entging.

»Bin heute auf Quirke gestoßen«, erzählte er ihr an einem regnerischen Abend gegen Ende Februar.

»›Die Polizeiarbeit ist was Großartiges, Sir‹, hab' ich zu ihm gesagt, ›um sich Bewegung zu machen! Ich wäre längst steif geworden, wenn ich in meinem Alter noch im Büro hätte sitzen müssen, aber mein Beruf führt mich in Gottes frische Luft und in Irlands Wetter hinaus. Die Patrouillengänge verschaffen mir einen prachtvollen Appetit!‹ Du hättest mal den Ausdruck in seinem Gesicht sehen sollen!

›So, sie verschaffen Ihnen einen prachtvollen Appetit, Reegan?‹ hat er wiederholt, als wäre jedes Wort giftig. ›Die Polizei hat aber noch einige andere Funktionen nebenbei, außer der, ihrem Stab einen guten Appetit zu verschaffen: Darauf achten, daß die Leute das Gesetz befolgen, ist nicht die geringste ihrer Funktionen!‹

›Trotzdem ist's gut für den Appetit, Sir! Und daß die Leute das Gesetz befolgen, sollte man natürlich auch nicht vergessen!‹ Wenn Blicke töten könnten, Elizabeth, wäre ich jetzt nicht mehr am Leben«, lachte Reegan und bog sich vor Lachen.

»›So, es ist gut für den Appetit? Sie wollen mich wohl zum Narren halten, Reegan?‹ zischte er wie ein Wiesel und sauste ab, als würde ich gen Himmel stinken.«

»Wenn du ihn so herausforderst, wird er versuchen, dich loszuwerden, bevor du bereit bist, auszutreten«, warnte sie ihn müde. »Früher oder später wird er eine Gelegenheit finden, dagegen kannst du dich nicht schützen, wenn du so weitermachst.«

»Dann muß er sich beeilen«, erwiderte Reegan. »Er hat nur noch bis zum Ende September Zeit.«

»Du hast dich also endgültig entschlossen, im September aufzuhören?«

»Ja. Bis dahin haben wir die Kontrakte für den Torf erfüllt. Es heißt immer, der Frühling sei die beste Zeit für einen Umzug, aber man kann nicht alles bis ins letzte richtigmachen, und wenn man dauernd auf den rechten Zeitpunkt wartet, tut man's schließlich überhaupt nicht.«

Er schien besorgt, als befürchte er, sie könne wegen seines Ausscheidens ihre Meinung geändert haben. »Du hast dich also endgültig entschlossen, im September zu gehen?« wiederholte sie, und das war alles.

»Ja, endgültig. Du hast doch nichts dagegen, Elizabeth?«

»Nein, nein. Ich bin froh, daß du dich endgültig entschieden hast«, sagte sie und schloß die Augen, als sie sah, wie er die Heftseiten umblätterte, die mit Zahlen bedeckt waren. Er begann ihr auseinanderzusetzen, wieviel Geld sie in der Bank hätten und wieviel Profit der Torf abwerfen würde und welche Abfindungssumme die Polizei ihm schulde, wenn er aufhörte, und welche Kleinigkeit er zwischen heute und dann von seinem Gehalt ersparen könne und wieviel die Gesamtsumme im September betragen würde. So sehr erregten ihn seine Pläne und Berechnungen, daß sie nicht einmal, um ihre Aufmerksamkeit zu beweisen, hin und wieder eine Frage einwerfen konnte. Alles, was sie tat, war, ständig zu nicken und aufmerksam auszusehen.

September, September, September, summte es ihr in den Ohren; im September würden sie also die Polizeiwache verlassen, das Haus, in dem sie so lange gelebt hatten. September, sehn-

süchtig schön, das Jahr auf seinem Höhepunkt, der Sommer noch zaudernd vor dem baldigen Blätterfall, und das Jahr unaufhaltsam seinem Tode entgegenschwingend. Schnitter und Binderinnen, Kornmandeln und das Brummen der ersten Dreschmaschinen; Äpfel, die abfielen und verfaulten, erste Vergeudung in den Obstgärten; und dann die blauen, blauen Abende, die sie immer an die silbern überhauchten Pflaumen erinnerten. März, April, Mai, Juni, Juli, August: es waren nur noch sechs Monate, der Frühling fehlte noch und der ganze Sommer und alles, was sich bis dahin ändern mochte.
Konnte sie so weit vorausplanen? Es wäre zuviel der schmerzlichen Freude, und in wenigen Minuten würde sie sich anstrengen müssen, um aus dem Sessel hochzukommen. Der September war zu fern, sie hatte ihn sich aus den Septembermonaten ihrer Vergangenheit erträumt. Und in den vergänglichen Augenblicken, die jetzt ihr Leben umfaßten, durfte sie nur jeweils einen Tag erleben, einen einzigen Tag zwischen Erwachen und Schlafengehen, und nicht etwa Tage.
Sie erwachte: der Blick, den sie in schönen Träumen nach innen gerichtet hatte, kehrte an die Oberfläche zurück und bemerkte Reegan. Auch er konnte sich über den September begeistern, doch ihr September war nicht der seine. Geld auf der Bank, Quirke vernichten und als freier Mann die Polizeitruppe verlassen, um ein neues Leben zu beginnen — das war sein September. Mit fünfzig Jahren ein neues Leben beginnen, dreißig Jahre als törichte Vergeudung bezeichnen und mit fünfzig neu beginnen: es hatte etwas Großartiges an sich, es enthüllte das Verstreichen der Zeit als Widersinn, es pfiff auf Nebensächlichkeiten, es nahm den Tod nicht zur Kenntnis. Es war der wahre Lebensgeist, der allem die Stirn bot, und es erregte sie bis ins Innerste, doch sie konnte sich nicht aufschwingen und es mit ihrem eigenen Leben bejahen. Es erregte und verwunderte sie. Wie arbeiteten sein Körper und sein Geist, daß er so sein konnte? Wieso kann er so leidenschaftlich

weiter- und immer weitermachen? Sie betrachtete sein Gesicht, die Linien seiner Jahre und seines Welkens und die grauen Strähnen im Haar, die großen, stark geaderten Hände und die Uniform mit den Silberknöpfen und den drei silbernen Streifen auf dem Ärmel, die so viele getragen hatten und trugen und noch tragen würden — sie wünschte umzusinken und zu weinen. Sie hatte ihn geliebt, sie liebt ihn noch und würde ihn lieben, bis sie starb, aber wie ihm das sagen? Ihr fehlten jetzt die Schönheit und der Charme, die den einfachsten Gebärden eines jungen Mädchens Bedeutung verleihen können, und ihr fehlten auch die Worte, oder ihre Worte waren nicht seine Worte. Sie wußte nichts von ihm, nur Dinge, die sie beobachtet hatte und doch nicht begriff — und alles verschmolz in dem einen Wunsch, zu lieben und keinem lebenden Geschöpf Schmerz zuzufügen.

»Es kommt nicht sehr darauf an, ob wir kurz vor oder nach dem September gehen, die Hauptsache ist, daß wir gehen«, sagte Reegan. »Und Oberwachtmeister John James Quirke wird dann bestimmt ein oder zwei aufregende Tage erleben, so wahr ich Reegan heiße. Wir werden schon sehen, wer zuletzt lacht! Wir werden sehen, wer dann lacht, Elizabeth!«

Mit Mühe erhob sie sich aus dem Sessel, schwankte einen Augenblick, als erwarte sie zusammenzubrechen, und lächelte dann, weil es ihr gelang, die blaue Garnspule auf der Nähmaschine zu erreichen.

Sie könnte jetzt losrennen, sich gegen den Drahtzaun werfen und den Vögeln hinter dem See, wo die Sägen noch sangen, zurufen: ›Oh, antwortet mir doch! Will mir wer antworten?‹, und Echos würden auf sie zufliegen, und die faßbaren Laute der Vögel und der Sägen, und Wolkenschatten auf Riefelwellen, die der Wind aufs Wasser gezeichnet hatte, und Schweigen — das Schweigen des Himmels und des Sees und des Waldes und der Menschen, die ihr Leben lebten. Und wenn sie gehört wurde, dann nur von Menschen, und was konnten die tun? Sie

würde ihnen dumm oder verrückt erscheinen, sie hätte die Regeln verletzt. Peinliche Beunruhigung würde sie bei denen erregen, die mit ihr verbunden waren, und den andern, die es nicht waren, würde sie Spott und Gelächter abnötigen: das Geschöpf, das gegen das ausgetüftelte Gefüge ungefährlicher Leidenschaften verstößt, muß ums Leben gebracht werden.
›Dann werden wir's sehen, dann werden wir's ja sehen, was passiert‹, drangen Reegans aufgeregte Worte bis zu ihr; er war fähig, an der Gefahr des Augenblicks vorbeizusehen, aber nicht so weit bis zum Augenblick seines Todes, und das war's, wie man sein sollte, so war man sicher.
›Was hat das schon zu sagen mit Quirke? Er hat seine eigenen Sorgen, laß ihn gehen, was bedeutet es schon, ob er recht oder unrecht hat, solange du in Ruhe deinen eigenen Weg gehen kannst?‹, wollte sie ihm raten, aber sie wußte, was für eine Antwort sie erhalten würde. ›Es hat also nichts zu sagen? Und jeder ist gleich? Aber wir sind noch nicht tot, so weit sind wir noch lange nicht, verdammt noch mal!‹ Und auf seine Art hatte er recht. Die Menschen wollten nicht Frieden, sondern Geschrei und Sich-Tummeln und Aufregung – das nannten sie Leben! Ihnen war die Fülle des Lebens nicht Denken – das wäre ja Freiheit und Einsamkeit und Tod –, ihnen war Leben ein unaufhörliches Sich-Tummeln. Frieden war nicht Leben, sondern Tod.
»Gehst du morgen zum Bezirksgericht? Es ist Gerichtstag, nicht wahr?« fragte sie. »Wenn du gehst, möchte ich alles zurechtlegen.«
»Ja, ich gehe. Ich und Casey, weiter niemand. Aber mach dir nicht zuviel Mühe!«
Sie wußte, was sie zu tun hatte: es war immer das gleiche, und am Morgen mußten die Stiefel und die Knüppelhülle blankgewichst und die Silberknöpfe und die Abzeichen und die Kette für die Pfeife tadellos poliert werden, wie an jedem andern Gerichtsmorgen.

Das Jahr rückte weiter vor, Kälte und Frost kamen, und der Boden war hart genug, um die pflügenden Traktoren zu tragen. Am Aschermittwoch, einem kalten, weißbereiften Morgen, gingen alle Leute zur Messe und an die Abendmahlsschranke, lauter Sünder, die der Gnade Gottes bedürftig waren, um errettet zu werden, und der Pfarrer zeichnete ihnen mit der Asche ihrer Sterblichkeit das Kreuz auf die Stirn. Die Orgel auf der Empore war verstummt; wer nicht vom Fasten dispensiert war, durfte nur eine volle Mahlzeit täglich zu sich nehmen; Palmsonntag wurden die Eibenzweige geweiht und vor der Kirche in eine Badewanne gelegt, damit die Leute sie nehmen konnten; und dann begannen die schönen Feierlichkeiten der Karwoche.
Mittwoch- und freitagabends um sechs hatten sie Fastenandacht, Rosenkranz und Segensandacht am Mittwoch, und die Kreuzwegandachten, die sie liebte, an den Freitagen.
Der Pfarrer mit dem kleinen schwarzen Gebetbuch, in schwarzer Soutane und weißem Chorhemd, die Altarknaben in Scharlachrot und Weiß, und ihr Atemhauch wehte im Licht der Kerzen, die sie trugen, wie Zigarettenrauch, während die Kerzenflammen gelblich vor ihren jungen Gesichtern flackerten. Bei jeder einzelnen der vierzehn Kreuzwegstationen, von Pilatus bis zum Grabe, erklang die Stimme des Pfarrers: *»Wir beten dich an, o Christus, und preisen dich«*, während er in der Stille die Knie beugt und das scheue Flüstern der kleinen Dorfgemeinde unter der Empore hervordringt und ihre Füße über die Steinplatten scharren: *»Weil du durch dein heiliges Kreuz die Welt erlöst hast.«*
Christus auf dem Wege nach Golgatha, sie auf dem gleichen Weg; beide in Kummer und Verzückung: Er, um sie in Ihm zu erlösen, sie, um sich in Ihm zu erretten – beide auf ewig zur Einheit verbunden. Zu den Andachten war sie ihr Leben lang gegangen, nur einmal war sie abgewichen, während verbitterter Monate in London. In ihnen sah sie ihr eigenes Leben

erklärt und deutlich gemacht, die unerträgliche Kleinlichkeit und Würdelosigkeit ihres Abweichens durch Christi Passion zu Würde und Bedeutung erhoben; und immer brach die Ekstase persönlicher Erinnerungen wie ein Blutgefäß auf, emporgehoben aus dem zufälligen Moment ihres Geschehens und ewig im Spiegel dieses Leidensweges reflektiert. Obwohl der Körper bei der vierzehnten Station ins Grab gelegt wurde, barg er doch Saat und Versprechen seines Auferstehens, wenn die Tür des Grabes aufgestoßen und Er, der Auferstandene, ruhmreich und triumphierend in wunderbarem Licht erscheinen würde. Und wenn die Auferstehung und erst recht die Himmelfahrt im Vergleich mit dem Weg nach Golgatha undeutlich und unwirklich zu sein schienen, mochte es daher kommen, weil sie sie nicht aus eigener Lebenserfahrung kennen konnte; auf dem Kreuz ihres Lebens mußte sie das Ziel erreichen, und was nachher kam, blieb ihren Augen verborgen. Sie konnte nur lächeln, und Kreuzigung und Auferstehung waren in diesem Lächeln beschlossen. Als Kind war ihr erzählt worden, daß die Sonne am Ostermorgen am Himmel tanze, und sie hatte geweint, als sie sah, daß die Sonne einfach wie immer schien oder — an andern Ostermorgen — hinter Wolken versteckt war. Aller ungeheuerliche Kindheitsglauben brach jetzt zusammen vor dem furchtbaren Wunder dieses Lächelns.

Sie war am Ende ihrer Kräfte angelangt. In der folgenden Woche wehrte sie zwei Anfälle ab und konnte sich zu einem Stuhl schleppen, doch dann kam der Morgen, an dem sie sich nicht aus dem Bett erheben konnte. Der Wecker hatte, wie an jedem andern Morgen, die dünnen Schleier ihres Schlafs zerrissen, und mit der tief verankerten Kraft der Gewohnheit wollte sie über die aufgetürmten Bettdecken hinweglangen, in denen Reegan steckte, und den scheppernden Tanz der Uhr auf dem Nachttisch abstellen. Aber ohne die Uhr zu erreichen, sank sie um, als wäre sie niedergeschlagen worden. Reegan knurrte sich wach und stellte den Wecker mit einer einzigen ungeduldigen Armbewegung ab. Er mußte ihn nur selten abstellen, spürte daher, daß die Gewohnheit durchbrochen war, und suchte nach dem Grund. Im allgemeinen stellte Elizabeth den Wecker ab, ohne Reegan zu wecken. Sie lag neben ihm: Konnte es sein, daß sie dies eine Mal fest schlief — oder war etwas nicht in Ordnung? Wie um seine Gedanken zu beantworten, hörte er sie keuchend hervorstoßen: »Ich wollte ihn abstellen, aber es geht mir nicht gut.« Er stemmte sich auf den Ellbogen: ein Blick genügte ihm, um sich zu überzeugen, daß es ihr nicht gutging; er dachte sofort an den Krebs; gegen Krebs war noch kein Heilmittel entdeckt worden.

Sie lag ruhig da. Die Last der Leintücher, die Last der Bretter an der Zimmerdecke über ihren Augen und die Gewichte, die von ihrem Körper niederhingen, nahmen ihr alle Hoffnung, die sie gehabt haben mochte, daß sie sich in wenigen Minuten erholen und aufstehen könne. Zu Reegan sagte sie, daß sie eine dumme Grippe oder etwas Ähnliches haben müsse, es sei ihr nicht möglich, aufzustehen. Sie hörte ihn sagen, er würde sofort den Arzt anrufen. Es war ihr gleichgültig, es ging sie nichts an. Sie machte sich keine Gedanken darüber, was er tat. Das Licht schwankte sanft durchs Zimmer, die Messingkugeln am Fuße der Bettstelle blinkten wie schaukelnde Lampen. Sie hörte, wie Reegan sich anzog; er ging und ließ die Tür auf.

Er weckte Brennan, der auf dem eisernen Bett unter dem Telefon schlief und sich rührte und im Erwachen undeutlich fragte: »Ist etwas los? Ist etwas passiert?«

»Stehen Sie nicht auf! Bleiben Sie liegen! Meiner Frau geht's nicht gut, und ich muß den Arzt anrufen.« Und ehe Brennan noch weitere Fragen stellen konnte, sprach Reegan schon mit irgend jemand in der Telefonzentrale. Er wurde mit dem Haus des Arztes verbunden, und die Doktorsfrau nahm den Anruf entgegen. Der Doktor kam erst um zehn; und spät am Abend erschien der Priester im Haus — zum erstenmal, seit sie aus dem Krankenhaus zurück war.

7

Sie hatten kniend am Krankenbett gebetet und erhoben sich nun, in der Hand den Rosenkranz. Die Kinder gingen zu Elizabeth, um ihr gute Nacht zu wünschen, die Mädchen mit ihren Lippen, der Junge mit den Fingerspitzen. Dann gingen sie zu Reegan, der noch ein Weilchen im Zimmer blieb, nachdem sie weg waren.

»Weißt du, was ich meine, Elizabeth? Wir sollten eine Krankenschwester kommen lassen. Du liegst jetzt vier Wochen, und mit einer Krankenschwester hätten wir dich im Nu wieder auf den Beinen. Was meinst du, Elizabeth?« Reegan schlug es linkisch und unsicher vor, während die Stufen noch von den die Treppe hinuntergehenden Füßen knarrten.

»Was? Was hast du gesagt?« Sie schreckte aus ihrem benommenen Denken auf, in dem die Gebete und die Berührung der frischen Lippen und der Finger verwirrend nachklangen. Die Frage hatte sie überrumpelt; sie hatte eine Bemerkung über die Aprilabende erwartet, die jetzt immer länger wurden: das hätte sie gelassen bejahen können.

»Was? Was hast du gesagt?« fragte sie, und aus ihrer Stimme klang panische Angst.

»Ich dachte, es sei besser, eine Krankenschwester zu besorgen. Mit einer Krankenschwester wärst du viel schneller aus dem Bett«, antwortete er, und sie war jetzt hellwach. Begriff er nicht, daß sie im Sterben lag? Begriffen sie es denn alle nicht?

»Ist es notwendig?« fragte sie aufgeregt. »Ich sehe keinen Grund!«

»Natürlich ist es notwendig! Es ist notwendig, daß es dir bessergeht!« widersprach er.

»Es ist notwendig, daß es mir bessergeht?«

»Natürlich ist es notwendig! Was sonst wäre denn notwendig, Elizabeth?«

»Es ist notwendig, daß es mir bessergeht?« grübelte sie. Die

Worte sprachen von erschreckend süßer Hoffnung. »Es würde Geld kosten, zuviel Geld!« sagte sie.
»Wir sind keine Bettler«, entgegnete er. »Je schneller du eine Krankenschwester bekommst, desto schneller bist du wieder auf den Beinen, und die Kosten haben wir rascher hinter uns, ohne langes Hinzögern. Mit einer Krankenschwester und bei dem kommenden schönen Wetter bist du im Nu wieder auf den Beinen!«
Großer Gott, dachte sie, das war der Gipfel! Das schöne Wetter! Am liebsten hätte sie hysterisch gelacht. Das schöne Wetter – das war stark! All die alten Tricks wurden ihr jetzt heimgezahlt. Immer schien die Sonne, immer konnte man auf den Sommer hoffen, niemals wurden ganze Wagenladungen Salz und Sand über den Schlamm der Straße geschaufelt.
O je, wie oft hatte sie selbst doch die sterbenden armen Frauen im Krankenhaussaal getröstet: ›Nein, nein, so schlecht geht's Ihnen gar nicht, Mrs. Ashby – Sie dürfen nicht so niedergeschlagen sein! Alles braucht seine Zeit! Mit der neuen Behandlung, die der Doktor Ihnen verordnet hat, und dem Sommer so nah vor der Tür können Sie früher zu Hause sein, als Sie es ahnen.‹
Sie hatte gesehen, daß sie sich daran klammerten, wie sie sich auch an jeden andern Strohhalm geklammert hatten. Selbst wenn sie leichteres Bettzeug bekamen und die Körper verschwitzt unter nur einem einzigen Leintuch lagen und wenn der Widerschein der vorbeischleichenden Wagen zwischen den gestutzten Platanen in der Whitechapel Road die Augen an den Fenstern blendete und es einfach keine Hoffnung auf einen Sommer geben konnte, hatte ihr einziger Wunsch andere gute Vorzeichen gesucht und gefunden und sich daran angeklammert. Und nur in sehr wenigen Augen war ihr ein ironisches Verstehen aufgefallen.
Jetzt war sie also an der Reihe. Die gleichen Tricks wurden ihr jetzt heimgezahlt, und sie merkte, daß sie trotz aller unseligen

Umstände leben wollte, daß sie sich an alles anklammern wollte, selbst an die schäbigen alten Vorzeichen, die Gutes und Übles verhießen. Und weder der Krebs noch ihr schwaches Herz, was auch immer sie zuerst töten würde, kümmerte sich um schönes Wetter oder neue Blumen.

»Du weißt doch, daß es mir nicht wieder bessergehen wird«, versuchte sie Reegan — oder sich selbst — leise zu überzeugen.

»Nicht, wenn du so weiterredest«, tadelte er sie polternd und übertrieben sicher und voller Angst — wie einer, der auf seiner Würde beharren möchte, auf allem beharrt, was nicht existiert, vorausgesetzt, der andre bejaht es.

»Alles braucht seine Zeit«, fuhr er fort. »Wunder geschehen nicht an einem Tage.«

Sie sah, daß er erschüttert und daß seine unbedingte Sicherheit nur gespielt war. Er hatte Angst davor, ihren Zustand zu akzeptieren. Er würde sich weigern, es einzusehen. Anscheinend befürchtete er, daß er, wenn er das Wissen um ihren nahen Tod mit ihr teile, irgendwie gezwungen werden könne, auch ihr Sterben mit ihr zu teilen. Kein einziger Mensch würde ihr helfen. Sie würde so weitermachen, wie sie gelebt hatte: allein! Sie würde so tun müssen, als glaube sie selbst, daß sie bald gesund werden könne, ob es nun stimmte oder nicht — und das Schlimme daran war, daß sie gerade dieses Eine selber glauben wollte.

»Ich glaube nicht, daß eine Notwendigkeit für eine Ganztagsschwester besteht. Mrs. Lennon könnte ja ein paar Stunden täglich kommen, das würde Mrs. Casey die Arbeit erleichtern; ich habe oft ein schlechtes Gewissen, weil sie soviel für uns tut.«

»Sie will es doch«, entgegnete Reegan. »Als ich davon sprach, eine Hilfe anzustellen, war sie gekränkt.« Sein Ausdruck war ruhig, wie sie sah. Sie wußte, daß es stimmte, was er gesagt hatte: noch nie hatte sie die junge Frau so glücklich gesehen. Aber oft ist es schwerer, anzunehmen als zu geben.

»Ich dachte, wir könnten jemand besorgen, der den ganzen Tag hier ist und im Haus bleibt. Mrs. Lennon ist nur die Gemeindeschwester. Sie kann jeweils nur für ein paar Stunden kommen.«

»Das wäre genug«, sagte sie.

»Glaubst du das wirklich? Du mußt nämlich alles bekommen, was notwendig ist, um dir wieder auf die Beine zu helfen.«

»Ja, wirklich – ich bin ganz überzeugt, daß es genügt.« Sie wollte ihren eigenen Gedanken nachhängen – auch wenn sie keinen Frieden bringen konnten, versprachen sie ihr doch immerhin etwas Abwechslung.

»Dann wollen wir morgen mit dem Doktor sprechen. Wir werden sehen, was er dazu meint«, entschied er.

»Ja, das ist am besten. Und mach bitte das Fenster ein bißchen auf, ehe du gehst. Wenn das Feuer den ganzen Tag brennt, ist die Luft rasch verbraucht.«

Die alten Rollen quietschten, als er die Scheibe hochstieß, und die Vorhänge begannen zu flattern, als die Nachtluft einströmte.

»Genügt es so?« fragte er.

»Ja«, erwiderte sie.

»Es muß dir bald bessergehen, Elizabeth!« sagte er, als er sich über sie beugte und sie küßte. »Du kannst uns doch nicht einfach im Stich lassen! Gute Nacht, Elizabeth!«

»Gute Nacht«, lächelte sie.

»Ich muß noch eine dumme Nachtpatrouille machen. Versuch bitte, schon zu schlafen, wenn ich zurück bin«, sagte er, als er sie verließ. Er hatte die Füße bereits auf die Treppe gesetzt, und zwischen den Stäben des Treppengeländers sah sie, wie die Schultern in der Uniform tiefer und tiefer sanken. Die Tür stand immer offen, sie hatte es so gewünscht, mehr als einmal hatte die offene Tür sie in den letzten Wochen vor dem Überschnappen bewahrt, glaubte sie. Daß sie auf den oberen Flur und die Treppe blicken konnte, ließ ihr die Illusion oder das

Gefühl, noch immer mit den Lebenden verbunden zu sein – und ohne das konnte sie nicht leben.
›Versuch bitte, schon zu schlafen, wenn ich zurück bin‹, ging es ihr durch den Kopf, als sie allein war. Ein schlimmer Scherz! Vielleicht würde der Mond aufgehen und das Zimmer mit einer soviel stärkeren Lichtfülle durchfluten als das klägliche Nachtlicht hier – das kleine grüngläserne Petroleumlämpchen auf dem Nachttisch.
Er schlief nicht mehr neben ihr in dem großen Bett mit den Messingkugeln und -schnörkeln, sondern nah am Feuer auf einem der eisernen Dienstbetten aus dem Vorratsraum. Wenn sie bei seiner Rückkehr leise war, konnte sie hören, wie er sich auszog und wie die Sprungfedern knarrten, und dann seinen erleichterten Seufzer, wenn er die Müdigkeit des Tages von sich abfallen und in die Matratze sinken ließ, und bald würde sie nur noch das tiefe, gleichmäßige Atmen seines Schlafs hören. Vielleicht kam es aber auch zu einer Sekunde verhaltener Spannung, wenn er flüsternd fragte: »Schläfst du noch nicht, Elizabeth?«
Sie ärgerte sich über sich selbst, wenn sie dann sprach. Er war zu müde, übermüdet von seinem Torfstich und auch von seinen Polizeipflichten, um ihn mit oberflächlichem Gerede wach zu halten. Aber manchmal mußte sie doch sprechen, einfach, um in der Nacht ein Gefühl von Leben und Bewegung um sich her zu schaffen. Die Worte, die sie dann wechselten, oder auch nur das Geben und Empfangen einer Tablette und eines Glases mit Wasser bewahrten oft ihr ganzes Sein davor, in lautes Schreien auszubrechen.
Welche Stille und welches Schweigen sich auf Zimmer und Haus senkten, sich auf alles senkten, ausgenommen ihr eigenes fiebriges Denken! Beim Licht des flackernden Nachtlämpchens konnte sie die Bretter der Zimmerdecke zählen, dann die Astknoten in den Brettern, dunkle Ringe im wachsartigen Firnis; doch bald verschwanden sie, und die Decke hing so wirr

und leer über ihr, wie sie es nie geglaubt hätte. Sie ließ die Blicke zum Schrank aus Sperrholz sinken: der Messinggriff schimmerte, und obenauf lagen ein paar Rollen Tapete, die sie gekauft und nie aufgeklebt hatte. Reegans Bett stand drüben in der Ecke beim Feuer, eisern und schwarz, und das Rahmenwerk am Fußende und am Kopfende hatte abgerundete Ekken – wie jedes Dienstbett in so vielen Polizeistationen in ganz Irland. In solchen Nächten spürte sie sich oft dem Wahnsinn nahe. Sie wollte schreien oder rufen, und wenn sie nicht geglaubt hätte, daß sie ein gewisses Leben schaffen könne, sobald Reegan spät in der Nacht heimkehrte, hätte sie nicht gewußt, wie sie durchhalten sollte. Selbst wenn er schlief, bewahrten seine tiefen Atemzüge ihren Sinn vor unvernünftigen Dingen, und der geringe Kontakt, wenn ihr Sein sich zu den Träumen seines Schlafs vortastete, schien ihr nicht so leer wie die starre Decke und der wuchtige Schrank und die Messingverzierungen, die das Licht des Mondes auffingen. Dann begann das lange Warten auf den Morgen, der immer, seit sie nicht mehr an seinen Geräuschen teilhaben konnte, mit wilder Gewalt über sie hereinbrach: Warten im Dunkeln, Reegans tiefe Atemzüge, und auf der Landstraße rumpelte der erste Wagen, schwach und fern, aber näher kommend, und am Ende der Allee rumpelte er mit eisernen Reifen und klirrendem Geschirr über die knirschenden Steine und wurde leiser, wenn er über die Brücke und in den Wald oder den Steinbruch fuhr. Noch mehr Wagen erschienen auf der Straße und stießen zusammen, und Männer beschimpften einander oder die Pferde. Nach den langsamen, wüst lärmenden Wagen brummte ein Traktor ruhig die Straße entlang, andre Wagen und Traktoren folgten ihm, und ein einzelner Lastwagen oder Stationswagen beförderte die Männer zu ihren Arbeitsplätzen. Das Messing an ihrem Bett funkelte stärker, fast konnte sie die Zahlen auf dem Zifferblatt des Weckers erkennen und Reegan sehen, der in Decken eingewickelt in dem dürftigen Polizeibett schlief. Sie war erhitzt und durstig und goß sich Wasser aus dem Krug ein; ihre Füße klebten an den Leintüchern. Der Morgen draußen war frisch und klar; die Männer fuhren nach einem warmen Frühstück zur Arbeit. In ihr steigerten sich die Morgengeräusche zu einer wilden Erregung. Niemals hatte sie es so empfunden, wenn sie aufgestanden war und in der Küche die Stores hochgezogen und die Glut zusammengescharrt hatte, um ihnen das Frühstück vorzubereiten; da hatte sie es vor allem als Plage und Last ihres Zusammenlebens empfunden, doch jetzt war es ein wilder Schrei ans Leben: leben, leben, nichts als das.

Das Licht wurde heller, sie konnte die Uhr erkennen, die Zeiger standen auf acht. Die Sägen im Wald würden vielleicht fünf oder zehn oder fünfzehn Minuten nach acht zu kreischen und zu singen beginnen, vielleicht sogar später, nichts spielte sich hier allzu pünktlich ab. Der Steinquetscher arbeitete im Steinbruch, der Morgen pulsierte vor Leben und spornte sie an, selber aufzustehen, leidenschaftlichen Lebens voll.

Lautes Türenschlagen, und die Kinder waren auf und kamen ins Zimmer, um Reegan zu wecken und ihr guten Morgen zu wünschen. Später, während Reegan sich anzog, hörte sie unten die Feuerzange, wenn sie das Feuer in Gang brachten.

»Hast du gut geschlafen, Elizabeth?« fragte er.

»Ja«, log sie, obwohl der Ausdruck um ihre Augen es unglaubwürdig erscheinen ließ.

»Das ist großartig, da werden wir dich bald wieder auf den Beinen haben. Der Doktor will auf dem Weg zur Apotheke hier vorbeikommen, und wir können ihn wegen der Krankenschwester fragen.«

»Ja, 's ist recht«, sagte sie. »Du bist heute ein bißchen spät dran.«

»Aye – schon halb neun! Immer die verdammte Hetze wegen neun Uhr! Heutzutage werden die Leute die reinsten Uhren – müssen es werden!«

»Gehst du heute ins Moor?«
»Ja, bestimmt. Ich muß sehen, was die Männer machen, darf's mir aber nicht erlauben, den ganzen Tag draußen zu bleiben.«
»Wen hast du genommen?«
Er zählte die Namen der Arbeiter auf, während er die Jacke anzog; er ließ sie offen und ging zum Frühstück hinunter.
Sie sah alles vor sich: das Feuer würde lodern, er würde sich vor dem Küchenspiegel rasieren, die Augen blind vom Seifenschaum, und die Hände würden nach dem Handtuch tasten. Die Küche würde sauber und behaglich sein, eine weiße Decke würde auf dem Tisch liegen. Wie gern wäre sie jetzt dort, mitten im Morgentrubel, und nicht hier allein unter feuchten Leintüchern.
Mullins hatte Dienst; er stampfte mit seiner Matratze und einer Ladung Wolldecken die Treppe herauf; durch die offene Tür sah sie zwischen den Geländersprossen seine Schultern und die Arme, die den Stoß grauer Wolldecken umklammerten. Sie hörte, wie er Schaufel und Zange für sein Feuer benutzte. Die Außentür wurde geöffnet, das Tor beim Abort klappte, er ging mit seinem Ascheneimer und dem Nachttopf zur Aschengrube. Das eiserne Tor fiel zu, ein paar Minuten Pause, während er dem Abort seine Morgenvisite abstattete; dann Schritte auf dem Kies und das Scharren seiner Stiefel an der Tür.
Kurz vor neun brachte er noch irgendeinen Gegenstand in den Vorratsraum und ging quer über den Flur zu Elizabeth. Wer auch immer morgens Dienst hatte, kam stets zu ihr, um sie zu begrüßen.
»Alles ist fertig, und ich kann mir mein Frühstück schmecken lassen«, stellte er fest. »Wollte bloß mal sehen, wie es Ihnen geht.«
»Es ist sehr nett von Ihnen, John«, sagte sie.
»Macht mir keine Mühe, im Gegenteil«, antwortete er und war verlegen ob des kleinen Lobes oder der Schmeichelei: sogleich

bedrängte ihn ein Gefühl, daß er eigentlich besser sein sollte, als er war. Sie bemerkte die Wirkung ihrer geringfügigen höflichen Geste und wünschte, sie hätte geschwiegen, es war keine echte Höflichkeit, wenn Mullins deshalb so verlegen wurde — nur eine dumme, alberne Manieriertheit.
»Wie war die Nacht?« erkundigte er sich.
»Ich habe gut geschlafen«, erwiderte sie. Sie mußte versuchen, ihn abzulenken.
»Sie sehen so gut wie noch nie aus!« sagte er. »Man merkt schon sehr, daß der Sommer bald kommt, und der kann die Toten zum Leben erwecken, erst recht aber jemanden wie Sie — wo Sie sich doch bloß anstellen!«
Er würde ihr nie vorwerfen, sich anzustellen, wenn nicht das krasse Gegenteil der Fall wäre: da mußten sie ja sehr wenig Hoffnung hegen, daß sie gesund würde, dachte sie. Sie mußte versuchen, ihn schnellstens abzulenken.
»Hat es geregnet? Hat es gestern abend geregnet?« fragte sie. »Heute früh konnte ich Ihre Schritte auf dem Kies überhaupt nicht hören.«
»Wir können, scheint's, nicht viel machen, ohne daß Sie's merken«, neckte er sie. »Wir hatten Regenschauer, es sind noch Wolken am Himmel, und der Boden ist so weich wie Gips. Sie versäumen also nichts, wenn Sie bei diesem Wetter nicht raus können.«
Er kam wieder auf ihre Krankheit zurück, doch jetzt wußte sie ihm leicht auszuweichen.
»Wie steht's mit dem Kartoffelsetzen?« fragte sie.
Er begann es ihr zu erzählen, die Zeiger der Uhr näherten sich der Neun, unten erschienen die andern Polizisten, bald würde er sie verlassen müssen.
Nachdem er gegangen war, hörte sie unten das geschäftige Treiben in der Wachstube und Reegans Schritte, als er über den Flur ging; die Tür zur Wachstube wurde zugeschlagen. Die Namen würden verlesen werden, und wie immer hatte sie

das Gefühl, daß mit dem Türenzuschlagen um neun Uhr der Morgen vorbei war und der Tag begonnen hatte.
›Ich bin Elizabeth Reegan, und in meinem Leben beginnt ein neuer Tag‹, sagte sie sich. ›Ich liege hier im Bett. Seit fünf Wochen liege ich krank im Bett, und es sind keine Anzeichen dafür vorhanden, daß es mir bessergeht. Ich habe zwar wenig Schmerzen, und das ist ein Glück, aber das Schlimmste sind die Angst und die Gewissensbisse und die grauenhafte Sinnlosigkeit des Ganzen. Manchmal nahen sich Sinn und Frieden, doch ich verliere sie wieder, nichts im Leben kann ja ein für allemal gelöst werden, sondern es ändert sich mit dem ewig veränderlichen Leben, der Frieden mußte mit Schmerzen erkämpft werden, und immer, wenn er einem geschenkt wurde, war er anders und doch gleich, jeder Verlust hatte ihn verändert.‹ Sie konnte überzeugt sein, daß er nie auf immer zu ihr kommen würde, solange sie noch am Leben war.
›Gleich und doch anders, Elizabeth‹, hörte sie Halliday sagen, und sie konnte nur lächeln und sich umdrehen.
Es war wieder einmal Tag, der schale Tag ihres Krankenzimmers. Die Sägen sangen, der Steinquetscher ratterte. Sie hörte einen Motor, das Geräusch erinnerte an den Postwagen, und zehn Minuten drauf war der Briefträger vor der Tür der Wachstube. »Nichts Neues heute«, glaubte sie zu hören. Wahrscheinlich hatte er keine Briefe, nur die amtlichen braunen Umschläge mit der schwarzen Harfe auf der Rückseite, an die Polizeistation gerichtet – keiner wollte sie haben.
Sie hörte, wie sich die Schritte des Briefträgers auf dem Kies entfernten.
»Jesus! Jesus heut nacht! Jesus den heutigen Tag!« murmelte sie und wußte kaum, ob es ein Fluch oder ein Gebet war.
Das Verlesen war beendet.
Casey wurde für den Tag und die anschließende Nacht zum Diensttuenden bestimmt, und Reegan kam herauf, um ihr zu sagen, daß er auf Patrouille ginge.

»Ins Moor vermutlich?« brachte sie mit einem Lächeln zustande.
»Ja, ins Moor«, bestätigte er, im Gesicht ein stilles Besinnen, das sie schön fand.
»Quirke hat wohl Ruhe gegeben in der letzten Zeit?« fragte sie.
»Ja—Ruhe vor dem Sturm, das würde mich nicht verwundern. Dann wird er uns tagelang anpesten. Jetzt hat ihn wohl ein anderer armer Kerl abgelenkt. Der edle Herr ist so ein Stänker — wenn er nicht dauernd jemanden plagen könnte, müßte er wohl in den Fluß springen oder sich sonstwas antun.«
Sie lachte. Es war so erleichternd. Dann ging er.
»Soll ich dir irgend etwas aus den Läden mitbringen?«
»Nein, danke, nichts.«
»Und sollte ich nicht zurück sein, wenn der Doktor kommt, dann erwähne das mit der Krankenschwester, ja?«
Er war fort. Nun konnte sie nur noch darauf warten, daß sein Fahrrad unter dem Fenster über den knirschenden Kies fuhr. Doch selbst jetzt konnte sie sich auf so vielerlei Zerstreuungen freuen, und auf noch weit mehr Erinnerungen, falls sie an früher dachte. Wahrscheinlich würde sie sich im Grauen des jeweils gegenwärtigen Augenblicks niemals allein begegnen müssen — ausgesetzt auf einem zerbröckelnden Felsenband über dem Abgrund, ihr Leben in einem Schrei hervorgepreßt, während sie fiel.
Er war fort; der Morgen mit seinem Frühlingslicht zog lebendig durchs Zimmer; sie trank Wasser.
Mrs. Casey war in der Wachstube; sie blieb nicht lange dort, sondern kam herauf und ließ die Wachstubentür hinter sich offenstehen, damit Casey sich seine Zeitungen holen konnte. Falls das Telefon läutete, würde sie hinunterstürzen müssen, und eine kurze, wilde Panik würde entstehen, doch es war zweifelhaft, daß sich irgend etwas rühren würde, solange er weg war.

»Endlich bin ich hier! Ned ist gerade weggegangen, seine Zeitungen holen«, berichtete sie, und die gleichen Fragen wurden gestellt, die gleichen Antworten gegeben, die gleichen Ermutigungen und Hoffnungen ausgesprochen. Das schöne Wetter würde kommen und ewig bleiben. Elizabeth sah erleichtert, daß sie Staubtuch und Bürste holte, sich ein blaues Tuch um den Kopf band und, während sie das Zimmer aufräumte, zwischen kleinen Gesprächsfetzen vor sich hinsummte. Casey kehrte mit den Zeitungen zurück und brüllte vom Fuß der Treppe herauf, er käme erst, wenn sie ihren Klatsch beendet hätten.

»Geh du nur und lies deine herrlichen Zeitungen, hier bist du unerwünscht«, scherzte sie schlagfertig.

»Ist ja schlimmer als ein Harem da oben!« schrie er, und Elizabeth fragte sich, wie lange das verliebte Geplänkel noch andauern würde.

»Geh und lies deine Zeitungen! Du mit deinen Harems! Was soll das in einem Christenland?« lachte Mrs. Casey.

»Oh, warum hab' ich bloß geheiratet? Da habe ich die größte Schlappe meines Lebens erlitten! Kein Mann kann je gegen eine Frau aufkommen«, schalt er laut und ging glücklich in die Wachstube, wo er in allumfassendem Wohlgefallen und Wohlbefinden lächelnd auf den Garten und die Brücke hinausblicken würde, ehe er sein Kissen auf den Stuhl vor dem Feuer legte und mit übertriebener Gemächlichkeit die Zeitungen aufschlug, als sei jede Bewegung schon an sich ein schönes Ergebnis.

Mrs. Casey summte vor sich hin, während sie das Zimmer fegte und putzte; sie stieß das Fenster weit auf, um die abgestandene Luft hinauszulassen, die Elizabeth jetzt noch wahrnahm, und ging dann, um das Schmutzwasser wegzubringen. Mit ihren raschen, jugendlichen Bewegungen und ihrem Gesumme erschien sie Elizabeth wie eine Art Sonnenschein.

»Jetzt haben wir's fein für den Doktor«, sagte sie, als sie zurückkehrte. »Und einerlei, wer kommt, wir werden uns nicht blamieren.«

»Es ist wunderbar – aber für Sie ist es zuviel Mühe! Sie müssen jetzt alles für uns tun!« entschuldigte sich Elizabeth.

»'s ist überhaupt keine Mühe. Ich hab' mich seit Jahren nicht so wohl gefühlt wie jetzt. Gestern erst hat Ned zu mir gesagt, ich hätte noch nie so gut ausgesehen, seit ich ihn eingefangen habe«, lachte sie. »Aber was mich erledigt, das sind die vier Wände in unsrer eigenen Bude! 's ist das schlimmste, wenn man kaum was zu tun hat: da fängt man an zu grübeln, und dann bekommt man's mit den Nerven. Und über alles erschrickt man, das ist greulich. Ich glaube fast, daß ich heut nacht auch allein schlafen könnte, aber es ist herrlich, wenn ich Una oder sonstjemand bei mir haben kann.«

Sie schien sehr glücklich zu sein, als sie wegging, um das Mittagessen vorzubereiten. Auf dem Weg zur Küche warf sie einen Blick in die Wachstube, und bald kam Casey mit der Zeitung herauf und klopfte an die offene Tür, wie er es immer tat, ehe er eintrat.

»Sie sehen heute wundervoll aus, Elizabeth! Im Nu werden Sie wieder auf den Beinen sein! Ich habe Ihnen die Zeitung mitgebracht«, sagte er und legte sie neben ihre Hand auf die Daunendecke.

»Ist heute irgend etwas Aufregendes drin?« fragte sie, um das Gespräch von sich selber abzulenken, denn das konnte sie nicht viel länger ertragen. Warum mußten sie immer alle das gleiche sagen, oder waren Lügen stets ein und dasselbe – genau wie die Wahrheit.

»Nichts Aufregendes«, antwortete er lachend. »Niemals was Aufregendes, aber man kauft sie sich trotzdem, nicht wahr? Ich glaube, ohne Zeitung würde mir der Tag nicht gefallen, schon das Herumblättern – es gibt einem so ein Gefühl, als säße Gottvater auf seinem Thron, und mit der Welt wäre alles in Ordnung. Ach je, Elizabeth, was man schwitzen mußte,

um den Kram in den alten Schulbüchern auswendig zu lernen, und doch stößt man immer wieder drauf, immer wieder, sogar auf das, was man längst vergessen hatte. Schrecklich, was?«
»Mir geht es auch so«, sagte sie. »Jedem, glaube ich.«
»Aber keiner will's zugeben!« rief er erregt.
»Das stimmt«, erwiderte sie schleppend.
»Gerade gestern habe ich mit Mullins darüber gesprochen«, fing er an, als er Mrs. Casey mit dem Tee heraufkommen hörte. Er wechselte das Thema: »Hab' ich's nicht gut eingerichtet, hier zu sein, wenn der Tee kommt? Das beweist mal wieder, wie eifersüchtig sie auf uns beide ist, weil wir hier allein sprechen – da mußt' sie sich einen Vorwand ausdenken!« Und das ewige Geplänkel zwischen ihnen begann wieder, bis Casey sagte: »Die Männer sind vermutlich ebenso wie die Frauen. Ohne sie kann man nicht auskommen, was soll man also machen?« Und dann hörten sie den Wagen des Arztes. Casey stürmte hinunter, um rechtzeitig in der Wachstube zu sein. Mrs. Casey brachte mit den letzten Handgriffen das Zimmer in Ordnung und begegnete dem Arzt, als sie mit dem Tablett hinunterging. Sie wechselten ein paar höfliche Worte, ehe er zu Elizabeth hinaufstieg.
»Wie geht's der Patientin heute?« lächelte er. Er stellte seine Tasche munter aufs Bett, zog die Handschuhe aus und drückte ihr die Hand.
Sie wußte nicht, was sie antworten sollte, und sie wußte auch, daß es keinen Unterschied ausmachte, ob sie antwortete oder nicht.
»Wie geht's Ihnen heute, Herr Doktor?« fragte sie.
»Großartig! Heute können wir uns nicht mal über Regenwetter beklagen – bis jetzt nicht, wenn's auch in der Nacht sehr heftig gegossen hat. Sie beklagen sich nie sehr, nicht wahr?«
»Nein, es nützt ja nicht viel.«
»Das will ich nicht sagen«, erwiderte er. »Ein bißchen Krachschlagen hat sehr viel für sich – und das wissen die meisten

Menschen leider. Wenigstens gelingt's ihnen damit, die Aufmerksamkeit auf sich zu lenken, und wenn's auch nur wegen des Theaters ist, das sie machen.«

Unvermittelt fragte er: »Wie steht's heute mit den Schmerzen?«

Sie antwortete.

Die Untersuchung begann.

Als sie beendet war, schaute er ihr ins Gesicht. Sie versuchte seinen Blicken auszuweichen: er zweifelte kaum noch, daß sie das Schlimmste schon ahnte.

»Es kommt immer alles zusammen, das scheint mir auch bei Ihnen der Fall zu sein, aber ich mache mir keine Sorgen. Eine kleine Luftblase im Blutkreislauf kann den Gesundesten im Nu fällen, und noch heute laufen Leute herum und freuen sich ihres Lebens, obwohl sie viel schlimmer dran sind als Sie. Es heißt immer, Ärzte und Krankenschwestern könnten der Krankheit nicht ins Gesicht blicken, weil sie zuviel wissen, aber ich sage mir, wenn sie die eine Seite kennen, so kennen sie dafür auch die andre Seite!«

Sie nickte zustimmend. Dann fragte sie ihn, wo er in diesem Jahr seine Ferien verbringen wolle.

»In Südfrankreich, und wenn wir es mit dem Geld schaffen«, sagte er, »wahrscheinlich weiter und bis nach Rom. Wir haben immer zuviel Regen gehabt, um uns Irland anzusehen; man soll in die Sonne reisen, wenn man eine Gelegenheit dazu hat. Sehr viele Leute können es sich jetzt leisten, und wir verlieren allmählich unsern Minderwertigkeitskomplex betreffs Auslandsreisen und Kultur. Die Tage, als wir die Schweine in der Küche hatten, sind vorbei.«

Er fuhr fort: »Wenn man sich's recht überlegt, hat sich unser Land in den letzten Jahren doch mächtig verändert. Jetzt ernten wir, was die Männer gesät haben, die für unsere Freiheit kämpften. Als ich am University College studierte, gab's Leute, die viel Geld hatten und sich doch scheuten, einen Fuß ins

Shelbourne Hotel zu setzen, weil sie nicht zum sogenannten Landadel gehörten. *Die* Tage sind endgültig vorbei. Eine neue Schicht wächst heran, Menschen, die sich nicht abhalten lassen, etwas zu tun, nur weil sie nicht aus den ›großen Häusern‹ stammen. Ich könnte heute das Shelbourne betreten, als wenn es mir gehörte — und ich stamme keineswegs aus einer reichen Familie.«

Elizabeth nickte. Sie mußte lächeln, wenn sie sich vorstellte, sie könnte die Mittel haben, um ins Shelbourne oder nach Südfrankreich zu gehen, einerlei, was für ein Heil daraus erwachsen mochte. ›Weib, nimm dein Bett und gehe ins Shelbourne!‹ gaukelte es ihr so phantastisch durch den Sinn, daß sie beinah hell aufgelacht hätte, als er zu sprechen aufhörte, und sie mußte sich vornehmen, nicht grausam oder boshaft zu werden. Ihr Leben lag ja in seiner Hand. Er wollte nur, bevor er ging, freundlich mit ihr plaudern, wie man eben mit einer Patientin plaudert. Doch er schien aus tiefster Überzeugung zu sprechen, und sie fragte sich, ob er wirklich an seinen Kohl glaubte, denn was für einen Unterschied konnte es wohl im Leben eines vernünftigen Menschen ausmachen, wenn er stolz ins Shelbourne gehen durfte?

›Wie arbeitet ihr Verstand, Elizabeth? Wie können sie sich mit solchem Blödsinn über Wasser halten, um Gottes willen? Kannst du mir das erklären, Elizabeth: wie arbeitet ihr Verstand, und wie bringen sie es um Gottes willen fertig, weiterzumachen?‹ hörte sie Hallidays Stimme in ihre Gedanken einbrechen.

Immer sah sie die Menschen im Licht ihrer eigenen Einsicht. Aber hätte sie dem Arzt hier ruhig zugehört, wenn sie Halliday nie kennengelernt hätte? Einsicht und Wissen und sogar Erkenntnis lagen in ihr, doch er war es, der sie wachgerüttelt hatte, und wenn sie ihm nicht begegnet wäre, hätten sie wohl ihr Leben lang weitergeschlummert. Es sei denn, sie hätte jemand anders kennengelernt — aber wie konnte man das wis-

sen? Sie wußte nur, was sie war, und was sie geworden war, und beides nicht besonders deutlich. Er hatte alles in ihrem Leben geändert und nichts gelöst: auf den ersten Begeisterungsausbruch über die Entdeckung folgte der Fehlschlag in der Liebe, als die Verachtung in Selbstverachtung überging und schließlich mit dem Zusammenbruch endete, so daß ihr nur die flüchtige Asche in Händen blieb. Wenn sie niemals Erkenntnis oder Wissen erlangt hätte, wäre ihr immerhin das Zugehörigkeitsgefühl geblieben – der dunkle Trost der Menge, die sich aus Furcht vor dem, was nicht erwähnt werden darf, wärmesuchend zusammendrängt – aber wie konnte ein Entsetzen im Dunkeln schlimmer sein als das einsame Entsetzen im hellen Tageslicht?
Das Zimmer, das Bett, die Zimmerdecke, ihr Schweiß und ihre Beschwerden waren noch da. Der Doktor hatte den Monolog beendet, den ihre Worte angeregt hatten; sie fragte ihn wegen der Krankenschwester. Er gab ihr die Hand, ehe er seine Handschuhe anzog und ging. Sie konnte Mrs. Casey in der Küche wirtschaften hören. Casey war in der Wachstube. Die Zeitung, die er ihr gebracht hatte, lag neben ihrer Hand auf der Daunendecke. Nichts war anders geworden. Einerlei, was geschah, ihr Leben mußte in diesen Verhältnissen weiterlaufen, und wenn es nicht diese wären, würden es andre sein, und wie konnten Unfälle jetzt noch einen Unterschied ausmachen? Doch sie hatte Reegan geheiratet. Warum, oh, warum war sie ihm gegenüber nicht fair gewesen? Warum hatte sie ihn geheiratet, trotz allem, was sie wußte? Sie hatte ihn geliebt, aber das war eine zu leichte Antwort, es war bedeutungslos. War ihre Liebe einfach ein Sehnen nach Sicherheit gewesen? Konnte es etwas so Erbärmliches sein? Oder war es Sehnsucht nach ihrer Kindheit, die sich nicht weit von dem Haus und dem Dorf und dem Fluß abgespielt hatte, der aus dem Wald kam und ins Tiefland des Shannon strömte? War es wegen Reegan? Er war ein merkwürdiger Mann, einsam und anders als

andre, hatte sie stets gemeint; sie hatte ihn nie sehr verstanden und beinah furchtsam neben ihm gelebt. Manchmal war er voll einer wilden Leidenschaft, und dann wieder erschien er verbohrt und dumm. Damals hatte sie London satt gehabt, das verrückte Tempo war ihr auf die Nerven gegangen. Jetzt schien sich auf ihr Verhältnis zu Reegan zu beziehen, was einst Halliday ihr zugeschrien hatte: ›Ich war am Ende meiner Kräfte angelangt und benutzte dich nur, um noch einmal Atem zu schöpfen. Ich benutzte dich, um nicht meinen eigenen Dreck betrachten zu müssen. Ich habe dich verführt, weil ich selber von meiner eigenen verdammten Lebenslust verführt wurde.‹ Sie lebten alle voneinander und verzehrten einander, wie sie auch selbst verzehrt wurden, und es ging nur um die eine Frage: Wer würde wen zuerst verzehren? Offensichtlich konnte nichts gelöst werden, das sah sie ein, wieder und immer wieder. Ihre Liebe mochte all das und noch mehr gewesen sein, hineingeschmolzen in eine unerklärliche Leidenschaft. So hatte sich ihr Leben abgespielt, und mehr ließ sich nicht mit Sicherheit darüber sagen.
›Mehr nicht, Elizabeth! So hat es sich abgespielt, und alles war Unsinn. Je eher es verging, um so besser.‹ Hallidays Worte beunruhigten ihr Denken wieder, doch andrerseits war ihre Erkenntnis niemals die gleiche wie die seine gewesen, und was er in ihr geweckt hatte, entfaltete sich so verschiedenartig, daß man es kaum als Gedanken über das gleiche Thema erkennen konnte. Oh, es war seltsam und jetzt nur von Staunen durchtränkt, sie und ihre Gedanken über das Eine.
Manchmal war eine so tiefe Freude da, Freude, die selbst in leidenschaftlichem Staunen versunken war, in das auch sie und alle Dinge versunken waren. Nichts konnte hier entschieden werden. Sie ging nur hindurch. Durch ein Mysterium war sie ins Leben getreten und würde auch so zurückkehren, es umgab ihr Leben und hielt es fest und sicher bei der Hand. Sie würde in das zurückkehren, was sie nicht kennen konnte, und endlich

eingehen in das, was ihres Lebens Sinn war. Hier sah sie keinen Sinn—keinen andern als den, zu sein—, und das hieß—in der Hinnahme — doch sicherlich: zu lieben. Es sollte kein Suchen nach dem Sinn geben, sondern sie mußte hineinwachsen in den Sinn, wie sie auch ins Leben hineinwuchs — es gab immer nur das oder nichts, und sie konnte nicht verlieren. Sie konnte keine andre Aussage als die hier machen, sie hatte nicht das Recht dazu, sie wartete nur, und sie konnte nicht mehr sagen oder wissen.

Aus allem wirklichen Sehen wurde ein Lächeln, und wenn es sich zum Sprechen gedrängt fühlte, mußte es Lob sein, alles andre war Tod, war Verweigerung und Zurückwenden; Verweigerung, zuzugeben, daß sie nichts wußte und nichts in sich selbst war, ein Geschöpf flüchtigen Vorübergehens, das in seine Wirklichkeit zog (welche auch immer das sein mochte), in die Wirklichkeit, über die sie nichts wußte.

All die scheinbare Nichtigkeit ihres Lebens in der Polizeiwache kam am Ende in dem Gefühl des Mysteriums zur Ruhe. Es verlieh dem in Langeweile oder in Reue vertrödelten Leben ebensoviel Gültigkeit wie eine auflodernde Leidenschaft: alles stand unter seiner ewigen Herrschaft. Während eines Augenblicks fühlte sie sich rein und ohne Schuld. Es verlangte sie nicht danach, sich an erklärende Tatsachen und Zahlen zu klammern, es ging nur darum, ob es da war oder nicht da war, und wenn es irgendeine Beziehung gab, würden sie sich im Moment ihres Todes begegnen. Sie nahm seine unumschränkte Herrschaft über ihr Leben hin, sie hatte keine Rechte, wie konnte sie also jetzt streiten? Und wenn das die Wirklichkeit ist — daß wir kein andres Leben als dieses eine haben —, dann konnte sie nur nachdenken und lächeln: es mußte vor ihrer Geburt so gewesen sein, und sie zweifelte sehr, ob sie jemals gewünscht haben könnte, geboren zu werden.

So mußte es also sein. Aber in dem einsamen Zimmer hier nahm es seinen Lauf, ihr verfluchtes Leben. Unten ging Mrs.

Casey hin und her. Warum konnte sie nicht heraufkommen und ihr helfen, die öde Tretmühle dieser Grübeleien zu überwinden? War sie zu sehr beschäftigt? Sie bereitete das Mittagessen vor – aber hatte sie denn keine einzige Minute übrig? Konnte sie nicht kommen und fragen: ›Möchten Sie irgend etwas, Elizabeth?‹ Es erfordert doch nicht soviel Zeit, die paar Worte zu fragen? Oder sorgten sie sich überhaupt nicht mehr um sie? Was sollten sie sich auch sorgen, ihnen ging es ja gut, was sollten sie sich *um sie* sorgen? Empört wollte sie auf die Dielen pochen und rufen: ›Können Sie nicht raufkommen? Haben Sie mich vergessen? Wissen Sie nicht, was Rücksicht ist?‹

Und wenn sie dann kam, würde sie sich eine erlogene Entschuldigung ausdenken müssen. Sie konnte doch nicht sagen: ›Ich möchte, daß Sie bei mir bleiben! Bleiben Sie bei mir und überlassen Sie mich nicht mir selber!‹ Mrs. Casey würde glauben, sie rede im Fieberwahn. Wie konnte sie denn von ihr erwarten, zu ihr zu kommen, wenn sie um halb eins das Essen für die Kinder bereit haben mußte! Sie hörte sie kommen: eine Tür schlug zu; ihre nackten Füße tappelten über den Zementboden, aufgeregtes Geplapper setzte ein, und dann das Klappern von Geschirr und Bestecken. Sie wurde ruhiger, als sie sich die Kinder am Tisch in der Küche vorstellte; wievielmal hatte sie ihnen selbst zu essen gegeben! Bald würden sie die Treppe heraufgestürmt kommen, zu ihr, und ebensoschnell wieder weg sein, um zu versuchen, ob sie ein paar Minuten ersehnten Spiels erhaschen konnten, ehe die Glocke läutete.

Reegan kehrte nicht heim; anscheinend hatte er es riskiert, den ganzen Tag im Torfstich zu bleiben. Die Caseys nahmen ihre Mahlzeit bei ihr in ihrem Schlafzimmer ein. Jetzt schienen Zorn und Verzweiflung, die sie vor einer Stunde geschüttelt hatten, so töricht zu sein: sie aßen bei ihr, obwohl es für sie viel bequemer gewesen wäre, ihr Essen unten einzunehmen.

»Es ist sehr nett von Ihnen, daß Sie bei mir essen«, sagte sie und wandte scheu und beschämt die tränenfeuchten Augen ab, um sie nicht sehen zu lassen, wie unendlich dankbar sie ihnen war; und dann, während sie ihnen beim Essen zusah, merkte sie entsetzt, daß die beiden, falls sie ständig hiersitzen müßten, sie noch viel rascher verrückt machen würden, als sie sich in ihrer Einsamkeit verrückt machen konnte; der Hauptgrund, weshalb sie ihre Anwesenheit als erfreulich empfand, bestand in dem Wissen, daß es bald vorbei sein würde, sie würde sie nicht ertragen müssen, sondern sie verlieren, sie würden ihr weggenommen werden. Plötzlich stahl sich ein Lächeln in ihre Augen, eins war sicher, ihr Temperament würde sich gewaltig ändern müssen, ehe es sich in ein ewiges Leben einfügte.

Der Tag kroch langsam, wie fast an jedem Tag, in den Spätnachmittag hinüber. Ein großer Brummer mit dem gleichen blauen Glanz auf den Flügeln, den Petroleum aufs Wasser malt, surrte so laut und so lange gegen die Fensterscheiben, daß sie Mrs. Casey bitten mußte, ihn umzubringen. Doch nachdem Mrs. Casey ihn endlich mit einer Zeitung zerdrückt hatte und das Verstummen der fernen Sägen und des Steinquetschers aufs neue Gelegenheit hatten, sich wieder im Zimmer anzusiedeln, hatte sich im Grunde nichts verändert. Reegan kehrte spät von seinem Torfstich zurück, und als er sein Abendbrot aß, setzte ein neuer Herzanfall Elizabeths Leben beinah ein Ende.

Hinterher teilte der Arzt ihm mit, er erwarte nicht, daß sie noch den vollen Sommer erleben könne. Er meinte, wenn der Tod bald eintrete, wäre es fast eine Gnade. Sie würde schwerlich mehr als die allerersten Krebsschmerzen erleben; ein Versagen der Herzkammern würde ihr, wie er glaubte, ein langsames Hinsiechen mit Drogen ersparen.

Die grünen Binsen, welche die Kinder am Vorabend des Marientages hingestreut hatten, waren nicht weggefegt worden und lagen braun und welk auf der Schwelle, aber es war jetzt Mai, und die Glocken läuteten abends zur Andacht. Im Moor, wo die weißen Wollgrasflöckchen wehten, standen die Torfkarren zum Aufladen bereit. Im Garten schoben sich die Kartoffelblätter aus der Erde hervor, und Reegan deckte sie ohne große Sorgfalt zu, weil er Frost befürchtete. Sein einziger Gedanke war der Torf. Spät abends und frühmorgens hatte er lange vor den Nachrichten das Radio angestellt, um die Wettervorhersage zu hören, und ständig beobachtete er den Himmel. Blieb er heiter, dann konnte er ohne Besorgnis an den September denken.

Elizabeth sah im Frühling und Frühsommer vor allem, wie müde Reegan abends war, wenn er, auf den Polizeistiefeln lose Erdklümpchen, mit den Kindern zu ihr heraufkam und wenn Sheila ihr Schlüsselblumen mitbrachte. Die Vögel lärmten den ganzen Tag ums Haus, es war Paarungszeit, und das Leben wußte sich ihrer Lieder zu bedienen. Noch mehr Fliegen fanden sich im Zimmer ein; von der Decke hing ein gelber Streifen herunter, in dessen Süßigkeit sie klebten und zappelten, bis sie starben, in immer wieder neue unbewegliche schwarze Punkte hinüberstarben. Die Gemeindeschwester, Mrs. Lennon, erschien abends und morgens auf ein paar Stunden, sie störte niemanden und nichts im Haus.

Elizabeth verfiel zusehends. Und es war ihr gleichgültig. Manchmal versuchte sie sich auszumalen, wie ihr Herz und ihre Brüste auf den grausigen Anatomietabellen des Ausbildungsspitals bloßgelegt wurden und wie sie einer Lehrschwester eine Stunde lang zuhörte; die Worte fielen sacht wie Regen nieder. Wenn sie dann ins wirkliche Leben erwachte, war sie oft von Haß erfüllt.

Eines Abends krachte eine Tür so laut zu, daß sie einen Todesschrecken bekam. Sie hatte eher in einem Dämmerzustand gelegen als richtig geschlafen, und plötzlich hallte der Lärm durchs Haus, so daß weiße Tünche absplitternd von den Wänden fiel. Sie erwachte entsetzt und sah auf dem oberen Flur die Kinder.

»Wer hat die Tür zugeschmettert?« fragte sie so zornig, wie es ihr möglich war.
Sie traten von einem Fuß auf den andern und erklärten: »Wir haben an der Tür gezogen, und auf einmal gab sie nach.«
»Könnt ihr mir nicht ein bißchen Ruhe gönnen? Könnt ihr niemals rücksichtsvoll sein? Habt ihr nichts Besseres zu tun?«
Die Erklärung erbitterte sie nur noch mehr.
Mrs. Casey und Reegan kamen beide herbei.
»So ein Lärm und Türenknallen!« beklagte sie sich bei ihnen. »Ich habe mich zu Tode erschrocken.«
»Habe ich euch nicht gesagt, ihr dürft oben nicht lärmen?« fragte Mrs. Casey vorwurfsvoll, und Reegan rief: »Ich dachte, das ganze Haus stürzt zusammen! Was glaubt ihr eigentlich, was ihr tut? Was war hier los?«
»Wir haben gespielt, und die Tür gab nach.«
»Müßt ihr euch wie wilde Tiere benehmen?«
»Wir haben's nicht böse gemeint.«
»Ich habe euch schon oft gewarnt, nicht wahr? Diesmal muß ich euch 'ne Lektion erteilen, mit den leeren Drohungen ist's vorbei«, und er schob sie vor sich her die Treppe hinunter.
Als sie sie weggehen sah, verflog ihr Ärger, und sie machte sich Vorwürfe, ihn nicht unterdrückt zu haben. Sie hörte ihr Gejammer, sie wurden bestraft, und wozu das alles? Später schämte sie sich sehr, als sie ihre tränenverschmierten Gesichter in der offenen Türe sah.
»Daddy hat uns geschickt, wir sollen dich um Verzeihung bitten.«
»Es ist schon gut, laßt nur! Ich habe den Kopf verloren. Es war ebensosehr mein Fehler wie eurer.«
Sie standen da.
»'s ist wieder gut, hört ihr? In der Tüte auf dem Tisch sind Bonbons, nehmt euch einen!«
Sie lächelten und nahmen sich Bonbons, es war überstanden.
Erst vor wenigen Tagen hatte sie eins von den beiden Mäd-

chen angeschrien, weil ihr Toast auf der einen Seite schwarz war, und eine Spur Asche hing auch daran: er war ihnen wohl von der Gabel gefallen. Sie mußte auf sich aufpassen. Dieser widerliche Zorn durfte sie nicht bei jeder Gelegenheit überwältigen. Ihre kleine Welt hier war nicht die ganze Welt, jeder Mensch war eine Welt für sich, und es gab so viele Menschen. Keiner von ihnen mußte angesprungen kommen, wenn sie rief, sie waren frei. Aber es war schwer, sich das ständig vor Augen zu halten, wenn ihr Körper und ihr Zimmer sie so deprimierten, daß sie kaum noch die Dinge voneinander unterscheiden konnte.

Der Priester kam jetzt regelmäßig, und bald nach ihrem Herzanfall gab er ihr die Letzte Ölung. Es schien so furchtbar alltäglich, das Berühren der Nüstern und Augen und Ohren und Lippen, der Hände und Füße mit dem gelben Öl, dazu der Geruch der brennenden Wachskerzen, das Kruzifix aus Holz, die Gefäße mit dem gewöhnlichen Wasser und dem Weihwasser und in der kleinen Monstranz auf dem Tisch die Hostie.

In den Krankenhäusern hatte sie die Patienten oft selbst auf das Sakrament vorbereitet. Sie mußte sie vorher waschen und das Bett machen, so daß die Bettdecken am Fußende leicht von den Füßen zurückgeschlagen werden konnten; und wenn es vorbei war, mußte sie die Watte verbrennen, die mit dem heiligen Öl getränkt war. Niemals hätte sie gedacht, daß sie selbst die Letzte Ölung empfangen würde, immer waren es andre Leute gewesen.

Sie zuckte zusammen, als die feuchte Watte sie berührte. Die Sinnesorgane, durch welche die Sünde in die Seele eingedrungen war, wurden gesalbt, und beim Anhören der lateinischen Worte hätte sie gern erklärt, daß auch die Liebe zu Wahrheit, Schönheit und Gerechtigkeit und noch vieles mehr auf dem gleichen Wege in die Seele gelangt waren. Ihre Augen fielen auf die kleine Flasche mit gelbem Öl, die der Priester mitgebracht hatte. Sicher war es Olivenöl. In der Schule hatten sie die Anmerkungen im Katechismus auswendig herunterleiern müssen: *Öl aus Oliven / gemischt mit Balsam / und gesegnet vom Bischof / am heiligen Gründonnerstag.*

Das war jetzt alles, weder Ehrfurcht noch Anmutungen noch sonst etwas. Der Priester mit der violetten Stola berührte der Reihe nach die Sinne mit dem Öl und murmelte die Gebete, und die Wachskerzen brannten, die vorher auch gesegnet worden waren, und in ihrem Kopf hämmerte es: *Öl aus Oliven / gemischt mit Balsam / und gesegnet vom Bischof / am heiligen Gründonnerstag;* und von einem Chor junger Stimmen, die in einem öden Schulzimmer auf die Konfirmation vorbereitet wurden, hallte es wie ein Echo zurück und schloß die volle Wirklichkeit aus, daß ihr in diesem Zimmer, welches ihr so unerträglich geworden war, das Sakrament gespendet wurde. So sorgfältig war sie erzogen worden, daß es jetzt schwer einzusehen war, wozu das alles dienen sollte: einfach nur hierfür? Doch das Entsetzen, das sich daraus ergab, konnte etwas durch den Gesang besänftigt werden, der ihr im Gedächtnis haftengeblieben war: *Öl aus Oliven / gemischt mit Balsam / und gesegnet vom Bischof / am heiligen Gründonnerstag.*

Dann war es vorbei; es war ihr gelungen, sich nicht sehr zu beteiligen; der Pfarrer ging, er würde morgen wiederkommen. Er war freundlich zu ihr, jetzt, wo sie krank war, aber sie mochte ihn noch immer nicht leiden; die erste Begegnung mit ihm und der Wortwechsel hatten sich zu tief in ihr Denken eingegraben und ließen sich nicht vertreiben. Sie hatte von jeher ihre erste Reaktion auf einen Menschen richtig gefunden, einerlei, wie sehr sie sich später mittels der Vernunft oder sogar einer nachträglichen Zuneigung darüber hinweggesetzt hatte.

Diesen Pfarrer ließ sie nie zu nahe kommen. Bei der Beichte drückte sie alles formelhaft aus; sie verriet ihm keinen einzi-

gen ihrer Gedanken. Es war unehrlich, obwohl dem Gesetz nach durchaus einwandfrei. Zu lange hatten ihre Gedanken ihr allein gehört, zu oft hatten sie sich ihr zuliebe geändert, um sich jetzt noch zu ändern, weil jemand anders eine andere Deutung eines Gesetzes kannte, das groß genug war, jede positive Einstellung zu umfassen. Sie wollte verstanden sein, das war die alte Sehnsucht, aber war es nicht eine Schwäche? Wie konnte jemand Zeit haben, sie zu verstehen; jeder war so erfüllt von seinem eigenen Leben wie sie von dem ihren. Dieser Pfarrer würde das, was sie sagte, im Lichte seines eigenen Lebens zu verstehen suchen, und das konnte nur zur vorsätzlichen Zustimmung oder zum offenen oder stillschweigenden Konflikt führen. Er würde sie zu seiner Ansicht bekehren wollen, und sie würde an der ihren festhalten wollen. Sie wollte nicht kämpfen und diskutieren, dafür hatte sie nicht genug Kraft; sie wollte, daß es nach ihrem Kopf ging und daß sie in Ruhe gelassen würde.
Ihrer Ansicht nach besaßen nur wenige Menschen eine Persönlichkeit, und der Pfarrer gehörte bestimmt nicht zu ihnen. Er war in den Sechzigern, groß und schwer, so groß wie Reegan, aber nicht von so gerader Haltung, aufgedunsen und mit einem Netz feiner bläulicher Adern unter der roten Gesichtshaut. Sie war kühl und konnte ihn beobachten: Er saß auf einem Stuhl neben ihrem Bett, ein Pfarrer, der eine sterbende Frau trösten sollte; es war ihr gleichgültig. Meistens hörte sie sich nicht an, was er sagte, stimmte ihm aber mechanisch zu, während sie ihn musterte; das aufgedunsene Äußere interessierte sie am meisten, und sie dachte, wie seltsam es sei, daß manche Menschen nur Haut und Knochen waren und andre so dick, als würden sie wie eine Schote an der Sonne aufplatzen. Das einzige, was sie fürchtete, war seine Aggressivität, sobald er zu argwöhnen begann, daß ihre uneingeschränkte Zustimmung nicht Einverständnis, sondern ein Ausweichen war, was ja auch stimmte.

»Sie müssen zu Maria beten, ihr leiht Gott sein Ohr, sie spricht für uns zu Gott, wir gehören zu den wenigen Völkern der Erde, die ihre Bedeutung erkannt haben. Finden Sie nicht, daß wir ihr die größte Verehrung schulden?« bedrängte er sie eines Abends erregt.
»Ja, natürlich«, antwortete sie müde.
»Das ›natürlich‹ ist überflüssig: wir sollen es, und fertig!« erklärte er.
Vor Ärger wurde ihr heiß, und unwillkürlich wallte der Wunsch in ihr auf, ihn zurechtzuweisen, doch sie sah rasch davon ab. Er war einfach ein Mensch, dem man ausweichen mußte, falls man noch die Wahl hatte, aber es war ihr einerlei, ob sie wählen durfte oder nicht. Einen Augenblick stieg das Bild des lächerlichen Dorfpfarrhauses vor ihr auf, das häßliche Marienblau der Türen und Fenster auf den weißgetünchten Wänden am Ende der herrlichen Lindenallee, und sie hätte am liebsten gelacht.
»Ja, ganz richtig«, sagte sie. Sie konnte ihm zustimmen. Sie wollte sich den Lärm ersparen.
Eine matte, stumpfe Sehnsucht überfiel sie, den Rücken des Pfarrers zu sehen, und daß Reegan vom Torfstich käme, eingetrockneten Torfmull im Gesicht und an den Händen, und daß alle an ihrem Bett niederknieten und sie ihr Gebet hören konnte: *Mystische Rose, / bitt' für uns. / Turm Davids, / bitt' für uns. / Elfenbeinerner Turm, / bitt' für uns. / Goldenes Haus, / bitt' für uns. / Bundeslade, / bitt' für uns. / Himmelstor, / bitt' für uns. / Morgenstern.*
Der Rosenkranz war allmählich mit ihrem Leben verwachsen: sie liebte jetzt seine Worte, seinen Rhythmus, seine Wiederholungen, sein vertrauensvolles Psalmodieren und seine ewigen Mysterien; was er bedeutete, darauf kam es nicht an, und auch nicht, ob er überhaupt etwas bedeutete oder nichts, aber er erfüllte das letzte Verlangen ihres Herzens, das Verlangen, zu loben und zu preisen und mit allen zu frohlocken.

Es ging ihr schlechter, sie begann schwächer zu werden, doch sie wußten nicht, wann es zu Ende sein würde. Da sie selbst das Nachlassen der Kräfte spürte, versuchte sie sich einmal zu sagen: ›Das ist nicht mein Leben. Das ist nicht die Art, wie ich lebte. Was jetzt geschieht, bildete niemals einen Teil meines Lebens. Ich habe in Gesundheit gelebt, nicht in Krankheit und Tod‹ – doch plötzlich war es zu ermüdend oder zu nichtig, um daran festzuhalten, und der Entschluß verblaßte bald, wie alles.

Reegan verbrachte fast alle Maitage im Moor, um die Torfstapel zum Trocknen auszubreiten. Das Wetter war trocken und herbe, mit nächtlichem Rauhreif; ein stiller, niedriger Nebel dehnte sich weiß im Morgenlicht und war undurchdringlich, von der Wachstubentür bis zu den Schiffahrtszeichen an der Ausmündung des Sees, doch vor zehn Uhr vertrieb ihn die Sonne, und sie erhob sich zu einem strahlenden Tag, der gegen Abend wieder sehr kalt wurde. Es war das beste Wetter, um Torf zu ernten, und Reegan war am Tag, als sie starb, mit Sheila und Willie im Torfstich. Una war mit Mrs. Casey im Haus geblieben, weil die Krankheit jetzt ein Stadium erreicht hatte, wo jemand die ganze Zeit bei ihr im Schlafzimmer sitzen mußte. Sie hatte am Vormittag geschlummert und sich einmal gemeldet, um die Betäubungsmittel einzunehmen; als die Angelusglocke erklang, ging ihr Atem schwerer.

»Das war die Glocke, nicht wahr, Willie?« fragte sie das kleine Mädchen.

»Ja, Elizabeth«, antwortete Una, und aus der Küche, in der Mrs. Casey das Essen kochte, wehten Geräusche und Gerüche herauf.

»Ich war nicht sicher. Den ganzen Tag höre ich schon so seltsame Glocken durch meinen Kopf läuten, Kirchenglocken. Es war doch die Glocke, nicht wahr?«

»Ja«, antwortete das Kind und wurde ängstlich.

»Sind sie schon vom Moor zurück?«

»Nein, nicht vor heute abend. Daddy hat seinen freien Tag, sie haben Brot und Flaschen mit Tee mitgenommen, mit Wollsocken außen herum.«
»Aber sie werden doch wohl für die Andacht zurückkommen? Abends wird es kalt im Moor. Und das eben war die erste Glocke, nicht wahr?«
»Nein, es war das Angelus, Elizabeth.« Das Kind mußte kurz auflachen, konnte sich aber doch nicht vorstellen, daß Elizabeth sich lustig machen wollte.
»Die Glocke fürs Angelus«, wiederholte Elizabeth, offenbar im Bemühen, es zu verstehen.
»Es ist die Glocke fürs Angelus, und sie läutet nicht später als sonst, nämlich genau zwanzig nach zwölf auf unserer Uhr«, sagte das Kind mit kaum merklichem Lachen, denn das unpünktliche Glockengeläute war im Dorf ein ständiger Witz.
»Aber warum hast du schon die Stores heruntergezogen?«
»Welche Stores?« fragte das Kind erschrocken.
»Die Stores am Fenster.«
»Die Stores sind nicht unten. Es wird auch bald heller, wenn die Sonne um die Hausecke herumkommt – in einer Stunde.«
»Und es sind keine Wolken da?«
»Nein, nein«, entgegnete das Kind und versuchte sich so zu verhalten, als sei alles in Ordnung, aber vor Angst war es beinah wie gelähmt. Das weit geöffnete Fenster, vor dem das Kind stand, ließ den ganzen Sommer herein, das wechselnde Wellenspiel der Brise auf dem glänzenden See und auf dem Fluß, tausend glitzernde Punkte; Schmetterlinge, weiß und regenbogenbunt, schaukelten im Licht über den Wiesen, Blumen leuchteten aus dem Grün, und der süßlich schwere Duft des Spierstrauchs drang bis ins Haus.
»Nein, es ist keine Wolke da«, sagte das Kind und stand vor Schrecken versteinert. Elizabeths Kopf fiel schlaff herunter, ihr Atem klang schnarchend und rasselnd, die Finger krallten sich in die Leintücher, die sterbenden Sinne wollten sich an

etwas Greifbarem festhalten, und das Kind lief schreiend zu Mrs. Casey in die Küche.
Nach dem ersten Schreck und Zweifel am Tod übernahmen die Frauen die Leitung: wie bei einer Hochzeit! Es wurde nach dem Pfarrer und dem Arzt geschickt, Reegan mußte die traurige Nachricht im Moor beigebracht werden, das Zimmer wurde von allem Krankenballast gesäubert, ein braunes Gewand und Whiskey und Schwarzbier und Tabak und Lebensmittel wurden in den Läden an der Kirche besorgt, die Leiche wurde gewaschen und aufgebahrt, die Augen geschlossen, die Lider mit Pennies beschwert und die braunen Rosenkranzkugeln um ihre Finger geschlungen, die wie im Gebet auf der Brust gefaltet waren. Ihre Verwandten und die Zeitungen wurden benachrichtigt, und auf die Mäntel von Reegan und den Kindern wurden schwarze Trauerflorstreifen genäht.
Reegan wurde in die Stadt geschickt, um das Begräbnis zu bestellen, und das war die erste Minute, in der er, seit Casey mit der Nachricht im Moor erschienen war, alles überdenken konnte. Der Tod hatte eine so emsige Geschäftigkeit ausgelöst, daß er sich nur wie eine Marionette in einem Puppenspiel vorkam. Als er von der Stadt und dem Leichenbestatter zurückkehrte, war das Haus voller Menschen. Die Totenwache würde bis Mitternacht dauern, wenn der Rosenkranz gebetet wurde, und einige Leute würden auch danach noch im Zimmer bleiben, um die erste Morgenwache abzuhalten, wenn die Kerzen dicht neben dem toten Gesicht brannten, während es draußen hell wurde. Reegan mußte nichts weiter tun als in der Tür stehen und allen die Hand drücken, die ihm ihre Teilnahme aussprachen, und das herkömmliche ›Es tut mir leid‹ mit Worten erwidern, die ihm immer idiotischer erschienen, je weiter die Nacht vorrückte: ›Ich weiß. Ich weiß es. Besten Dank!‹
Am nächsten Abend wurde sie in den Sarg gelegt und in die Kirche gebracht, wo der Pfarrer sie in Empfang nahm und wo sie über Nacht im roten Schimmer des Ewigen Lichtes blieb,

umgeben von Kerzen in hohen schwarzen Leuchtern, bis sie am folgenden Tag nach dem Hochamt zum Kirchhof in Eastersnow übergeführt werden sollte.
Zur Beerdigung schlichen die Wagen ruckweise in niedrigem Gang hinter dem Leichenwagen her, und ein paar noch vorhandene Pferdekutschen, die eher ins Museum als in die Gegenwart zu gehören schienen, folgten hinter den Autos; danach kamen die Radfahrer, und die Fußgänger beschlossen den Zug. Die Wichtigkeit einer Beerdigung wurde nach der Zahl der Wagen berechnet, die dem Leichenwagen folgten; während sie an den Läden vorbeikrochen, wurden sie sorgfältig gezählt. Elizabeth hatte dreiunddreißig Wagen bei ihrer Beerdigung. Bei der wichtigsten Beerdigung, die jemals von dieser Gemeinde ausging, hatte man hundertsechsundachtzig Wagen gezählt – es war eine Rekordziffer. Knechte, die von kirchlichen Instituten großgezogen und dann auf Lebenszeit bei Bauern in Dienst gegeben wurden, hatten im allgemeinen nicht mehr als fünf Wagen hinter ihrem Tannensarg, daher wurde Elizabeths Begräbnis mit den dreiunddreißig Wagen weder als eine Schande noch als eine beachtliche Leistung angesehen.
Mullins und Casey saßen im vierten Auto hinter dem Leichenwagen, unmittelbar hinter den Leidtragenden, doch sie hatten dem Fahrer gesagt, er solle hinterher nicht auf sie warten. Sie verdrückten sich gleich zu Beginn des Rosenkranzes aus der um das Grab stehenden Menge. Sie wollten nicht wieder zur Polizeiwache und den Verwandten und den letzten gräßlichen Drinks und dem Geseufze vor Reegan zurückkehren, der stumm wie ein Tier im Käfig dastand; sie hatten mehr als genug von all der Geschäftigkeit um den Tod während der letzten drei Tage.
Sie entkamen hintenherum auf einem schmalen Pfad, der um die protestantische Kirche von Eastersnow führte. Erst als die Szene am Grabe dank dieser Kirche ihren Blicken entzogen

wurde, fühlten sie sich etwas freier, denn noch stand ihnen alles zu lebhaft vor Augen: wie die kleine Whiskeyflasche mit dem Weihwasser auf der Ecke des blanken braunen Sarges in Stücke brach, als der Pfarrer sie ins Grab warf, und nachher das Scharren der Spatenbleche über vereinzelte Steine im Lehm, und dann das dumpfe Aufschlagen der Erde auf den Sargbrettern; erst als sie die dicke Steinkirche zwischen sich und das Grab gebracht hatten, gewann eine ausgesprochene Befriedigung in ihrem Denken die Oberhand: ›Es ist Elizabeth, die mit Erde bedeckt wird, und nicht ich — ich kann in der Sonne stehen und zuschauen.‹
Vor dem Portal der protestantischen Kirche lag das Erbgrab der Familie King-Harman, die in diesem Bezirk die Großgrundbesitzer gewesen waren, ehe das neue Irland sie hinausdrängelte und der Wildpark in Farmen aufgeteilt wurde; die großen Buchenalleen wurden mit der Zeit gefällt, das Herrenhaus, das einst auf der einen Seite prachtvoll über Park und Wälder und auf der andern Seite über den See mit seinen Inseln geblickt hatte, war bis auf die Grundmauern niedergebrannt; und Casey und Mullins blieben stehen, um sich Zigaretten anzuzünden; Caseys Aufmerksamkeit richtete sich auf die Inschriften der kleineren Grabsteine in einer Ecke des Familiengrabes, und er las:

Thomas Edward, am vierten August 1944 in der Normandie gefallen, begraben in einem Obstgarten hinter der Kirche von Courteil, südlich von Gaumont.
Capt. Edward Charles von den Irish Guards, am sechsten November 1914 in Klein-Billebecke bei Ypern im Kampf gefallen; sein Grab ist unbekannt. Größere Liebe hat keiner, als der sein Leben hingibt für seine Freunde.

Ketten, die zwischen niedrigen Zementpfosten hingen, umschlossen das Erbgrab; ein Zementpfad führte mitten hindurch, bis dorthin, wo sich zwei große Zypressen reckten, eine in jeder Ecke, und rechts vom Pfad standen die Grabsteine der drei Barone, große Keltenkreuze aus altem rotem Sandstein, auf jedem eine Hand, die eine Krone hielt und mit zwei Fingern himmelwärts deutete, dazu die Inschrift:

*Spes tutissima coelis**

»Da kann man leicht sehen, wohin die Herren gehörten«, bemerkte Casey, als er alles gelesen hatte, und dann spottete er über die gen Himmel deutenden Finger: »Die könnten noch 'ne verdammt üble Überraschung erleben, egal, wer ihnen erzählt hat, daß der Himmel in jener Richtung liegt.«

Beide lachten über die kühne Bemerkung, und ihre Furcht verlor sich rasch. Sie blickten ein Weilchen auf das Familiengrab und kletterten dann auf dem Übertritt über die Mauer und verließen den Friedhof.

»Oben ist er allerdings«, sagte Mullins. »Da haben sie recht. Denn Christus fuhr am Himmelfahrtstag aufwärts.«

»Aber wie willst du wissen, ob ›oben‹ in jeder Richtung ist?« lachte Casey und begann zu diskutieren. »Die Erde dreht sich, alle vierundzwanzig Stunden beschreibt sie einen vollen Kreis, in zwölf Stunden ist sie unten, wo jetzt Australien ist, und zeigt dann in die genau entgegengesetzte Richtung.«

»Wir gehen doch zu Mulloy, ja?« unterbrach Mullins die Überlegungen, ohne sich besiegt zu erklären. Mulloy hatte eine kleine Kneipe an der Landstraße nach Eroona, sie lag nicht am Weg der Trauergäste, die ins Dorf zurückkehren würden.

»Ja, das hatten wir abgemacht«, erwiderte Casey. »'s ist lange her, seit wir beide uns zum Trinken hingesetzt haben, und wenn mehr als zwei Leute da sind, kommt's nie zu einer Unterhaltung, die einen wirklich befriedigt.«

»Um auf die Sache zurückzukommen«, sagte Mullins, »in vierundzwanzig Stunden ist die Erde wieder da, wo sie jetzt ist,

* Allersicherste Hoffnung auf den Himmel

und dann ist es immer noch die gleiche Richtung. Ich finde, ausschlaggebend ist allein die Himmelfahrt.«
»Aber die Erde dreht sich ja auch um die Sonne«, entgegnete Casey, und beide schauten sich bedeutungsvoll an. Es war offensichtlich ein Problem, das sich nicht in einer Minute lösen ließ, und falls sie nicht gerade vor einem Publikum ihre Possen trieben, konnten sie sich nichts Schöneres vorstellen, als sich in ernste philosophische Argumente verwickelt zu fühlen. Sowie sie die Landstraße erreicht hatten, beschleunigten sie ihre Schritte, und ihre Unterhaltung wurde aufgeregter. Zu ihrer Rechten wogte grünes, sommerliches Gelände bis zum Fluß, dem Dorf und dem Wald. Über den Feldern mit dem jungen Hafer flimmerte die Hitze, und der mehlige Staub der Landstraße trübte den Glanz ihrer blankgewichsten Stiefel, je weiter sie gingen. Es war die rechte Jahreszeit für ein paar Glas Most.

8

Es ist nichts zu verlieren, nichts zu verlieren! Zu guter Letzt verlöscht der Mensch wie ein Licht. Und was man getan hat oder nicht getan, ist dann wurstegal, grub es sich in den folgenden Monaten in Reegans Knochen.

Er hatte seinen Torf eingebracht und verkauft und war seinen Kontrakten nachgekommen, doch er besaß bei weitem nicht soviel Geld, wie er gehofft hatte, denn die Kosten für Krankheit und Beerdigung verschlangen den Gewinn, den er sich errechnet hatte, und außerdem all ihre Ersparnisse — die Ersparnisse, die ihr soviel bedeutet hatten und die sich jetzt vor der Flut der Rechnungen nur als eine rührend kleine Summe erwiesen.

Sollte er sich denn ducken und grinsen und den Polizeidienst noch länger ertragen, bis er starb oder mit sechzig Jahren zum Rücktritt gezwungen wurde oder bis die Kinder selbst für sich sorgen konnten?

›Nein, nein, nein!‹ flüsterte es immer wilder, je mehr der Herbst sich dem Winter näherte und damit dem Ende eines weiteren Lebensjahres. ›Nein, nein, nein! Es ist nichts, nichts zu verlieren! Der Mensch verlöscht einfach wie ein Licht. Und was man getan hat oder nicht getan hat, ist dann wurstegal, deshalb tu, was du willst, tu, was du möchtest, solange du noch Zeit hast.‹

Es wuchs und wuchs in ihm, je mehr er Quirke beobachtete. Er würde ihn zerschmettern, selbst wenn er sonst gar nichts fertigbrächte, und Quirke schien der Polizeiwache letzthin das Leben zur Hölle zu machen, den andern Polizisten ebensosehr wie Reegan: mit überraschenden Inspektionen am frühen Morgen und mit mündlichen Prüfungen ihrer Kenntnisse aller Pflichten im Polizeidienst. Es hatte den Anschein, als wolle er sie so lange schikanieren, bis sie wirklich tüchtig waren.

»Ich kann mich an gar nichts mehr erinnern, was ich noch vor kurzem gewußt habe, Sir! Es rutscht mir einfach aus dem dummen Schädel. Das Gedächtnis will nicht mehr. Aber ich hab's mal gewußt, Sir, alles!« Reegan hörte mit an, wie Mullins eines frühen Morgens bei der Abfragerei fast zusammenklappte.

»Aber mein guter Mann, Abschleppfahrzeuge sollten Ihnen doch jede Woche über den Weg laufen!« erwiderte Quirke ungeduldig. »Dafür braucht man nicht mal ein gutes Gedächtnis zu haben!« sagte er kalt und blickte angeekelt auf Mullins' umfangreichen und schlaffen Körper. Dann fragte er gelassen weiter: »Wann hatten Sie Ihre letzte Klage bei Gericht?«

»Das ist ziemlich lange her«, versuchte Mullins zu prahlen. »Etwa vor einem Jahr, Sir. Hier in unserer Gegend passiert nie sehr viel.«

»Nein – hier übertritt bloß jeder ganz gemütlich die Gesetze, ohne viel Aufsehen und am hellichten Tage!« bemerkte Quirke mit bitterem Hohn. »Polizeisergeant Reegan, vielleicht können Sie Mr. Mullins über den betreffenden Abschnitt im Straßengesetz informieren?«

»Im Straßenverkehrsgesetz«, wurde er von Reegan verbessert.

»Im Straßenverkehrsgesetz«, sagte Quirke, und beide starrten einander mit unverhohlenem Haß und Abscheu an. Reegan, der eine beinah lückenlose Kenntnis aller Pflichten und Vorschriften hatte, antwortete in einem Ton, der an der Oberfläche so korrekt, im Grunde aber so unverschämt wie möglich war. Die Prüfung endete mit einem scharfen Verriß von Quirke, und die übrigen Polizisten zogen aufgebracht von dannen, um Quirke und Reegan allein zu lassen.

»Wie mir mitgeteilt wurde, haben Sie die Klosterwäscherei und die halbe Stadt mit Brennstoff versorgt, Polizeisergeant Reegan«, ging Quirke geradewegs zum Angriff über, sowie sie beide allein waren.

»Und wenn ich's getan hätte?« fragte Reegan steif.

»Wir wollen den Punkt einen Augenblick beiseite lassen. Ich möchte Ihnen vorher eine Frage stellen, Polizeisergeant Reegan: Beabsichtigen Sie noch lange im Polizeidienst zu bleiben? Und warum sind Sie überhaupt Polizist?«
»Wünschen Sie die Antwort aus dem Reglement zu hören?« fragte Reegan unverschämt, obwohl die jahrelang gewohnte Disziplin seine Gefühle gegenüber Vorgesetzten davor bewahrte, sich in offenen Gewalttaten zu äußern.
»Irgendeine Antwort!« schrie Quirke, der jetzt um so rasender wurde.
»Wahrscheinlich, um nicht zu verhungern«, antwortete Reegan verbissen.
»Und Sie glauben nicht, daß Sie eine Verantwortung tragen? Sie glauben nicht, daß Sie für eine ordentliche Entlöhnung auch auf eine ordentliche Pflichterfüllung bedacht sein sollten?« Quirke schlug mit der Faust auf das Patrouillenbuch auf dem Tisch.
»Ich glaube gar nichts und mache mir auch keine Gedanken«, erwiderte Reegan.
»Dann werde ich darauf achten, daß Sie wenigstens etwas *tun!* Darauf werde ich achten, Polizeisergeant Reegan!«
»Achten Sie, worauf Sie wollen«, kam die Antwort Reegans. Quirke hatte seine Handschuhe vom Tisch genommen. Er stand auf und ging bis halb zur Tür. Dann wurde er ruhiger und sagte: »Eine Zeitlang glaubte ich, Sie wären zur Vernunft gekommen, und ich ließ Sie in Ruhe, aber das nützte nichts. Dann hatten Sie Ihren Kummer, und ich wollte in jeder Beziehung Rücksicht auf Sie nehmen, doch das hatte offenbar auch nichts genützt. Alles ist hier außer Rand und Band geraten. Diese Polizeiwache brauchte ebensogut überhaupt nicht zu existieren, höchstens als schlechtes Beispiel dafür, wie eine Polizeiwache *nicht* sein soll. Und Ihre Männer könnten belehrt werden, *Sie* sind die Ursache von . . .«, wollte er sagen, als er Reegans Augen stahlhart werden sah und ihn hervor-

zischen hörte: »Meinen Kummer lassen Sie gefälligst aus dem Spiel – sie ist meine Tote.«
Quirke entschuldigte sich rasch, und während er zur Tür ging, fügte er hinzu: »Aber es bleibt bei dem, was ich gesagt habe! Ich werde einen schwerwiegenden Bericht einschicken! Die Sache muß anders werden!«
»Die Sache muß anders werden!« brüllte Reegan und fletschte fast die Zähne, als sich die Tür geschlossen hatte. Es war in jeder Hinsicht das Ende des Polizisten Reegan. Er machte nie mehr Patrouillengänge, frühmorgens stand er stets zu spät zum Namenverlesen auf, amtliche Briefe beantwortete er nicht mehr, und das Eintragen der An- und Abmeldungen wurde der reinste Witz. Und doch wartete er und reichte sein Entlassungsgesuch noch nicht ein. Die andern Polizisten bekamen es mit der Angst: sie hielten eine heimliche Besprechung in der Wachstube ab, und während sie einerseits beschlossen, nicht gegen ihn Bericht zu erstatten, entschieden sie sich andererseits dafür, ihre eigenen untergeordneten Pflichten stets einwandfrei zu erfüllen. Sie waren sich im klaren, daß es so nicht mehr lange weitergehen konnte, früher oder später mußte es zu einem Krach kommen. Am unwilligsten war Brennan: um seine eigene Haut zu retten, hätte er Reegan denunziert. »Es ist unsre Pflicht, uns selber zu schützen«, behauptete er. »Der Mann hat den Verstand verloren, ihm ist es egal, was passiert, und am Ende werden wir mit ihm zusammen davongejagt. Wir müssen aufpassen!«
»Nein, nein«, sagte Mullins. »Ich denunziere niemanden!«
»Nein, nein«, sagte auch Casey. »Wir müssen bloß drauf achten, daß wir unsre eigenen Pflichten richtig erledigen, dann kann uns keiner was vorwerfen. Aber so etwas wie Denunzieren, das gibt's nicht, das wäre nicht anständig! Wir sind hier schon so lange seine Untergebenen, und er hat sich über keinen von uns beschwert!«
»Wir müssen unseren eigenen Vorteil im Auge behalten, wei-

ter nichts. Aber Lumpereien, so was gibt's nicht!« war auch Mullins' letztes Wort, und Brennan fühlte sich gedemütigt und beschämt und war wütend.
Bei der nächsten Inspektion am folgenden Morgen standen also Mullins und Casey und Brennan auf der andern Seite des Tisches in einer Reihe vor Quirke, und ihre Gesichter und Uniformen und Stiefel strahlten vor Sauberkeit, doch Reegan lag noch im Bett. Jeder hatte ein Gefühl, daß heute etwas passieren würde, und alle waren nervös. Reegan hörte zuerst durch die Kinder von Quirkes Anwesenheit.
»Daddy, der Wagen vom Superintendent steht draußen!«
Aus ihren Stimmen klang bereits die Furcht vor der Autorität.
»So – ist er da?« sagte Reegan, und sie waren entsetzt, wie gleichgültig er sprach; sonst hatte ihn die Nachricht immer etwas in Schwung gebracht.
»Er 's in der Wachstube, Daddy!«
»Laß ihn nur. Ist schon recht«, erwiderte er, aber seine Stimme klang gepreßt, und dann stampfte Casey die Treppe herauf und klopfte an die Schlafzimmertür.
»Der Ober ist unten«, sagte er, und seine blasse Haut war bleicher als der Tod. »Er möchte wissen, ob Sie sich krank melden wollen oder runterkommen.«
»Bestellen Sie ihm, ich käme runter«, antwortete Reegan.
»Ich soll ihm bestellen, daß Sie runterkommen?«
Casey wollte es bestätigt haben.
»Ja.« Casey schusselte unglücklich aus dem Zimmer, während Reegan die Bettdecken zurückstieß und seine Beine auf den Fußboden schwenkte.
Er zog sich rasch an, ging auf Socken die Treppe hinunter und in die Küche; dort zog er sich die Stiefel an, nahm sich gemächlich Briefpapier und Umschläge und Feder und Tinte und schrieb sein Entlassungsgesuch. Er ließ sich viel Zeit dabei, und als er den Umschlag geschlossen hatte, rief er Willie und befahl ihm, damit zur Post zu laufen, und zwar sofort.

»Endlich ist's geschafft und erreicht«, sagte er zu den verständnislos dreinblickenden Kindern und ging dann in einem prachtvoll unordentlichen Aufzug – unrasiert, mit wirrem Haar, herunterbaumelnder Pfeifenkette und weit offenstehendem Uniformrock über dem kragenlosen, schmutzigen Flanellhemd, das am Hals offenstand – in die Wachstube hinüber.

Als er die Tür aufmachte, waren sowohl Quirke wie die drei Polizisten hochgradig nervös; nachdem Casey zurückgekehrt war, hatte eine lächerliche Parodie einer Inspektion stattgefunden; ihre ganze Aufmerksamkeit galt Reegans Schritten, als er die Treppe hinuntertapste; aber was um alles in der Welt mochte er in der Küche tun? Als er in die Wachstube trat, saß Quirke am Tisch und schrieb, die drei Polizisten standen dümmlich in einer Reihe auf der andern Seite, auf dem rohen Tannenholz waren viele rote und schwarze Tintenkleckse und das Dienstschreibzeug und Blocks mit Schreibpapier und Stempel und Stempelkissen zu sehen; in den Ritzen zwischen den gescheuerten Dielen lag Schmutz.

Quirke blickte nicht auf, er fuhr fort zu schreiben, als wäre niemand eingetreten, doch Reegan kam näher, stützte sich auf den Tisch und stieß absichtlich dagegen, so daß Quirke ihn bemerken mußte, bevor er es hatte tun wollen. Er überflog Reegans äußere Erscheinung und verlangte in mühsam beherrschtem Ton eine Erklärung. Er erhielt keine.

»Sie können also keine Erklärung vorbringen, Polizeisergeant Reegan?« Er hatte schon sehr viel von seiner Ruhe eingebüßt. Reegan tat weiter nichts, als ein gedehntes ›Nein‹ hervorzuquetschen und sich noch zwangloser auf den Tisch zu stützen. Bei dieser Unverschämtheit verlor Quirke alle Beherrschung und wurde kreidebleich. »Nehmen Sie Haltung an, Polizeisergeant Reegan!« schrie er los.

»Tun Sie's doch selber!« entgegnete Reegan mit größter Verachtung.

»Ich werde dafür sorgen, daß Sie entlassen werden! Ist Ihnen das klar?« schrie Quirke.
»Ich habe bereits mein Entlassungsgesuch eingereicht, Sir. Was wollen Sie also noch?« schrie Reegan ebenso laut wie Quirke zurück.
»Ich werde dafür sorgen, daß Sie gerügt werden. Ich werde dafür sorgen, daß Sie bestraft werden, Sie Idiot!«
Quirke wußte kaum noch, was er sagte. Reegan kam noch näher. Bei der unverschämten Beleidigung war seine spöttische Stimmung verflogen, und die drei Polizisten begannen sich zu fürchten, weil sie wußten, wie gefährlich Reegan war.
»Nein, das können Sie nicht!« Der Haß, der aus den hervorgezischten Worten sprach, ließ jetzt sogar Quirke zurückschrecken. »Nein, das können Sie nicht! Auch ich habe das Offizierskoppel getragen — damals, als es in diesem beschissenen Land noch gefährlich war, es zu tragen. Und als ich es trug, hatte ich Befehlsgewalt — über Männer, über Soldaten — und bin nicht im Auto herumkutschiert, um drauf zu achten, daß mir ein paar harmlose arme Kerls von der Polizei meinen fetten Arsch lecken, während ich ihnen was von Gesetz und Ordnung vorscheiße. Der Anblick von 'nem Offizierskoppel bei jemand anders hat mir noch nie die Augen verblendet! Und jetzt scheren Sie sich hier raus, ehe ich Sie zusammenschlage!« grollte Reegan. Er war gefährlich, das war klar, und der jüngere Polizeisuperintendent war erschrocken und eingeschüchtert. Noch nie hatte er sich in einer derartigen Lage befunden. Er wußte nicht, ob er gehen und Bericht erstatten oder bleiben und auf seiner Autorität beharren sollte, und er begriff, daß die drei hinter dem Tisch keinem Menschen von irgendwelchem Nutzen sein konnten. Er erhob sich mit soviel Würde, wie er nur aufbringen konnte.
»Sie sind offenbar momentan nicht fähig, Vernunft anzunehmen, aber Sie werden noch von mir hören, einerlei, ob Sie ausgeschieden sind oder nicht«, stammelte er.

»Scheren Sie sich raus, sage ich Ihnen!« Reegan drängte ihn zur Tür und stieß sie zu, ihm fast in die Füße.
Er war totenblaß, als er zu den Kindern in die Küche trat. Sie erschraken, als er sprach, doch er wollte sich nur bei dem Jungen erkundigen, ob er den Brief aufgegeben habe. Dann zog er sich ordentlich an und ging hinaus, fuhr auf dem hohen Polizeifahrrad am Fenster vorbei und blieb den ganzen Tag fort. Es war beinahe Nacht, als er zurückkehrte; sein Essen war durch das lange Warten fast verdorben.
Die Tür zur Wachstube öffnete sich, während er aß, und Mullins wagte sich auf den Flur, klopfte an die Küchentür und wartete auf Reegans ›Herein!‹.
»Wollte bloß mal nachschauen«, erklärte er. »Man wird rein verrückt, wenn man immer so allein in der Bude drüben sitzt.« Er erhielt einen Platz am Feuer zugewiesen, doch er gab keine Ruhe, bis er endlich sein ›O Gott – o Gott!‹ ausgestoßen hatte. »Solch Theater wie heut früh hab' ich in meinem ganzen Leben noch nicht gesehen. 's war einen vollen Monatslohn wert! Verschiedene Stationen haben schon angerufen, sie wollten Einzelheiten wissen! O Gott – o Gott, dem haben Sie's tüchtig heimgezahlt. Die Sache wird ihm sein Lebtag anhängen – da können sie ihm nur noch 'ne Bürostelle in der Polizeischule geben!«
Reegan war still. In seinem Gesicht, das sich beim schwächer werdenden Tageslicht übers Feuer neigte, mischten sich Bitterkeit und Verachtung; und dann starrte er Mullins in die Augen und sagte: »'s ist immer leicht, jemanden zum Helden zu machen, wenn man nicht selber blechen muß, was, John?«
»Was? Wie meinen Sie'n das?« rief Mullins, der ihn entweder nicht verstand oder nicht verstehen wollte und etwas erschrocken dreinblickte.
»Ach, nichts! Lassen Sie nur, John!« lachte er scharf. »Hab' bloß 'n kleines Selbstgespräch gehalten – im Jux, versteh'n Sie?«

Die Nacht war da. Die roten Farbflecke auf den frommen Bildern verblaßten, nur das Glas glitzerte noch beim jähen Aufflackern des Feuers, und von der Herz-Jesu-Lampe vor der Krippe auf dem Kaminsims schien es wie rötlicher Staub aufzufliegen.
»Sollen wir jetzt die Lampe anzünden, Daddy?« wagte sich die Stimme des Jungen hervor.
»Ja«, antwortete Reegan gedankenlos.
Er saß stumm neben dem schweigenden Mullins, aber mit dem allabendlichen Anzünden der Petroleumlampe schien das Schweigen aufgehoben. All die Jahre waren jetzt ausgelöscht, und die Küche war voller Leben und Bewegung. Die Fassung wurde von der Lampe abgeschraubt, der verkohlte Docht wurde geputzt, aus der Spülküche wurden der Kanister mit Petroleum und der weite Trichter geholt, und der rauchgeschwärzte Zylinder wurde mit zerknülltem braunem Papier blank poliert; der Junge rannte mit einem brennenden Fidibus vom Feuer herbei, um den hochgeschraubten Docht anzuzünden, und die beiden Mädchen stürzten zu den Fenstern, um die Stores herunterzuziehen und abermals eine Nacht auszusperren.
»Mein Store war zuerst unten!« riefen sie.
»Nein, meiner!«
»War mein Store nicht zuerst unten, Mr. Mullins?« fragten sie, während der Junge den Docht hinunterschraubte, bis er mit gleichmäßiger gelber Flamme brannte; dann trug er die Lampe auf ihren Platz – seitlich neben das Geschirr auf dem kleinen weißen Tischtuch.

 Ins Deutsche übertragen von Elisabeth Schnack. Ausstattung Juergen Seuss, Niddatal bei Frankfurt am Main. Satz und Druck Color- und Werkoffsetdruckerei Richard Wenzel, Goldbach bei Aschaffenburg. Schrift Korpus Baskerville (Linotype). Bindearbeiten Osswald & Co., Neustadt an der Weinstraße. Papier 80 g Daunendruckpapier der Papierfabrik Scheufelen Oberlenningen. Printed in Germany 1978.

ISBN 3 7632 2273 1

Erstausgabe